COLLECTION
FOLIO/ACTUEL

Jorge Semprun

Montand

La vie continue

Denoël
Joseph Clims

1

Maracanàzinho, 31 août 1982

L'homme s'avance seul sur la scène installée dans l'immense enceinte sportive de ciment sonore. Un projecteur l'éclaire. Il s'assied à demi sur une haute chaise ancienne, l'une de ses jambes repliée sous lui, l'autre pendante.

Il croise les mains.

Le silence se fait d'un seul coup. Un silence tendu, dense, tangible.

L'homme est vêtu d'un pantalon et d'un gilet de velours noir, à côtes. Le gilet est ouvert sur une chemise blanche, étincelante dans la lumière électrique.

D'une voix égale, comme si cela allait de soi, comme si c'était banal, l'homme annonce qu'il va chanter *Les Bijoux*, de Charles Baudelaire.

Ça se passe à Maracanàzinho, un stade couvert d'à peu près vingt mille places. C'est une annexe du très célèbre Maracanà de Rio de Janeiro, le plus grand stade de football du monde. Ici, dans l'annexe, se déroulent habituellement les compétitions de basket et de volleyball. Mais aujourd'hui, ce soir, c'est Yves Montand qui y chante.

Montand vient d'annoncer *Les Bijoux* de Baudelaire.

Et le silence se fait. Il prend comme de la glace brûlante. Quatorze mille paires d'yeux se fixent, se figent, s'écarquillent sur cet homme immobile, apparemment désinvolte et détendu, au repos, mais dont on devine la tension retenue. La pulsion vitale.

Le stade de Maracanàzinho est impressionnant. Nous l'avons visité cet après-midi, pendant qu'on y montait la scène où Montand allait se produire et qui clôturait l'un des extrêmes de l'ovale des gradins, condamnant ainsi quelques milliers de places.

Il y avait le bruit des marteaux, des perceuses, des transistors, des appels des machinistes et des électriciens qui se réverbérait sur les falaises de ciment brut. Il y avait du désordre, de la poussière, une cohue à première vue incohérente. Il était difficile d'imaginer que ce fût là un lieu propice à la communication.

Pourtant, quelques heures plus tard, tombe sur le caravansérail de Maracanàzinho le silence le plus attentif, le plus communicatif qui soit. Un silence de vie.

Je regarde Catherine Allégret, elle me regarde. Nous pensons la même chose, sans doute, la bouche sèche : ce type est dingue, complètement dingue!

J'ai juste le temps, dans un vertige de la mémoire, de me rappeler que nous sommes le 31 août. Il y a deux ans, jour pour jour, Lech Walesa signait, avec les représentants du pouvoir communiste, les accords de Gdansk qui permettaient la création d'un syndicat libre. La classe ouvrière polonaise n'avait pas gagné la guerre, certes non, mais elle avait gagné une bataille, comme on dit. La première depuis longtemps dans un pays soumis au despotisme bureaucratique du parti unique. Quoi qu'il arrivât désormais, c'était de toute évidence une date historique.

Et puis j'ai fermé les yeux pour écouter la voix de Montand.

Longtemps, Montand n'a été qu'une voix. Pour moi, je veux dire, il n'a été qu'une voix.

Je rentrais de Buchenwald, en cet été 1945, et je commençais à entrendre cette voix. A l'écouter. Je ne suis pas d'un tempérament excessivement musicien, tous mes intimes vous le diront, mais j'ai tout de même distingué cette voix des autres voix d'alors, surgies des postes de radio, des sillons de disques encore cassables. Au cours de ces mois, de ces années fébriles, dans le Paris d'après la guerre antifasciste, d'avant la guerre froide, parfois je m'arrêtais et j'écoutais cette voix qui me devenait familière.

Il y avait un ton, un timbre, une couleur fauve qui commencèrent à faire partie de ma vie. A partager ma vie avec moi. Mais je ne connaissais toujours pas Montand. Je ne l'avais pas encore vu sur une scène de music-hall ou de cabaret. Je n'avais vu qu'un seul de ses premiers films. C'était une voix, vous dis-je, rien d'autre.

Un peu plus tard, vers 1946 ou 1947, si je ne m'abuse, cette voix a commencé à chanter des poèmes de Jacques Prévert. Il n'en fallait pas davantage pour qu'elle pénètre définitivement dans mon intimité.

Quelques années auparavant, en effet, en 1942, j'allais au *Café de Flore*, et Jacqueline B. me faisait lire des poèmes de Prévert, reproduits à la machine à écrire par une sorte de *samizdat* de l'époque. J'avais rencontré la jeune fille à l'occasion d'un oral de licence, à la Sorbonne. Occasion pas du tout licencieuse, cependant. C'était un examen du certificat de psychologie et c'était le professeur Guillaume qui nous interrogeait. J'étais dans un coin, attendant mon tour. Je me préparais à dire au professeur Guillaume tout ce que je savais de la psychologie du comportement des grands singes anthropoïdes. Le professeur, on s'en souvient peut-être – les historiens de l'Université française s'en souviennent peut-être –, n'était pas du tout marxiste. Ou du moins jeune-marxien. Je veux dire qu'il ne croyait pas du tout, comme le jeune docteur Karl Marx, que l'anatomie de l'homme expliquât celle du singe. Bien au contraire, c'est dans l'étude de laboratoire du comportement des grands singes qu'il voulait découvrir des lois psychologiques, des méthodes d'analyse valables également pour le comportement humain.

Quoi qu'il en soit, j'étais dans une salle sévère et poussiéreuse de la Sorbonne et j'attendais mon tour pour parler avec le professeur Guillaume des gentils chimpanzés. Ça ne me préoccupait pas du tout. A cette époque-là, j'étais capable de parler de n'importe quoi avec n'importe qui. Surtout avec un professeur de la Sorbonne. Et puis, Jacqueline B. est entrée dans la salle. Elle faisait distraitement des études de philosophie, mais elle connaissait Prévert. Je veux dire, elle connaissait les poèmes de Prévert. Moi, je savais vaguement – beaucoup plus tard j'ai appris à mes dépens que l'on sait toujours vaguement le nom de l'auteur – qu'il avait écrit des dialogues et des scénarios de cinéma. Mais j'ignorais ses poèmes. Jacqueline B., elle, les connaissait.

Elle a donc raté cet oral de certificat de psychologie. Je l'ai donc réussi. Mais elle m'a fait découvrir, outre le regard de ses yeux bleus, les poèmes de Prévert et les romans de Faulkner. Ce n'est pas si mal pour une rencontre hasardeuse dans une salle sombre et sévère de la Sorbonne.

Donc, j'avais commencé à lire les poèmes de Prévert en 1942. Et puis, en 1947, au cours du printemps ou du début de l'été de cette année, j'ai connu Jacques Prévert. J'allais rue Vaneau, en effet, chez André Verdet qui était mon copain de déportation. Verdet a même publié une anthologie des poèmes de Buchenwald où il y a un mien poème. J'ai perdu ce livre, ou bien il moisit au fond de quelque cantine oubliée dans quelque cave mais je suis sûr d'avoir donné à André un poème écrit à Buchenwald pour son recueil. Mais la question n'est pas là. La question est qu'André m'a introduit dans le cercle des frères Prévert, à peu de chose près au même moment où Montand commençait à chanter les poèmes de Jacques. Mais je ne connaissais toujours pas Montand.

Par contre, c'est à ce moment-là, et à cause de mes fréquentes visites rue Vaneau, chez André Verdet – on va me dire que cette coïncidence semble tout droit sortie d'un récit de Simone Signoret, mais qu'y puis-je? La vérité est toujours ce qu'elle était! – c'est à cause de mes visites, dis-je, chez mon copain de Buchenwald que j'ai connu Catherine, la fille de Simone.

Elle est, ce soir, à côté de moi, Catherine, dans la *tribuna de honra* ou loge d'honneur du stade de Maracanàzinho. *(Ginásio Gilberto Cardoso [Maracanàzinho], Agosto 31, 3ᵉ Feira, Convite pessoal e intransferivel*, est-il écrit sur le carton d'invitation que j'ai, bien entendu, conservé.) Nous sommes en face de la silhouette noir et blanc, toute lointaine, en face de la voix toute proche de cuivre doré d'Yves Montand. Je ne peux pas savoir si elle a fermé les yeux, elle aussi, puisque j'ai fermé les miens et que je ne la vois pas. Je sais seulement qu'on s'est pris la main, comme à l'instant où les spectateurs d'un cirque retiennent leur souffle : tout là-haut, un funambule travaille sans filet.

Je ne vais pas ouvrir les yeux, la bouche, pour lui demander quel âge elle avait au juste lorsque je venais visiter mon copain Verdet, rue Vaneau, et que je la voyais jouer au soleil, au fond de la cour de cette maison de la rue Vaneau. Elle m'enverrait promener, c'est sûr. Peut-être même serait-elle grossière. Elle en est capable. Et puis c'est facile à calculer : elle avait un an à peu près, elle faisait ses premiers pas au soleil de ce printemps de l'après-guerre, dans la grande cour de la rue Vaneau.

Si j'étais en train de faire un film de Fellini – hypothèse absurde, bien entendu : même Fellini a de plus en plus de difficultés à faire les films de Fellini –, si j'étais en train de faire un film, quoi qu'il en soit, ne fût-ce que de moi-même, à propos d'Yves Montand, au lieu d'en faire une sorte de portrait-essai, je mettrais au début deux images brèves, mais qui foisonneraient, qui prendraient leur sens et leur envol au fil d'Ariane du film. L'image, flash fulgurant, de Montand assis sur la haute chaise cannelée, chantant *a cappella Les Bijoux* de Baudelaire. Ou plutôt, une brève suite d'images semblables. Identiques et différentes. Montand chantant *Les Bijoux* à Maracanàzinho, au Metropolitan Opera de New York, au Kennedy Center de Washington, au Greek Theater de Los Angeles, au Grand Théâtre d'Osaka. Suite fluide de flashes, muets sans doute. Ou alors avec un son réduit au murmure des confidences amoureuses. *La très chère était nue*... Et aussitôt après cette image de Montand, ou alors intercalée fugitivement entre les diverses séquences de cette image dans les divers lieux scéniques où je l'ai vue se déployer, je placerais celle de la cour de la rue Vaneau, au soleil. L'image d'une petite fille d'un an qui lève la tête, avec un regard déjà interrogateur. Tout ça sur une musique de Nino Rotta, bien entendu.

Mais je ne fais pas un film. J'ai simplement fermé les yeux et j'écoute la voix de Montand.

Je la retrouve, telle qu'en elle-même l'éternité de ma mémoire la change, quelque peu alourdie de gravité, surgissant encore davantage des tréfonds et des tripes du sentiment, ridée comme une eau vivante par la détresse des jours qui passent, par des sonorités nouvelles de cuivre mordoré. Une voix de fond et du fond, en somme. *Cante hondo*, en castillan.

Je ferme les yeux et je me souviens. *Amarcord*, dirais-je si nous étions dans un film de Fellini.

Je me souviens d'un soir, rue de Tournon.

Nous étions chez Steph Simon. (Il vient de mourir : adieu « Bourru », à un de ces jours!) Il y avait de la musique, de l'alcool, le feu de la conversation. C'était à l'époque heureuse dont je parle, avant les glaciations de la guerre froide.

Ce soir-là, donc, Francis Lemarque est arrivé. Il était tard dans la nuit, sans doute venait-il de l'une des boîtes où il chantait. Mais il était trépidant, transporté de joie. Yves Montand venait de lui prendre, nous disait-il, une chanson. Et c'était *A Paris*, tout bêtement.

Tout à l'heure, dans le plein feu des projecteurs, Montand va chanter *A Paris* devant les quatorze mille Brésiliens entassés dans la nef de ciment remplie à ras bord de Maracanàzinho. Ils sont jeunes, dans leur immense majorité. Ils n'ont jamais entendu chanter Montand, ils connaissent à peine ses disques. Ce qu'ils connaissent, c'est l'acteur de cinéma. Ses films célèbres dans le monde entier. Ils sont venus en nombre, curieux, bruyants, prêts à chahuter le cas échéant. Mais ils ont été cueillis à froid. Ou à chaud. Ils sont restés immobiles, cloués sur place, alors qu'en général, m'a-t-on dit, ils ne cessent d'aller d'un endroit du stade à l'autre, de se déplacer en dansant et en tapant des mains parmi les travées et les gradins, lors des concerts de rock ou de country. Cloués sur place, attentifs, séduits, tapant dans leurs mains pour accompagner *La Chansonnette*, éclatant en longues ovations.

Tout à l'heure, donc, pendant que Montand chantera *Les Feuilles mortes*, ils vont par milliers commencer à se déplacer imperceptiblement, sans un bruit, avec cette démarche dansante et souple des artistes brésiliens du ballon rond. Ils vont se masser au pied de la scène, le plus près possible de la scène. Lorsque Montand chantera *A Paris*, en finale, sous le plein feu des projecteurs, des milliers de mains vont se dresser pour accompagner avec jubilation cet envol du chant et du corps. Et je vais me souvenir encore une fois de la lointaine soirée rue de Tournon, chez Steph Simon (à bientôt, vieux, repose en paix dans le sommeil du monde!), lorsque Francis Lemarque était tellement heureux.

Mais nous n'en sommes pas encore là. J'en suis encore à fermer les yeux pour écouter la voix de Montand. L'écouter, à présent, à Maracanàzinho, en cette dernière journée du mois d'août 1982 et l'écouter en même temps dans ma mémoire.

Car le temps passait et nous ne nous étions toujours pas rencontrés.

En 1953, Staline était mort, nous ne soupçonnions pas encore à quel point cette mort allait changer nos vies. Montand donnait au théâtre de l'Etoile un spectacle triomphal qui allait se jouer à bureaux fermés pendant six mois. Je commençais à voyager clandestinement en Espagne, pour tisser à nouveau la toile de Pénélope des organisations communistes, dispersées, détruites par la répression franquiste des années terribles dont on commençait à peine à sortir.

Mais à Madrid, au cours de toute cette période, je continuais d'écouter la voix de Montand. Parfois, entre deux rendez-vous clandestins – et les hommes que je rencontrais à ces occasions, j'y pense à l'instant, sont devenus romanciers célèbres, metteurs en scène de cinéma, économistes distingués, députés ou ministres de l'Espagne démocratique : c'est fou ce que j'avais, à l'époque, de bonnes relations! Ou bien ils sont morts, comme Julián Grimau, fusillé par Franco; comme Dionisio Ridruejo, dont le cœur s'est arrêté de battre quelques mois trop tôt; comme Domingo « Dominguín », qui n'a pas laissé à la mort la chance de lui imposer la mort, qui l'a choisie lui-même, dans les Amériques lointaines, juste au moment où tout allait redevenir possible –, entre deux rencontres clandestines, donc, j'allais chez Nieves et Ricardo, rue Don Ramón de la Cruz. C'était l'une des rares maisons amies, sûres, de cette époque lointaine où l'on ne se battait pas tellement pour avoir une place dans la lutte antifranquiste. Nieves et Ricardo y avaient leur place. Depuis toujours, pourrait-on dire, puisque tous deux avaient déjà connu les prisons du régime.

Mais ils avaient aussi une excellente discothèque. Ricardo Muñoz Suay était assistant de cinéma, il voyageait à l'étranger. (Eh oui, braves gens! Si incroyable que cela paraisse, un homme ayant été en prison, connu pour ses activités communistes, pouvait retrouver un métier et un passeport dans ce pays-là : ne confondez donc pas l'Espagne du sanglant dictateur Franco et l'U.R.S.S. du libéral Andropov!) Ainsi, Ricardo ramenait régulièrement de Paris des disques d'Yves Montand. Du même coup, je pouvais continuer à écouter cette voix familière.

J'arrivais rue Don Ramón de la Cruz, à n'importe quel moment. C'était une maison amie, je l'ai déjà dit. Une maison dont la porte m'était toujours ouverte. Le simple fait de m'accueillir aurait pourtant valu à Nieves et à Ricardo, si la police l'avait découvert, quelques années de prison supplémentaires. Ils m'accueillaient quand même. J'arrivais à n'importe quel moment. Nieves me faisait du café. Et j'écoutais la voix de Montand.

Je ne vais pas vous fredonner ici toutes les chansons de Montand que je connais par cœur, depuis lors. D'abord je chante faux. Ensuite un livre n'est vraiment pas le meilleur endroit pour fredonner des chansons. A moins que ce ne soit un livre de Prévert, bien entendu. Un livre où le plombier-zingueur un peu gris se met à fredonner à votre place, dans votre tête. Mais ceci n'est pas un livre de Prévert et il n'y a pas de plombier-zingueur dans les parages. Je ne vais donc pas fredonner toutes les chansons de Montand que j'ai apprises par cœur au cours de ces brèves haltes amicales de la clandestinité madrilène.

D'ailleurs, je ne suis pas à Madrid. Je suis à Rio de Janeiro, à Maracanàzinho (gymnase Gilberto Cardoso, pour être tout à fait précis) et j'entends la voix de Montand qui commence à chanter *Les Bijoux* de Baudelaire.

Montand a toujours fort bien choisi les textes de ses chansons. Il n'en écrit pas les paroles, on le sait. Il n'est pas ce qu'on appelle en castillan d'un joli nom, un *cantautor.* Il n'est pas « chantauteur ». Certains lui en font d'ailleurs assez sottement grief. Comme si l'art de l'interprète était mineur, ce qui éliminerait d'un seul trait de notre considération tous les grands chanteurs d'opéra. Comme s'il était moins personnel, alors qu'il est tout simplement différent. Ce qu'il y a d'unique, d'irremplaçable dans une personnalité singulière peut s'exprimer aussi à travers le choix des textes, à travers une interprétation. En fin de compte, Alain Resnais – et je ne le cite pas au hasard, on s'en apercevra – n'a jamais, jusqu'à aujourd'hui, écrit une ligne des scénarios qu'il met en scène. Pourtant, y a-t-il quelque chose de plus personnel, de plus profondément singulier, d'étrangement unique, que les mises en scène d'Alain Resnais, quel que soit l'écrivain de ses scénarios?

La personnalité de Montand s'exprime donc à travers son interprétation, la mise en scène de ses spectacles et le choix de ses textes. Sur ce plan, il faut lui reconnaître un goût d'une rare sûreté. Quasiment pas d'erreurs, sur près de quarante ans de carrière. La preuve en est dans le répertoire de son dernier spectacle, celui qui a débuté à l'Olympia de Paris, en octobre 1981, et avec lequel il a tourné, en 1982, dans le monde entier. On y trouve des textes de la toute première époque de sa carrière et des textes tout récents. Les plus anciens sont toujours aussi frais qu'au premier jour. Les plus récents ont déjà une saveur de tradition. De *Luna-Park* à *L'Addition,* des *Plaines du Far West* à *Casse-tête,* en passant par les poèmes de Prévert qui constituent en quelque sorte le fonds éternel de cette conquête têtue, tenace, de l'éphémère, qui constituent en somme le répertoire du Montand de tout temps, la continuité, la cohérence sont lumineuses.

Par ailleurs, lorsque Montand choisit des poètes, on ne peut pas dire qu'il vise la facilité. Il y a dans son répertoire Apollinaire, Rimbaud, Desnos, Aragon. Et Baudelaire, désormais. On me dira, bien sûr, qu'il y a surtout Jacques Prévert et que celui-ci est un poète populaire. Mais ceci est faux, du moins approximatif. C'est une erreur de perspective. Car Prévert n'est pas populaire d'emblée, il l'est devenu. Et particulièrement grâce à Montand, à qui il en aura coûté des années d'effort, de ténacité, à contre-courant du goût dominant. Lorsqu'il a commencé à inclure des textes de Prévert dans son récital, c'était le bide, comme on dit dans le métier. Il a insisté, il a continué à chanter Prévert. Il a fini par l'imposer, au music-hall en tout cas.

Tout un chacun s'imagine aujourd'hui que *Les feuilles mortes* ou *Sanguine*, pour ne citer que ces deux exemples, ont toujours été des tubes. Or, c'étaient des bides. Ce ne sont devenus des succès que peu à peu. En fait, ce n'est qu'en 1953, lors du spectacle de l'Etoile, que la partie a été définitivement gagnée.

Mais aujourd'hui, à Maracanàzinho, Montand chante *Les Bijoux* de Baudelaire.

Les yeux fixés sur moi, comme un tigre dompté,
D'un air vague et rêveur elle essayait des poses...

Je suis comblé, il me faut l'avouer.

Car j'ai pratiquement appris le français avec Baudelaire. J'avais quinze ans, c'était en Hollande. *(Là, tout n'est qu'ordre et beauté/Luxe, calme et volupté...).* Mon père était chargé d'affaires de la République espagnole, pendant la guerre civile. J'apprenais tout à la fois. J'apprenais la peinture au Mauritshuis de La Haye. J'apprenais l'exil. J'apprenais les langues étrangères, ce qui était une façon d'oublier, du moins de mitiger, les inquiétudes de l'exil. J'apprenais, en effet, comme le dirait quarante ans plus tard Juan Larrea, un personnage joué par Montand dans *Les Routes du Sud*, que « la patrie n'est pas un mot, mais les mots ». Je découvrais alors la patrie du langage, au moment où s'éloignait, s'estompait, le langage de la patrie.

Les poèmes de Baudelaire étaient au centre de cet apprentissage. J'avais dérobé quelques florins dans un tiroir paternel à l'ambassade d'Espagne, Plein 1813, à La Haye, pour m'acheter le premier volume de la bibliothèque de la Pléiade, qui contenait les œuvres poétiques de Charles Baudelaire. Je les savais par cœur. Je pouvais en réciter la presque totalité sans me tromper une seule fois. Même les vers latins des *Franciscae meae laudes*. Cela m'a bien servi, plus tard. En prison, dans les camps, dans les longues attentes solitaires de la clandestinité, ça m'a bien servi de pouvoir réciter à mi-voix *Le Voyage*, par exemple.

Ou bien *Les Bijoux*.

Car l'apprentissage de Baudelaire n'était pas seulement celui de la sensualité de la langue. C'était aussi celui de la langue de la sensualité. Celle-ci est une pulsion, bien entendu. Mais ça peut devenir un langage. Universel, par ailleurs. Pour moi, c'est devenu un langage en grande partie grâce à Baudelaire.

Et la candeur unie à la lubricité
Donnait un charme neuf à ses métamorphoses...

Rien d'étonnant donc à ce que Diego Mora, le personnage de *La guerre est finie*, fabuleusement interprété par Montand, murmure à un certain moment une bribe de Baudelaire. Il vient d'arriver à Paris, après l'un de ses voyages clandestins. Il est seul dans sa chambre. Il range des papiers. Et il dit à mi-voix, comme si cela allait de soi : *Et les soirs au balcon, voilés de vapeurs roses...*

Voilà, c'est la première fois que Montand a fugitivement récité une bribe brillante d'un poème de Charles Baudelaire.

Je rouvre les yeux, à Maracanàzinho.

Montand est en train de finir de chanter *Les Bijoux*. Quatorze mille Brésiliens retiennent leur souffle. On a l'impression que ces milliers de regards braqués s'efforcent de le soutenir, de l'accompagner jusqu'au bout de ce parcours. C'est sans doute ce qu'on appelle la participation. Ou l'identification. Ces milliers de Brésiliens, dont l'immense majorité ignore la langue française, non seulement comprennent en ce moment ce que Montand chante, mais encore donnent l'impression de le chanter avec lui, *sotto voce*. Dans l'intimité de leur silence chaleureux.

Et la lampe s'étant résignée à mourir,
Comme le foyer seul illuminait la chambre,
Chaque fois qu'il poussait un flamboyant soupir,
Il inondait de sang cette peau couleur d'ambre !

Voilà, c'est fini.

La lumière du projecteur a progressivement faibli, elle est devenue mordorée. Le mot « ambre », chuchoté, mais longuement soutenu, roulant et se déroulant sur l'axe de son « r » – son erre – remplit de sa résonance ouverte et gutturale l'immense enceinte de béton. Puis la lumière s'éteint.

Dans l'énorme silence qui s'ensuit, on entend la foule qui reprend son souffle. On perçoit, semblable à un bruissement de forêt, la respiration délivrée de cette foule. Puis, une fraction de seconde plus tard, une ovation éclate, grondante, interminable, déferlant dans les travées comme un vent d'orage.

Je me tourne vers Catherine Allégret.

Nous nous regardons, la bouche encore sèche, les cœurs encore moites. Ça y est, le funambule est arrivé jusqu'au bout de son fil, tendu tout là-haut, sous les cintres.

Il a gagné.

Et nous avons l'impression, dans un rire fou, d'avoir gagné avec lui, dans ce stade de Maracanàzinho où les spectateurs, debout, ne s'arrêtent pas d'applaudir.

– Il est dingue, ce mec, il est dingue, murmure Catherine, aux anges.

Et c'est vrai que c'est dingue ce qu'il fait, Montand. Mais sans doute le fait-il parce qu'il vient d'où il vient.

Ce qui est dingue, c'est de venir d'où il vient.

2

Amarcord

Montand ne se souvient pas de Torquato Tasso.

Nous sommes aux environs de Marseille, à Allauch, quartier de La Pounche, dans la maison de Lydia Ferroni, la sœur aînée d'Yves.

Nous sommes aussi le 13 décembre 1982, premier anniversaire du coup d'Etat militaire du général Jaruzelski : il n'y aura vraiment pas moyen d'oublier la Pologne, tout au long de ce récit.

Quelques jours auparavant, j'avais demandé à Montand de faire avec moi le voyage de Marseille. Je souhaitais connaître les paysages d'où il venait. Les lieux de son enfance. Je voulais comparer les paysages réels de son enfance – ce qui en resterait, du moins – avec les images qui avaient jailli en moi à la lecture de son livre de souvenirs, *Du soleil plein la tête*. Ou à l'avoir entendu, fort rarement il est vrai, faire quelque évocation de son enfance à La Cabucelle.

Montand avait accepté de faire le voyage avec moi. Sans grand enthousiasme, certes. J'y tenais, c'était indispensable pour mon essai-portrait à son propos, lui disais-je. Il hochait la tête, sans grand enthousiasme. Il avait accepté, finalement. Mais visiblement, les retours en arrière ne sont pas sa tasse de thé. Dans la vie réelle, en tout cas.

Nous étions donc partis pour Marseille, par un vol du matin, le lundi 13 décembre.

Montand avait terminé, à Tokyo, un mois plus tôt, sa tournée mondiale. Mais il n'était pas revenu directement en France. Comme les plongeurs sous-marins qui remontent lentement à la surface, pour éviter les décompressions trop brutales, il avait pris, pour rentrer du Japon, le chemin des écoliers.

Après tant de mois de discipline de travail, de concentration exclusive, d'exaltation renouvelée à chaque nouvelle ville, chaque nouveau pays; après le triomphe de chaque soir – sur soi-même, sur l'incommunicabilité toujours possible –, il ne lui était sans doute pas facile de revenir à la vie de tous les jours. Des questions se posaient, forcément. Pourrait-il recommencer une aventure comparable? Repart-on encore à la conquête du monde et de soi-même, à soixante et un ans?

A San Francisco, certes, le 13 octobre, jour de son anniversaire et anniversaire du jour où il était remonté sur les planches, à l'Olympia de Paris, après sept ans d'absence – bien davantage même, si on pense que la soirée de 1974, au bénéfice des réfugiés chiliens, avait été unique, exceptionnelle –, le public californien l'avait accueilli par une ovation et s'était mis à scander *Happy birthday to you!*

Mais ne serait-ce pas, justement, le dernier anniversaire en commun, en public, dans la fête et la joie du spectacle?

A tout hasard, pour laisser à cette sourde angoisse le temps de s'apprivoiser, Montand avait pris, pour rentrer en France, le chemin des écoliers. Il était allé à New York, d'abord. Il avait flâné dans les rues. Il avait visité l'exposition de Jean-Michel Folon. Il s'était promené à Central Park sans se préoccuper de l'heure de répétition quotidienne. Il était retourné au Metropolitan Opera, mais pour entendre chanter Ruggero Raimondi, pas pour y chanter lui-même.

Et puis, le 6 décembre, il était allé à Washington. Il devait y remettre un prix à Gene Kelly. A Los Angeles, en octobre, après la dernière représentation au Greek Theater – immense amphithéâtre en plein air, en pleine nature, qui bruissait de la joie bruyante de plus de quatre mille spectateurs enchantés –, la veille du départ pour le Japon, nous avions dîné avec Gene Kelly.

C'était à West Hollywood, dans un restaurant français. Gene Kelly souhaitait que Montand vienne lui remettre le prix du Kennedy Center de Washington, qui lui avait été attribué pour 1982. Ce serait la première fois dans l'histoire des Honors qu'un artiste étranger remettrait à un Américain cette récompense annuelle. Et Montand accepta, non seulement pour faire plaisir à Kelly, mais aussi, sans doute, parce que sa présence à Washington, le 6 décembre, repoussait de deux semaines la perspective de se retrouver à Paris, dans le quotidien de la vie, après la fabuleuse expérience de la tournée. De ce rêve devenu réalité.

Il alla donc à Washington, début décembre, pour remettre un prix à Gene Kelly. Les autres lauréats des Kennedy Center Honors pour 1982 étaient George Abbott, Lillian Gish, Benny Goodman et Eugene Ormandy.

C'est aussi à Washington que nous nous étions provisoirement quittés, en septembre. J'avais suivi la tournée de Montand au Brésil puis aux Etats-Unis. Après la semaine exceptionnelle au Metropolitan Opera de New York, il avait chanté deux soirs au Kennedy Center de Washington. Nous étions de nouveau seuls, toutes nos familles étaient reparties en Europe. Des fenêtres du *Watergate* – ce n'est pas seulement le nom d'un scandale, c'est aussi celui d'un hôtel – on voyait des nappes de brume sur le Potomac. Il faisait une chaleur humide.

Ensuite, Montand partait pour le Canada. Il devait se produire à Québec, Ottawa et Montréal. Je repartais en Europe, pour ma part. Je voulais passer une ou deux semaines en Espagne où commençait la campagne en vue des élections législatives anticipées. Je devais retrouver Montand à la mi-octobre, sur la côte ouest des Etats-Unis. De là, nous partirions ensemble pour le Japon.

L'heure de l'adieu fut plutôt triste. C'était idiot de se quitter après ces semaines éblouissantes. C'était franchement con.

Ainsi, une fois que Montand et Bob Castella eurent quitté le *Watergate Hotel*, je me trouvai quelque peu désœuvré. Désorienté. J'avais trois ou quatre heures à attendre, avant celle de l'avion qui me ramènerait à New York pour y prendre un vol de nuit vers Paris. Trois ou quatre heures à tuer. Ou à tourner en rond. C'est habituellement ce qu'on fait, aussi bien quand on veut tuer le temps que quand le temps vous tue.

C'est alors, dans le hall de l'hôtel, que j'appris par hasard qu'il y avait, à la National Gallery de Washington, une exposition temporaire des chefs-d'œuvre du musée de La Haye, le Mauritshuis. Tellement temporaire qu'elle allait clore ses portes le jour même. J'avais juste le temps de m'y précipiter. Je m'y précipitai. Je ne pouvais quand même pas manquer cette occasion de revoir les tableaux de mon enfance.

Autrement dit, grâce à ce hasard providentiel – mais dans les histoires bien ficelées, les hasards prennent toujours le masque de la providence – je n'aurais pas à tuer le temps, à Washington. J'aurais, au contraire, la possibilité de le retrouver. Le temps de mon adolescence allait resurgir devant moi, immobile et serein, sous l'apparence des figures et des paysages de peintres hollandais, mais travaillé obscurément par l'approche de la mort. De la mienne, bien entendu. Seule *La Jeune Fille au turban bleu* de Vermeer resterait éternellement inaccessible à l'usure du temps.

C'était en 1937, au printemps.

Je longeais le plan d'eau du Hofvijver où nageaient des cygnes et j'entrais dans les salles du musée du Mauritshuis. J'avais quatorze ans, j'apprenais tout à la fois l'exil, les langues étrangères et la peinture hollandaise. J'apprenais à exister, aussi. Avec difficulté. Le monde était vaste, en grande partie indéchiffrable. Antonio Gramsci venait de mourir, quasiment abandonné par son parti. Quant à Ercole Ercoli – plus connu dans l'avenir sous le nom de Palmiro Togliatti –, il était envoyé en Espagne pour prendre en main la direction du parti communiste espagnol et pour mener jusqu'au bout la lutte contre le trotskisme. Peu avant d'arriver à Barcelone, Ercoli avait écrit un long article nécrologique sur Gramsci. Un essai plein d'éloges et de mensonges, qui falsifiait l'image de son compagnon de lutte. Qui en faisait un stalinien fidèle et confit en orthodoxie. Qui en arrivait à l'ignominie d'attribuer à Gramsci une phrase que celui-ci aurait été incapable de prononcer. Une phrase à propos de Trotski. « C'est la putain du fascisme », aurait dit Gramsci, en prison, à propos de Lev Davidovitch. *La puttana del fascismo*. Mais cette phrase était une invention ignominieuse d'Ercoli, bien sûr. C'était l'époque, pensons-y, de la Grande Purge en Union soviétique. Les procès se succédaient. La terreur dévastait le pays, comme un flot démonté. Des millions d'hommes et de femmes étaient entraînés comme des fétus de paille par ces eaux tempétueuses vers l'archipel du Goulag. A La Haye, je faisais du latin et du grec au Tweede Gymnasium. Pendant mes heures de liberté, je flânais dans la librairie de Martinus Nijhoff ou dans les salles du musée du Mauritshuis. Mais la guerre d'Espagne tournait mal. A Marseille, impasse des Mûriers, dans le quartier de la Cabucelle, Montand faisait l'apprentissage de la condition ouvrière, tout en rêvant de Fred Astaire. Son père, Giovanni Livi, donnait tous ses papiers d'identité à un camarade italien échappé des prisons mussoliniennes, afin que celui-ci puisse gagner l'U.R.S.S., avec sa famille. L'U.R.S.S., patrie des travailleurs, on s'en souvient. Mère patrie même : tellement maternelle qu'elle les enfournait par millions dans son vaste sein glacial, à la Kolyma. Mère insatiable.

Mais je ne connais pas encore le quartier de La Cabucelle. Je ne suis pas encore entré dans la maisonnette de l'impasse des Mûriers où à vécu la famille Livi. Je suis à Washington, Montand vient de partir pour le Canada et je me promène dans les salles spacieuses et calmes du nouveau bâtiment de la National Gallery, sans doute l'un des lieux les plus propices à la méditation et à la joie qui soient au monde. A cette partie du monde que je connais, du moins.

A La Haye, en 1937, j'apprenais le français avec Charles Baudelaire, je l'ai déjà dit. Mais aussi avec Marcel Proust. Ou plutôt, soyons tout à fait précis, pas de forfanterie : avec *Du côté de chez Swann.* Ensuite, j'ai mis quarante ans à finir de lire Proust. Même davantage, si je compte bien. Car c'est précisément à Washington, en septembre 1982, au cours de ces journées de soleil brumeux sur les rives du Potomac, que je finissais de lire *Le Temps retrouvé.* Raison de plus, vous l'aurez compris, pour me précipiter à la National Gallery et contempler la peinture de mon adolescence.

Mais il n'y avait pas *La Vue de Delft.* Tant pis pour Bergotte, pour le deuxième Ramón Mercader et pour moi-même. Il y avait, par contre, *La Jeune Fille* de Vermeer. Et surtout *Le Chardonneret* de Carel Fabritius. Rien de mieux pour retrouver le temps passé.

Mais Montand ne se souvient pas de Torquato Tasso.

Nous sommes à Allauch, de nouveau, après tous ces tours et détours. Nous sommes le 13 décembre 1982, et Montand vient de rentrer de Washington.

Ce matin, en arrivant à Marignane, il a demandé au chauffeur de la voiture de louage de nous faire entrer dans Marseille du côté de Saint-Antoine.

C'était tout autre chose que le côté de chez Swann ou celui de Guermantes, vous pouvez m'en croire. C'était le côté sombre de la vie, de la condition ouvrière : le mauvais côté de l'histoire. Nous avons traversé ces quartiers, sous un soleil d'hiver. Montand me montrait les rues, les maisons de son enfance. Il m'indiquait les endroits qu'il avait fréquentés, autrefois. Des cafés, des cinémas. Certains avaient disparu. Sur les terrains vagues d'autrefois se dressent à présent les alignements mornes des H.L.M. Mais la structure d'ensemble, le tissu même de cette vie ne semblait pas avoir changé fondamentalement. C'était encore un quartier où prédominaient manifestement les immigrés, les couches les plus fragiles et marginales d'un sous-prolétariat.

Finalement, après qu'on eut suivi dans tous les sens les trajets de son enfance, y retrouvant des lieux demeurés identiques aux images de sa mémoire, d'autres qui s'étaient transformés, et n'y retrouvant pas certains qui avaient disparu, Montand me conduisit à La Cabucelle, dans l'impasse des Mûriers.

– Depuis combien de temps n'es-tu pas venu ici? lui demandai-je.

Il hochait la tête, il se penchait pour regarder par la portière. Visiblement fébrile d'émotion contenue.

– Je ne sais plus, dit-il. Des années, des tas d'années!

Il regardait les maisons basses, les courettes qui bordaient l'impasse. Au premier coup d'œil, il avait l'impression que rien n'avait changé. Il me disait : « Ça n'a pas changé. » Au deuxième coup d'œil, pourtant, essayant de me montrer l'endroit exact où il avait vécu, il ne le retrouvait plus. Tout lui semblait changé, brusquement.

Il est sorti de la voiture.

Il marchait à grandes enjambées, allant d'un trottoir à l'autre, regardant l'impasse des Mûriers sous tous les angles, toutes les perspectives. La regardant sous le nez, dans les yeux. De travers aussi, pour finir. Car il ne parvenait pas à retrouver l'emplacement exact de la maison de la famille Livi. La maison de son enfance.

Il a été saisi d'une sorte de brusque colère attristée.

– Allez, on se tire, s'est-il exclamé. Il n'y a rien à voir ici!

On est remonté en voiture.

C'est alors, au moment de quitter l'impasse des Mûriers, qu'il a aperçu, sur la gauche, une tache plus claire sur une façade, au-dessus d'un pan de mur visiblement refait.

– Là, a-t-il crié.

Le chauffeur a stoppé net.

Montand m'explique qu'à la place de cette tache sur la façade, il y avait autrefois l'enseigne peinte du salon de coiffure que sa sœur Lydia avait ouvert pour subvenir aux besoins de la famille. *Coiffeuse Jacky*, telle était l'enseigne effacée. Et ce pan de mur récemment refait se trouve à la place de la porte d'une sorte de garage où avait été installé le salon de coiffure.

Ça y est, tout lui revient. La topographie de la mémoire se remet en place dans la réalité d'aujourd'hui.

A ce moment, une jeune femme brune a couru dans l'impasse, vers nous. Vers Montand, plutôt. D'ailleurs, pour qu'il n'y ait pas de doute à ce sujet, elle crie en courant : « Montand! Montand! » Avec l'accent qu'il faut pour que la scène soit tout à fait véridique.

J'avais remarqué la voiture qui venait de se garer devant l'ancienne maisonnette de la famille Livi. J'avais remarqué la jeune femme qui en sortait, chargée de provisions, un tout petit enfant sous le bras. J'avais remarqué aussi qu'en voyant Montand penché à la portière, scrutant les façades, elle avait déposé en toute hâte provisions et bébé sur la banquette arrière de son automobile, pour foncer vers nous.

Vers Montand, je veux dire.

Elle est là tout essoufflée, c'est l'émotion, elle le dit, sa voix le chante, quelle histoire, oui, elle le sait, bien sûr, qu'elle habite la maison de Montand, quelle émotion, seigneur, elle s'appelle Navarro, son mari, oui, il est boulanger, mais qu'est-ce que je suis émue, quand même, vous ne pourriez pas me signer un autographe, monsieur Montand?

Mais Montand n'a pas signé d'autographe, en fin de compte. La jeune femme n'avait ni crayon ni papier sous la main. Et puis, il a eu tout à coup hâte de partir.

Plus tard, après le déjeuner, je lui ai proposé de remonter là-haut, impasse des Mûriers.

– Tu crois? me dit-il.

Il en a certainement envie.

– C'est idiot, on était devant, lui dis-je. On n'y est pas entré. Ce couple, les Navarro, ils seront ravis de te laisser visiter leur maison. La tienne, je veux dire.

C'est décidé, on y va.

On a sonné à la porte du numéro 8, impasse des Mûriers. C'est lui qui est venu ouvrir, Navarro. Apparemment, il faisait la sieste du boulanger. Mais il est tout heureux de voir Montand. Sa femme a dû lui raconter. La femme du boulanger apparaît, d'ailleurs. On entre dans la maison, dans un brouhaha de commentaires. on voit aussitôt que des travaux sont en cours.

Montand s'arrête, regarde autour de lui, dans la première pièce.

– Où est passé l'évier? s'exclame-t-il.

Navarro ne comprends pas.

– Mais il y avait un évier, là!

Il a l'air presque indigné qu'on ait touché aux objets d'antan. Les objets de sa mémoire. De son enfance.

Ah! oui, c'est vrai! Il se souvient maintenant, le jeune boulanger. Il y avait un évier, en effet, mais on a changé la disposition des pièces. Ils réaménagent la distribution intérieure de la maisonnette. Ici, maintenant, c'est la chaufferie, une pièce de débarras.

Montand hoche la tête, pas convaincu de la nécessité d'un tel remue-ménage. Mais il poursuit son inspection.

Il me montre, toujours au rez-de-chaussée, la porte du couloir qui cache, en se rabattant, l'accès d'une toute petite pièce donnant sur les arrières. Côté cour-jardinet. C'est là qu'il dormait, en janvier 1944, lorsque la Milice a fait une perquisition. C'est lui que les miliciens cherchaient, il était réfractaire au S.T.O. Sans doute avait-il été dénoncé.

Mais sa mère a eu la présence d'esprit de rabattre la porte du couloir, cachant ainsi l'entrée du réduit où il couchait. Les miliciens fouillèrent toute la maison, repartirent bredouilles. « Mon fils fait des galas du côté de Toulouse », dit maman Livi.

Un mois après, Montand était à Paris. La meilleure solution, c'était de se cacher en pleine foule, en pleine lumière : « au vu et au su de tout le monde », avait-il décidé. En pleine lumière du music-hall. Il chanta à l'A.B.C. En somme, la Milice a précipité son destin, en le poussant vers la fuite à Paris, le refuge dans la célébrité naissante.

Tout à coup, Montand s'exclame de joie.

L'escalier n'a pas changé, lui. Fidèle au poste, il est exactement semblable à ce qu'il était, il y a quarante ans.

Montand est heureux d'avoir retrouvé son fidèle escalier. Il en caresse la rampe.

A l'étage, les déboires et déceptions recommencent. Si le nombre de pièces – de toutes petites pièces – n'a pas changé, leur disposition a été bouleversée. Pour un peu, à l'entendre s'étonner (« Ah! mais non, mais non! Le lit n'était pas du tout placé comme ça »), les Navarro s'excuseraient d'avoir modifié l'aménagement de leur logement. « Ce serait mieux d'en faire un musée, bien sûr, dit Mme Navarro. – Mais non, mais non, quelle idée! C'est très bien comme ça, dit Montand. D'ailleurs, on va vous laisser, ajoute-t-il. On vous a assez dérangés. »

Et on les laisse, en effet, pour gagner la maison de Lydia Ferroni, à Allauch, quartier de La Pounche.

Mais Montand ne se souvient pas de Torquato Tasso.

Le livre est devant moi, pourtant, sur la table. Un gros volume cartonné, rouge, doré sur tranches. Assez défraîchi.

LA GERUSALEMME LIBERATA
illustrata da Edoardo Matania
Milano
Società Editrice Sonzogno
1895

Telle est l'inscription imprimée sur la page de garde, sous le nom de l'auteur, bien sûr : Torquato Tasso.

Mais Montand, l'œil plissé de méfiance – qu'est-ce que sa sœur Lydia a encore été inventer? – prétend tout d'abord ne rien savoir de ce volume.

C'est Lydia qui y a fait allusion, tout à l'heure.

Nous étions arrivés à Allauch vers la fin de l'après-midi. L'air était sec et frais. La transparence du soir faisait se répercuter au loin les bruits minimes de la vie.

La sœur de Montand ne nous attendait que le lendemain. Quand nous sommes arrivés, elle était d'ailleurs en train de rouler la pâte des raviolis que son frère lui avait demandé de préparer pour le déjeuner du mardi.

La dernière fois que j'avais vu Lydia, c'était à Paris, lors de la première de l'Olympia. Un peu plus d'un an auparavant. Elle m'avait pris à part, en coulisses, pour me dire des mots qui m'avaient touché. « Aimez-le toujours, mon frère », m'avait-elle dit, « ne cessez pas de l'aimer. » Je n'en avais pas l'intention, je le lui ai dit.

Sans doute, transcrits ainsi, sans la chaleur tremblante de la voix, ces mots peuvent paraître un peu solennels. Mais ils étaient dits avec la spontanéité d'une vraie, profonde tendresse.

Et puis, plus récemment, tout le long de la tournée mondiale, j'avais pu constater que Montand trouvait à chaque étape un petit mot de Lydia qui l'attendait. La première chose qu'on lui remettait, avec la clef de son appartement, à chaque nouvel hôtel de chaque ville nouvelle, c'était une carte de Lydia. Il haussait les épaules, souriant, attendri et un brin agacé. Comme le serait un jeune homme encore en butte aux exubérances de l'amour maternel. Dans ce cas, sans doute, l'amour était sororal. Mais il prenait parfois, c'est compréhensible, des allures un peu exclusives, envahissantes, d'amour maternel. Quasiment matriarcal.

Quoi qu'il en soit, c'est Lydia qui a parlé de Torquato Tasso, tout à l'heure.

Je lui avais raconté la visite de la maison, impasse des Mûriers. Je lui avais demandé quelques précisions. Ainsi, par exemple, quelle était la date exacte de l'arrivée de leur père, Giovanni Livi, à Marseille, fuyant les persécutions du fascisme. A ce propos, les dates que j'avais pu retrouver variaient légèrement d'un livre à l'autre, d'un témoignage à l'autre. Mais j'ai toujours eu le souci, presque obsessionnel, de la précision. Je voulais savoir la date exacte. Ça n'avait pas beaucoup d'importance, sans doute. On connaît dans ses grandes lignes l'odyssée de la famille Livi. Originaire de Monsummano Alto, un village du nord-ouest de Florence, c'était une famille paysanne, on le sait. Comme on sait que le beau-frère de Giovanni Livi, fasciste militant et fanatique, chefaillon des chemises noires de la région, commença à persécuter le père de Montand dès la prise de pouvoir par Mussolini en 1922, pour obtenir de lui une rétractation de ses idées socialistes. Brimades, perquisitions en pleine nuit et, finalement, incendie du petit atelier de fabrication de balais que Giovanni Livi avait monté pour compléter les maigres revenus d'une terre sévère, peu fertile. Alors, le père de Montand fuit Monsummano et traverse clandestinement la frontière française. Il a l'intention d'émigrer aux Etats-Unis mais, quelques jours après son arrivée à Marseille, la concession de visas d'immigration aux Italiens vient d'être suspendue. Il deviendra français.

Quoi qu'il en soit, je voulais savoir si possible la date exacte de l'arrivée de Giovanni Livi à Marseille.

Sans hésiter, Lydia me répondit que son père y était arrivé le 2 février 1924. Le reste de la famille l'y rejoignit quelques mois plus tard, dès que Giovanni Livi put envoyer à Monsummano un peu d'argent pour le voyage.

Montand s'étonna qu'elle puisse être aussi certaine de la date exacte.

– Mais c'est écrit dans le Torquato Tasso! s'écria Lydia.

J'ai regardé Montand. Il m'a regardé. Qu'est-ce que le Tasse vient faire dans cette histoire?

Lydia était donc allée chercher le gros volume rouge, défraîchi par le temps. Sur la page de garde, on pouvait lire une phrase tracée au crayon d'une grande écriture maladroite, en un mélange d'italien et de français : *Arrivato a Marseille le 2 febbraio 1924*.

Mais pourquoi le Tasse? Pourquoi Torquato Tasso?

Lydia Ferroni nous raconte.

Le grand-père de son père, un certain Carlo Livi, paysan toscan cultivé, grand lecteur et conteur d'histoires, si l'on en croyait la tradition orale de la famille, avait légué avant de mourir à chacun de ses petits-fils l'un de ses livres préférés. A l'un, *La Divine Comédie* de Dante Alighieri (la voix de Lydia chante amoureusement sur les mots italiens). A l'autre, un livre sur Galileò Galilei dont l'auteur n'a pas laissé de nom dans la mémoire de Lydia. A Giovanni Livi, pour finir, le père de nos héros (ô pardon! je me suis cru pendant une seconde dans un roman populaire!) *La Gerusalemme Liberata* de Torquato Tasso, précisément. Et lorsque le père de Montand avait fui le fascisme, traversant la frontière des Alpes clandestinement avec un maigre bagage, il avait emporté le gros volume cartonné. C'était le seul objet qu'il eût emporté. Symbole d'une tradition de paysans éclairés, dernier lien visible avec les mots chantants d'une patrie perdue.

Je regarde le gros volume, j'en feuillette les pages. Pourquoi cacher qu'une sourde émotion m'a envahi?

Je me souviens du poème de Baudelaire à propos du tableau d'Eugène Delacroix sur le Tasse enchaîné :

Le poète au cachot, débraillé, maladif,
Roulant un manuscrit sous son pied convulsif...

Je me souviens du passage où Montaigne, qui avait visité l'hôpital de Sainte-Anne (celui de Ferrare, bien entendu) où le Tasse avait été interné au seizième siècle, explore le voisinage, peut-être même le cousinage, de la poésie et de la folie.

Je me souviendrais même des pages des *Mémoires*

d'outre-tombe où Chateaubriand évoque le tombeau du Tasse à Sant'Onofrio, si je ne craignais d'agacer Montand, lorsqu'il lira cet essai-portrait, par une trop grande insolence de ma mémoire. Une mémoire trop privilégiée. Car je sais que ça l'agace, parfois. Il a beau ne pas me le dire, je le sens bien.

Parmi les inégalités de la vie sociale, en effet, l'une des plus injustes, des plus blessantes, des plus difficiles à supprimer et même à modifier en profondeur, est celle qui concerne le savoir. On peut toujours être né dans une famille modeste, s'arrêter un jour pour ramasser une épingle sous les yeux d'un financier avisé et pédagogue et devenir à son tour millionnaire. On peut toujours avoir été vendeur de journaux et devenir puissant et honoré. On peut même – du moins en Espagne – devenir honorable banquier, fondateur de dynastie et de fondations culturelles, alors qu'on a commencé sa carrière en tant que petit contrebandier méditerranéen.

On peut partir de n'importe où et devenir n'importe qui, dans nos sociétés démocratiques. Mais la barrière du savoir est la plus difficile à franchir. Aucune révolution, d'ailleurs, n'a jusqu'à aujourd'hui vraiment réussi à renverser cette barrière. Certaines l'ont déplacée, en ont changé les conditions de franchissement, les mots de passe, les codes de comportement et de consommation, les critères de sélection qui vous permettront de fouler le sol du savoir, mais la barrière est toujours là. Il y a toujours ceux qui savent, presque sans effort, presque de naissance : comme un dû, comme un droit inné. Un privilège donc. Et ceux qui ne savent pas, qui n'ont même pas les mots pour dire leur situation. Leur non-savoir.

Je pensais fugitivement à tout cela, en feuilletant le poème épique du Tase, *La Jérusalem délivrée*.

Giovanni Livi l'avait hérité de son grand-père Carlo. Il l'avait emporté en exil. C'était le signe d'une appartenance ancienne, peut-être même archaïque dans sa permanence paysanne, à l'univers de la culture.

Mais Montand ne se souvient pas de Torquato Tasso. Pas encore, du moins.

Déraciné, grandi en terre étrangère, parmi des mots étrangers, les valeurs culturelles qu'il a eu à assimiler ou à s'approprier adolescent sont autres. Ce sont les valeurs scintillantes des grandes cités industrielles. Valeurs universelles précisément par leur source urbaine, leur ferment de modernité. Ce sont les images du cinéma, les sons et les chansons des postes de radio, des disques. Le livre, la lecture, l'écrit ne sont venus que plus tard.

Machinalement, je lis à haute voix le début de *La Gerusalemme Liberata.*

Canto l'arme pietose e'l capitano
che'l sepolcro liberò di Cristo.
Molto egli oprò co'l senno e con la mano,
molto soffrì nel glorioso acquisto...

Tout à coup, Montand dresse la tête, aux aguets. Ses sourcils se froncent, son regard devient fixe.

– Attends, attends! s'écrie-t-il.

On dirait que le rythme des vers, leur rotondité sonore, ont éveillé sa mémoire assoupie.

– Ça me revient! dit-il. Il n'y a pas une image, quelque part, avec des chevaliers sur une muraille, qui se battent?

Nous cherchons, en regardant les illustrations romantiques, tout à fait dans le style des gravures de Gustave Doré, qui ornent à intervalles réguliers les pages du volume.

Et nous trouvons, bien sûr.

Pour illustrer le Onzième chant du Tasse, une gravure pleine page montre Godefroy de Bouillon menant ses croisés à l'assaut des murs de Jérusalem, dans le fracas des armes entrechoquées. Deux vers de la quatre-vingt-unième stance dudit chant servent de légende à l'illustration :

...e sovra la confusa alta ruina
ascende, e move omai guerra vicina.

Montand reconnaît la gravure de son enfance. Il a fini par se souvenir de Torquato Tasso.

Voilà, il aura fallu plus d'un demi-siècle, le hasard d'un voyage à Marseille, la réapparition d'un volume oublié du Tasse, pour que Montand renoue le fil ténu, fragile, évanescent qui le relie à cette enfance bercée par les sonorités épiques du poème du Tasse, où se reflète et s'épuise, en même temps, toute une tradition culturelle. Qui lisait aux garçons ce poème à haute voix à La Cabucelle ? Etait-ce la mère ou bien la sœur Lydia, l'aînée des enfants Livi ?

Quoi qu'il en soit, sur l'écran de la mémoire de Montand vient de bouger – floue, fumeuse mais originelle – l'image de Godefroy de Bouillon montant à l'assaut de la cité sainte de Jérusalem.

Ça vaut bien la lanterne magique du petit Marcel et l'image de Geneviève de Brabant.

Ce soir-là, à Marseille, avec le bruit de fond du ressac qui battait les rochers de la basse corniche où se trouvait notre hôtel, j'ai noté dans un cahier mes impressions de la journée.

A un certain moment, je me suis levé pour baisser le son de l'appareil de télévision. On y voyait les images noir et blanc d'un vieux film de Martin Ritt. Une histoire de fermiers, pleine de poussière et de vent. Paul Newman y jouait le rôle d'un fort méchant garçon. Pas tendre pour un sou avec les femmes, odieux avec sa petite famille. Un vrai voyou au sourire charmeur qui se fichait éperdument de la fièvre aphteuse décimant le troupeau de son paternel.

La fièvre aphteuse, ça me rappelait des souvenirs. A la légation d'Espagne, à La Haye, j'allais parfois fureter dans les bureaux, lire les rapports que mon père recevait, ceux qu'il envoyait lui-même. Les notes officielles régulièrement échangées au sujet de la fièvre aphteuse me plongeaient dans la stupéfaction. Elles me paraissaient totalement incongrues. Hors du réel. La guerre civile dévastait l'Espagne, la guerre mondiale allait bientôt dévaster l'Europe, mais l'Espagne et la Hollande continuaient d'échanger imperturbablement des notes circonstanciées sur l'état de la fièvre aphteuse dans leurs territoires respectifs. (Celui de la République espagnole, d'ailleurs, rétrécissait comme un peau de chagrin.) Ainsi, le nom de cette épizootie, dont je me garderai bien de sous-estimer l'importance, m'est resté comme le symbole d'une certaine absurdité du monde.

Mais Paul Newman, du moins dans ce film de Martin Ritt, se fichait visiblement de la fièvre aphteuse. Je ne parvenais pas à lui en vouloir.

J'ai donc baissé le son de l'appareil de télévision. J'ai laissé les images se projeter devant mon regard intermittent, tout en relisant les notes que j'avais prises à propos de cette journée, dans un grand cahier de moleskine noire *(PEONY D 731-1 171×257 MM 80 SHEETS, MADE IN CHINA).*

Fedora = Lydia.

Marino = Julien.

Tels étaient les derniers mots que je venais d'écrire.

L'explication en est simple. Le vrai prénom – ou plutôt, le prénom officiel, administrativement vrai – de Lydia, la sœur aînée, est Fedora. Et le vrai prénom de Julien Livi est Marino. Le seul enfant Livi dont le vrai prénom soit le sien, je veux dire, celui qu'il porte habituellement, sans en avoir changé, c'est Yves, précisément.

J'avais appris ce détail imprévu en regardant l'exemplaire jauni du *Journal officiel* où est publié, à la date du 20 juillet 1929, le décret de naturalisation de Giovanni Livi : « Livi (Jean), journalier, né le 15 novembre 1891 à Monsummano (Italie), demeurant à Marseille (B.d.R.) ayant trois enfants mineurs : 1°) Fedora, née le 25 mars 1915; 2°) Marino, né le 2 novembre 1917; 3°) Yves, né le 13 octobre 1921, tous à Monsummano. Fait à Paris, le 8 janvier 1929. »

Et ce décret est signé Gaston Doumergue, bien entendu, puisqu'il était, à l'époque, président de la République et que c'est de cette haute fonction que dépend, en dernière instance, le droit d'accès à la nationalité française.

Lydia Ferroni a conservé dans le buffet de la maison d'Allauch cet exemplaire du *J.O.*, ainsi qu'une communication officielle du 3 juillet 1937 reproduisant, à toutes fins utiles, l'extrait du décret de naturalisation que je viens de citer. Son père, Giovanni, ou désormais Jean Livi, avait, en effet, eu besoin de ces documents officiels après qu'il eut donné, au printemps 1937, tous ses papiers à un camarade italien qui allait se réfugier en Union soviétique. Lorsqu'il déclara au commissariat de police la perte de ses papiers, il lui fallut demander un extrait du *J.O.* pour prouver et son identité et sa nationalité française.

Je reprends mon cahier de moleskine noire. Sur l'écran de télévision, Newman est en train de faire des misères à une jeune femme quelque peu débraillée, mais désirable. C'est d'ailleurs parce qu'elle l'est, désirable, qu'il lui fait des misères. C'est une façon un peu brutale de lui dire son désir.

J'écris : « A Rio de Janeiro, après la soirée au stade de

Maracanàzinho, j'avais pensé qu'il faudrait commencer par cette image : Montand assis sur la haute chaise ancienne, cannelée, en train de chanter *a cappela Les Bijoux* de Baudelaire devant quatorze mille Brésiliens fervents et sidérés. » Mais ce soir, à Marseille (13 décembre 1982), je me demande s'il ne faudrait pas commencer par le commencement, pour une fois (n'est pas coutume). Par des images enfantines. Godefroy de Bouillon montant à l'assaut des murailles de Jérusalem ? Des images fortes en tout cas, autour desquelles construire les premières séquences de cette vie.

L'image de l'œuf, par exemple. Essayons.

L'ŒUF : 1925

Il luit d'un éclat mat, sur le buffet ciré, l'œuf. Un seul œuf, un œuf unique : l'œuf en soi. Les parents sont partis au travail, c'est Lydia, l'aînée, dix ans, qui a la garde des petits. La garde de l'œuf, aussi.

Il y a des jours de liesse, sans doute, où la mère peut laisser sur le buffet un peu de pain et de fromage. Mais cet œuf unique revient vraiment souvent. Un seul œuf à partager entre trois, pour tout potage, si j'ose dire. Pour seul repas de la journée, en attendant le retour harassé des parents.

L'œuf est sur le buffet. Les enfants le regardent à la dérobée. Ils le surveillent. Il ne faut pas qu'il roule et se casse. Il ne faut pas que le chat le fasse tomber du buffet. L'œuf est sacré.

C'est Lydia qui est chargée de décider de quelle façon l'œuf sera mangé. Cuit dur, il est plus facile à partager en portions égales. A la coque, les enfants s'assoient autour de la table, Lydia les sert à la petite cuillère, à tour de rôle. Equitablement. Ça change, mais c'est plus compliqué. Préparer l'œuf au plat, ou en omelette d'un seul œuf pour trois enfants, c'est impossible, par contre. Il n'y a pas à la maison du gras pour cet usage.

L'œuf unique brille sur le buffet, redoutable. Il est à la fois la faim et la seule façon de tromper la faim. Il est comme un dieu lare. Tutélaire mais redoutable.

Ce n'est certainement pas en pensant à l'enfance de Montand que Jacques Prévert a écrit son poème *La Grasse Matinée*. La faim est universelle et Prévert en avait déjà entendu parler, imaginez-vous, avant de connaître Montand. Mais celui-ci a dû trouver que ces vers chantaient tout à fait juste dans sa mémoire, quand il les a découverts, bien plus tard,

Il est terrible
le petit bruit de l'œuf dur cassé sur un comptoir d'étain
il est terrible ce bruit
quand il remue dans la mémoire de l'homme qui a
[faim...

Il est terrible, sans doute, l'œuf unique, dans la mémoire d'Ivo Livi. Mais c'est là que la mémoire commence. Que la vie commence.

LE FRAIS DU SOIR : 1928

A cette époque, la famille Livi n'habite plus la maisonnette de Verduron-Haut où elle s'est retrouvée après avoir quitté l'Italie. Elle loge maintenant dans un appartement du quartier des Crottes, rue Edgar-Quinet.

Le mardi 14 décembre 1982, avant de repartir vers Paris, Montand m'y a conduit. L'endroit a changé, bien sûr. Le terrain vague du Bachas d'autrefois, territoire de jeux et de bagarres diurnes, lieu nocturne des mauvaises rencontres et des mauvais gars, n'existe plus. Mais le cœur du quartier, autour de l'immeuble où habitaient les

Livi, à un troisième étage, est toujours pareil à lui-même. C'est-à-dire triste et misérable.

On a laissé la voiture un peu plus loin. On marche.

Montand me montre les fenêtres de son ancien logement.

– C'est là, sur le trottoir, me dit-il, que les familles venaient prendre le frais, les soirs d'été. On sortait les chaises, on s'installait là. Les premiers temps je n'avais pas le droit d'y aller. J'étais trop petit, je restais dans mon lit, en haut. Mais j'entendais les voix par la fenêtre ouverte. Ça parlait toutes les langues, l'italien, l'espagnol, l'arménien. Même un peu le français. Il y avait souvent une conversation générale, j'entendais mal, c'était un brouhaha. Parfois, l'un des hommes racontait une histoire, on l'écoutait. J'écoutais aussi, de là-haut. Ensuite, j'ai pu descendre. Je sortais ma chaise, je m'asseyais avec les autres. J'écoutais. C'étaient toujours les mêmes histoires. Le malheur, l'exil, la mort, les rêves.

Il s'engage dans une petite ruelle qui fait angle avec la rue Edgar-Quinet.

L'endroit est désert, suintant de tristesse. Même le soleil de décembre dans un ciel clair ne parvient pas à l'égayer.

Tout à coup, un volet claque, là-haut, à une fenêtre de la ruelle, dans l'immeuble qui fait face à celui où vécurent les Livi.

Une femme se penche à cette fenêtre, elle regarde vers nous. Vers Montand, je veux dire.

– Montand, vous n'êtes pas Montand? dit-elle.

Ensuite, elle crie, l'ayant décidément reconnu. Elle hurle même.

– Montand, hurle-t-elle, c'est Montand qui est revenu!

Elle va ameuter le quartier si elle continue. Mais c'est bien ce qu'elle cherche, à ameuter le quartier. Elle veut que tout le monde participe à cet événement : le retour de l'enfant du quartier devenu célèbre.

Mais Yves ne l'entend pas de cette oreille. Ce qu'il entend, d'ailleurs, n'est pas fait pour le rassurer. Il entend le bruit des fenêtres qui commencent à s'ouvrir, ici ou là. Le bruit des voix qui s'exclament. Alors, il me jette un coup d'œil, pour s'assurer que j'ai bien compris ses intentions et il file au pas de gymnastique.

Cours, camarade, ai-je envie de crier pour le faire sourire, cours, le vieux monde est derrière toi!

Mais je ne dis rien, je cours à ses côtés, vers la voiture. J'entends dans ma tête les voix du quartier. Pas celles d'aujourd'hui, ces voix agitées qui s'annoncent d'une fenêtre à l'autre que Montand est revenu. J'entends les voix calmes d'autrefois, les soirs d'été, lorsqu'on prenait le frais sur le trottoir. Les voix piémontaises, andalouses, arméniennes qui racontaient les voyages, les malheurs, l'exil et le rêve. Surtout celles qui racontaient le rêve ancien de vivre, qui nourrit toujours le métier de Montand.

PORTRAIT DE L'ARTISTE EN JEUNE PROLETAIRE A CASQUETTE : 1933

Il y a plein de photographies, place Dauphine, chez Montand.

Il y en a aux murs, parfois encadrées, parfois simplement épinglées. Sous verre, ou toutes nues, comme Vénus sortant de l'onde. Il y en a sur les meubles, sur les étagères. Glissées dans l'encadrement de la grande glace, au-dessus de la cheminée. Des photos en couleurs, en noir et blanc. Des photos posées, des photos en coup de vent et coup de cœur : en vitesse. Des portraits, surtout. Mais aussi des paysages, des maisons, des soleils. Parfois elles changent de place, parfois l'une d'entre elles disparaît. De nouvelles photos arrivent aussi, bien sûr. Il y a des photos parlantes de bonheur, des photos muettes de douleur. Il y a celles qui disent ce qu'elles ont à dire, qui montrent ce qu'elles ont à montrer, d'emblée, de prime abord, sans détours. Primesautières. Il y a aussi celles qui cachent leur jeu, qui disent tout autre chose de ce qu'elles semblent dire, quand on les écoute mieux. Ou plus longtemps. Ou quand on les surprend, un jour, en venant y jeter un coup d'œil quand elles ne s'y attendaient pas.

Mais de toutes ces photographies, que je connais par cœur – c'est-à-dire par le regard du cœur –, il y en a une qui me touche particulièrement. Peut-être n'est-ce pas la plus belle. Peut-être la plus belle est-elle celle d'Yves et de Simone assis sur un banc de pierre, au soleil du Midi – ou plutôt : dans l'ombre inimitable que fait le soleil du Midi, à midi – en pleine jeunesse, en pleine beauté, les visages tournés vers le ciel du regard de l'autre, tourné vers le ciel, se frôlant dans un baiser suspendu dans un éclair immobile. Sans doute cette photo-là est-elle la plus belle de toutes celles qui sont visibles, place Dauphine.

Mais la plus touchante, me semble-t-il, est une photographie de Montand, enfant – mais je dis n'importe quoi : Montand n'est pas un nom d'enfance; c'est le nom de scène et de guerre qu'il s'est donné lui-même pour devenir adulte, un nom qui claque comme un drapeau – un portrait de l'enfant Ivo Livi, donc.

Il a onze ans et demi, ce gamin.

Il se tient debout, dans l'encadrement d'une porte, semble-t-il. Il a la main gauche à la hanche, la main droite déployée dans une sorte de geste ample, d'adieu ou de salut. Il est habillé d'une veste et d'un pantalon étriqués, chaussé d'espadrilles. Il porte autour du cou un foulard un peu voyou. Ou un peu voyant, sans plus.

A cette époque-là, la famille Livi a encore déménagé. Elle est venue s'installer à La Cabucelle, où elle va demeurer longtemps. Là, dans l'impasse des Mûriers et les ruelles avoisinantes, avec leurs cours et leurs jardinets, vit une population hétérogène. Sans doute s'agit-il de familles à revenus plus que modestes. Mais il y a des clivages, des strates, des frontières subtiles. Ainsi, dans la première maisonnette qu'ils ont habitée dans l'impasse, avant de s'installer au numéro 8, les Livi ont eu des voisins fort différents.

D'un côté, des Arméniens. Ils vivent dans une masure de planches et de pisé, au sol en terre battue, qu'ils ont construite eux-mêmes. Montand se souvient encore aujourd'hui des récits qu'entendait le petit Ivo Livi, l'histoire chuchotée par les voisins et qui racontait le massacre des Arméniens, au début du siècle. Il se souvient encore de certains mots de cette langue ancestrale, qu'il a apprise dans les jeux et les récits de son enfance. Il se souvient surtout d'une scène qui revenait tous les samedis, chez les Arméniens. Au grand scandale murmuré des Piémontais de l'impasse des Mûriers, qui trouvaient la chose indécente. Car le samedi, en effet, les Arméniens s'installaient derrière la clôture approximative d'un enclos de planches disjointes pour faire leur toilette. Les femmes faisaient couler de l'eau chaude dans des bassines en fer-blanc où les hommes se plongeaient, tout nus. Elles lavaient longuement leurs maris et leurs fils, au milieu des rires et des conversations. Au grand scandale émoustillé du voisinage.

De l'autre côté de la maisonnette des Livi, les voisins sont d'un tout autre genre. Il s'agit des Raphaël, si la mémoire de Montand est bonne. En général, elle est excellente pour les images. Moins bonne pour les noms propres. Mais enfin, Raphaël ou pas, les voisins de l'autre côté des Livi sont différents. Ils ne nagent pas dans l'argent, sans doute, mais ils sont plus à l'aise que la plupart des familles de l'impasse. Et puis, surtout, ils ont des manières, des mots, des allures, des habitudes, des comportements différents. Ils ne fréquentent pas les mêmes lieux. Les filles ne travaillent plus en usine, elles sont sténo-dactylos. Des « bourgeois », en somme. Du moins est-ce ainsi que leur mode de vie est perçu par les familles d'immigrés de La Cabucelle.

D'un côté, donc, il y a l'image du bain collectif du samedi arménien. De l'autre, il y a dans la mémoire de Montand, à l'origine de tout, un bruit. Une sorte de bruit sec et bref, monotone, rythmé, plus ou moins rapide. Un bruit inexplicable qui provient du jardin des Raphaël, si tel est bien leur nom. Une sorte de va-et-vient, mystérieux. Alors, curieux, agacé par ce bruit, le petit Ivo Livi va grimper sur un échafaudage improvisé pour jeter un coup d'œil à la dérobée dans le jardin voisin. Et découvrir le jeu du ping-pong, bien sûr, pratiqué en plein air par les enfants des voisins. La petite balle blanche qui va d'un bout de la table à l'autre le fascine tellement qu'il se découvre trop et qu'il est aperçu par les petits voisins. A sa grande honte, qui le fait se retirer précipitamment de son observatoire.

Quoi qu'il en soit, à cette époque Ivo a quitté l'école, il travaille déjà. A onze ans et demi, dans une fabrique de pâtes alimentaires, la maison Guérin. Il fait équipe avec un camionneur nommé Fouque. Il charge des paquets de vingt ou vingt-cinq kilos de pâtes sur le camion, il les décharge aux points de livraison. C'est peut-être pour cela qu'il porte le foulard typique des portefaix. Des nervis, en ancien argot marseillais.

De son passage à l'école publique, Montand semble avoir gardé des souvenirs mélangés. Celui de la contrainte, d'abord, symbolisé par l'ordre péremptoire peint sur le mur du fond de la cour de récréation : *Défense de courir*. Autrement dit, défense de jouer. Comment jouer, en effet, si on ne peut courir, à cet âge-là ? En somme, la récréation n'était pas faite pour « se récréer » en ce temps-là, à l'école du quartier des Crottes.

Par contre, sous le préau d'une autre école, celle du boulevard Viala, il y avait l'étal de Mme Pédon. Celle-ci était la concierge de l'école. Elle tenait boutique volante de bonbons, petits pains, chocolats et autres griseries. Mais surtout elle faisait crédit et oubliait souvent et sans doute le faisait-elle délibérément, par bonté d'âme, de tenir ses comptes à jour. Ce qui permettait au petit Ivo, fort démuni d'argent de poche, d'obtenir gracieusement quelque sucrerie.

Mais si Montand se souvient fort bien de Mme Pédon, de l'écriteau *Défense de courir*, ainsi que d'autres épisodes de ses brèves années d'école, il y a une chose qui s'est totalement effacée de sa mémoire. Qu'il n'arrive jamais à faire resurgir, même quand il s'y efforce. C'est le visage des instituteurs. Des maîtres, comme il disait.

Les instituteurs sont des personnages qui se déplacent dans le paysage de la mémoire, vêtus de blouses grises, mais sans visage. Ils dictent, ils corrigent, ils grondent, ils font des gestes, ils ont une voix. Mais ils n'ont pas de visage. Ils ont le savoir, ils le distribuent, même, du haut de leur savoir, mais ils n'ont pas de visage. Pas d'yeux, pas de bouche, pas de sourire.

Cet oubli ou cet effacement montrent bien, me semble-t-il, quelle était la situation du petit Ivo à l'école primaire. On ne peut pas dire qu'il y ait été malheureux, certes pas. Mais peut-être n'y a-t-il pas été du tout. Peut-être y a-t-il été absent, tout le temps. Présent de corps, absent d'esprit. Ailleurs. Si les visages de ses maîtres demeurent invisibles, c'est sans doute parce qu'il ne les voyait pas, parce qu'il était ailleurs, lui. Dans ses rêves, dans ses difficultés de langue. Difficultés enfantines de petit immigré qui l'ont poussé, très vite, vers l'invention d'un langage qui dépasserait les mots, qui serait compréhensible dans toutes les langues. Dès les bancs de l'école, en effet, il a commencé à imiter, à mimer, les personnages des dessins animés. Il était Mickey, Donald, il faisait déjà rire ses petits copains.

Mais, à l'époque où la photographie dont je parle a été prise, Ivo Livi ne fréquente plus l'école. Il fréquente le monde des adultes, celui du travail. Le monde de la paie qu'on ramène à la maison, chaque semaine. A onze ans et demi.

Il fréquente aussi les quais du port de Marseille.

Avant, lorsque la famille vivait rue Edgar-Quinet, dans le quartier des Crottes, c'était le terrain vague du Bachas qui était le terrain de jeu, le domaine de l'aventure. Depuis qu'elle s'est installée impasse des Mûriers, Ivo Livi dévale allégrement les pentes qui mènent au port de La Joliette désormais plus proche.

Un port, la mer au large, des bateaux : pas la peine d'en dire plus long. On sait ce que c'est. La chanson populaire, le cinéma *idem*, ont assez traité ce sujet. Pour Ivo Livi, c'est le rêve du départ, bien évidemment. Mais ce rêve a un nom, l'Amérique. C'est de là qu'arrivent les films qu'il commence à voir à l'Idéal-Cinéma. C'est d'Amérique que viennent les personnages des dessins animés. C'est là que son père avait l'intention d'émigrer en fuyant le fascisme, lorsque l'expansion de la crise économique a conduit les Etats-Unis à suspendre la concession de visas aux Italiens.

L'Amérique, c'est le rêve de la liberté. La liberté du rêve.

Je pensais à tout cela, le 7 septembre 1982, lorsque Montand est apparu, vêtu de velours noir et de lin blanc, sur la scène immense du Metropolitan Opera de New York. L'Amérique, bien sûr, il connaissait déjà. Il y avait déjà chanté, il y avait tourné des films. Il y avait déjà eu Broadway, Hollywood, le cyclone Marilyn. Des films de lui avaient fait aux Etats-Unis des succès considérables. Sans doute. Mais apparaître, au début de son récital, dans l'impressionnante enceinte de ce théâtre d'opéra, sous les applaudissements du public, ce n'était sûrement pas rien. C'était un sommet dans sa vie, assurément. Il a dû se souvenir du petit Livi, à cet instant, Yves Montand.

Mais n'anticipons pas. Nous ne sommes pas encore au MET de New York. Nous ne savourons pas encore ce triomphe. Nous sommes, cinquante ans plus tôt, sur les quais de Marseille, avec le petit Ivo Livi.

Cinquante ans avant le MET, l'artiste n'est qu'un jeune prolétaire à casquette, avantageusement posée de biais sur le crâne, qui hante les rues et les quais de Marseille, pendant ses heures de loisir, avec son copain Marius Cereda.

De ces randonnées, il reste à Montand le souvenir très précis, et encore émerveillé, du violoneux et de son complice. C'est à Autheuil-sur-Eure, dans sa maison de campagne, que j'ai entendu Montand raconter ce souvenir. Il le faisait pour Costa-Gavras et pour moi-même, à l'occasion de je ne sais plus quelle discussion à propos de je ne sais plus quel film. Ça concernait, en tout cas, un problème de travail. Ça concernait le spectacle. Et ça se comprend. Car c'est à Marseille, sur les quais, à cause du violoneux et de son complice que Montand découvrit certaines lois fondamentales du spectacle. De tout spectacle.

Quoi qu'il en soit, le violoneux s'installait sur une caisse vide, au pied des coursives d'un paquebot en partance. Il sortait son violon, il l'accordait longuement, en tirait des sons mélodieux.

Les voyageurs qui arrivaient pour embarquer, ceux qui étaient déjà installés et qui se penchaient au bastingage pour dire adieu à leurs amis, leurs parents, et les parents eux-mêmes, massés sur le quai, tous se retournaient, charmés, vers ce violoneux qui faisait chanter son instrument.

Pendant ce temps, le complice du violoneux s'était

glissé dans le paquebot, porteur de plusieurs cageots de tomates et d'oranges trop mûres, presque pourrissantes.

Alors, au moment où, en bas, sur le quai, le violoneux attaquait son premier air, son complice commençait à vendre aux passagers ses fruits pourrissants, leur suggérant l'idée de s'en servir pour bombarder le musicien. D'ailleurs, il donnait lui-même l'exemple.

D'abord timidement, puis avec une rage, une férocité croissantes, les voyageurs en partance lançaient oranges et tomates sur le violoneux. Celui-ci, juché sur sa caisse, imperturbable, continuait à jouer ses mélodies romantiques, bientôt couvert d'une couche gluante de pulpe de fruits éclatés en le heurtant.

La scène était interrompue par le départ du bateau ou par l'épuisement des munitions que le complice du violoneux vendait à des prix de plus en plus élevés, à mesure qu'augmentait la rage du jeu de massacre. Mais, de toute façon, les gains obtenus par les deux compères étaient considérables. Ils avaient la réputation, sur les quais de Marseille, d'être cousus d'or.

Mais je n'ai jamais demandé à Montand ce qu'il pense de cette ancienne photographie autour de laquelle je rêve, pour l'instant. Ou plutôt de quel œil il la regarde. Peut-être, d'ailleurs, ne saurait-il pas quoi me dire. Peut-être n'en pense-t-il rien. Peut-être ce jeune prolétaire en casquette est désormais trop loin de lui. Ou trop près, au contraire. Pas à la bonne distance, en tout cas, pour qu'il en parle avec détachement. Peut-être est-ce pour cela qu'il parle si rarement de son enfance, avec ou sans photographies à l'appui. Car il n'est pas souvent dans le passé, Montand. Sa petite madeleine, c'est plutôt celle qu'on croquera demain. Sans doute est-ce en partie pour cela que Diego, le personnage de *La guerre est finie* qu'il a incarné, qu'il a été avec une si bouleversante aisance, lui est si proche. Parce que Diego aussi, le militant, vit dans l'avenir, dans la tension vitale de ce qui est à venir, qu'il faut essayer de faire venir au monde. Tout le scénario du film est construit autour de ces projections en avant, ces tentatives de scruter ou d'imaginer l'avenir, proche ou lointain, qui rythment la démarche de Diego/Montand. C'est ce que nous appelions, avec Alain Resnais, qui en avait exprimé l'idée dès le début de notre travail, des *flashes-forward*, ou images-en-avant, par opposition aux retours-en-arrière du *flash-back* cinématographique habituel.

Je n'ai donc jamais demandé à Montand de me dire ce qu'il pense de ce portrait de jeune prolétaire en casquette, déluré, souriant, petit coq dressé sur ses ergots de douze ans, fragile comme un gosse qui est en train de pousser trop vite, d'un seul coup, solide comme un enfant de la misère à qui on ne la fait pas, paré de son foulard de portefaix, regardant l'avenir, déjà, dont on ne devine même pas les contours, mais dont il sait déjà qu'il lui faudra inventer les clefs pour y entrer, les mots de passe pour en ouvrir les lourdes portes, le langage pour le soumettre et le séduire.

En somme, si je comprends bien, je ne lui ai jamais demandé de me parler de cette photo, mais je viens de dire ce que j'en pense, moi. Ça servira au moins à ça, ce livre.

L'ALCAZAR DE MARSEILLE : 1939

Le trac, le trou noir, les tripes en capilotade.

Si j'étais dans un film – mais j'y suis, on l'aura compris : depuis que j'ai baissé le son de l'appareil de télévision, dans ma chambre d'hôtel, à Marseille, le lundi 13 décembre 1982, je me fais du cinéma, je me projette les images de ce film touchant et rigolo qu'est l'enfance de Montand – si j'étais dans un film, néanmoins, au lieu de me servir seulement des moyens limités du langage écrit, je placerais ma caméra de façon à saisir la silhouette de Montand au moment où il va jaillir sur la scène de l'Alcazar de Marseille, en cette année de disgrâce de 1939.

De façon à rendre visible sur le masque nu de son visage le trac qui l'étreint, l'angoisse qui l'envahit. Et qui ne l'abandonneront plus, jusqu'à aujourd'hui.

Tout à l'heure encore, au moment du dîner, il m'a dit comment le trac lui avait noué l'estomac, une semaine auparavant, le 6 décembre, alors qu'il devait monter sur la scène du Kennedy Center pour présenter Gene Kelly, lauréat des Honors.

Le trac pour la vie, au moment de sauter sur la scène de l'Alcazar, pour la première fois de sa vie. Certes, il a déjà chanté en public, Montand – on peut l'appeler ainsi, désormais : il s'est donné ce nom, lui-même, il s'est donné une nouvelle vie, de lui-même, par ce nom qui le fera renaître sur les eaux du baptême public, du bain de foule de la communion avec le public, de l'affrontement avec soi-même devant le public-roi, qui peut s'avérer bienveillant ou cruel – mais il n'a pas encore chanté sur une vraie scène, dans un vrai théâtre. La salle du quartier Saint-Antoine, au lieu dit Vallon des Tuves, où il a débuté quelques mois auparavant, était minuscule. Et surtout, elle était remplie de voisins qui le connaissaient de nom et de vue, pour la plupart. Il n'était encore que le môme Yves Livi, qu'on avait vu grandir. Sur ce visage de dix-huit ans, les traits de Montand étaient encore indécis.

L'œil de la caméra, donc, saisirait Montand au moment où il se concentre, plonge en soi-même (il y a un très beau verbe castillan pour nommer cela : *ensimismarse*), avant de jaillir sur la scène de l'Alcazar de Marseille.

Je n'étais pas là, mais je peux imaginer. La guerre d'Espagne était finie, j'étais en troisième, au lycée Henri-IV de Paris. La guerre s'était mal terminée, on s'en souvient sans doute, comme toutes les guerres d'Espagne. J'entendais chanter dans les postes de T.S.F. parisiens une chanson où il était question de sombreros et de mantilles, et ça m'écœurait plutôt. Je n'étais donc pas à Marseille, en 1939, mais je peux imaginer aisément cette minute de vérité où Montand allait se projeter sur la scène de l'Alcazar.

Je viens de passer des mois avec lui, en effet. J'ai été dans les coulisses de l'Olympia, à Paris, dans celles de toutes sortes de salles et de théâtres, à travers le monde. Des salles modernes, froides, que Montand réchauffait et apprivoisait en quelques minutes. Des théâtres à l'italienne, dont les coulisses recelaient dans une pénombre magique les toiles peintes du décor des opéras qu'on venait d'y jouer. Partout, j'ai eu l'occasion d'assister de très près à cet instant ultime d'avant la plongée sur scène. Je connais donc le masque de Montand, pendant ces fractions de seconde. Je me souviens de la rigidité de son corps, juste avant qu'il s'anime de nouveau, qu'il bouge en souplesse, lorsqu'il pénètre d'un pas apparemment désinvolte dans le cercle enchanté de l'espace scénique.

Voilà, l'instant est venu : Montand jaillit sur la scène de l'Alcazar.

Avant d'en arriver là, pourtant, de devenir dans un coup de tonnerre ce qu'il ne cessera d'être désormais : Yves Montand, le petit Ivo Livi aura fait l'apprentissage de la vie en exerçant des métiers variés. Après la fabrique de pâtes alimentaires, dont il a été renvoyé à quatorze ans, il aura appris sur le tas le métier de coiffeur, avec Lydia, la sœur aînée.

Coiffeuse Jacky : telle était, on s'en souvient, l'enseigne disparue dont la trace encore visible sur une façade de l'impasse des Mûriers, à La Cabucelle, a permis à Montand, ce matin, de retrouver la maison de son enfance. C'est là qu'il apprit à manier ciseaux, peignes et fers à friser. Ensuite, comme il manifesta des dons, une évidente habileté manuelle, ses parents lui payèrent des cours du soir de formation professionnelle. Il obtint son C.A.P. et alla travailler dans un salon de coiffure de la rue Pavillon, chez *Yvonne et Fernand.*

Mais le film de Martin Ritt vient de se terminer.

Je vois les mots *The End* apparaître sur l'écran de la télévision. Je ne pourrais vous dire des choses très passionnantes sur la dernière partie de l'histoire, car j'avais baissé le son, les scènes en noir et blanc de l'écran se mêlaient à celles de ma mémoire. Ou de mon imagination, plutôt. Je peux vous dire simplement que Newman a continué d'être détestable jusqu'au bout du film – je veux dire, bien entendu, que son personnage l'était : lui, il était remarquable, puisqu'il paraissait détestable! – et que tout le troupeau bovin de son père a été abattu, pour éviter la contagion de la fièvre aphteuse.

J'éteins le poste de télévision. Je me dis qu'il faudra que je pose à Montand quelques questions au sujet de ce salon de coiffure, *Yvonne et Fernand.*

Non pas que je m'intéresse aux secrets de l'indéfrisable. Pour une tout autre raison. La clientèle féminine de ce salon de la rue Pavillon était composée, en effet, comme Montand le dit lui-même dans son livre de souvenirs, *Du soleil plein la tête*, par des « demoiselles de petite vertu qui traquaient le touriste et le matelot autour du port ». C'est ça qui m'intéresse.

A Autheuil-sur-Eure, vers le milieu des années 60, Montand proclamait parfois qu'un jour il n'inviterait que des hommes, des copains de sexe masculin, à passer chez lui une fin de semaine. Il leur offrirait, à cette occasion, un « wagon de putes ». Il décrivait dans tous ses détails, sinon la fin de l'histoire, qu'il laissait à chacun le soin d'imaginer, du moins son commencement. L'arrivée du wagon, donc. Les filles descendraient du train à Evreux. Des voitures iraient les chercher à la gare pour les amener chez lui, dans sa maison de campagne d'Autheuil. Elles entreraient par le fond du parc, par la grande allée d'arbres centenaires. Bruyantes, charmantes, bruissantes, froufroutantes, prêtes à nous offrir les joies terrestres et charnelles de leurs rires et de leurs corps.

Simone Signoret écoutait toutes ces histoires avec un sourire placide et elle déclarait, sans acrimonie mais péremptoire, que tout cela, à peu de chose près, avait déjà été raconté par Maupassant. Je n'étais pas loin d'être d'accord avec elle. Mais je pensais surtout que, tant qu'à imaginer, autant rêver en effet de jeunes putes en costume de l'époque de *Bel Ami* : il est sans doute plus agréable de trousser une jeune femme en robe longue et dessous sophistiqués que de pratiquer la même opération – impossible, d'ailleurs, par définition! – sur une demoiselle de petite vertu en jean et baskets.

Mais Guy de Maupassant n'était certainement pour rien dans l'histoire inventée par Montand. *Yvonne et Fernand* pouvaient-ils y être pour quelque chose? Voilà ce que je voudrais lui demander. Mais je ne suis pas du tout sûr qu'il me répondra.

Quoi qu'il en soit, le passage de l'univers matriarcal à celui d'un salon de coiffure fréquenté surtout par des femmes, comme on dit, de mauvaise vie (en castillan, on n'a pas besoin de qualifier cette vie : il suffit de dire *mujeres de la vida*, femmes de la vie, comme si la vie ne pouvait être que mauvaise, comme si les femmes qui font la vie ne pouvaient être que des putains, celles qui ne le sont pas ne pouvant faire que la mort, donc, ou que faire les mortes, qui sait?), passage en quelque sorte initiatique à l'univers de la masculinité adolescente, n'a pas dû se produire sans laisser de traces. Mais de quelle sorte?

Il faudra vraiment que je le demande à Montand, un de ces jours.

Mais il ne me répondrait pas, pour l'instant. Il ne m'entendrait même pas.

Il vient de libérer d'un coup de reins son corps figé dans l'attente, traqué par le trac. Il jaillit comme un beau diable sur la scène de l'Alcazar.

Je n'y étais pas, je le répète. Mais je peux l'imaginer. Je l'ai vu jaillir ainsi, pendant des semaines, de São Paulo à Tokyo, quarante ans plus tard.

3

Journal de voyage au Brésil et en divers lieux de la mémoire

J'étais arrivé au Brésil, à São Paulo, le mercredi 25 août 1982.

Par le même vol arrivaient de Paris les musiciens, les techniciens du son et de la lumière qui allaient accompagner Montand autour du monde.

La tournée commençait au Brésil.

Montand, lui, était parti pour New York dès le dimanche 15 août, le lendemain même de la dernière représentation à l'Olympia de Paris. Après les trois mois de succès absolu de l'automne et de l'hiver, après une tournée tout aussi triomphale en France et dans plusieurs pays d'Europe (République fédérale d'Allemagne, Pays-Bas, Belgique), Montand avait, en effet, repris son spectacle à l'Olympia, du 26 juillet au 14 août. Toujours à bureaux fermés, devant les mêmes foules, la même ferveur enthousiaste.

Et puis, à peine les lampions de la fête éteints, il s'était envolé pour les Etats-Unis. Bob Castella l'y rejoindrait quelques jours plus tard. Montand voulait tout d'abord s'habituer au décalage horaire. Il voulait aussi préparer son apparition au Metropolitan Opera de New York par une série d'entretiens avec des journalistes.

Nous nous sommes donc directement retrouvés à São Paulo, le mercredi 25 août.

Deux ans plus tôt, jour pour jour, j'arrivais à Varsovie.

Il faisait un temps gris, inhabituellement froid, déjà automnal. A peine l'avion de la LOT s'était-il arrêté sur l'aire d'atterrissage que je voyais apparaître par le hublot les mufles carrés et grisâtres des véhicules de la milice venant se poster tout autour de l'appareil. Voilà, m'étais-je dit. Me voilà revenu au pays du socialisme réellement policier. Quelques minutes plus tard, en descendant l'escalier et en marchant vers l'autocar qui allait conduire les passagers jusqu'au bâtiment de l'aérogare, j'observais les visages impassibles, lourds du masque arrogant d'une autorité indiscutable, des flics polonais armés de mitraillettes. J'avais l'impression de me trouver dans un mauvais film d'espionnage de série B. Un film anti-rouge américain des années 50, que l'on aurait trouvé caricatural à l'époque mais qui serait devenu tristement, platement fidèle à la réalité.

Rien n'a changé, me disais-je.

Tout avait changé, pourtant. La société civile avait continué de se décomposer atteignant le seuil même de la pourriture. Le système despotique du parti unique étant incapable d'animer la société – de lui donner une âme, si l'on veut parler le langage religieux; une perspective, si l'on veut utiliser celui de la politique, qui ici rejoint l'autre, forcément – celle-ci se décomposait en apparence à vue d'œil.

La vie quotidienne de Varsovie, telle que le touriste le moins attentif pouvait la percevoir, semblait livrée aux trafiquants, aux cyniques, aux combinards et aux profiteurs. Les jeunes putains délicieuses qui traînaient, déhanchées et graciles, dans les bars et les halls des grands hôtels vous regardaient de leurs yeux bleus, avec une moue ironique de leurs bouches offertes. Quand elles n'étaient pas maquereautées par les organes de la sécurité de l'Etat, elles l'étaient par de forts gaillards arabes, bruyants et dispendieux. Ou par les deux à la fois, bien sûr. C'était en tout cas d'une absurdité cocasse et tragique, que d'apprendre qu'une bonne partie du réseau de la prostitution à Varsovie était, à cette époque-là, contrôlée par de jeunes Irakiens moustachus, à l'œil de velours et au pétrodollar magnificent, roulant en B.M.W. étincelantes.

Quoi qu'il en soit, la société civile urbaine se décomposait à vue d'œil. Elle pourrissait, s'effilochait, comme une viande gâtée.

A vue d'œil, mais à première vue seulement.

De puissants levains travaillaient, en effet, de l'intérieur, cette pâte molle et grise. Il suffisait, par exemple, de se promener à travers la ville de Varsovie pour comprendre que toutes ces églises, ces chapelles ouvertes jour et nuit, et constamment pleines, n'étaient pas seulement des lieux de culte, mais aussi de culture. Des lieux de parole, en somme. Là s'élaborait sans cesse, dans l'échange des prières et des discours, une mémoire collective, les signes d'une identité.

On aura compris, je l'espère, que je ne suis pas en train de vanter les vertus roboratives du monothéisme. Que je ne prétends absolument pas analyser ici dans sa complexité, par ailleurs mouvante, le rôle décisif et parfois pervers que joue l'Eglise catholique dans la résistance nationale polonaise. Je me borne à constater, concrètement, que face à la barbarie bureaucratique du socialisme réel, l'identité de ce peuple m'a semblé s'articuler, cet été-là, partiellement du moins, autour de ces lieux de parole, d'échange et de mémoire qu'étaient les églises, autour de cette vieille foi qui rattachait, en outre, la Pologne à l'Occident.

Mais il y avait un second levain – souvent indissolublement lié au premier, c'est sûr – qui travaillait les profondeurs de la société polonaise, en ce mois d'août 1980. C'était celui des luttes ouvrières déferlant une nouvelle fois par tout le pays, à partir des rives de la Baltique. Une nouvelle fois, les ouvriers polonais montaient à l'assaut du ciel, du céleste empire de la bureaucratie communiste. Mais il semblait bien, en cette fin du mois d'août, grisâtre et froide, que les travailleurs étaient en train de gagner cette bataille, pour la première fois. Un sourd frémissement d'espoir encore incrédule parcourait la société, à l'écoute des nouvelles de Gdansk.

Je n'étais cependant pas venu en Pologne pour assister à la victoire de Lech Walesa et de ses camarades, à la création de Solidarité. J'y étais venu pour travailler avec Andrzej Wajda à un projet de film. *L'Espoir*, précisément, d'André Malraux.

Mais je suis à São Paulo, deux ans plus tard.

C'est en écrivant dans mon journal de voyage la date du 25 août que je me suis rappelé mes impressions de Varsovie. D'habitude, je ne tiens pas de journal. Ni de voyage ni d'aucune sorte. Depuis l'adolescence, du moins, je n'ai pas tenu de carnets intimes. Mais c'est que j'ai eu trop longtemps à protéger mon intimité des incursions possibles des plus diverses polices pour avoir gardé l'habitude des écritures confidentielles. Le journal intime n'est pas recommandé aux clandestins, c'est facile à comprendre.

Pourtant, je vais faire une exception à cette règle du silence, devenue seconde nature. Je vais tenir un journal de mon voyage avec Yves Montand, en vue du livre que vous avez entre les mains.

J'ai donc écrit « São Paulo, mercredi 25/8 », et je me suis rappelé Varsovie il y a deux ans. Je travaillais alors avec Wajda à un projet d'adaptation de *L'Espoir*. Dans le jardin de sa maison, il y avait l'homme de marbre. Je veux dire, il y avait la statue de l'ouvrier de choc qui avait servi au tournage de *L'Homme de marbre*. On faisait du feu dans la cheminée, vu le froid précoce, et je contemplais à travers les vitres de la porte-fenêtre la statue de l'homme de marbre. Parfois, le travail s'interrompait parce que Wajda était appelé au téléphone. Il parlait longuement, il revenait en souriant. Les nouvelles de la Baltique semblaient bonnes. Mais nous ne trouvions pas de solution convaincante – ou plutôt qui nous convainquît tous deux à la fois – pour l'adaptation de *L'Espoir* de Malraux. Wajda voulait gommer du film le problème du communisme. Il voulait esquiver les problèmes soulevés dans le roman par l'aide soviétique à l'Espagne républicaine, par la mainmise communiste sur les appareils d'Etat qui s'ensuivit. Les raisons que donnait Wajda étaient pertinentes : il voulait que son film fût un film polonais, que le public polonais pût le voir. Il fallait donc qu'il fût acceptable par les autorités. D'où sa proposition de ne tourner que la première partie du roman de Malraux, *L'illusion lyrique*, quitte à y réinsérer habilement certains thèmes historiques et moraux ultérieurement abordés dans le roman, et bien plus conflictuels. Les raisons de Wajda étaient pertinentes mais elles étaient fausses. Car on ne peut pas tourner un film à partir de *L'Espoir* de Malraux en esquivant, en occultant le problème du communisme. Ce n'est pas seulement un contresens artistique et politique, c'est un contresens métaphysique. C'est comme si on avait voulu élaborer une stratégie de luttes populaires en Pologne en esquivant le problème de l'existence du parti communiste, de la Russie soviétique. La preuve a été faite que ce n'était guère réaliste.

Mais je ne suis pas à São Paulo pour parler des difficultés objectives d'une adaptation de *L'Espoir* d'André Malraux, en 1980 et avec un metteur en scène polonais. Je suis là pour tenir mon journal de voyage avec Montand. J'écris, donc : « Coup d'œil sur la ville : énormodernité tropicale et capitaliste. Vestiges du passé rarissimes, du moins à première vue. Le Teatro municipal où va chanter Yves Montand est l'une de ces rarissimes exceptions : il doit dater du début du siècle, c'est une sorte de record. On y joue pour l'heure *Macbeth*, l'opéra.

Yves Montand arrive de Rio en fin d'après-midi. Y a tenu une conférence de presse. Voir les journaux de demain. Dîner avec lui. Pour livre : possibilité partir du Brésil, fin août, et repartir en Pologne, deux ans auparavant. Enchaîner sur Montand/Foucault chez Levaï, le 16 décembre 81. »

Fidèle à ces notes du 25 août 1982, j'ai donc commencé mon récit au Brésil et je viens d'évoquer la Pologne. L'enchaînement avec Montand et Foucault au micro d'Ivan Levaï est pour plus tard.

En attendant, je reviens à mon journal de voyage.

Le 26 août 1982, un jeudi, Montand chantait le soir au Teatro municipal de São Paulo. Et quand je dis chanter, bien sûr, ce n'est pas assez dire. C'est vraiment trop peu dire. Car le spectacle que Montand avait présenté à l'Olympia de Paris et qu'il allait reproduire ce soir-là, au Brésil (j'aime bien, par parenthèse, le mot *produire*. Je trouve qu'il tombe bien, juste, comme un vêtement bien coupé, qu'il dit parfaitement ce qu'il faut dire, dans toutes ses connotations : faire apparaître, faire exister, créer ou composer. Je l'aime bien aussi sous sa forme pronominale : se produire. Non seulement parce qu'il s'applique tout naturellement au métier d'acteur, qui se produit sur une scène, mais aussi, plus subtilement, parce qu'il souligne que Montand, dans son spectacle, n'exploite que son propre travail : son corps, son souffle, sa respiration, sa voix, ses tripes, son talent, son imagination), le spectacle, donc, au cours duquel Montand allait se produire est bien autre chose et bien plus qu'un simple tour de chant.

Quoi qu'il en soit, il allait se produire ce soir-là sur la scène du Teatro municipal. Et il était un peu anxieux. Depuis une dizaine de jours, en effet, il n'avait plus travaillé. Il avait hâte de retrouver l'atmosphère du théâtre, les joies austères du minutieux travail de scène, des répétitions avec les musiciens.

L'une des premières choses que fait Montand lorsqu'il arrive dans une ville – l'une des premières, du moins, que je l'aie vue faire dans les villes où je l'ai accompagné, au cours de sa tournée : à São Paulo et à Brasilia, à Rio de Janeiro et à New York, à Washington et à Los Angeles, à Tokyo et à Osaka – c'est d'aller jeter un coup d'œil dans la salle où il devra se produire. Si l'heure le permet, à peine débarqué à l'aéroport, avant même de gagner l'hôtel, il se fait conduire au théâtre.

Parfois, les techniciens de la sono et de la lumière qui l'accompagnent depuis Paris sont déjà dans la salle, en train d'examiner les problèmes que pose inévitablement l'adaptation du dispositif scénique imaginé par Montand pour l'Olympia de Paris, aux servitudes propres à chaque nouvelle salle, à chaque nouvelle machinerie théâtrale. Parfois, les techniciens ne sont pas encore arrivés ou sont déjà repartis. Dans un cas comme dans l'autre, il y a toujours un moment où Montand s'abstrait de son entourage, s'isole totalement. Et c'est sans doute l'un des instants les plus fascinants de son travail de mise en place. L'un de ceux qui m'ont davantage fasciné, en tout cas.

Brusquement, après les indispensables préliminaires, après les vérifications les plus élémentaires de l'état de la machinerie du théâtre, Montand s'en va. Il ne part pas, bien sûr, physiquement : il reste là, sur scène. Il se promène de long en large. Mais il s'en va dans sa tête, dans son imagination. Sans doute dans sa mémoire. Il ne parle pas aux gens qui l'entourent, peut-être ne les voit-il même plus. Il est seul, il se parle à lui-même, à voix basse.

Je me cache dans un coin, je l'observe.

Il repart vers les coulisses, revient sur scène. Il traverse l'espace chichement éclairé, fait un geste vers le public absent, vient se placer auprès de l'invisible micro. Il reprend ses marques, reconquiert son territoire. Comme un grand chat – tiens! je connais au moins deux des personnages de ce livre à qui cette allusion, *introducing the Cat*, va faire plaisir : Charles Baudelaire, le premier, dont il a déjà été question; Chris Marker, le second, dont il va être question à n'importe quel moment – d'une démarche souple, il prend possession de son nouvel espace scénique, du terrain de son prochain combat.

Si l'on se trouve assez près de lui, pendant qu'il se livre à cet exercice rituel, on peut l'entendre se parler, ou parler de lui-même, à la troisième personne. *Il* arrive par ici, dit Montand à mi-voix pendant qu'il gagne l'avant-scène. *Il* s'arrête là. *Il* va jusqu'au bout, à droite, continue-t-il de dire pendant qu'il se déplace.

J'avais déjà été frappé à l'Olympia de Paris, au cours de l'été précédant la tournée, alors que je passais bon nombre de soirées avec lui, pour essayer de m'imprégner de cette ambiance particulière du music-hall, par une habitude invétérée de Montand. A peu près une heure avant le spectacle, alors qu'il avait déjà quitté ses vêtements de ville, qu'il se promenait dans les coulisses en peignoir jaune sur des collants noirs, jonglant avec sa canne fétiche, Montand allait chaque soir sur scène. Dans la pénombre poussiéreuse et magique, devant la salle vide et éteinte, il se faisait accompagner exclusivement par Bob Castella, qui s'installait à la place qu'il occupe au piano depuis des décennies. Je me mettais dans un coin et j'observais.

Montand arrivait donc sur scène et *filait* à vitesse accélérée, comme un film qu'on rembobinerait au magnétoscope, le spectacle de la veille. Le spectacle qu'il allait rejouer ce soir-là. Il se déplaçait souplement dans ses marques, amorçait les chansons *mezzo voce*, esquissait les gestes de présentation ou de remerciement, mimait certains de ses numéros qui constituent de véritables sketches. (Ou scénettes, si l'on veut éviter le franglais. Ou saynètes, si l'on ne craint pas les origines hispaniques.) Tout cela, je l'ai déjà dit, à un rythme accéléré. Pendant tout ce temps, Bob Castella l'accompagnait au piano, sur les mêmes ton et rythme, évocatifs et saccadés.

Parfois, changeant de ton, Montand s'adressait à Bob Castella : Attention Bobby, hier, tu m'as loupé l'attaque de *Battling Joe*! Ou bien : Là, je n'ai pas entendu le bassiste, qu'est-ce qui s'est passé? Parfois, il s'adressait à lui-même. Dans ce cas-là, il se parlait à la troisième personne : *Il* a eu un blanc ici. Ou : *Il* est parti trop tard. N'importe quelle autre observation critique sur son propre travail de la veille, mais toujours à la troisième personne.

Ça rajoutait encore au mystère, au charme à la fois prenant et troublant de toute la scène. Dans la pénombre du théâtre, dans la sonorité poreuse de la salle vide, c'était la minute de vérité que tout comédien connaît. Celle du déboublement, de l'objectivation, où l'on cesse d'être soi pour vraiment devenir soi-même : c'est-à-dire, l'autre, le personnage qu'on incarne. Mais dans le cas de Montand, cet instant était encore plus complexe, plus angoissant, pour le spectateur fasciné que j'étais. Car le personnage qu'il avait à incarner n'était pas l'un des héros du répertoire dramatique, il n'était autre que Montand lui-même. Sans doute le plus vrai des Montand. Le seul vrai Montand, peut-être. Et c'est de ce personnage-là, c'est de sa plus véritable vérité que Montand parlait à la troisième personne, celle qui sert à désigner l'altérité la plus radicale. Comme si, à l'instant de devenir lui-même, Je, Montand, il ne pouvait plus saisir de lui-même que cette troisième personne de la distanciation, de la déchirure. *Il* arrive par ici, *il* s'arrête là, *il* va jusqu'au bout, à droite.

Et c'était un instant déchirant, sans doute, comme le sont les grands instants de théâtre.

Montand, donc, ce jour-là, à São Paulo, avait hâte de replonger dans le travail.

Et moi, aujourd'hui, plusieurs mois plus tard, dans les rigueurs de l'hiver parisien, j'ai hâte de replonger dans ces souvenirs. J'espère qu'il va bientôt être l'heure de prendre la voiture, de traverser la ville bruyante et moite pour arriver au Teatro municipal, sur une place à peu près préservée, presque verdoyante, un tant soit peu provinciale et charmante au milieu du réseau des voies à grande circulation qui s'entrecroisent sur plusieurs niveaux. J'espère que nous allons pénétrer dans la brusque fraîcheur de la vaste salle à l'italienne, dont on devine dans la pénombre les rouges assombris et les ors patinés. Des lumières danseront sur la scène, bleues, roses, d'une blancheur nette et crue parfois, pendant que Félix Bussy fait ses essais et ses mises en place, à la console des commandes électriques. Dans le va-et-vient des machinistes – et pourquoi y a-t-il tant de Noirs aux cheveux blancs comme neige, parmi les machinistes de São Paulo? Ils traversaient le plateau, ce jour-là, d'une démarche de vieux rois nonchalants, fantômes d'un opéra baroque dont on aurait égaré le livret – les musiciens accorderont leurs instruments, vérifieront que les retours des circuits de sonorisation fonctionnent bien comme il faut. Alors, pendant que Montand prendra sa place au centre de toute cette activité qui s'ordonnera pour lui, j'irai m'asseoir tout seul au troisième ou quatrième rang de l'orchestre. Je verrai renaître le spectacle, je le verrai prendre forme, resurgir avec une nouvelle fraîcheur, une vigueur accrue, après ces jours de relâche.

Il faut dire qu'une salle de théâtre à l'italienne est un lieu magique. Autant un plateau de cinéma est ennuyeux, autant il se passe de choses sur une scène de théâtre, pendant qu'on y répète un spectacle. Quand on arrive sur un plateau de cinéma, ce qui frappe tout d'abord, même dans le cas d'un tournage parfaitement huilé, réussi, heureux, c'est la lourdeur et la lenteur de l'appareil productif. Combien de projecteurs, combien de techniciens, d'essais, de rectifications, de kilowatts, pour reproduire cette chose éphémère, par définition évanescente : une image! En vérité, rien n'est plus ennuyeux qu'un plateau de cinéma, quand on n'est pas directement engagé dans le travail en cours, de l'un ou l'autre côté de la caméra. Et même dans ce cas, les moments d'ennui, d'attente, de grinçante lourdeur, son inévitables. Pour un écrivain, tout compte fait, les aspects vraiment intéressants du travail de cinéma se situent au moment de la mise au point du scénario, ce qui est facile à comprendre, et aussi au moment du montage, qui peut être une façon de récriture. Mais le tournage lui-même n'apporte rien. Que de l'ennui ou une sourde déception.

Mon amour du théâtre – amour global et dévorant, puisqu'il porte sur tous ses aspects : le lieu scénique, les coulisses, les loges des comédiens, les conversations de bistrot autour du théâtre, le travail sur le texte, les biographies, les auteurs, les anecdotes des vieux routiers, les superstitions, le magique tâtonnement des projecteurs s'efforçant de trouver la lumière juste, les décors en carton-pâte, l'illusion, les éclats de voix, les salles vides et sombres, les salles pleines et éclatantes, la vie en somme – mon amour du théâtre a une origine très précise.

Une double origine, plutôt. Ou la même se divisant en deux, comme dans la dialectique-bonne-à-tout-faire du regrettable président Mao. Ça se situe à l'Athénée, quoi qu'il en soit. Un théâtre placé pour moi sous la double invocation de Louis Jouvet et de Jean Giraudoux. Voilà que je viens d'écrire deux fois en quelques lignes le mot « double ». Ce qui est logique s'agissant du théâtre, art du miroir et du dédoublement.

A l'Athénée, donc, qui n'avait pas encore ajouté à son nom celui de Louis Jouvet, parce que Jouvet y jouait toujours, en 1939, je venais voir les pièces de Giraudoux. C'était l'exil, « la longue nuit sans sommeil de l'exil », comme disait Marx dans une lettre à Engels. Ou *vice versa*, le lecteur érudit, mon semblable, mon frère, aura rectifié de lui-même. Ce fut, bientôt après, la drôle de guerre. J'avais appris avec Baudelaire, à La Haye de Hollande, le langage de la sensualité. J'apprenais à Paris, de France, avec Giraudoux, celui de l'amour. Avec André Breton, celui de la passion. Je faisais des progrès, autrement dit, non seulement en français mais aussi dans l'approfondissement des sentiments.

Parmi les jeunes gens qui autour de moi dressaient le cou et l'oreille pour ne pas perdre une bribe du dialogue giralducien, pas un geste de Jouvet ou de Madeleine Ozeray, il y en avait certains que j'ai connus plus tard. Chris Marker, par exemple. Dont c'est ici, bien dans sa manière, la deuxième apparition fugitive, avant qu'il ne vienne franchement s'installer dans le récit.

Tout cela m'amène à vous faire une confidence. A en faire une à Montand, plutôt. Car vous aurez déjà compris, intelligents comme vous l'êtes, que Montand n'est pas seulement l'objet, le sujet à vrai dire, de ce livre, mais aussi son destinataire. C'est de lui et pour lui que j'écris. Mais en lui faisant cette confidence, je suis bien obligé de vous la faire à vous aussi : je ne puis lui parler, en effet, qu'à haute voix, à la cantonade, à travers vous tous, anonymes par définition. Je dois lui dire et vous dire, donc, qu'en septembre 1943, à Epizy, dans les proches environs de Joigny, lorsque j'ai compris que j'étais bel et bien tombé aux mains de la Gestapo, lorsque j'ai vu le sourire triomphant du Dr Haas, le chef de la Gestapo d'Auxerre, tellement content d'avoir fait fonctionner la chausse-trape où j'étais tombé qu'il en avait un sourire à s'en fendre le visage, avec plein de dents dorées dedans, à ce moment précis, la première pensée qui m'a traversé l'esprit – comme si l'esprit était un carrefour, avec des feux, sans doute, un passage clouté; comme si les idées étaient de petites vieilles qui attendraient le feu vert, sagement, pour s'engager dans ledit passage –, en tout cas, qui m'est venue, me remplissant de tristesse, est que je ne pourrais plus assister à la générale de *Sodome et Gomorrhe*, vu l'irruption inopinée de la Gestapo dans ce refuge d'Epizy. Et c'était vraiment triste, je vous l'assure.

Le Dr Haas dont j'ignorais le nom à ce moment-là, le nommer ainsi est donc quelque peu anachronique, mais on me pardonnera cette licence, au bénéfice de la clarté du récit – le chef de la Gestapo d'Auxerre souriait toujours. Mais il avait pris son gros automatique par le canon et il me frappait sur le crâne à coups de crosse. J'avais du sang dans les yeux, dans la bouche. Et je me disais que je ne verrais pas de sitôt la prochaine pièce de Jean Giraudoux. J'étais bien embêté.

Des années plus tard, bien des années plus tard, en 1964, je suis revenu au théâtre de l'Athénée. Mais cette fois-ci j'étais de l'autre côté du miroir. Je n'étais plus dans la salle, comme autrefois, spectateur adolescent et ensorcelé. J'étais dans les coulisses, sur la scène pendant les répétitions, dans le bureau de Jouvet qui était devenu celui de Françoise Spira. Cette dernière, en effet, m'avait demandé de faire l'adaptation du *Vicaire* de Rolf Hochhuth, pour sa troupe du Théâtre vivant. C'est Peter Brook qui assurait la mise en scène. Et c'est Michel Piccoli qui jouait le rôle de Gerstein.

Mais je suis au Teatro municipal de São Paulo, je ne suis pas à l'Athénée. Je regarde Montand qui répète avec ses musiciens, en costume de ville. Je pense qu'en 1964, lorsque j'ai écrit l'adaptation du *Vicaire*, je connaissais déjà Montand.

Il me faut donc dire maintenant comment cette rencontre s'est finalement produite.

En 1963, la voix de Montand chantait dans ma tête, comme celle du plombier-zingueur de Prévert, mais je ne l'avais toujours pas rencontré. Je ne l'avais jamais vu sur une scène.

Pour ce qui est du cinéma, je n'avais vu qu'un seul film de lui, *Les Portes de la nuit*, où il m'avait paru maladroit mais touchant : porteur en tout cas de quelque chose de rare, une sorte de pulsion de vie, d'inquiétude tonique. Si ce film de Carné-Prévert a été un échec, cela ne tient certainement pas à l'interprétation de Montand, pressenti à la dernière minute pour reprendre un rôle taillé sur mesure pour Jean Gabin, mais principalement au fait que *Les Portes de la nuit* ne donnait pas de l'époque de l'occupation une vision idyllique et conformiste, comme celles qui étaient alors prédominantes, et que le scénario de Jacques Prévert, pour une fois non maîtrisé, mêlait trop de thèmes et de façon non seulement touffue mais parfois arbitraire, donnant une préférence au symbolique sur le signifiant.

(Bravo! me dis-je : tu parles comme les *Cahiers du cinéma*; encore bravo!)

De toute façon, à demi raté ou à demi réussi, *Les Portes de la nuit* marque une date importante dans la vie de Montand. C'est à cette occasion qu'il a connu Prévert. Et c'est celui-ci qui lui a amené le guitariste Henri Crolla. Qui lui a envoyé Francis Lemarque. Et c'est aussi indirectement à cause de Prévert que Montand a connu Simone Signoret, à *La Colombe d'or*.

Mais n'anticipons pas. Nous ne sommes pas encore en 1949, date de cette rencontre, nous ne sommes qu'en 1963, et il nous faut encore remonter le fil du temps. Pas à pas.

En 1963, disais-je, je n'avais toujours pas rencontré Montand. Par contre, j'avais retrouvé Simone Signoret.

Non pas que nous nous fussions vraiment perdus. Ou alors perdus de vue, simplement. Car je connaissais Signoret depuis toujours. Du moins, depuis mon adolescence et la sienne. Mais au *Café de Flore*, en 1942, 1943, je ne lui parlais pas. Je la voyais passer, belle comme le jour (ou comme la nuit? pourquoi le jour serait-il plus beau que la nuit?), belle en tout cas comme le jour ou la nuit, le soleil ou la pluie, la vie qui passe ou les rêves qui demeurent. Nous n'avons parlé ensemble qu'en 1945, à mon retour de Buchenwald. Et nous n'avons pas cessé de parler depuis, bien que, s'il me faut dire toute la vérité, son temps de parole depuis lors ait sans doute été plus long que le mien. Non pas que Simone soit bavarde, ou alors c'est une fausse apparence. Mais elle aime les récits détaillés, les mises au point, les tenants et les aboutissants, ce qui prend du temps.

Dans les années 50, je l'avais quelque peu perdue de vue. Je séjournais longtemps en Espagne, clandestinement. Ma situation légale en France n'était plus vraiment *kasher*. J'évitais donc de rencontrer les gens qui me connaissaient assez bien pour s'étonner de mes absences fréquentes, prolongées et souvent difficiles à justifier.

Mais nous nous sommes retrouvés au début des années 60, à cause de nos filles. C'est-à-dire, à cause de sa fille, Catherine Allégret, et de ma belle-fille, Dominique Martinet. Les deux petites avaient quatorze ans et elles fréquentaient toutes deux – sans en tirer, hélas! trop de profit sur le plan des études, mais beaucoup sur celui des rapports humains – l'Ecole alsacienne. Elles devinrent aussitôt amies, comme on le devient à cet âge-là, à la vie, à la mort : au partage de tous les chagrins, toutes les joies. Parfois même des coups de foudre.

Mais cette amitié ne manqua pas de soulever quelque problème épineux. Dominique, en effet, était habituée à ne pas mentionner la nationalité de son beau-père. Elle était habituée, par une prudence que nous lui avions inculquée, mais qu'elle avait intériorisée avec la conséquence et la rigueur de l'adolescence, à ne jamais parler de la nationalité, ni du métier de cet homme qui semblait fugitivement partager la vie de sa mère. Or un jour, dans la cour de récréation de l'Ecole alsacienne, Catherine aborde Dominique en lui disant : « Dis donc, maman m'a dit que ta mère vivait avec un Espagnol. Pourquoi me l'as-tu caché? » D'où confusion, dénégations peu convaincantes de Dominique. Bref, il fallut s'en expliquer avec l'une et l'autre. Du coup, nous revîmes régulièrement Simone Signoret.

Et c'est en 1963, au début de cet été-là, que Simone me présenta à son mari, Yves Montand. Ce fut, comme dans les scénarios bien ficelés – et notre histoire est un scénario merveilleusement ficelé – où l'on s'arrange pour que certains décors essentiels reviennent tout le temps, à Saint-Paul-de-Vence, à *La Colombe d'or.*

Je n'étais pas allé souvent dans cet endroit privilégié. Mais ce n'était pas la première fois. C'était au moins la deuxième. La première fois, j'y étais allé quelques mois plus tôt, en mars de cette année 1963.

Il m'est arrivé, c'est vrai, plein de choses en cette année de grâce. A commencer par la plus importante, Santiago Carrillo avait obtenu du comité exécutif du P.C.E., au début de l'année, qu'on me retirât du travail clandestin en Espagne. Il avait employé pour ce faire divers prétextes – dont il n'avait en réalité pas vraiment besoin, puisqu'il était tout-puissant – mais la vraie raison en était que nos différends politiques s'aggravaient au fil des réunions. Nos analyses de la situation en Espagne divergeaient de plus en plus, ainsi que nos vues sur l'avenir du mouvement communiste. Il avait décidé de m'enlever toute responsabilité de travail importante.

J'avais donc retrouvé une situation légale en France. Les dernières années – depuis 1959, exactement – je n'avais plus de papiers en règle. Je circulais avec de fausses cartes d'identité.

Ces derniers jours, au hasard d'un rangement, j'ai retrouvé l'une des dernières fausses cartes que j'ai utilisées. J'y avais mon âge réel, ma vraie taille, mes vrais signes particuliers : néant. Mais je m'appelais Salagnac, Camille Salagnac, et j'étais né à Mirombel, en Corrèze.

J'ai vu réapparaître ce fantôme du passé, moi-même, avec un pincement au cœur. Ensuite, j'ai admiré la perfection de cette fausse carte nationale d'identité. J'aurais pu m'y tromper moi-même, j'aurais pu me prendre pour ce Camille Salagnac. J'ai pensé tout naturellement à l'homme qui nous fabriquait ces faux papiers plus vrais que nature. C'était un faussaire de génie, un véritable artiste à qui beaucoup d'entre nous doivent la liberté. Certains même la vie.

Je n'ai pas pu m'empêcher de sourire, alors, en pensant au destin ultérieur de cet homme. Après la mort du général Franco, lorsque le P.C.E. a été légalisé par le premier ministre Adolfo Suarez – qui montrait, par cette mesure absolument nécessaire, que la démocratisation était réellement engagée en Espagne, contre vents et marées militaires – notre génial faussaire, le gentil Domingo M., a été nommé par Carrillo directeur des archives du comité central du parti. Je trouve que c'est une anecdote exemplaire. Tout à fait digne de l'imagination de George Orwell. Je trouve admirable que des archives, en principe destinées à conserver les traces dignes de foi d'une mémoire historique, soient confiées aux soins d'un homme dont la seule vraie spécialité, le seul vrai talent a été la falsification.

Mais je disais qu'en 1963 j'avais retrouvé une légalité en France. Je suis redevenu celui que je semble être, d'après les extraits de naissance et autres documents administratifs. Il m'a suffi pour cela d'aller voir un vieil ami de la famille, l'abbé Glasberg. Il s'occupait des réfugiés, dans une officine délabrée de la rue de l'Arbre-Sec. Il m'a donné une lettre de recommandation pour le directeur – qui était d'ailleurs une directrice – du Bureau des étrangers, à la préfecture de police, et l'affaire a été réglée en une courte matinée.

C'est ainsi que, en mars 1963, ayant de nouveau des papiers en règle, j'ai pu me marier et aller à *La Colombe d'or*, pour la première fois, mais pas pour le repas traditionnel de mariage, non, ne mélangeons pas. Ce sont Yves Montand et Simone Signoret qui ont fêté leur mariage à *La Colombe*. Moi j'y suis bien allé le jour du mien, mais c'était pour rencontrer Manolis Glezos.

Je m'explique aussitôt.

Nous nous étions mariés le 22 mars à Villeneuve-Loubet. Le repas traditionnel avait eu lieu ensuite, à *La Toque blanche*, à mi-chemin entre La Colle et Saint-Paul. Tout avait été organisé par mon beau-père, Marcel Leloup, qui était un personnage hors du commun.

Breton, fils d'instituteur socialiste, celui-ci avait accompagné le petit Marcel chez le proviseur du lycée de Rennes où il allait commencer une classe de sixième. Le proviseur, gentiment, s'est enquis des goûts et intérêts particuliers de son jeune élève. « Mon fils fera Polytechnique », avait dit le père instituteur et péremptoire. Et le fils a fait Polytechnique, bien sûr. Il a même été reçu au concours d'entrée dans la botte. Mais avant de faire Polytechnique, Marcel Leloup avait fait la guerre, la première mondiale, comme on dit. Il s'était engagé volontaire à dix-sept ans. D'une famille socialiste, farouchement pacifiste, il ne voulait pas qu'on pensât qu'il souhaitait éviter le sort commun. A cause de ses idées, disait-il, il lui fallait d'autant plus donner l'exemple. Il a donc devancé l'appel du sort commun. Il a donné l'exemple. Il a eu, à dix-neuf ans, un bras coupé par une mitrailleuse allemande, dans un avion d'observation.

Après Polytechnique, Marcel Leloup choisit l'Ecole

forestière de Nancy. Il fit carrière dans les Eaux et Forêts. Et il continua de militer à l'aile gauche de la S.F.I.O., dans la tendance Marceau Pivert. Il fit partie du cabinet de Léon Blum, lors de la victoire du Front populaire. A la fin de sa vie, dégoûté par la S.F.I.O. de Guy Mollet, il s'installait au *Café de Flore* dont il était client depuis 1936, avant même que Paul Boubal achetât le fonds, et il discutait longuement avec Emile, l'un des plus anciens garçons, qui avait été membre de la Fédération socialiste de Paris et pivertiste comme lui.

Après la Libération, Marcel Leloup devint Directeur général des Eaux et Forêts en France, et puis Directeur mondial des Forêts de la F.A.O., l'organisation des Nations Unies pour l'alimentation et l'agriculture. Il voyageait dans le monde entier pour s'occuper des arbres. Et il était heureux, car c'était là sa passion. L'une de ses passions, du moins.

Lors de l'un de ces voyages, invité officiel du gouvernement espagnol, il prit un malin plaisir à m'avoir à sa table, au *Palace* de Madrid. C'était un Breton qui avait le sens de l'humour et ça l'amusait beaucoup de régaler aux frais des autorités franquistes le délégué clandestin du comité central du P.C.E.

C'est donc lui, Marcel Leloup, qui avait organisé mon repas de mariage à *La Toque blanche*.

Vers la fin des agapes, je m'éclipsai un moment, pour monter à Saint-Paul, à *La Colombe d'or*. Georges Gosnat, le grand argentier du P.C.F., m'avait fait savoir qu'il y déjeunerait ce jour-là avec Manolis Glezos. Il m'avait invité à les rejoindre pour le café.

J'avais connu Gosnat trois ans auparavant, au VIe Congrès du P.C.E. qui s'était tenu clandestinement à Prague. Il y représentait le parti communiste français avec Jean Kanapa et Georges Frischmann. Gosnat était un homme disert et cultivé, non dépourvu d'intelligence, mais totalement corrompu et privé de scrupule. Un homme inconditionnellement lié – il n'était pas le seul, et l'espèce n'en a pas disparu avec sa mort – aux intérêts russes et a l'appareil soviétique en France.

C'est donc ainsi, à cause de Georges Gosnat, que je suis entré pour la première fois à *La Colombe d'or*. Pour y rencontrer Manolis Glezos.

Glezos, on s'en souvient sans doute, avait été un jeune héros de la résistance antinazie en Grèce. C'est lui qui avait décroché le drapeau à croix gammée qui flottait sur l'Acropole. Ensuite, pris dans les tourbillons de la guerre civile, il avait passé des années en prison. Il en était sorti peu de temps auparavant.

C'était donc à Saint-Paul-de-Vence, un jour pluvieux de mars. La grande salle à manger de *La Colombe* était presque vide. Manolis Glezos avait une bonne tête de héros grec. Une carrure solide de héros grec. Et précisément, j'avais envie de lui parler de la Grèce, des héros grecs. C'était une histoire qui me préoccupait depuis longtemps. Depuis les neiges de décembre 1944 à Buchenwald.

J'avais envie de lui parler d'Elektra Apostolou, par exemple.

En décembre 1944, à Buchenwald, sous les tourbillons de neige de l'Ettersberg, nous ne parlions que de la Grèce. La guerre n'était pas encore finie et une autre bataille commençait, à l'intérieur même de la coalition antihitlérienne. Les chars britanniques écrasaient les partisans communistes, avant même que Hitler fût définitivement vaincu.

Il y avait de quoi parler, certes.

Plus tard, j'avais lu des histoires de la Résistance en Grèce. Ça me passionnait. Des noms avaient surgi, des visages. Je pouvais imaginer.

On pouvait imaginer sur la ville d'Athènes un ciel de soie bruissante. En avril, il avait été d'un bleu ténu, délavé. Au nord, quelques nuages effilochés. Les prisonniers politiques du camp de Khaïdari, au pied du mont Aegaleos, auraient vu ces traînées légères, floconneuses, dans le ciel d'avril. Sur le champ de tir de Kaissariani, les hommes et les femmes qui allaient mourir regardaient ces nuages d'un blanc poreux, dans le ciel immense. Un homme sourirait : les nuages, les merveilleux nuages!

Dimitris Avghéris, Kostas Foltopoulos et Thomas Kiokménidis, enfermés dans une maison du mont Hymette, tiraient sur les Allemands et les collabos grecs des bataillons de sécurité. Ils avaient dix-huit ans et le dernier à tomber serait Dimitris Avghéris. Une femme pleurerait dans une ruelle du bas quartier.

Sur la ville d'Athènes, le ciel serait comme une soie déchirée.

Le Premier Mai, les otages étaient transportés en camions, de Khaïdari à Kaissariani. Tout le long de la route, hommes et femmes jetteraient au vent des morceaux de papier avec leurs derniers messages. On pouvait en imaginer la teneur : ils roulaient vers l'océan de la mort et leurs messages blancs tournoieraient comme des mouchoirs d'adieu, comme des ailes de mouette le long des navires en partance.

Sur le champ de tir, avant de commander la fusillade, l'officier allemand demanderait à Soukadzidis de traduire ses paroles. Soukadzidis traduirait. « Demande-leur s'ils ont quelque chose à déclarer », avait dit l'officier. Les vingt hommes alignés pour la première décharge des fusilleurs regardaient Soukadzidis, qui avait été leur interprète au camp d'internement. Ils attendraient qu'il leur traduise les mots étrangers. Soukadzidis se tournait vers les vingt hommes de la première fournée et il leur demandait s'ils avaient quelque chose à déclarer. Ensemble, d'une même voix, les vingt hommes crieraient ce qu'ils avaient à dire. Ils allaient mourir, ils disaient la vie. Ils étaient prisonniers depuis des années – certains, depuis que Métaxas les avait enfermés à Akronavplia –, ils disaient la liberté. Ils n'avaient plus d'autre patrie possible que l'éternel silence, ils disaient la Grèce, qui est la patrie du langage, comme chacun sait. « Rien d'autre? », demanderait ensuite l'officier allemand. Non, rien d'autre. Il fallait croire que cela leur semblait suffisant, la vie, la parole, la Grèce, la liberté.

Ensuite, l'officier allemand commanderait le feu. Les vingt hommes de la deuxième rangée s'avanceraient pour prendre leur place face aux fusils. Mais, auparavant, il leur faudrait transporter les cadavres de leurs camarades jusqu'aux camions qui devaient les emporter à la fosse commune. Dans la dixième et dernière rangée, un homme serait pris d'une sorte de fou rire. « Et nous, alors? Nous? Qui va nous transporter jusqu'aux camions? Faudra bien qu'ils s'y mettent eux-mêmes, ces fainéants! » Cette sorte de fou rire silencieux gagnerait tous les hommes de la dernière rangée. L'idée que les soldats allemands allaient être obligés de s'y mettre, parce qu'il n'y aurait plus personne pour déplacer les vingt derniers cadavres, leur semblerait d'un comique irrésistible. « Ah! les cons! », murmurerait celui qui avait commencé à rire silencieusement, follement, « les cons! Ils n'ont pas pensé à ça! »

Dix fois, d'un mouvement mécanique, les rangées de vingt hommes s'avanceraient vers les fusils allemands. A la fin, Soukadzidis serait fusillé, lui aussi, avec la dernière fournée d'otages. Il n'y avait plus rien à traduire.

Le ciel se couvrirait d'un bleu plus dense, ce serait l'été.

Dans la tiédeur de l'aube, les femmes ramasseraient dans la rue des cadavres inconnus, abandonnés. Le 26 juillet, il y aurait entre autres un corps de femme, à moitié brûlé. Des inconnus viendraient, furtivement, ils la reconnaîtraient : Elektra Apostolou, communiste.

Aux interrogatoires, elle avait souri, laconique. « D'où es-tu? – D'Athènes. – Où habites-tu? – A Athènes. – Qui es-tu? – Je suis Grecque. » Une heure, un jour, des nuits : l'éternité de la douleur. Elektra Apostolou était fouettée avec des morceaux de fil de fer barbelé. Elle était brûlée au fer rouge. Elle était suspendue par les aisselles à des crocs de boucherie.

Le ciel serait sur la ville d'Athènes, en ces jours de juillet, comme une soie lourde et sauvage. Elektra Apostolou ne disait rien, elle mourrait dans la solitude de son silence, peuplée de voix et de regards innombrables et fraternels.

Des femmes ramasseraient son corps, laveraient en geignant son visage défiguré. Ô ma colombe, ma douce colombe! dirait l'une de ces femmes. Et le ciel serait sur le cadavre d'Elektra Apostolou comme une soie blanc et bleu. Des vieilles femmes endeuillées et fébriles tenteraient de scruter dans le corps brisé d'Elektra Apostolou l'avenir de leur peuple. Mais le temps des oracles était passé, cette bouche d'ombre resterait muette.

D'ailleurs, l'avenir du pays avait été fixé, inexorablement, pour longtemps, et aucun cadavre ne pèserait jamais assez lourd pour faire bouger le fléau de la balance.

Staline et Churchill avaient échangé des messages, ils s'étaient partagé cette région de l'Europe. Mais Elektra Apostolou ne saurait jamais rien de ces marchandages. Le ciel était comme une soie pâle, défraîchie, au-dessus de ses yeux morts.

Ce même 26 juillet 1944, à l'heure confuse où son corps était abandonné dans la rue par des policiers encombrés de victimes, la soie crissante des parachutes s'ouvrirait dans le ciel crépusculaire. Au nord, huit officiers soviétiques sautaient dans le maquis. Ou alors, selon d'autres sources, c'est le 28 juillet qu'un avion de transport soviétique en provenance d'Italie se posait sur l'aérodrome de Neraida, contrôlé par la Résistance. Quoi qu'il en soit, tout le monde s'accorde à dire que c'est le colonel Popov qui dirigeait cette mission militaire soviétique. A peine arrivé, le colonel russe demanderait à rencontrer Siantos, le vieux chef du parti communiste grec. Les chroniques n'ont pas rapporté le détail de ces entretiens. On peut supposer, cependant. On peut en reconstituer l'essentiel, à en juger par la nouvelle attitude des dirigeants communistes. Le colonel russe avait conseillé la modération, le compromis. Il avait dû suggérer qu'il ne fallait rien faire qui perturbât la belle et bonne alliance de l'U.R.S.S. et des puissances occidentales. Et l'une des conditions de cette alliance – à Siantos d'en tirer les conclusions – était précisément que l'on laisserait à Churchill les mains libres en Grèce.

Staline ne concevait plus la révolution, depuis longtemps, que comme l'exportation de son propre pouvoir. L'intendance, en somme, qui suivrait ses armées. Toute entreprise révolutionnaire, en cette année 44, lui semblerait suspecte et dangereuse. Si elle échouait, elle compliquerait inutilement ses rapports avec l'Occident. Si elle réussissait, elle serait doublement suspecte, doublement dangereuse : elle compliquerait aussi ses rapports avec l'Occident et elle établirait de surcroît un pouvoir révolutionnaire autonome qui succomberait fatalement, un jour ou l'autre, à la tentation de se passer de ses conseils paternels.

Ainsi, quelques jours après l'arrivée de la mission militaire russe dans le maquis, les chefs de la Résistance grecque accepteraient les conditions du gouvernement royal en exil. Georges Papandréou avait les mains libres, il s'envolerait pour Le Caire, le 21 août, afin de rencontrer Churchill en grand secret. Maintenant qu'ils avaient la preuve que Staline n'interviendrait pas dans les affaires grecques, Churchill et Papandréou pourraient mettre leurs plans à exécution. Tout d'abord, neutraliser l'influence des communistes et des partisans de l'ELAS en les faisant participer au gouvernement en exil, à titre d'otages en quelque sorte, à titre de garants d'une politique qui préparait sournoisement leur perte. Ensuite, même s'il fallait pour cela provoquer un affrontement sanglant sur le terrain, désarmer les troupes de l'EAM-ELAS, la résistance armée contrôlée par le parti communiste. Et finalement, assurer le retour des Glücksburg sur le trône de Grèce.

Les partisans croyaient avoir le pouvoir au bout de leurs fusils, mais ils n'auraient que la défaite, et dans les pires conditions, celles de la confusion et du désarroi. Une défaite où l'avant-garde se ferait tailler en pièces, coupée des masses désorientées.

Mais Elektra Apostolou ignorerait tout de ces marchandages. Elle ne saurait rien de cette défaite qui s'approchait, sournoise, dans les fourgons de la liberté. Elle était morte dans l'éclatante victoire de son silence. « Quel est ton nom? – Je suis Grecque. » Elle n'aurait plus que ce nom, immense comme une clameur.

Oui, sans doute, j'avais bien envie de parler de tout cela avec Manolis Glezos.

Mais nous n'avons parlé de rien.

Ou plutôt, nous avons parlé la langue de bois, le b,a ba, le bla-bla-bla, le charabia, du cérémonial communiste. Nous avons bu un verre à nos partis respectifs. Un autre à la lutte héroïque de nos deux peuples malheureux. Et puis Gosnat a emmené Glezos pour continuer à lui faire faire la tournée des grands ducs. Le matin, il l'avait accompagné chez Picasso. Ou peut-être était-ce l'après-midi, aussitôt après ce déjeuner, qu'il allait l'y conduire. En tout cas, Pablo Picasso était au programme, j'en suis certain.

Ainsi, j'ai quitté Glezos sans même avoir eu le temps de lui parler.

Une dizaine d'années plus tard, je me suis souvenu de Manolis Glezos. Il faisait un soleil d'hiver, j'étais sur l'Acropole. J'y étais avec Costa Gavras et Yves Montand. La junte des colonels venait d'être renversée en Grèce. Caramanlis était revenu au pouvoir et organisait des élections libres. Car l'une des différences – ce n'est certes pas la seule – entre les dictatures de droite et celles sournoisement dites de gauche, c'est que les premières peuvent être renversées. Ou que, même si elles ne le sont pas, des événements comme la mort des dictateurs peuvent ouvrir un processus de rétablissement progressif des libertés démocratiques. Il y a même des cas – et le Brésil où nous étions Montand et moi à la fin de l'été 1982 en est un – où c'est la volonté même de la classe politico-militaire dominante, soumise sans doute aux pressions des circonstances sociales, qui rouvre un processus de démocratisation.

Dans les secondes, par contre, les dictatures improprement dites de gauche, la situation est irréversible. On n'y revient pas en arrière, vers un avenir de démocratie véritable. A moins d'explosion ou de cataclysme généralisé, qu'on hésite évidemment à souhaiter. Voilà une expérience de l'histoire dont j'avais parlé avec Montand, au Brésil.

Quoi qu'il en soit, nous étions sur l'Acropole, Montand, Costa et moi, sages comme des images parmi les vieilles pierres – j'en garde des témoignages photographiques – et je me suis souvenu de Manolis Glezos. Nous étions venus à Athènes parce que notre film, *Z*, venait d'être autorisé. Il était projeté devant des salles combles, frémissantes d'attention, de murmures et de joies. Né ici, d'une histoire réelle lyriquement reconstituée par Vassilis Vassilikos, devenu un film universel grâce au talent de Costa Gavras – et un peu, aussi, bien sûr, à celui de tous ceux qui l'avaient aidé dans cette entreprise – voici que *Z* retrouvait ses racines, ses dieux lares, son langage obscur et rayonnant, qui était le grec, la langue des héros : la langue d'Elektra Apostolou.

Il faisait beau, cet hiver-là, au soleil de l'Acropole. Et je me suis souvenu de Manolis Glezos, de ce jour lointain, à Saint-Paul-de-Vence.

Quelques mois après ce jour de mars, j'étais de nouveau à *La Colombe d'or*. C'était le début de l'été 1963 et je n'y allais pas pour rencontrer Manolis Glezos mais Yves Montand.

Enfin! Entre-temps, entre ces deux visites, il s'était produit beaucoup d'événements. Julián Grimau avait été fusillé à Carabanchel, sous la lumière des phares d'automobiles, au petit matin. A Madrid, Grimau avait vécu après moi dans l'appartement clandestin que j'avais longtemps occupé, rue Concepción Bahamonde. C'est là que j'avais écrit *Le Grand Voyage*, et justement ce livre venait d'obtenir le prix Formentor. Il avait été publié par Gallimard. Simultanément, j'étais arrivé dans mes différends politiques avec Carrillo et la majorité de la direction du P.C.E. à un point de non retour. Au bout de cette longue discussion, je savais déjà qu'il n'y aurait pas d'autre solution de rechange à l'exclusion que la capitulation sans conditions. En rase campagne idéologique. C'est ce qu'on appelle l'autocritique. Mais je savais déjà que je ne choisirais pas la capitulation.

Simone Signoret avait été étroitement mêlée à ces événements de ma vie. Aux deux premiers, du moins. Pour ce qui en est de ma situation politique, je n'en parlais à personne. J'avais encore le sens du sacré, c'est-à-dire, le respect des secrets du parti.

Mais Simone avait été bouleversée par l'exécution de

Grimau. Elle trouvait qu'il fallait faire quelque chose de plus, quelque chose d'autre que les habituelles protestations indignées et manifestations de rue. Quelque chose d'à la fois plus intime et plus massif. Quelque chose qui touchât le cœur du plus grand nombre, et pas seulement la raison politique des convaincus d'avance. Elle me demanda si Grimau avait une famille. Je lui fis connaître Angela. La dignité, la simplicité de cette femme, en imposaient à quiconque. Son manque d'emphase, sa retenue dans la douleur. Accepterait-elle d'apparaître à la télévision ? Angela ouvrait de grands yeux étonnés, ça lui semblait insensé. Et ça l'était, bien sûr.

Alors, Simone Signoret me conduisit un dimanche chez Pierre Lazareff, à Louveciennes. Elle ne dit pas préalablement au téléphone la raison de sa venue, mais simplement qu'elle amenait un ami. Il faut dire que je commençais à être présentable. Pas seulement parce que j'avais désormais des papiers en règle. Je suis certain que Lazareff n'en avait rien à faire, que je fusse en règle ou irrégulier. Il en avait vu d'autres. Mais surtout parce que *Les Temps modernes* venaient de publier en plusieurs livraisons de longs extraits du *Grand Voyage*. Je commençais à devenir un écrivain français d'origine espagnole. Ou un écrivain espagnol d'expression française. Un Rouge espagnol, quoi qu'il en fût, mais écrivain désormais. Donc présentable.

Il y avait beaucoup de monde à ce déjeuner dominical, de Louveciennes et la conversation était aussi brillante que décousue. Je me demandais comment Signoret allait aborder le sujet qui nous amenait là. Ce fut tout simple. D'une géniale simplicité. A la fin du repas, elle demanda à la cantonade quel était l'événement de la semaine qui les avait davantage frappés, les uns et les autres. Ce fut Sophie Litvak qui répondit la première. « L'assassinat de ce communiste espagnol, dit-elle, Grimau, c'est bien ça ? » Oui, c'était bien ça. C'est à ce moment-là, sans doute, que Pierre Lazareff a compris pourquoi nous étions venus.

Bref, Angela Grimau fit une courte apparition à « Cinq colonnes à la une » et la France entière en fut remuée.

Deux ans plus tard, Simone Signoret rencontra de nouveau Angela. C'était à une réception en l'honneur de Valentina Terechkova, le deuxième être soviétique et de sexe féminin à avoir tourné dans l'espace. Après Laïka, la petite chienne. Simone s'y rendit, invitée par l'Union des femmes françaises. C'était une réunion de femmes, en effet. Le genre qui n'enchante pas particulièrement Simone. Mais enfin, elle y alla. Dans la foule, elle tomba sur Angela Grimau. A ce moment-là, j'avais déjà été exclu du P.C.E. Simone m'avait demandé quelle avait été la réaction d'Angela à cette nouvelle, lorsqu'elle devint officielle. Aucune, lui avais-je dit. Elle ne voulait pas me croire. Comment, Angela n'était pas venue me voir? Me demander des explications? Ou m'en donner elle-même? Parler, au moins, parler, se dire les choses, quitte à crier, s'attraper, se maudire. Mais non, lui disais-je, rien, il ne s'est rien passé. Pour Angela comme pour les autres, j'étais tombé dans le néant.

Alors, à cette réception de l'U.F.F. en l'honneur de Terechkova, émérite cosmonautrice du peuple, Simone Signoret a fendu la foule avec la détermination qu'on lui connaît et s'est adressée à Angela. Comment était-ce possible qu'elle ne fût pas venue me parler? N'avais-je pas travaillé avec son mari, dans la clandestinité madrilène? N'étais-je pas, à cause de cela, l'un des dirigeants du P.C.E. qui lui étaient les plus proches, à elle, Angela? Mais celle-ci n'a rien trouvé à dire. Elle a murmuré que ce n'était pas possible, que la fidélité au parti, quoi qu'il arrive, passait avant tout sentiment d'amitié. Elle a dit à peu près ça, le visage fermé, les yeux pleins de terreur. Et elle avait raison. Ça ne peut pas être autrement. C'est bien pour cela qu'il faut quitter les partis communistes, qu'il faut les abandonner, les déserter comme on déserte une armée d'envahisseurs, comme on déserte l'idée de la mort. Qu'il faut faire tout ce qui est au pouvoir démocratique des masses pour les neutraliser, ces partis. Les réduire à la portion congrue. Les rendre vétustes et marginaux. Inutiles, si possible.

Simone Signoret n'en revenait pas d'avoir buté sur l'ombre tenace et butée de l'esprit de parti dans les yeux d'une femme simple et fidèle, Angela Grimau. Non, elle n'en revenait pas.

Mais nous sommes enfin dans la cour de *La Colombe d'or*, au début de l'été 1963. Et je n'ai pas rendez-vous avec l'esprit de parti. J'ai rendez-vous avec Montand.

Tout à coup, je vois un grand mec qui arrive de la rue, en bras de chemise. Nous sommes assis à une table, Colette Leloup et moi, avec Simone. Celle-ci nous présente à Montand. Et je vois se poser sur moi un regard bref, aigu. Pas vraiment méfiant, mais supputant. Il a l'air de se demander, ce grand type qui a traversé la cour de *La Colombe* avec la démarche d'un homme de l'Ouest dans les films mythiques de notre enfance – essayez de me dire quel acteur français peut se comparer à Montand, pour ce qui est de la façon de marcher! – il a l'air de se demander ce que je suis exactement. Ce copain de Simone, c'est qui, c'est quoi? Une tête d'œuf, une grosse tête, une tête de lard, une tête pour dîner de têtes, en somme? Ou une bonne tête, tout simplement?

En tout cas, il regarde la tête que je fais, Montand.

Mais je n'ai aucune inquiétude. Du premier coup d'œil – ça m'est arrivé deux ou trois fois dans ma vie, pas davantage – j'ai compris que cette rencontre est importante. Qu'elle va l'être pour moi, du moins.

Je fais donc ma tête des jours heureux. La voix de

Montand, la voix de ma jeunesse, vient de trouver un corps qui lui va bien. Un regard qui lui va bien. J'en fais sans doute une tête heureuse, qui doit se voir sur ma figure.

C'est donc une année importante, 1963. J'ai trouvé mon identité. La voix de Montand a trouvé un corps. Nous nous sommes trouvés tous les deux. Ce n'est pas si mal, tout compte fait.

4

Quelques rendez-vous réussis et un rendez-vous manqué

Quand je pense à ce temps-là, aux premières années de cette longue rencontre (et j'y pensais, à São Paulo, le 26 août 1982, pendant que je regardais le spectacle de Montand : j'avais préféré rester en coulisses, ce soir-là : la salle du Teatro municipal était comble, brillante comme on dit dans les gazettes : elle a été très vite séduite, conquise, subjuguée : je bougeais dans les coulisses, je voyais Montand de dos, de profil, mais j'avais en face de moi la houle mouvante de ces milliers de visages dressés vers la scène, l'écume fracassante de ces mains battant le rappel) et je me souvenais qu'aux premières années de notre rencontre il y avait un lieu privilégié de ma mémoire.

C'est, à Autheuil-sur-Eure, la maison de campagne de Montand.

On pourrait dire tout aussi bien, peut-être même mieux du point de vue de la vérité historique, ou de la vérité tout court : la maison de Montand et Signoret. D'Yves et Simone. De Simone Signoret, épouse Montand, ou plutôt Livi, et d'Yves Montand, époux Signoret, ou plutôt Kaminker.

(Ne t'étonne pas trop vite, vieux, de cette dernière appellation : époux Signoret. Une fois, étonné moi-même d'avoir reçu une feuille d'impôts locaux et fonciers à mon nom, ce qui est banal, suivi de la mention « époux

Leloup », ce qui était nouveau pour moi, j'en avais fait la remarque à une jeune fonctionnaire de l'inspection fiscale de Nemours-Bourron-Marlotte. Et la jeune femme, me fusillant d'un regard où brillait le mépris pour le sexisme ou machisme dont je semblais être pour elle la subite incarnation, m'a fait observer que si ma femme était « épouse Semprun », j'étais moi-même, légalement et forcément, « époux Leloup ». Je lui ai alors demandé, de ma voix la plus douce, si elle entendait ainsi me faire comprendre que la loi m'octroyait le privilège et l'honneur de porter, ne fût-ce qu'en sous-titre ou par voie de corollaire, le nom de ma femme. Exactement, m'a-t-elle dit, fièrement. Fière d'être femme et néanmoins fonctionnaire d'un pays aussi avancé, sans doute. Je lui ai alors demandé, d'une voix encore plus douce, tout sucre et tout miel, désormais, pourquoi dans ce cas me faisait-elle porter le nom de mon beau-père, Leloup. Ensuite, profitant de son regard perplexe et de sa bouche bée, je lui ai fait remarquer que le nom de jeune fille d'une femme n'est jamais que celui de son père. Que donc une femme ne pouvait porter qu'un nom masculin ne fût-ce que celui de son père si elle voulait éviter celui de son mari. Que donc la femme était un être par définition anonyme, peut-être même innommable, sauf à se faire appeler par un nom d'homme. Pourquoi, donc, lui dis-je en conclusion – et ses yeux n'étaient plus simplement écarquillés, mais exorbités de colère – pourquoi ne pas inscrire sur ma feuille d'impôts la vérité vraie? Pourquoi ne pas écrire « gendre Leloup » au lieu d'« époux Leloup »? Mais j'ai aussitôt changé de sujet de conversation, de peur d'avoir déjà été trop loin.)

Quoi qu'il en soit, si je parle de la maison d'Autheuil-sur-Eure comme de la maison de Montand, alors qu'elle a été, de toute évidence, choisie, arrangée, vécue et animée par tous les deux ensemble, c'est parce que dans cette communauté qu'ils ont formée, et qui n'a jamais été réduite ni aux acquêts ni à l'acquis, mais étendue au meilleur et au pire de la vie, à tous ses aléas, il y a toujours eu entre eux le jeu de déclarer que Montand prenait en charge la maison de campagne et Simone celle de Paris. A Autheuil, nous étions chez Montand. Place Dauphine, chez Simone.

D'accord, jouons le jeu.

Autheuil de toute façon est un lieu privilégié de ma mémoire.

J'avais connu la maison d'Autheuil, avant même de rencontrer Montand, grâce à Catherine Allégret. Ou à cause d'elle, du moins. Comme quoi il appert que Catherine a joué tout le long de cette histoire un rôle de diablotine – ne cherchez pas dans le dico : le nom y est exclusivement masculin; pour prouver, cependant, à l'intègre fonctionnaire de l'inspection fiscale de Nemours (Bourron-Marlotte) que je ne suis pas vraiment machiste, je lui octroie une charmante et cristalline féminité, suspecte sans doute du point de vue grammatical, mais bien méritée de celui de l'histoire démonologique – de diablotine, donc, ou de diablesse *ex machina*. De la rue Vaneau, en 1947, à Maracanàzinho, en 1982, en passant par l'Ecole alsacienne et Autheuil-sur-Eure, nous tomberons souvent sur Catherine Allégret aux tours et détours de ce récit.

Catherine, donc, avait invité Dominique, ma belle-fille, à passer la fin de semaine avec elle, à la campagne. Nous étions allés leur rendre visite le dimanche après-midi. Si je me souviens bien, c'était la fin de l'hiver. Si je me souviens toujours bien, c'est Marc Maurette qui nous y a conduits dans sa voiture. Avec Marc, qui avait été – qui a été, plutôt, puisqu'il ne cessera jamais de l'avoir été – l'assistant de Jean Renoir et de Jacques Becker, il m'est parfois arrivé de faire d'autres voyages. Plus lointains et plus risqués que celui d'Autheuil-sur-Eure. Marc était, en effet, l'un de ces copains à qui je pouvais demander, quand il n'était pas totalement bloqué par son travail de cinéma, et quand j'étais très pressé, de sauter dans une voiture et de partir aussitôt pour Madrid. C'était pardessus le marché un merveilleux compagnon de voyage, sachant conduire très vite, mais très prudemment. S'arrangeant pour respecter à la seconde les horaires, les rendez-vous et les contraintes des voyages clandestins, tout en trouvant le temps de dénicher en route de petites auberges de derrière les fagots, où nous dégustions ensemble les confits d'oie landais ou les *kokochas* basques.

On aura compris que c'est seulement pour évoquer Marc Maurette que j'ai choisi cette façon de vous présenter la maison d'Autheuil. En vérité, que j'aie connu cette campagne à cette occasion-là, de cette façon-là, n'a d'intérêt que par la présence de Marc dans ce souvenir. J'aurais pu introduire la maison d'Autheuil dans ce récit de mille autres façons. Certaines, même, plus brillantes, mettant en scène et en avant des personnages bien plus célèbres. Donnant lieu à des anecdotes savoureuses et touchantes. Mais avoir choisi la banalité d'une excursion dominicale, pour y aller dire bonjour à deux petites jeunes filles que je n'avais aucune difficulté à voir en semaine, ne s'explique que par le désir obscur de mentionner le nom de Marc Maurette. Car nous avons pour ainsi dire cessé de nous voir. Il nous est même arrivé de quelque peu, ou quelque beaucoup nous disputer. Pour des raisons politiques, bien entendu. Ce sont là les seules raisons pour lesquelles je sache encore me disputer avec quelqu'un. Mais ni le temps passé, ni les disputes – aujourd'hui d'ailleurs totalement dépassées –, ni rien d'autre ne me fera oublier que notre compagnon de voyage, ce dimanche-là, sur la route d'Autheuil-sur-Eure, a été Marc Maurette. D'autres voyages, d'autres routes, d'autres émotions me lient à lui, à jamais, et je n'avais pas eu, ou pas cherché, depuis longtemps, l'occasion de le lui rappeler.

Voilà qui est fait.

« Lorsque ma mère se laissait aller aux imaginations débridées, elle voyait toujours une maison. » C'est ainsi que Montand nous conduit vers sa campagne d'Autheuil. Il n'a pas besoin de Marc Maurette, bien entendu, lui, pour introduire cette maison dans le récit de sa vie.

Et Montand poursuit : « Elle aurait pu la décrire en détail, noter la couleur des contrevents, distinguer les géraniums rouges, compter les fenêtres et recenser les cheminées. Comme nous étions toujours logés à l'étroit, et dans des quartiers nauséabonds, par réaction, elle la faisait vaste, plantée en pleine campagne, au milieu des vents à goût de fleurs et d'herbages... »

Montand s'exprime ainsi dans son livre *Du soleil plein la tête* – souvenirs recueillis par Jean Denys, dit un sous-titre – publié à la fin de l'année 1955 par les Editeurs français réunis.

Mais est-ce vraiment lui qui s'exprime ainsi? Sans doute, c'est Montand qui a raconté ses souvenirs. Sans doute est-ce lui qui a *parlé* ce livre. Car le langage de Montand est, précisément, un parler. Il n'est pas bavard, cependant. Les solitaires ne sont pas des bavards et il est un grand solitaire. Les bavards, par ailleurs – ou tout simplement les gens qui ont le goût des conversations prolongées, même ou surtout sous les espèces particulières des monologues méandreux adressés à des interlocuteurs patients, attentifs par intérêt pour les choses dites et par tendresse pour la personne qui les dit –, les bavards, donc, sont des gens qui s'installent confortablement pour des heures entières de parlerie. Mais Montand ne tient pas en place. Un repas qui traîne en longueur, une station trop prolongée dans un même lieu, surtout s'il est clos, l'exaspèrent. Le mettent mal à l'aise, jusqu'à l'angoisse. Il ne peut supporter de rester en place, indéfiniment, que pour des raisons de travail, dans son travail. Dans ces cas-là, par contre, il est inusable. Ainsi, grand solitaire et pris de bougeotte quand il ne travaille pas, Montand n'est pas un bavard.

Pourtant, son langage est un parler. Un franc parler même. Superbe, par ailleurs.

Il faut avoir entendu Montand raconter une histoire, vécue ou inventée. Il faut l'avoir vu, dans le grand salon d'Autheuil, ouvert de tous côtés sur la campagne, « au milieu des vents à goût de fleurs et d'herbages », raconter une anecdote de tournage ou de tournée, ajouter un nouvel épisode à la biographie exemplaire de Mme Pluvier, personnage inventé par lui et dont il sera encore question, parce qu'elle est importante dans nos vies. Que ferions-nous parfois sans Mme Pluvier, je me le demande?

Si le personnage de César, dans *César et Rosalie* de Claude Sautet et Jean-Loup Dabadie, est tellement truculent, éclatant de vérité – ou mieux encore, de vraisemblance – c'est principalement parce qu'il recoupe et manifeste, avec l'acuité accrue du trait artistique, ce côté parleur, et même beau parleur, ce parler bel et bon, flamboyant et flambeur, qui est le propre de Montand dans la vie courante.

Dans un tout autre domaine, celui de la politique, ou plus largement de la vie publique, qui n'a pas été frappé, ces dernières années surtout, par la précision improvisée, la juste brutalité de l'évidence et du courage, de certaines déclarations de Montand à la radio? Ou à la télévision?

Mais c'est justement la richesse et la personnalité de ce parler de Montand qui en rendent la transcription difficile. Dans le livre de souvenirs qui a provoqué cette réflexion, la transcription pèche bien évidemment par excès. Elle est trop écrite. Le parler original s'estompe souvent, et parfois même s'évanouit tout à fait, sous les afféteries d'une écriture trop soignée. Qui veut trop bien faire. Comme si le transcripteur eût craint un parler trop direct, trop fruste à son avis, qu'il eût commis l'erreur d'une écriture trop soignée, trop calligraphique, pour éviter les pièges du populisme. Car il est évident que Montand, même à l'instant d'évoquer avec émotion le désir de sa mère, ce rêve de maison installée à la campagne comme les villes d'Alphonse Allais, n'a pas pu dire qu'elle serait « au milieu des vents à goût de fleurs et d'herbages ». Ce vent-là, ce goût-là, ces fleurs et ces herbages-là, ne viennent pas du parler de Montand, qui n'est jamais mièvre, même quand il lui arrive d'être poétique.

D'un autre côté, le danger inverse existe tout aussi bien : celui d'une transcription qui pècherait par défaut. Ou par excès dans le défaut. Une transcription qui, en voulant reproduire le parler de Montand avec ses termes crus, ses mots clés, sa truculence, transforme ce langage parlé, toujours juste car toujours en situation, en langage écrit sous-célinien, faux dans la mesure même où, voulant saisir le vrai, il le fige dans des tics et du clinquant de littérature dite populaire. Certains entretiens avec Montand, transcrits de cette façon, sonnent faux même quand ils parlent vrai.

Le problème, en somme, est qu'on ne peut pas transcrire le langage de Montand. Qu'il faut ou bien le reproduire pour l'écouter, ou bien le récrire. Qu'il faut, en somme, ne pas essayer de parler à sa place, en son nom, au nom de son parler. Qu'il faut ou bien le laisser parler lui-même, ou bien parler de lui, parler avec lui. Lui parler pour donner une idée de sa façon de parler.

C'est à quoi je m'efforce ici.

Un jour, sans doute, quelque producteur de radio aura

l'idée toute simple de recueillir dans les archives sonores de ces trente dernières années toutes les traces repérables du passage de Montand sur les ondes magnétiques. Les enregistrements de ses causeries dans le poste, comme dit Simone Signoret quand elle joue à parler comme sa concierge (entreprise autrement difficile qu'il n'y paraîtrait, car elle n'a point de concierge!).

Le producteur en question, donc, tout simplement génial, ferait faire un montage des bribes éparpillées de cette voix de Montand, reflets de sa vie au long de ces trente années. Long monologue coupé de chansons, chuchotement coupé de cris, de coups d'éclat, de coups de gueule à en perdre la voix, lors des explosions de colère politique de Montand. Du « Séguy, connais pas! », de 1968 au « Merde à Marchais », de 1981. Ainsi, l'on pourrait entendre enfin d'un seul tenant la voix de Montand, saisir ce que son parler veut dire, ce qu'il a de particulier.

D'unique, sans doute.

Quoi qu'il en soit, cependant, de ces questions linguistiques – non dépourvues d'importance dans la mesure où Montand est un homme de parole – il est certain que la maison d'Autheuil a été une maison maternelle pour plusieurs d'entre nous précisément parce qu'elle est, en quelque sorte, la matérialisation par Yves d'un rêve de sa propre mère. Une maison ouverte et matriarcale parce qu'elle est en quelque sorte, par procuration filiale, la maison de la maman Livi, *madre madona*. Maison mère, donc.

A quel point ce lien est fort, même s'il est obscur – lien de sang et de rêve – même s'il est en partie inconscient pour Montand lui-même, je viens d'en avoir la confirmation ces jours-ci. Pour écrire, en effet, le chapitre sur l'enfance marseillaise de Montand j'avais relu le livre de souvenirs dont il a déjà été question. Et j'y ai trouvé par hasard l'explication d'un événement qui m'avait semblé mystérieux, du moins incompréhensible. Pas seulement à moi, d'ailleurs. A la plupart aussi des familiers de Montand.

Il y a plusieurs années, ce dernier avait décidé subitement, avec une sorte de hâte impérieuse, de faire couper une partie des arbres de l'allée qui s'étend dans le parc de la propriété d'Autheuil, sur les arrières de la maison. Visiblement, cette allée était composée de deux parties bien distinctes. L'une, la plus éloignée de la blanche façade Directoire, est formée d'arbres centenaires. Elle se prolonge jusqu'au bout du parc, se terminant par un petit rond-point d'où l'on peut contempler la campagne environnante. Tout à fait classique, dans le genre belle allée centenaire et romantique. Ou rousseauiste.

La deuxième partie, la plus proche de la maison, arrivait pratiquement jusqu'au perron de la porte principale de la façade arrière. Les arbres en étaient aussi des tilleuls, mais bien plus jeunes.

C'est cette partie-ci que Montand décida un beau jour de faire couper. Les arguments qu'il brandissait dans les discussions, parfois passionnées, qui divisaient les familiers d'Autheuil, étaient fort rationnels. Il est clair, disait-il, que cette partie de l'allée a été rajoutée. Donc, en la faisant couper, je restaure le site tel qu'il a été conçu à l'origine. En outre, ajoutait Montand, la maison sera dégagée : on aura du parc une vue d'ensemble, qui est bouchée actuellement. Arguments qui étaient fort valables. Une fois les arbres coupés, en effet, et un large espace en pente herbeuse déployé à leur place, avec tous les tas de foin du début de l'été, le rapport de perspective s'établit bien mieux entre la belle façade rigoureuse et la masse aux couleurs changeantes des arbres centenaires de l'allée originelle.

Mais tous ces arguments d'une raison raisonnante et paysagère, pour valables qu'ils fussent, occultaient une raison plus profonde. Plus mystérieuse aussi. Dans *Du soleil plein la tête* – et c'est d'autant plus frappant que ce n'est pas un livre directement écrit par lui, mais parlé et retranscrit : la force de cette parole a donc dû être très grande, pour qu'elle se fasse entendre aussi clairement malgré la médiation de l'écrivant, ou du scribe, qui n'en pouvait deviner l'importance – Montand dit, à un certain moment, lorsqu'il parle de ce rêve de maison qui hantait sa mère, que celle-ci n'était pas dupe de ce mirage.

Et il ajoute : « Les mirages qui apparaissent ainsi sont toujours situés au bout d'une allée plantée d'arbres, qui se met à s'allonger indéfiniment dès que l'on s'avise de la parcourir. Et la maison, tout au bout, demeure perpétuellement inaccessible. »

C'est donc pour que cette maison d'Autheuil-sur-Eure, tellement ressemblante au rêve de sa mère, cesse d'être un mirage, pour qu'elle cesse d'être inaccessible au bout d'une allée de rêve angoissé, de cauchemar, où l'on pourrait marcher indéfiniment, infiniment, sans jamais parvenir au bout; c'est pour ancrer cette maison dans la réalité d'un paysage normand, verdoyant et véridique, rassurant en somme, que Montand, bien des années plus tard, aura fait couper les arbres. C'était un acte sacrificiel et symbolique, qui s'imposait à lui avec la force des évidences obscures. Ou plutôt, tellement claires qu'elles en deviennent illisibles. Ou aveuglantes. Désormais, nous pouvons mourir : la maison d'Autheuil restera ancrée dans la réalité du paysage, la réalité des rires et des tristesses qui nous survivront. Maman Livi est morte, nous mourrons tous les uns après les autres. Tous les habitants occasionnels de cette maison, nous qui y avons puisé des instants de bonheur, minimes ou merveilleux, pouvons mourir. La maison restera ancrée dans l'avenir du paysage, maintenant qu'il a coupé le cordon ombilical que formaient les arbres du mirage. Les arbres du rêve impossible.

Maintenant, la maison est accessible. A tout jamais.

En 1963, l'été, après la rencontre de *La Colombe d'or*, quand j'ai commencé à fréquenter la maison d'Autheuil, celle-ci avait déjà une histoire d'une dizaine d'années. Une histoire et plein d'histoires, drôles et moins drôles, dont les échos roulaient encore entre ses murs. La maison avait été achetée en 1954, après les six mois de triomphe du récital de Montand au théâtre de l'Etoile.

Mais je ne vais pas raconter une nouvelle fois cet épisode. Simone Signoret l'a déjà fait dans *La Nostalgie...* « La vraie troisième maison est à nous. C'est Autheuil. C'est en 1954 que Montand l'a achetée. Je dis bien Montand. " Il y en a des *Battling Joe* et des *Feuilles mortes* là-dedans ", aime-t-il à rappeler quand il la contemple. Il la contemple souvent. Moi aussi. Parce que, aujourd'hui encore, on s'étonne de sa beauté et de ses proportions, on s'étonne surtout qu'elle soit à nous. »

Je renvoie donc le lecteur soucieux de véridiques détails au livre de Simone Signoret. Je vais même faire mieux. Je vais renvoyer ledit lecteur à un autre livre encore, celui de José Artur. En quoi je ne ferai que suivre un conseil ou suggestion de Simone Signoret elle-même. « Je pense que José Artur, dans *Micro de nuit*, a beaucoup mieux raconté Autheuil que moi », a-t-elle écrit, en effet.

José Artur était, quoi qu'il en soit, l'une des personnes de la première époque d'Autheuil – celle des Périer, Brasseur, Reggiani, Becker, pour n'en citer que certains – qui continuaient à fréquenter assidûment la maison de Montand, lorsque j'ai commencé à le faire moi-même, en 1963. Il en était en quelque sorte le chroniqueur attitré, parfois attendri, souvent caustique. Mais c'est son genre, son style, ce mélange détonant de tendresse et de causticité. La voix de José Artur est, d'une certaine manière, dans ma mémoire, la voix *off*, la voix de commentaire que je continue d'entendre lorsque des images d'Autheuil défilent dans mon esprit (comme si l'esprit était une large avenue où les images, bien sages, bien rangées en rang d'oignons, pouvaient défiler au son des fifres et des tambourins!).

D'ailleurs, José Artur a été de toutes les époques d'Autheuil. Jusqu'à la fin. Je ne veux pas dire par là qu'Autheuil c'est fini, bien entendu. Ce serait un thème de chanson, peut-être. Mais ce n'est pas la vérité. Autheuil a changé, tout simplement. La maison mère a éclaté en de multiples maisons filles. Ou filiales. Et José Artur et Costa Gavras et moi-même, par exemple, avons fini par avoir nos propres maisons de campagne. Moins grandes et moins belles, sans doute, car nous n'avons jamais fait de triomphe au théâtre de l'Etoile. Et puis, les enfants – les jeunes gens et jeunes filles de la génération de Catherine Allégret et de Dominique Martinet – ont fini par grandir, par avoir eux et elles-mêmes aussi des enfants. Ça commençait à faire beaucoup de monde pour une seule maison. Alors par une espèce de processus quasiment organique, la maison mère a fait des petits. De petites maisons qui lui gardent une tendresse filiale, un peu nostalgique. Parfois mêlée d'un brin de jalousie, sans doute. Un brin, juste pour épicer les sensations. Car aucune des maisons filles, ou filiales, c'est évident, n'a pu avoir une Marcelle comme la Marcelle d'Autheuil, déesse de l'accueil et des fourneaux, de la durée souriante : déesse lare.

Parfois, lorsque la nostalgie est trop forte, les anciens d'Autheuil trouvent un prétexte quelconque pour s'y réunir à nouveau. Rarement, il faut bien se l'avouer. Trop rarement.

Même Autheuil n'est plus ce qu'il était.

En 1963, quoi qu'il en soit, l'été, l'automne, la maison d'Autheuil était une sorte de paradis de l'amitié.

Montand partait tous les matins pour de longues promenades à travers la campagne, avec son chien. Toujours un bouvier des Flandres. C'était « Caoua », d'abord. Et puis il a vieilli. Il est mort. Ensuite ça a été « Taxi ». Jeune chien, chien fou, qui a fini par vieillir, lui aussi.

Montand était calme, cet été-là. Je ne dirai pas détendu, ce n'est pas un qualificatif qui lui aille trop bien. Il y a toujours chez lui une tension interne, vitale, qui peut s'apaiser ou devenir fébrile, selon les circonstances, mais qui est toujours latente. Il revenait cependant, cet été-là, de ses longues marches solitaires – souvent solitaires, du moins – et il était calme. Il s'asseyait avec nous, sur la terrasse, à l'heure conviviale dite de l'apéritif. Il écoutait ce qui se disait autour de lui. Réfléchi, ou plutôt, réfléchissant. Mais un peu en retrait. Comme si, ayant dépassé le cap de la quarantaine, il éprouvait le besoin de prendre du recul. De reprendre ses distances par rapport à lui-même, à sa vie. S'écarter pour mieux contempler l'ensemble du paysage. Mieux distinguer l'avenir, aussi. Car Montand est l'un des hommes que je connaisse qui a le mieux réussi à maîtriser son avenir. Peut-être pas, tout compte fait, l'un de ceux, mais vraiment celui qui a le mieux réussi à parvenir à cette maîtrise.

Je parle, bien entendu, de l'avenir public, social en quelque sorte. Celui du travail, de la carrière, de l'expression socialisée des talents que l'on possède. Pour le reste, pour ce qui concerne l'intimité, Montand sait bien qu'il est vain, dérisoire même, d'essayer de maîtriser cet avenir-là. Il sait bien, et avec une lucidité impitoyable, que nul ne maîtrise le passage du temps. Ni son évanouissement ni sa coagulation, sous forme d'oubli ou de présence de la mort.

Montand était calmement assis sur la terrasse d'Auteuil, cet été-là. Il écoutait parler les uns et les autres. Il parlait parfois, lui aussi.

Ce qui me frappe, en me remémorant ces lointaines conversations, c'est qu'il parlait avec circonspection de sa carrière de cinéma. Quand il parlait du music-hall, de la chanson, il était sûr de lui. Il s'exprimait à ce sujet avec une précision volubile et joyeuse. C'était son domaine. Sur ce terrain, il savait qu'il était imbattable. Quatre ans auparavant, il avait fait la conquête de l'Amérique. L'année précédente, en 1962, il était réapparu une nouvelle fois au théâtre de l'Etoile, avec la même aisance dans le succès.

Par contre, quand il parlait du métier d'acteur de cinéma, la circonspection était de mise. On sentait bien qu'il n'en avait pas encore pénétré les arcanes, qu'il tournait autour, essayant de trouver la brèche de cette forteresse, par où s'engouffrer. Par-dessus le marché, dans ses souvenirs de cinéma ce qui semblait prédominer c'était le sentiment de l'effort. Pas celui du plaisir. Alors que le plaisir débordait de tous ses récits de music-hall.

Et pourtant, en 1963, lorsque Montand parlait avec une telle prudence circonspecte, presque méfiante, de son travail de cinéma – renvoyant toujours à l'expérience de Simone Signoret, qui lui semblait exemplaire –, sa carrière d'acteur était déjà longue. Dix-sept films, depuis *Etoile sans lumière*, à *My Geisha*, dont certains avec des réalisateurs de talent, avec des partenaires mondialement connus : ce n'est vraiment pas rien.

Il faut d'ailleurs bien se garder, lorsqu'on jette un coup d'œil d'ensemble, cavalier, sur la carrière cinématographique de Montand jusqu'en 1963, de tomber dans un travers assez commun (dans le double sens du mot : habituel et vulgaire). Ou dans un cliché fort répandu. Selon certaine opinion, en effet, Montand aurait été à cette époque un merveilleux chanteur et homme de music-hall mais un fort mauvais acteur. Il suffit cependant de se reporter au précieux et précis album d'Alain Rémond sur Montand pour se rendre compte que ce dernier, indépendamment de la carrière commerciale de tel ou tel de ses films, avait déjà acquis auprès d'une partie de la critique un statut considérable. A propos de *Marguerite de la nuit*, par exemple, dont on peut dire, sous forme de litote, qu'il ne fit pas un tabac, Simone Dubreuilh, critique du journal *Libération* (de l'époque), écrivait ce qui suit : « Si le film nous touche quand même, c'est surtout parce qu'il nous révèle un Yves Montand inconnu et sensationnel. Un Yves Montand si différent de ses personnages cinématographiques précédents qu'on peut bien dire que, jusqu'ici, Yves Montand n'avait jamais fait de cinéma. Quelle allure! Quelle assurance! Quelle présence et quelle sobriété de jeu! »

Et Georges Sadoul, dans *Les Lettres françaises*, à propos d'*Uomini e lupi* de Giuseppe de Santis dont on peut également dire, et toujours sous forme de litote, que c'est un film qui ne marquera pas l'histoire du cinéma, note l'appréciation suivante : « Voilà son meilleur rôle à l'écran, qui surpasse encore sa réussite dans *Le Salaire de la peur*. Tour à tour mauvais garçon, sentimental, héroïque, narquois, brutal, attendri, joli cœur, amoureux sincère, le personnage d'*Hommes* et *Loups* permet à Montand de retrouver tour à tour les tonalités si diverses de son répertoire chantant. »

Et Claude Mauriac, dans *Le Figaro littéraire* (de l'époque lointaine d'avant la marabunta hersantienne), à propos de *La Loi* de Jules Dassin, adaptation du roman de Roger Vailland – film dont on ne peut pas non plus dire, et encore une fois sous forme de litote, qu'il se gravera dans nos mémoires – écrit ce qui suit : « Yves Montand est excellent et des plus convaincants dans le rôle de Matteo Brigante, assez mal exposé par les adaptateurs » (ces derniers mots nous prouvent que Claude Mauriac, lui aussi, manie avec grâce et pertinence l'art de la litote, quand le besoin s'en fait sentir).

Mais c'en est assez.

Pour de plus amples détails, reportez-vous, je le répète, au livre d'Alain Rémond, qui retrace pas à pas la carrière cinématographique de Montand. Mon propos est autre. Mon propos, aujourd'hui, est de constater que, en 1963, malgré une carrière déjà longue; malgré un certain nombre de films importants; malgré l'aventure hollywoodienne, toute récente avec Cukor et Marilyn Monroe, Montand considère son passé d'acteur de cinéma sans complaisance et avec une certaine circonspection.

Pour en terminer par une nouvelle litote : on ne peut vraiment pas dire que ça lui ait tourné la tête, de tourner dix-sept films. Vraiment pas. Il se demande même, en cet été 1963, lorsqu'on parle de tout cela sur la terrasse d'Autheuil, s'il souhaite vraiment retourner sur un plateau de cinéma. Y retourner en tant qu'acteur, du moins. Et pourtant, bientôt, Montand va commencer une deuxième carrière qui va en faire, en quelques années, l'un des plus prestigieux acteurs de cinéma de ce siècle.

Mais nous n'en sommes pas encore là.

Nous sommes à Autheuil, dans la douceur apparente de vivre, dans la réelle beauté des choses, l'été 1963. Nous parlons de tout et de rien.

Très peu de politique, pourtant.

Personnellement, j'en étais arrivé, dans ma situation à la direction du P.C. espagnol, au bord même de la rupture. Cet été-là, j'ai à deux ou trois reprises quitté les charmes verdoyants du bocage normand d'Autheuil pour gagner la bonne ville d'Arras. Là, aux environs du fief de Guy

Mollet, une colonie de vacances ou maison quelconque de villégiature appartenant à la C.G.T. nous avait été offerte par le P.C. français pour y tenir un séminaire d'études estivales, et néanmoins marxistes-léninistes, avec une centaine d'étudiants des universités de Madrid et de Barcelone. J'étais chargé d'assurer la direction de la partie disons philosophique de ce séminaire de formation. Mes interventions furent l'occasion d'un certain nombre d'empoignades, les unes feutrées, les autres ouvertes et déclarées, avec Santiago Carrillo et certains représentants de la majorité du bureau politique du P.C. espagnol.

Je me souviens qu'un jour, alors que je développais à l'une des séances du séminaire, et en réponse à une intervention fulgurante de rigueur idéologique – et cadavérique – d'une jeune étudiante madrilène visiblement attirée par le maoïsme, l'idée toute simple et toute évidente que la classe ouvrière n'a pas et ne peut pas avoir, par définition sociologique et historique, de positions dans les domaines de la science et des arts, et que, par voie de conséquence, exiger des écrivains et des artistes qu'ils se situassent, selon la sacrée formule consacrée, « sur les positions de la classe ouvrière », n'était qu'une ineptie, je vis entrer dans la salle où se tenait cette discussion un Carrillo fort inquiet, armé de pied en cap de tout son pouvoir charismatique pour venir réfuter cette dangereuse hérésie. Sans doute l'odeur de soufre de mes déclarations impromptues était-elle parvenue jusqu'à lui, ou avait-elle été colportée par quelque cloporte zélé le faisant accourir pour sonner l'hallali du révisionnisme que j'incarnais.

Bref : ça tournait mal. D'affrontement en affrontement entre la majorité du bureau politique, d'un côté, et Fernando Claudin et moi-même – sous les espèces déjà évanescentes de Federico Sanchez –, de l'autre, nous approchions de la rupture définitive. En janvier 1964 commencerait l'ultime série de discussions qui aboutirait, en avril, dans un château des rois de Bohême des environs de Prague à notre exclusion des organes dirigeants, comme on dit.

Quelques semaines plus tard, le 1er mai 1964 pour être tout à fait précis, et dans un château qui n'avait pas appartenu à la famille royale de Bohême mais à celle, princière, des Hohenlohe, treize éditeurs me remettaient le prix Formentor de littérature que j'avais obtenu l'année précédente, pour *Le Grand Voyage*. Ainsi, d'un château à l'autre, je quittais la politique pour entrer en littérature.

Mais en 1963, sous les frondaisons estivales d'Autheuil, tenu par l'obligation de réserve, comme tout bon fonctionnaire je ne parlais pas de politique.

Montand non plus.

En réalité, depuis le choc de 1956, des découvertes du XXe Congrès et de sa tournée dans les pays de l'Est, Montand avait pris des distances de plus en plus marquées avec le communisme, dont il avait été longtemps aux côtés de Simone Signoret, un efficace et fidèle compagnon de route, mais il n'avait pas encore fait son deuil de cet espoir-là. Ou plutôt, le travail du deuil continuait encore à se faire dans son esprit. Sans doute n'avait-il plus aucune certitude, mais il nourrissait encore des illusions.

Il observait, donc, il écoutait. Il se tenait informé. Sans pour autant parler souvent de politique.

J'ai pensé à tout cela à Rio de Janeiro, vingt ans après.

C'était le lundi 30 août 1982. Par les baies vitrées du grand salon de la suite de Montand, au *Méridien*, on avait une vue plongeante sur la courbe voluptueuse de sable blanc de Copacabana. C'était aussi beau que dans les images des dépliants touristiques. Un peu plus beau, même, parce que ça bougeait. L'océan bougeait, s'ourlant d'écumes légères. Sur la plage des centaines de petits personnages de crèche baroque bougeaient avec élégance et précision : de jeunes Brésiliens jouaient au football torses et pieds nus. Ça me rappelait la plage de la Concha, à San Sebastian, aux courbes de conque marine tout aussi pures, mais infiniment plus petite. Ça me rappelait les parties de ballon de mon enfance, avec des adolescents basques dont certains deviendraient des joueurs de renom du club de la ville, la Real Sociedad.

Mais je m'écarte de ma baie vitrée qui surplombe Copacabana, je m'écarte de mes souvenirs. Dans le salon, Montand est en train de prendre le petit déjeuner copieux, du genre anglo-saxon ou nordique, qui constitue son repas principal les jours où il se produit sur une scène. Or il se produisait le soir de ce lundi-là au Teatro municipal de Rio. Le lendemain, ce serait le stade de Maracanàzinho.

Autour de Montand, il y avait Bob Castella. Cela ne constitue pas vraiment un *scoop* pour journalistes avides de nouveautés ou de cancans : Bob est autour de Montand depuis trente-cinq ans. Qu'il se trouvât ce jour-là dans le salon du *Méridien* de Rio de Janeiro n'était pas plus exceptionnel que de le trouver un jour parisien quelconque au 15 de la place Dauphine, veillant au grain. Et parfois aux grains.

Il y avait là aussi Charley Marouani, l'imprésario de la tournée mondiale. Et Catherine Allégret. Ils venaient d'arriver de Paris, ce matin-là, tous les deux.

Vous constaterez que Catherine s'arrange toujours fort astucieusement pour revenir dans ce récit, y réapparaître. Non seulement pour faire parler d'elle, mais aussi pour me faire parler des choses arrivées en son absence, dont elle est curieuse. Du coup, vous profiterez de ces récits aussi.

Ainsi, ce matin-là, j'ai raconté à Catherine São Paulo et Brasilia. Pour São Paulo, vous êtes déjà au courant. Plus ou moins. Mais Catherine est exigeante, elle pose des questions. C'est elle qui s'est occupée du spectacle de Montand, pendant les trois mois d'Olympia, à Paris, assurant à la fois une sorte de secrétariat à l'organisation et les relations avec les médias. Donc, elle posait des questions précises. Ça a marché pour les lumières? Gérard était content du son? Comment ont-ils réagi aux *Bijoux*? Quel genre de public était-ce?

Ensuite, quand sa curiosité a été satisfaite, je lui ai raconté Brasilia. Et comme elle est friande d'anecdotes, j'ai commencé par des anecdotes.

Le soir de notre arrivée à Brasilia, le vendredi 27, l'ambassadeur de France, Robert Richard, avait organisé une grande réception en l'honneur de Montand. Bob Castella et moi l'y avions accompagné. L'ambassade de France, un bâtiment d'une beauté simple, ouvert sur le paysage ambiant, se trouve dans le quartier des ambassades, bien entendu. A Brasilia, il y a un quartier pour chaque chose, chaque activité. C'est une ville inventée par un homme, le président Kubitschek, et implantée par une commission d'urbanistes et de planificateurs au beau milieu de la savane brésilienne des hauts plateaux. Une ville multicolore née d'un coup de baguette volontariste sur le sol de latérite rouge, au milieu des foisonnements verdoyants, luxuriants, de la végétation. Donc, comme tout produit de l'imagination rationnelle des hommes, Brasilia est un délire. Parfois, ce délire tombe du côté de la beauté la plus accomplie. Ainsi, me semble-t-il, la cathédrale à demi souterraine est une prodigieuse réussite. Comme l'est également le palais du ministère des Relations extérieures, un vrai chef-d'œuvre. Parfois, par contre, le délire retombe du côté de la grisaille bureaucratique, du côté de l'arbitraire urbanistique. Il y a un quartier pour les ambassades, un quartier pour les ingénieurs, un quartier pour les boucheries et les épiceries, un quartier pour les activités culturelles. Peut-être y aura-t-il un jour, si la ville parvient avec le temps à s'humaniser, c'est-à-dire, à échapper à la pesanteur bureaucratique qui planifie pour l'instant toutes ses pulsions, peut-être y aura-t-il un jour un quartier pour la vie. La bonne ou la mauvaise vie, qu'importe, mais la vie, tout compte fait. Pour l'instant, il n'y a pas de quartier pour la vie. On ne lui a vraiment pas fait de quartier, à la vie, dans cette ville de rêve.

Si j'avais le temps, j'introduirais ici une savante et brillante digression sur les villes et l'utopie. A partir du superbe essai de Baczko, *Lumières de l'utopie*, et avec l'aide de Gilles Lapouge – qui s'y connaît comme personne à la fois en utopies et en questions brésiliennes – j'analyserais les particularités de l'utopie urbaine de Brasilia : figure à décrypter de l'idéal d'un capitalisme d'Etat progressiste. Mais je n'ai pas le temps, rassurez-vous. D'ailleurs, je ne sais pas si Catherine Allégret, m'écouterait jusqu'au bout, après une nuit d'avion et avec tout le poids du décalage horaire sur les hanches et les paupières.

Donc, j'en reviens à l'anecdote. J'abandonne le domaine des concepts et des catégories.

A l'ambassade de France, ce soir-là, dans le quartier des ambassades, Montand subissait avec un sourire imperturbable et une courtoisie du meilleur aloi le supplice des présentations, des conversations éparpillées, des bribes incohérentes, qui sont le lot de ce genre de réceptions. Bob Castella et moi, assis un peu plus loin, et tout à fait tranquilles, car aucun diplomate de l'Afrique francophone ne s'intéressait à nous, ils étaient tous à papillonner autour de Montand, Bob et moi, donc, sachant à quel point il déteste ces cérémonies, observions le visage d'Yves et faisions des pronostics à voix basse sur le moment exact où il allait craquer.

Il craqua au douzième ambassadeur, plus ou moins. Nous vîmes son visage se défaire brusquement, son regard, où passa un souffle de panique, nous chercher vainement. Et puis, entraînant les diplomates, chefs de mission et attachés culturels qui l'entouraient, dans son sillage déterminé, il s'adressa à l'ambassadrice, Mme Robert Richard, avec son plus beau sourire. « Alors, on mange? » dit-il à la cantonade. Et on mangea aussitôt, bien sûr. Fort bien et de fort bonne humeur, nos hôtes étant charmants. Ils ne s'offusquaient pas du tout de voir Montand placer les convives à la table qui lui était destinée : « Toi, me dit-il, mets-toi là! Et toi, Bob, là-bas! »

Catherine s'amuse bien de cette anecdote et en redemande.

La deuxième historiette est tout aussi révélatrice du caractère de Montand, de sa spontanéité profonde. Mais elle est plus grave. Je veux dire qu'elle touche à un sujet plus grave.

Montand, en effet, m'avait demandé ce soir-là de prendre contact en aparté avec l'ambassadeur de France. Prévoyant qu'il lui serait difficile de s'isoler avec Robert Richard, dans la cohue d'une telle réception où tout le monde voudrait lui parler, où il serait cerné par la foule des invités, il m'avait prié de demander à l'ambassadeur ce qu'il pensait d'une intervention de Montand auprès des autorités – le lendemain, au gala de bienfaisance où il allait chanter, il aurait l'occasion de rencontrer le président Figuereido – au sujet de deux prêtres français qui se trouvaient dans les prisons brésiliennes, accusés de délits supposés de subversion. Je profitai donc d'un instant de tête à tête avec Robert Richard, pour lui poser cette question de la part de Montand. L'ambassadeur, visiblement touché par cette proposition, conseilla à Montand par mon entremise de n'aborder en aucun cas la question en public. Même si celui-ci était restreint. Vu l'état des négociations diplomatiques à ce sujet, il était indispensable que Montand n'en parlât avec le président Figuereido, le cas échéant, qu'en tête à tête.

Mais le lendemain, après la soirée triomphale au théâtre de Brasilia, Montand ne resta qu'un bref instant dans la salle où le président Figuereido recevait des centaines d'invités. Un très court instant consacré aux photographies et aux courtoisies protocolaires. Aucune possibilité concrète ne se présenta pour que Montand abordât cette question des deux jésuites français détenus. D'ailleurs, nous quittâmes la réception très rapidement et allâmes tous les deux seuls manger un morceau dans une *churrascaria*, pour finir une soirée en garçons.

Quoi qu'il en soit, et j'en viens à mon anecdote, le lendemain l'ambassadeur de France vint saluer Montand à l'aéroport, alors que nous allions nous envoler pour Rio de Janeiro. Nous lui dîmes qu'il avait été impossible à Montand de parler à Figuereido. Nous commentâmes le succès de la soirée de la veille. J'appris à ce moment-là que le gouvernement de M. Calvo Sotelo avait dissous les assemblées parlementaires et convoqué des élections anticipées pour le 28 octobre, en Espagne. Je pensai fugitivement que mon ami Felipe Gonzalez allait sans doute devenir premier ministre. Je m'en réjouis pour lui. Pour nous, je veux dire.

Mais le temps passait, l'avion pour Rio avait du retard au décollage, et les voyageurs commençaient à s'agglutiner autour de Montand, demandant des autographes, ou bien désireux tout simplement de lui sourire de près, de lui toucher un bras, une épaule. C'est fou ce que les admirateurs aiment à toucher l'objet de leur admiration. A un moment donné, un groupe de jeunes femmes brunes, potelées et pépiantes, vint demander à Montand de poser avec elles pour une photographie. Elles étaient, disaient-elles, fonctionnaires de l'ambassade du Pérou à Brasilia, elles partaient en vacances dans leur pays, avec leur chef de mission, et ils désiraient se faire tirer le portrait, tous ensemble, autour de Montand. Celui-ci accepta, en souriant, en leur parlant un castillan approximatif, mais chaleureux. Il se mit en marche, entouré par la tribu papotante et charmée des Péruviennes aux voix suraiguës. Tout à coup, je vis que Montand se redressait de toute sa taille. Il y avait dans son regard une inquiétude subite. Son visage s'était recouvert d'un masque d'incertitude.

« Le Pérou, on peut? » nous lança-t-il, nerveux.

Je voyais dans son œil l'inquiétude tout à coup surgie à l'idée de se faire photographier avec les représentants d'une quelconque dictature militaire. Mais nous le rassurâmes d'une même voix, Robert Richard et moi. Oui, le Pérou on pouvait. Pour combien de temps, nous n'en savions rien. Mais on pouvait, pour le moment. Montand s'en retourna, rassuré.

Mais ça fait déjà une bonne heure que j'ai raconté São Paulo et Brasilia à Catherine Allégret. Pour l'instant, je m'écarte de la baie vitrée et reviens m'asseoir à la table du petit déjeuner à l'anglaise, pour y déguster un café (qu'il faut, sans faute, au Brésil, demander « amer », car ils y mettent d'office du sucre, sinon, et en quantité!).

Montand est plongé dans la lecture des journaux et des hebdomadaires parisiens que Catherine lui a apportés ce matin. Pour l'instant, il tourne les pages du *Nouvel Observateur*. Tout à coup, il réagit vivement. Il me passe l'*Obs*, me demande de lire quelque chose. Il me demande de lui dire ce que je pense.

Cette semaine-là, l'*Obs* interrogeait un certain nombre de personnalités et d'intellectuels de gauche, leur demandant ce qu'ils pensaient du gouvernement socialiste, quel genre de soutien étaient-ils disposés à lui apporter. L'une des réponses, assez brève, était celle de Philippe Robrieux.

Je savais, pour en avoir parfois parlé avec lui, que Montand appréciait à leur juste valeur les travaux de Robrieux sur le P.C.F. Je savais qu'il découpait et gardait dans ses dossiers de presse tous les articles publiés par Philippe, à telle ou telle occasion. Je lus donc attentivement le texte de Robrieux.

Celui-ci demandait en quelques lignes un soutien décidé au gouvernement socialiste, simultanément en butte, disait-il, aux attaques d'une droite déchaînée et au double jeu du parti communiste. Je levai les yeux, le regard de Montand était sur moi.

– Alors? me dit-il.

– Pas très clair, lui dis-je.

Il hocha la tête, approbateur. Soulagé, même.

– Le double jeu des responsables communistes n'est possible, s'exclama-t-il, que parce qu'on les a mis dans la majorité, parce qu'on leur a permis d'avoir des ministres au gouvernement. Si double jeu il y a, c'est donc la stratégie du P.S. qui en est responsable, qui l'a rendu possible. Ou alors qu'est-ce qu'ils croyaient? Que les communistes allaient jouer le jeu loyalement? Ils ne sont quand même pas aussi cons! Non?

Et le voilà parti.

Du coup, il oublia la tournée, la presse brésilienne remplie d'échos de son passage à São Paulo et Brasilia. Remplie d'articles à propos de la soirée d'aujourd'hui, à Rio de Janeiro. Du coup, la seule question importante, dont il fallait débattre sur-le-champ, fut celle de la stratégie d'union de la gauche, telle qu'elle était pratiquée par le gouvernement et le P.S. Il décrocha même le téléphone, composa le numéro de la place Dauphine, et demanda à Simone Signoret, après quelques brèves paroles de salutation, ce qu'elle pensait de la prise de position de Robrieux. Je ne sais pas quelle heure il pouvait être à Paris et je ne vais pas en faire maintenant le calcul. Mais, quelle que fût l'heure, il est probable que Simone a dû être plutôt éberluée de se voir intimée de si loin d'avoir à formuler une opinion sur quelques lignes du *Nouvel Obs* qu'elle n'avait sans doute même pas remarquées.

Mais je raconte cet épisode à titre purement indicatif. Je veux seulement souligner que la question politique, au sens large, et d'une façon plus particulière les problèmes d'une stratégie de résistance démocratique à l'expansionnisme soviétique, préoccupent Montand au plus haut degré. En fait, il s'occupe bien davantage de politique aujourd'hui qu'en 1963, année où j'ai commencé une interminable conversation avec lui.

Et c'est logique, si on y réfléchit un tant soit peu.

Les militants communistes – et *a fortiori* les compagnons de route – ne font pas vraiment de politique. Ils n'en sont pas les acteurs. La politique se fait sans eux, au sommet, dans le secret des délibérations des Politbureaux. Les militants ne sont que « les petites vis », « les petits rouages », comme disait le maréchal Staline, du grand appareil de transmission des décisions du sommet. Il n'y a pas, en vérité, de militants véritables dans les partis communistes : il n'y a que des activistes, des intermédiaires médiatisés entre une stratégie qui se décide sans eux et une réalité sociale dont ils ne peuvent pas toujours renvoyer au sommet les réactions, puisqu'ils ne sont pas vraiment à l'écoute de cette réalité; puisqu'ils ne sont que des parleurs, et même des haut-parleurs bavards et sourds, au milieu de cette réalité.

Le militant, donc, ne fait pas de politique : il fait confiance. Ce n'est qu'à partir du moment où, pour telle ou telle autre raison, la confiance se brise, le lien de servitude idéologique volontaire se rompt, que commence la possibilité de la véritable politique. C'est pour cette raison que la politique ne sera plus jamais, comme dans l'ignorance, et le servage d'autrefois, bêtement optimiste – voir le cliché des « horizons radieux » – pour le militant ou le compagnon de route en rupture de ban. La politique, désormais, la nouvelle réflexion politique, accompagne, en effet, le travail du deuil. Elle est la mort des certitudes, l'agonie des illusions. Elle cesse d'être, comme autrefois, bêtement béate – politique enthousiaste de la bouche bée –, elle devient tragique. Elle devient active, donc. La politique cesse d'être une béance passive pour devenir une activité passionnée.

Si je me souviens bien – formule toute faite, empreinte de coquetterie narrative : je m'en souviens parfaitement – c'est Florence Malraux, au moment du tournage de *La guerre est finie*, qui attira notre attention sur une phrase de Francis Scott Fitzgerald dont Montand a fait, dès lors, totalement siens les enseignements moraux et stratégiques. Et sans doute est-ce curieux d'avoir à parler de stratégie à propos d'un écrivain comme Fitzgerald. Tout aussi bizarre que d'avoir, toujours à propos de ce dernier, à parler de dialectique. Et pourtant, le regrettable président Mao peut aller se rhabiller, emmenant avec lui dans les enfers de la honte tous les timoniers, petits ou grands, habitués au maniement des fleurets dialectiques. Aucun, en effet, n'a écrit une phrase comparable quant à sa densité dialecticienne à celle de l'écrivain américain, alcoolique et décadent, que Florence Malraux nous signala il y a de fort longues années. Nombreuses, du moins : les unes auront été longues, les autres brèves comme la foudre du bonheur.

Donc, Fitzgerald déclare – en passant, et au détour d'un récit pas du tout philosophique, *La Fêlure* – que le propre d'une intelligence exceptionnelle est de pouvoir fonctionner sur des idées contradictoires. « Ainsi, ajoute-t-il, il faudrait comprendre que les choses sont sans espoir et être pourtant décidé à les changer. » Voilà, en effet, parfaitement résumée, la morale de Montand. Voilà l'attitude où s'enracinent aujourd'hui ses colères, ses prises de position contre les intolérances et le totalitarisme. Sans espoir mais avec détermination. Sans illusions mais avec passion. Puisqu'il faut mourir, autant ne pas mourir idiot. Autant vivre debout, en attendant.

Nous étions à Rio de Janeiro, en ce mois d'août 1982,

et je me souvenais du cheminement parallèle de nos idées, tout au long des années. Du long travail de la rupture avec non seulement le parti, mais aussi l'esprit de parti, aussi saoulant que l'esprit-de-vin. Je me disais, en écoutant les commentaires provoqués chez Montand par une petite phrase maladroite de Philippe Robrieux, un homme dont il appréciait le talent, que si être radical ça consiste à prendre les choses par la racine, la pensée politique de Montand était sans doute radicale. Elle prenait les choses par leur racine. Elle en arrachait même les racines.

En 1963, et même les années suivantes, quoi qu'il en soit, à Autheuil-sur-Eure nous ne parlions pas encore vraiment de politique.

Nous parlions beaucoup de cinéma, par contre. Surtout quand il y avait Costa Gavras. Et il était souvent là. Costa avait été l'assistant de René Clément pour *Le Jour et l'Heure*, un film sur la période de la Résistance, dont Simone Signoret joua le rôle principal. Et c'est Simone qui l'amena à Autheuil, dans son sillage de navire de haut bord.

Costa Gavras était grec à l'époque. Il l'est toujours, bien entendu, d'une certaine façon, malgré son actuel passeport français. On ne cesse pas d'être grec d'une certaine façon, me semble-t-il, quand on l'a été adolescent. Surtout quand on a la mémoire, comme Costa, encombrée par les images et les déchirements de la guerre civile, de le répression policière, de la confusion mentale des luttes sociales internes, exploitées par des puissances étrangères. C'est d'ailleurs cette situation, liée à une pauvreté endémique, qui vous pousse à émigrer de Grèce. D'Espagne aussi, on y aura sans doute pensé en même temps que moi.

Donc, Costa Gavras était grec. Nous parlions de son pays, c'est facile à deviner, interminablement, sous les frondaisons si peu méditerranéennes d'Autheuil. J'ai déjà dit que l'histoire de la Grèce contemporaine me préoccupait. Et pourquoi. Ce sont sans doute les longues conversations de ces premiers mois qui ont rendu si aisée, quatre ans plus tard, notre collaboration lors de l'écriture du scénario de *Z*, tiré du roman-reportage-poème de Vassilis Vassilikos.

Mais nous n'en sommes pas encore à *Z*, qui est le troisième film de Costa. Nous n'en sommes même pas au premier, *Compartiment tueurs*. Nous n'en sommes pas loin, pourtant. C'est vraiment pour bientôt. Et nous sommes au meilleur endroit pour en parler. Car ledit premier film de Costa est, en effet, un produit d'Autheuil. Un pur produit du bocage normand. C'est à Autheuil que Costa s'enferma pendant de longues heures pour remplir de son écriture minuscule et minutieuse, souvent indéchiffrable – j'en ai assez souffert, seigneur! pour pouvoir le dire en toute amitié –, les pages d'où allait sortir l'adaptation d'un polar de Sébastien Japrisot. C'est à Autheuil que ce texte fut lu et approuvé par la collectivité amicale et néanmoins pointilleuse. C'est à Autheuil que Montand et Signoret décidèrent de participer à la production du film et c'est là aussi que la plupart des acteurs furent recrutés. Regardez le générique de *Compartiment tueurs* et, à quelques exceptions près, vous aurez une liste des habitués des fins de semaine dans la maison de campagne de Montand.

Le film – tourné en 1964, sorti à Paris en novembre 1965 – fut un succès. Mais il fut, de surcroît, indirectement à l'origine de certaines choses importantes. Importantes pour nous, bien sûr. Mais peut-être aussi objectivement importantes. D'abord, l'aventure de metteur en scène de Costa Gavras. Ensuite, le second souffle d'acteur de Montand.

Celui-ci, on s'en souvient, considérait à cette époque le métier de cinéma avec circonspection. En décembre 1963, sans doute pendant qu'il élucidait avec lui-même quelle orientation principale donner à son activité future, Montand était revenu au théâtre. Il joua au Gymnase une pièce de l'auteur américain Herb Gardner, adaptée par Jean Cosmos, *Des clowns par milliers*. La pièce marcha très fort et Montand y était remarquable. « Comment bouder le charme paresseux et grave du " grand frère " quand celui-ci a la présence inimitable d'Yves Montand, image de la plus sûre bonté, virile, gouailleuse, pudique? » écrivait dans *Le Monde* Bertrand Poirot-Delpech, alors critique dramatique.

Cet hiver-là, pendant que Montand jouait au Gymnase la pièce de Gardner, moi j'étais à l'Athénée. Je n'y jouais rien cependant. On y donnait mon adaptation du *Vicaire* de Rolf Hochhuth, dans une mise en scène de Peter Brook. J'en garde un souvenir aigu, profond qui me remue encore le sang, à l'occasion. Non seulement parce que je plongeai alors dans cet univers magique du théâtre, dont j'ai déjà évoqué la fascination qu'il exerçait sur moi. Pour d'autres raisons aussi, qui tiennent, les unes, à l'amitié; les autres, à la politique. Ou à l'histoire, si l'on préfère un mot moins tranchant mais tout aussi précis.

Dans la série des premières raisons, celles qui touchent au domaine de l'amitié, je garde de cet hiver la connaissance d'un certain nombre d'acteurs qui participèrent à l'aventure du *Vicaire*. De Michel Piccoli, en particulier. Je l'avais déjà rencontré auparavant, au hasard et à l'occasion. Sans avoir approfondi ni l'un ni l'autre. Mais alors, sur la scène de l'Athénée, dans les coulisses et couloirs de l'Athénée, dans l'ancien bureau de Louis Jouvet à l'Athénée, j'eus l'occasion de me hasarder dans son intimité.

Michel Piccoli fut admirable dans le rôle de Kurt Gerstein. Mais il le fut aussi dans son comportement, en général. Car *Le Vicaire* – dont le thème est le silence de Pie XII au sujet de l'extermination du peuple juif par le nazisme – provoqua, on s'en souvient peut-être, une levée de boucliers des groupes intégristes. Quelques énergumènes manifestèrent à l'Athénée chaque soir, pendant les premières semaines. Leur but était tout simple : provoquer de tels désordres que la préfecture de police se vît dans l'obligation de suspendre les représentations. L'un des éléments d'appréciation, dans ces cas-là, pour le commissaire chargé du maintien de l'ordre, est de savoir si la représentation a vraiment été interrompue, si le rideau de fer a dû être baissé. Ainsi, lorsque les petits commandos de jeunes intégristes, d'activistes des organisations d'extrême droite antisémite, montaient à l'assaut de la scène, il fallait que les acteurs non seulement repoussassent leurs attaques, mais aussi qu'ils continuassent à réciter leur rôle, pour que la présentation ne fût pas interrompue. C'était capital pour éviter une décision préfectorale de suspension de la pièce.

La troupe du *Vicaire* fit face à toutes ces provocations, soudée dans un bloc d'amitié et de talent. Il fallait voir, les soirs de grande bagarre, Antoine Bourseiller, Jean Topart, Pierre Tabard, Alain Mottet, François Darbon, Roland Monod, et tous les autres que je n'oublie pas, faire face aux vagues sucessives des manifestants. Il fallait surtout voir Michel Piccoli, dépassant tout le monde de sa haute taille, veillant au grain, toujours au four et au moulin, faisant voltiger d'une manchette le manifestant ayant réussi à prendre pied sur la scène, disant son texte et aussi, à l'occasion, celui de quelque autre acteur empêché de le dire par les tourbillons de la mêlée, pour que le spectacle continuât. Et le spectacle était superbe.

Et puis, au bout de trois ou quatre semaines, les manifestants comprirent qu'ils ne parviendraient pas à faire interdire les représentations. Ils abandonnèrent le champ de bataille. *Le Vicaire* fut joué toute la saison, devant des salles combles et attentives, dans un silence d'écoute passionnée.

Mais il y a d'autres raisons, ai-je dit, d'ordre moral ou historique, qui me font souvenir de cet hiver avec précision. Car c'est à l'occasion des représentations du *Vicaire*, et des polémiques de presse que l'événement provoqua, que je découvris la profondeur latente des préjugés antisémites en France. Une expérience assez surprenante, mais significative, qui m'a laissé des traces indélébiles.

J'étais à l'Athénée, donc, et Montand était au Gymnase. Puis, les beaux jours revenus, Montand et toute la bande d'Autheuil se mirent à tourner *Compartiment tueurs*.

Dans l'indispensable album d'Alain Rémond sur la carrière cinématographique de Montand, que j'ai déjà mentionné, ce dernier fait à l'auteur la déclaration suivante : « C'est de *Compartiment tueurs* que date ma vraie vocation, mon véritable et total engagement pour le cinéma. Jusqu'alors, l'essentiel restait pour moi le *one man show* sur scène, qui exige une concentration absolue, une non-dispersion. Je faisais un peu du cinéma en dilettante. Et là, brusquement, avec Costa Gavras, il s'est passé quelque chose. J'ai découvert plus qu'un metteur en scène, un complice, qui avait décelé ma véritable personnalité... »

Que Montand ait découvert un complice, pendant ce tournage, cela semble évident. La suite, d'ailleurs, l'a bien prouvé. Mais la question de sa « véritable personnalité » exige quelque éclaircissement. Elle est, en effet, plus complexe qu'il n'y paraît.

Sans doute Montand fait-il allusion à sa personnalité d'acteur. Les soirées d'Autheuil, les jeux, les longues discussions à propos du divin et de l'humain, comme on dirait en castillan (*a propósito de lo divino y de lo humano*), pour parler des conversations au sujet de tout et de rien, avaient permis aux deux hommes cette connaissance à demi-mot, cette complicité, qui permettent l'invention commune, dans le travail de cinéma. Dans l'approche du personnage.

Mais d'un autre côté, le personnage de *Compartiment tueurs* que Montand avait à interpréter ne semble pas correspondre, de prime abord, à sa « véritable personnalité ». Quoi de commun, en vérité, entre le Montand de 1964 et cet inspecteur Grazzi, perpétuellement enrhumé, conduisant avec plus au moins de brio une enquête de routine sur un meurtre assez pervers? Rien, à première vue.

Une chose pourtant, si on y regarde mieux. Une chose apparemment superficielle, mais qui va se révéler décisive. C'est que l'inspecteur Grazzi est non seulement marseillais, mais encore que cela s'entend. C'est une chose aussi insignifiante, à première vue, que l'accent marseillais de l'inspecteur Grazzi qui va se révéler capitale.

Mystérieusement, dans ce rôle apparemment banal d'un polar bien ficelé, Montand a l'occasion – parvenu à la maturité de sa vie : dix ans plus tôt c'eût été impossible – de faire sa dernière composition. De dire adieu, du même coup, à tous les personnages de son passé, tous plus ou moins composés. Et parfois compassés. De découvrir le naturel de sa véritable personnalité à travers le dédoublement merveilleux de l'acteur incarnant, composant, un rôle où l'accent marseillais symbolise le passé d'où il vient, l'univers dont il s'arrache. L'inspecteur Grazzi est, en somme, le dernier masque de Carnaval : désormais, son propre visage d'homme mûr, ses propres rides et son propre sourire attendri ou tendu seront son masque. Désormais, il peut prêter aux personnages qu'il incarne sa propre personnalité, celle de Montand. Son propre masque, donc, puisque *persona* est le nom latin du masque de théâtre.

Le rideau se lève sur une nouvelle aventure.

Compartiment tueurs n'était pas encore sorti dans les salles, il n'était même pas totalement terminé, lorsque Alain Resnais et moi-même en visionnâmes une copie de travail. C'était pour y voir Montand que Resnais avait demandé à Costa Gavras cette projection. Et c'était pour le rôle principal du scénario que j'étais en train de terminer pour lui – si tant est qu'on parvienne jamais à vraiment terminer un scénario pour Alain Resnais – celui de *La guerre est finie*.

J'avais connu Alain dans le bureau de Louis Jouvet, au théâtre de l'Athénée. Jouvet n'y était plus, bien entendu. Du moins en chair et en os. Peut-être y errait-il en esprit quelque soir, lassé de son séjour dans l'au-delà du théâtre. Peut-être y revenait-il parfois, comme le Spectre de l'*Intermezzo* de Giraudoux que j'évoquerais des années plus tard, pour Alain Resnais, précisément. Ce fut dans *Stavisky...*, et Jean-Paul Belmondo était superbe dans la scène du Spectre.

Quoi qu'il en soit, et même s'il ne hantait plus son bureau, sous quelque forme que ce fût, c'est dans ce bureau de Louis Jouvet, occupé pour l'heure par Françoise Spira et Yvette Etiévant, que je connus Alain Resnais.

Sans doute suis-je né coiffé.

En tout cas, même si je n'examine pas ici la lointaine origine obstétricale de cette expression – que Claude Duneton relate fort savamment dans *La Puce à l'oreille* –, même si je ne la prends que sous sa forme de métaphore, il est vrai que j'ai toujours eu de la chance. Sans aucun doute. N'est-ce pas d'en avoir sacrément que d'écrire mon premier scénario pour Alain Resnais?

Nous visionnâmes donc une copie de travail de *Compartiment tueurs* dans une salle de projection des studios de Boulogne. Resnais en était arrivé au point où il lui fallait prendre une décision sur le nom de l'acteur qui jouerait le rôle de Diego. Les producteurs l'attendaient. Même sans le savoir, Montand avait été dans la course, dès le début. Non seulement parce que Resnais avait toujours été un spectateur assidu et charmé des récitals d'Yves au théâtre de l'Etoile et qu'il considérait que c'était un grand acteur souvent mal employé. Ou employé à contretemps. Mais aussi parce qu'il avait mis sur fiches, séquence par séquence, les notes qu'il attribuait à chacun des comédiens envisageables dans le rôle, et que Montand arrivait nettement en tête.

La projection du premier film de Costa Gavras le confirma dans son idée. Contre l'opinion un peu morose des producteurs et surtout des distributeurs du film, qui ne considéraient pas le nom assez « commercial », Resnais prit une décision définitive : c'est Yves Montand qui jouerait le rôle de Diego.

Un an plus tard, j'étais à Karlovy Vary, dans la grande salle où avait lieu le Festival de Cinéma. C'était le soir de la remise des prix.

J'étais seul, ce soir-là, à Karlovy Vary. Alain Resnais, qui était venu avec moi y présenter son film, *La guerre est finie*, était reparti avant la fin du Festival. Il se trouve, en effet, que notre film, officiellement sélectionné, avait été retiré à la dernière minute de la compétition. Le parti communiste espagnol avait fait pression dans ce sens. Dolores Ibarruri, « la Pasionaria », avait même fait une démarche personnelle auprès des dirigeants tchèques.

Ceux-ci avaient donc intimé l'ordre aux responsables du Festival cinématographique de Karlovy Vary de retirer le film. Mais ils n'étaient pas parvenus à obtenir qu'il disparût totalement. Les cinéastes tinrent bon et le film fut quand même projeté dans le cadre du festival, mais hors compétition.

Ni Alain Resnais ni moi-même ne connaissions tous ces détails, en débarquant à Prague, en juillet 1966. Une voiture du Festival nous conduisit directement de l'aéroport à la ville d'eaux de Karlovy Vary, le Karlsbad de Goethe et de Marx. C'est en arrivant à l'hôtel *Moskva-Pupp* que le directeur du Festival nous annonça, la voix blanche, que *La guerre est finie* avait été retiré de la compétition. Il ajouta un commentaire prudent, mais suffisamment explicite pour nous faire comprendre d'où venait cette interdiction.

Alain Resnais avait un sourire crispé. Son film avait déjà connu, quelques semaines auparavant, un sort comparable, au Festival de Cannes. Choisi pour faire partie de la sélection officielle française, il en avait été retiré à la dernière minute, pour ne pas provoquer de problème, semble-t-il, avec la délégation espagnole. Projeté à Cannes, pourtant, dans une salle de la rue d'Antibes, le film provoqua de profonds remous. Les journalistes espagnols présents à Cannes inventèrent sur-le-champ un prix Luis Buñuel et le décernèrent à *La guerre est finie*.

Mais je ne vais pas énumérer, après le « Luis Buñuel », tous les prix, médailles et distinctions que ce film a obtenus, aussi bien en Europe qu'aux Etats-Unis. Prix Louis-Delluc, Etoile de Cristal de l'académie du Cinéma, prix Méliès de l'Association de la critique, prix du Meilleur Film de l'année attribué par les critiques de New York, prix du Meilleur Film étranger des importateurs et distributeurs américains, prix du Meilleur Acteur attribué à Montand par les critiques américains, nominations aux oscars... Non, je ne vais pas énumérer toutes les petites médailles qu'on a eues. De toute façon, j'en oublierais certaines. Aujourd'hui encore, il arrive à Resnais de se présenter chez moi avec quelque objet précieux et commémoratif sous le bras. Il vient de trouver, dit-il, au cours d'un rangement, quelque vase en cristal de Bohême, quelque figure ou bronze attribués à *La guerre est finie* pendant toutes ces années, et il me demande d'en être le dépositaire.

Mais en juillet 1966, à Karlovy Vary, dans un décor de ville d'eaux tout à fait adéquat pour un film de Resnais, Alain avait un sourire crispé.

Il faut dire qu'il n'aime guère les festivals, ni les voyages qui y mènent. Ni les contraintes qu'ils impliquent. L'idée, donc, de s'être déplacé aussi loin pour se voir annoncer la nouvelle du retrait de son film de la compétition faisait apparaître sur son visage un pâle sourire crispé. Il ne pensait plus qu'à repartir au plus vite. Et d'autant plus qu'il conservait le souvenir d'un autre voyage en Tchécoslovaquie, où il avait attendu interminablement à Prague un vol pour Cuba. Je crois bien que c'était ça, Cuba. Souvenir qu'il évoquait avec cet humour apparemment neutre, presque glacé, qui donne à ses récits le charme étrange de certaines œuvres tchèques, précisément. De certains contes de Kafka, des romans de Milan Kundera.

Quoi qu'il en soit, Alain Resnais, dans le bureau rococo du *Grand Hôtel Moskva-Pupp* – la première partie du nom de ce palace d'antan ayant été rajoutée, bien entendu, pour célébrer l'indestructible amitié avec le grand frère soviétique, *Big Brother* en anglais orwellien – où le directeur du Festival nous annonçait la mauvaise nouvelle, Alain avait un pâle sourire défait.

Il s'avéra pourtant que les cinéastes tchèques obtinrent le maintien de la projection du film, hors compétition. Qu'ils obtinrent même, et ce fut pour Resnais décisif, celui de la conférence de presse qui suit habituellement les projections officielles. Alain décida alors de rester quarante-huit heures, jusqu'au lendemain de l'une et de l'autre. La première – la projection, s'entend – fut triomphale : un vrai tabac. Quant à la conférence de presse, Alain Resnais y fut, comme à son habitude, étincelant. C'est d'ailleurs curieux de voir comment un être aussi réservé, timide d'une certaine manière, parvient à se libérer pendant le bref espace de temps d'une telle cérémonie, répondant toujours avec précision, profondeur et imagination, écartant les questions absurdes avec humour, profitant des interrogations intelligentes pour approfondir le sens de son travail, de sa recherche. Peut-être même de sa quête. En tout cas, aiguillonné sans doute par cette seconde mesure discriminatoire à l'égard de son film (à une question posée sur l'origine de l'interdiction à Karlovy Vary, il répondit : « Je ne sais vraiment pas. A Cannes, au mois de mai dernier, ce fut sous la pression des autorités franquistes. J'espère qu'ici ce ne sont pas elles qui ont fait pression! », réponse qui provoqua les rires et l'enthousiasme des journalistes et des cinéastes tchèques), Alain Resnais fut réellement magistral pendant la conférence de presse. Le metteur en scène Jean-Paul Rappeneau, qui y assista, son film *La Vie de château* étant présenté au festival cette année-là, peut confirmer mon témoignage : il garde un souvenir ébloui de la « prestation » de Resnais.

Mais le soir de la clôture du festival, j'étais seul, à Karlovy Vary. Alain Resnais était déjà reparti. Il m'avait prié de rester sur place, pour prendre à la sienne le prix que les cinéastes tchèques, comme les journalistes espagnols à Cannes, deux mois plus tôt, avaient inventé pour *La guerre est finie*, sous l'impulsion de Milos Forman et d'Antonin Liehm.

(Nous avons retrouvé Liehm, des années plus tard. C'était à Staten Island, dans la splendeur glaciale d'un hiver new-yorkais, qui avait blanc bleui le paysage, d'un bout à l'autre de l'horizon. Liehm avait émigré, après l'invasion de son pays par les Russes. Il enseignait à l'université de Staten Island. Nous avions été lui rendre visite, Montand, Costa Gavras et moi, après la présentation de *L'Aveu* à New York. Quelques années après le festival de Karlovy Vary, après le Printemps de Prague, après la pluie et les larmes et le sang sur l'Europe.)

Donc, Resnais avait quitté Karlovy Vary. Et Montand n'y était pas venu. Il tournait un film, à ce moment-là. Sans doute *Grand Prix*, de John Frankenheimer. Ou peut-être *Paris brûle-t-il?* de René Clément. Il faudra le lui demander. Il tournait, toutefois. Il n'avait pas pu nous accompagner à Karlovy Vary.

Montand, d'ailleurs, n'a pas cessé de tourner, après *La guerre est finie*. En 1966, il joua dans les deux films que je viens de citer. En 1967, il tourna *Vivre pour vivre*, de Claude Lelouch. En 1968, quatre films : *Un soir, un train*, d'André Delvaux; *Z*, de Costa Gavras, *Le Diable par la queue*, de Philippe de Broca; et *Melinda (On a clear day, you can see forever)*, de Vincente Minnelli. Et en 1969, *L'Aveu*.

Il faut dire que la critique avait fait à Montand, dans le rôle de Diego de *La guerre est finie*, un accueil exceptionnel. « Un Yves Montand d'un naturel, d'une simplicité », écrivait par exemple Jean-Louis Bory dans *Arts*, « d'une chaleur fort inhabituels – je n'en suis pas encore revenu. » Et c'est bien vrai. Ils n'en sont pas revenus, certains critiques. Ils ont vu éclater sur l'écran le talent d'un acteur que beaucoup d'entre eux avaient jusqu'alors traité avec une certaine condescendance. Un peu ironique, parfois. Pris qu'ils étaient dans les clichés et les idées toutes faites. Incapables qu'ils avaient été, certains d'entre eux, de pressentir, comme Alain Resnais et Costa Gavras l'avaient pressentie, l'immense capacité d'interprétation, d'incarnation cinématographique au sens fort du terme, que recelait l'expérience de Montand sur les planches du music-hall. Et son expérience tout court.

Du coup, les mêmes financiers et distributeurs – ou leurs semblables, leurs frères – qui avaient fait fine bouche et grise mine à l'idée de voir Montand jouer le rôle principal de *La guerre est finie*, l'ont désormais voulu à toutes les sauces : il devint très vite l'un des rares acteurs français de cinéma sur qui on pouvait, comme on dit, « monter une affaire ».

Mais je suis dans la salle du Festival de Karlovy Vary, en juillet 1966. La séance de clôture est commencée. On procède à la distribution des prix. Tout à l'heure, je le sais, après la remise de toutes les récompenses officielles, l'Association des cinéastes tchèques va me remettre la distinction qu'elle octroie à *La guerre est finie*. Je vais la recevoir à la place d'Alain Resnais.

Et je ne suis pas mécontent d'être là, franchement.

Tout d'abord, je me souviens de ma dernière distribution de prix. C'était au lycée Henri-IV, dans le grand hall du gymnase. C'était à la fin de l'année scolaire 1941. Le premier nom qu'on appela sur le podium fut le mien. J'avais obtenu, en effet, le deuxième prix de philosophie au Concours général et nul ne me précéda, cette année-là, dans la liste des honneurs du lycée Henri-IV. On me rappela d'ailleurs aussitôt, car j'avais eu aussi – c'était prévisible – le premier prix de philosophie dans ma classe. Tous les khâgneux et hypokhâgneux d'Henri-IV chahutèrent bruyamment pour manifester leur enthousiasme, quand ils me virent revenir aussi vite sur la tribune d'honneur.

Des années plus tard, cependant, Catherine Allégret ne sembla pas impressionnée par d'aussi brillantes références. Elle préparait son baccalauréat de philo à l'Ecole alsacienne et sa mère avait eu l'idée, au dernier trimestre, de l'envoyer chez moi de temps en temps pour que je lui fasse faire la révision de son programme. Quelques jours avant l'écrit du baccalauréat, j'essayai de lui inculquer des notions de base au sujet de « la perception », une question de cours qu'elle ne semblait vraiment pas maîtriser. Et « la perception » fut, cette année-là, bien entendu, l'un des sujets de l'écrit. Auquel Catherine échoua. Je m'étais bien aperçu, quatre jours auparavant, qu'elle ne percevait pas très distinctement, ayant visiblement la tête ailleurs, l'intérêt de mes explications à propos de la perception. Cette anecdote est restée entre nous comme une sorte de gag intime. Elle fait l'objet de multiples plaisanteries et fines allusions, peut-être un peu éventées, désormais. Mais les plaisanteries, même les plus longues et les plus éculées, sont le sel de la vie de famille.

Je me souvenais, donc, de la distribution des prix à Henri-IV, tout en observant la cérémonie de clôture du Festival de Karlovy Vary, vingt-cinq ans plus tard.

Je me souvenais de plein de choses. Il faut dire qu'une salle de spectacle où l'on se trouve seul, dans la pénombre, mais entouré par une petite foule visiblement amicale; où l'on voit vaguement défiler sur la scène les divers épisodes d'une cérémonie de remise de prix, coupés d'intermèdes dits artistiques, est un lieu idéal pour se souvenir.

Ainsi, je me souvenais du jour où j'avais téléphoné à Montand, après la projection du premier montage de *La guerre est finie* que Resnais avait organisée pour moi, aux studios de Joinville. Il n'était pas à Paris, Montand, il était à *La Colombe*, à Saint-Paul-de-Vence. Je lui ai dit ce que le film avait remué en moi. Je lui ai dit ce que je pensais de son interprétation de Diego.

Bien sûr, il m'est difficile – et ça l'était encore davantage en 1966, dans la chaleur même de l'événement – de prendre mes distances avec *La guerre est finie*. D'autant plus difficile, d'ailleurs, que ce film m'a permis de prendre mes distances avec moi-même. Du moins avec ce moi-même aussi vrai que tout autre possible et qui avait existé dix ans clandestins sous la forme de Federico Sanchez, mon alias politique et hispanique.

On sait à satiété, en effet, et par des témoignages de toute qualité, y compris la pire, la plus larmoyante, ce que représente la rupture avec le parti pour un intellectuel communiste. Que ce soit à la suite d'une exclusion ou d'un abandon volontaire, ce genre de rupture est douloureuse, on le sait. On quitte d'un seul coup papa-maman, la sainte famille, les certitudes, la chaleur fraternelle des masses laborieuses (qu'on n'a en général pas fréquentées, d'ailleurs, si ce n'est sous les espèces de ces ouvriers et paysans permanents que sont les permanents politiques n'ayant plus mis la main à la pâte, ni au four ni au tour ni à la charrue ni au moulin depuis un quart de siècle, au bas mot!), l'horizon bleu-horizon de l'Histoire. On saute en marche de la marche de celle-ci (l'Histoire). Bref, on reste seul. Ce qui est, bien sûr, la meilleure situation imaginable pour un intellectuel qui accepte jusqu'au bout les risques de sa fonction critique. Mais cette dernière vérité est souvent longue à découvrir, surtout aux époques de remue-ménage historique où les causes justes foisonnent. Où l'on tarde parfois, selon les circonstances biographiques et de l'histoire immédiate, à comprendre que les causes et les guerres justes mènent souvent tout droit aux sociétés les plus radicalement injustes de cette planète au cours de ce siècle.

Bref, disais-je : c'est dur de rompre. Pour toute sorte de raisons, y compris les pires. Le travail du deuil est toujours endeuillé. Dans mon cas, pourtant, et grâce au hasard de la rencontre d'Alain Resnais, de son désir de me faire écrire un film pour lui – désir né, semble-t-il, après la lecture du *Grand Voyage* que lui avait suggérée

Florence Malraux; et c'est bien pour cela que le scénario publié de *La guerre est finie* lui est dédié, à Florence –, grâce au hasard de cette rencontre, donc, mon retour sur terre, dans le monde réel, après l'exclusion du parti communiste espagnol, s'est fait sans trop de dommages.

Grâce à Montand, aussi. Peut-être même surtout.

Je pensais à cela, dans la pénombre de la salle de Karlovy Vary, alors qu'une blonde appétissante faisait sur scène un numéro que je supposais satirique et rigolo, à entendre les réactions ravies de la salle.

En jouant le rôle de Diego, Montand m'avait aidé, en quelque sorte, à redevenir moi-même. Le passage de Sanchez à Semprun avait été facilité par ce Diego Mora, personnage de fiction qui n'était ni l'un ni l'autre, mais qui permettait à l'un et à l'autre de prendre leurs distances avec la fiction de la réalité, grâce à la réalité de la fiction : de se regarder dans l'objectivité troublante de ce miroir que Montand nous tendait par son interprétation du rôle. Car il *était* Diego et cela m'aidait à être moi-même. A le redevenir.

Au moment de la sortie de *La guerre est finie*, Françoise Giroud terminait son article de *L'Express* à propos du film par la phrase suivante : « Si Montand est bon? C'est bien la dernière question qu'on se pose. *Il est.* »

Et c'est bien là un point essentiel.

Jusqu'alors, dans ses films, Montand avait *fait* le milliardaire, ou le camionneur, ou l'industriel, ou l'aventurier, ou encore le boxeur. Et il l'avait fait avec talent, avec conviction. Avec bonheur. Souvent avec succès. Mais c'était presque toujours un *faire*. Un faire de bon faiseur, sans doute, mais qui laissait exister une marge d'extériorité de l'acteur vis-à-vis du personnage. Sans parler même de l'extériorité par rapport à lui-même, à l'homme Montand dans les divers versants de sa personnalité.

Mais dans *La guerre est finie* – après le film de

transition dont j'ai déjà parlé, *Compartiment tueurs* de Costa Gavras, dont Montand dit qu'il l'a « débloqué »; dont je dirais pour ma part, d'une façon tout aussi précise et à peine plus précieuse, à peine plus pédante, qu'il a eu un effet cathartique –, dans *La guerre est finie*, Montand ne *faisait* pas l'acteur : il l'*était*. Et par ses implications personnelles et politiques, son travail d'acteur était un acte : une action. *An acting*, comme on dit en anglais, qui est quand même la langue maternelle du cinématographe, quoi qu'en radotent certains.

Ainsi, il ne *faisait* pas le rôle de Diego : il *était* Diego. En somme, il devenait vraiment lui-même en devenant un autre. Autre. Et il devenait autre – acteur, en somme, capable par là d'être indéfiniment autre – parce qu'il devenait lui-même, dans l'épanouissement de la maturité. C'est ce qu'on appelle le parodoxe du comédien, tout bêtement.

Des années plus tard, c'est de *La guerre est finie* que Régis Debray me parla en tout premier lieu. Et ce fut à Autheuil, dans la maison de Montand.

Régis revenait de Cuba. Ou plutôt, de Camiri. Il y avait été emprisonné pendant trois ans. Il en revenait, après sa libération par le gouvernement bolivien, en faisant un détour par Cuba. Détour, d'ailleurs, n'est peut-être pas la meilleure façon de dire. Les liens de Régis Debray avec Cuba ne seront jamais détournés, je le crains.

En tout cas, il me parla de *La guerre est finie* dès notre première rencontre. Il avait vu le film à Paris, juste avant de repartir pour l'Amérique latine où il allait participer à la désastreuse aventure de Che Guevara en Bolivie.

Désastreuse, d'ailleurs, n'est pas le qualificatif qui convient. *Désastreuse* est un mot qui fait la part trop belle au hasard, aux risques inévitables de toute entreprise historique, au destin même. Aux astres, en somme, qui cesseraient de vous être favorables, comme l'étymologie l'indique clairement. Alors que la guérilla de Guevara en Bolivie n'a pas été seulement un désastre. Elle a été bien pis : une ineptie. Et de la pire espèce, de celle qu'on peut éviter. Qu'un minimum d'intelligence théorique, de sens pratique, de connaissance des réalités sud-américaines, vous permettent d'éviter. Le désastre de la guérilla bolivienne, en somme, n'est pas dû à un caprice des astres, mais à la bêtise orgueilleuse et têtue des castristes, voulant imposer leur modèle breveté de lutte armée à un continent entier.

Mais nous n'avons pas parlé de la guérilla en Bolivie, Régis et moi, au début. Ni non plus de Cuba. Nous n'abordions pas, à Autheuil, les sujets brûlants de la révolution cubaine. Par respect pour le calme tutélaire des lieux, par amitié pour nos hôtes, nous mettions d'un commun accord, et provisoirement, Cuba entre parenthèses. Nous parlions donc de tout et de rien, c'est-à-dire surtout de littérature et de cinéma. Régis semblait fasciné par le cinéma, à cette époque, par le spectacle et par les hommes et les femmes du spectacle. Surtout par les femmes, bien entendu. D'abord, les femmes du spectacle sont plus spectaculaires que les hommes. Et puis elles sont femmes, ce qui ne gâte rien.

Pourtant, si nous ne parlions pas de Cuba, Régis et moi, nous savions fort bien à quoi nous en tenir à ce sujet. Lui, du moins, savait à quoi s'en tenir avec moi. J'avais déjà pris publiquement position contre la politique de Fidel Castro. Au moment de l'arrestation du poète Heberto Padilla, par exemple. Et encore avant, lorsque Castro avait approuvé l'invasion de la Tchécoslovaquie par les troupes russes, en août 1968.

Et puis, quelques années plus tard, en 1974, aussitôt après la parution de l'essai de Régis Debray, *La Critique des armes*, nous finîmes par aborder la question cubaine.

L'aborder et la clore fut tout un, d'ailleurs : l'abcès fut vidé une bonne fois pour toutes.

Ce fut à Autheuil, comme il se doit, au cours d'un dîner. Nous étions assez nombreux à table, tous des intimes. Mais Simone Signoret n'était pas là. Je suppose qu'elle était retenue quelque part par un tournage. Et je regrette qu'elle n'ait pas été présente, ce soir-là. Car Simone, avec l'ardeur bienveillante de qui souhaite que tous ses amis s'aiment bien les uns les autres, s'étonne parfois que je critique si violemment certaines attitudes de Régis. Il lui arrive de penser que c'est un malentendu, que nous devrions nous parler davantage, pour le dissiper. Mais si elle avait assisté à la discussion, ce soir-là, chez elle, dans sa maison d'Autheuil, elle aurait compris qu'il n'y a pas mal-entendu mais trop-entendu. Excès de clarté plutôt que de confusion.

Nous étions nombreux à table, donc, malgré l'absence de Simone. Il y avait Montand, bien sûr, à sa place d'amphitryon à la grande table ovale dressée par Marcelle. Il y avait Chris Marker. Et Catherine Allégret, Jean-Pierre Castaldi, Jean-Claude Dauphin. Et Dominique Martinet, devenue Landman par son mariage avec Claude Landman, également présent (mais j'y pense à l'instant : peut-être est-ce le souvenir de cette soirée d'Autheuil, d'autres soirées de discussion comparables, qui a donné à Claude Landman l'idée de me proposer d'écrire ce livre, au bon moment de surcroît, au moment précis où l'envie de le faire commençait à poindre en moi). Et il y avait aussi, bien entendu, sans quoi la discussion n'eût pas été possible, ma femme et moi, et Régis Debray avec une jeune amie, une comédienne brésilienne.

Je venais de lire le premier volume de l'essai de Régis. *La Critique des armes*. Mais je n'avais pas l'intention de lui en parler, ce jour-là. Je le lui dis avant le dîner. Qu'on en parlerait plutôt une autre fois, en tête à tête. Quand il voudrait. Il en accepta l'idée. Pourtant, à peine le repas commencé, le hasard nous amena à en discuter. Le hasard fut un bref échange à propos de je ne sais plus quelle prise de position récente de Louis Althusser. Je ne pus m'empêcher de faire remarquer à Régis qu'il venait d'écrire, hélas! le seul livre d'analyse historique vraiment althussérienne : un essai où l'histoire était effectivement, mais faussement, un procès sans sujet ni fins. Car l'histoire récente de la guérilla en Amérique latine avait un sujet, la révolution cubaine, que Régis Debray escamotait tout au long de son travail. Et des fins stratégiques très précises, découlant de l'activité historique de ce sujet, que Debray rendait également floues, sans doute pour ne pas avoir à en examiner l'échec sanglant. C'était un peu comme si un historien de l'activité des partis communistes européens entre les deux guerres mondiales eût passé sous silence le rôle du Komintern. C'était aussi gros que ça.

Mais probablement n'était-ce pas le moment d'en parler au fond, ajoutai-je aussitôt.

Montand intervint alors.

– Pourquoi pas? dit-il. Ça fait longtemps que je vous entends parler de Cuba, l'un et l'autre, chacun de son côté. Parlez-en ensemble, une bonne fois!

Nous en parlâmes donc ensemble. Une bonne fois. Une dernière fois.

Aujourd'hui, sans doute, il semblera curieux, peut-être même dérisoire, que l'on ait pu consacrer du temps et de l'énergie à une discussion sur Cuba. Aujourd'hui, la révolution cubaine n'intéresse plus grand monde. Peut-être en partie parce que la question même de la révolution est sortie du champ de nos préoccupations. Aujourd'hui, Cuba n'est qu'un endroit où des ministres vont pêcher la langouste avec Fidel Castro. Un endroit d'où Fidel Castro libère de temps en temps un prisonnier politique, pour montrer par ce geste souverain qu'il existe encore et qu'il détient encore le pouvoir. Comme si le sucre vendu à l'U.R.S.S. et les prisonniers politiques cédés à la mauvaise conscience occidentale étaient les seules choses que le castrisme pût encore exporter. Sans oublier, bien sûr, les troupes mercenaires envoyées en Afrique.

Mais à l'époque dont je parle, les enjeux stratégiques de la révolution cubaine occupaient une place parfois centrale dans les discussions de la gauche européenne. De cette nouvelle gauche, plutôt, qui essayait de se dégager des dogmes, des interdits et même des expériences communistes traditionnelles.

Ainsi, vers le milieu des années 60, nous avons abordé sous plusieurs angles les questions de la révolution en Amérique latine dans la revue de langue espagnole, *Cuadernos de Ruedo Ibérico*, qui se publiait à Paris et dont j'étais l'un des rédacteurs. L'une des discussions les plus animées portait sur la stratégie du *foco*, ou foyer guérillero, qui était au centre de la perspective castriste, et qui semblait peu fondée à la plupart des Espagnols et des Sud-Américains réunis autour de notre revue. Plusieurs articles sur ce sujet, y furent publiés, en général critiques envers le « foquisme ».

Plus tard, lorsque Régis Debray publia son essai, *Révolution dans la révolution?*, il s'en prit à ces articles critiques. Il pensa les disqualifier à tout jamais en leur attribuant une origine « lointainement trotskiste ». L'un des points aveugles, en effet, de la vision politique de Régis Debray aura été son horreur névrotique du trotskisme. L'incapacité d'en faire une critique sérieuse. Autrement dit, une critique qui prendrait le trotskisme pour ce qu'il est. Pour une variante du léninisme codifiée successivement par la victoire d'Octobre 17 et la défaite de l'opposition de gauche dans les années suivantes. Inutile, donc, d'essayer de critiquer sérieusement le trotskisme sans s'en prendre au léninisme. Et c'est précisément ce que Régis Debray n'a jamais voulu faire. Il est resté ancré dans le léninisme. Et fier de l'être resté, ce qui est un comble, le léninisme étant la maladie mortelle du mouvement ouvrier. Une sorte de vérole, en réalité. Et il faut prendre cette métaphore presque au pied de la lettre, car le léninisme est une maladie qu'on attrape comme les vénériennes, dans le lit. Dans celui du pouvoir, bien entendu. Dans le goût, le plaisir, l'infinie séduction mortifère du pouvoir.

Quoi qu'il en soit, lorsque je fis mon premier voyage à Cuba, en juillet et août 1967, avec les artistes du Salon de Mai, *Révolution dans la révolution?* était l'ouvrage à la mode. Manuel du combattant et catéchisme du guérillero bricoleur de pratiques théoriques, l'essai de Régis Debray était présenté par les autorités culturelles et politiques cubaines comme le dernier cri en matière de stratégie révolutionnaire. On vous chuchotait même, pour bien en multiplier les effets charismatiques, que la brochure, élaborée et rédigée sans doute par Régis, était surtout l'expression de la pensée profonde du commandant en chef, Fidel Castro.

Cet été-là, l'euphorie était encore de mise à La Havane, malgré l'arrestation de Régis Debray, qui venait de se faire sottement cueillir en Bolivie, et les craintes qu'on pouvait légitimement avoir au sujet de Che Guevara. Malgré ces points noirs, les effets libertaires de la première phase, nationale-démocratique, de la révolution ne s'étaient pas encore totalement épuisés. La glaciation des structures et des idées se mettait en place, certes, à mesure que se développait l'appareil du parti unique, mais c'était un processus en partie souterrain, qui pouvait échapper encore au regard des touristes curieux, mais plutôt bienveillants, que nous étions.

D'un autre côté, à cause du déploiement simultané et complémentaire de son expansion politico-militaire – dont l'expédition en Bolivie de Che Guevara était le fer de lance – et de son ouverture vers la gauche intellectuelle européenne – dont l'invitation des artistes du Salon de Mai et des intellectuels parisiens, en juillet, et le Congrès culturel de la fin de l'année furent les manifestations les plus visibles – la direction castriste se voyait objectivement amenée à accentuer son originalité. A reprendre ses distances avec l'U.R.S.S. et à critiquer de plus en plus ouvertement l'expérience du socialisme réel, ainsi que celle des partis communistes issus du moule kominternien. Et ce dernier point, bien évidemment, ne pouvait que susciter notre sympathie.

Il y avait pourtant un aspect négatif, néfaste même, de la révolution cubaine qu'il fallait être aveugle – sourd, plutôt, les discours de Castro étant tonitruants et rhétoriques – pour ne pas remarquer. Et je n'étais plus aveugle. Sourd non plus, quoique assourdi, abasourdi, par les palabres, parlotes et parleries du Commandant en chef. C'était l'aspect qui concernait, précisément, le rôle même de Castro dans la révolution.

Des années auparavant, celui-ci était arrivé à la Havane, après la victoire sur le dictateur Batista. Il avait traversé l'île entière, lentement, triomphalement. Le 8 janvier 1959, il prononçait un discours à la caserne Columbia. Un très long discours, comme d'habitude, mais fort intéressant à relire aujourd'hui. Annonçant la remise au peuple souverain du pouvoir conquis par les fusils de la guerre révolutionnaire, Castro disait : « Lorsque le peuple a la liberté, celle-ci est tout : les fusils doivent s'y soumettre, se mettre à genoux devant elle. » *Los fusiles se tienen que doblegar y arrodillar ante ella.*

Mais Fidel Castro n'a pas tenu cet engagement. Bien au contraire, il a mis le peuple à genoux devant les fusils. il est devenu un despote, ayant usurpé le pouvoir du peuple souverain, qui n'a jamais été consulté depuis cette date du 8 janvier 1959 où le commandant en chef annonçait la restauration immédiate des libertés publiques. Un despote même pas éclairé, mais éclairant : persuadé d'être en possession de la vérité. Des lumières de la vérité et du progrès qu'il ferait pleuvoir à son gré sur le bon peuple. Tout à fait dans la tradition sud-américaine, par ailleurs. La tradition du *caudillo*, du chef charismatique issu d'une guerre populaire, qui a fourni l'un de ses thèmes essentiels à la splendide littérature romanesque du Continent. Et sans doute le dernier *Automne du patriarche* – qui l'écrira, à la place de Garcia Marquez, visiblement défaillant, décidément obnubilé par le voisinage du pouvoir? – sera celui de Fidel Castro. Après lui, probablement, l'espèce des *caudillos* s'éteindra en Amérique latine.

En tout cas, c'est à Santiago de Cuba, en juillet 1967, à l'occasion d'un discours amazonien de Castro, que je recontrai Elisabeth Burgos. François Maspéro me la présenta. Elle était digne, attentive, énigmatique. Elle était aussi la compagne, la *compañera* de Régis Debray, arrêté en Bolivie plusieurs mois auparavant.

Nous revîmes Elisabeth à l'automne, à Paris. Elle vint un soir place Dauphine, chez Simone Signoret, accompagnée par K.-S. Karol, si je me souviens bien. (Très bien, ça va, merci!) A partir de ce moment, Elisabeth et Simone furent très liées. La jeune Vénézuelienne au regard de pierre ancestrale habita même l'un des petits appartements dont Simone Signoret est locataire dans son immeuble, et qu'elle met à la disposition de ses amis. Dans celui-là, Régis Debray a vécu aussi, après sa libération de Camiri. Et puis, Simone Signoret l'a récupéré – la situation sociale de Debray s'étant manifestement améliorée – pour y loger deux jeunes réfugiées vietnamiennes, deux sœurs, petites naufragées lisses et silencieuses de la mer de Chine.

Les deux femmes, donc, Elisabeth et Simone, se lièrent d'amitié. Et par l'entremise de la première, qui allait régulièrement rendre visite à Régis, en Bolivie, une correspondance s'établit entre Simone et le prisonnier de Camiri.

Mais cela ne m'appartient pas, comme dirait Simone Signoret elle-même, avec l'une de ses expressions favorites. Ce n'est pas à moi de raconter l'amitié qui naquit alors entre ce jeune homme, qui allait revenir de Camiri partagé entre le désir de séduire, l'amour d'être aimé, et le goût amer de l'autorité, la tentation exaltante du terrorisme intellectuel, et la femme-femme, étoile au sommet d'une maturité qui ne renonçait pas aux coups de cœur de l'amitié, de la tendresse pour les justes causes et les jeunes héros de celles-ci. Que cette amitié existât, que sans doute elle continuera d'exister malgré les avatars du quotidien, où la politique n'a pas pour Simone, quoi qu'on en pense, la part principale, est la seule chose que je puisse me permettre de constater.

Je revis Elisabeth Burgos à La Havane, à la fin de cette année 1967, à l'occasion du Congrès culturel, dernière flambée – feu follet plutôt – d'une politique autonome. L'atmosphère avait bien changé à Cuba. Le lamentable échec de la guérilla en Bolivie rendait les castristes orphelins de toute visée stratégique. Ils continuaient bien sûr, à l'exemple de leur chef suprême, à parader sur l'estrade politique. Mais le trouble, le désarroi, pour non formulés qu'ils fussent, n'en étaient pas moins perceptibles.

Quelques mois plus tard, profitant assez ignoblement de l'occasion offerte par l'invasion de la Tchécoslovaquie en août 1968, Castro négocia un nouveau virage et revint définitivement dans le giron russe du socialisme réel. Dans le giron maternel ou placentaire du néant marxiste-léniniste. La guérilla de Che Guevara, avec sa phraséologie clinquante et creuse, mais avec ses risques et son sang réels, ne ressuscitera plus, désormais, que sous la forme des légions prétoriennes envoyées par Fidel Castro en Afrique, au service des intérêts mondiaux de l'hégémonisme soviétique. L'histoire se répète, une fois encore, sous forme de farce. De sanglante bouffonnerie.

Mais je ne vais pas essayer de reproduire ici tous les thèmes qui furent abordés, ce soir lointain de 1974, à Autheuil-sur-Eure. Je ne vais pas non plus aborder l'analyse, pour intéressante qu'elle puisse être, de l'itinéraire intellectuel de Régis Debray, depuis ses premiers articles dans *Les Temps modernes* du début des années 60 jusqu'à son dernier livre, *Critique de la raison politique*, étonnante logophanie du pragmatisme et du cynisme politiques. Je parle de Régis uniquement parce qu'il surgit, en 1971, dans le décor familier – familial – d'Autheuil. J'en parle parce que, pour moi, de tous les rendez-vous d'Autheuil le seul rendez-vous manqué fut celui-là. Mais sans doute est-ce dû au fait que Régis Debray, malgré son extrême effort désirant, malgré les risques pris, malgré la rumeur des médias, a manqué son rendez-vous avec l'histoire. Avec lui-même, aussi.

De cette lointaine soirée, je voudrais pourtant retenir une chose, parce qu'elle est encore agissante, encore à l'œuvre aujourd'hui. C'est l'inconditionnelle fidélité à Fidel, sans jeu de mots, à la révolution cubaine, dont Régis Debray fit preuve cette fois-là, au cours de cette discussion. Dont il n'a cessé de faire preuve depuis.

Ce soir-là, en tout cas, chaque fois qu'il perdait pied dans la discussion, chaque fois qu'il était acculé à reconnaître la réalité, Régis s'en tirait par une pirouette : Tu as sans doute raison, disait-il, c'est peut-être vrai. Mais cette vérité n'est pas bonne à dire, elle apporte de l'eau au moulin de l'ennemi! Pour ne pas désespérer la *pampa* ni la *sierra*, en somme, il fallait maintenir intacte une image mythologique de la révolution cubaine. Comme si la tension nécessaire des luttes populaires ne pouvait se préserver que dans le flou de l'idéologie mensongère. On aura reconnu là une très ancienne habitude de la gauche intellectuelle, dont les néfastes conséquences anesthésiantes se sont déjà fait sentir en Europe à propos de la Révolution russe.

Ce fidélisme ou fidéisme de Régis Debray est un aspect de sa personnalité dont nous avons souvent reparlé, Montand et moi, depuis cette soirée d'Autheuil. Tout récemment encore, à Tokyo, au cours de la tournée mondiale, nous l'avons commenté. Ainsi, je trouve la trace d'une conversation à propos de Régis dans mon journal de voyage, à la date du 22 octobre 1982. Il y est question des prisonniers politiques à Cuba, à cause de l'annonce qui venait d'être faite de la libération d'Armando Valladares. Et nous nous sommes souvenus d'un entretien publié par *Le Nouvel Observateur*, au printemps 1979. Régis Debray s'en prenait aux intellectuels, sous un titre plutôt tranchant et pompeux, pompier même : *La nouvelle trahison des clercs*. « Mais les intellectuels français s'obstinent à avoir vingt ans de retard, proclame Debray, et cela, précisément parce qu'ils veulent toujours – au nom des lois de l'offre et de la demande – coller à l'actualité... » Et il continuait par la phrase qui m'intéresse à présent : « Ne sont-ils pas en train de découvrir, à Cuba, le goulag tropical au moment où il n'y aura bientôt plus de prisonniers politiques et où un nombre croissant d'exilés rétablit des rapports avec le pouvoir révolutionnaire? »

Il est difficile d'accumuler en aussi peu de mots autant de cyniques faussetés. Car, en somme, Régis Debray reproche aux intellectuels européens de protester trop tard contre les persécutions politiques à Cuba. Mais il oublie de dire que, lorsque nous protestions à temps, au moment voulu – par exemple, à celui de l'affaire Padilla – nous nous faisions traiter d'agents de la C.I.A., ou de traîtres, par les organes de la propagande castristes et ses officines et succursales parisiennes. D'autre part, il affirme en 1979 qu'il n'y aura bientôt plus de prisonniers politiques à Cuba, alors que nous voyons en apparaître régulièrement. Et que Régis Debray lui-même est obligé de s'occuper de leur libération, obtenue en échange de Dieu sait quoi.

De toute façon, il est bien inutile d'ergoter sur les nuances et les non-dits des formulations de Régis Debray dans l'entretien mentionné. Car aussitôt après il affirme : « ... mon admiration et ma solidarité avec Cuba sont aussi radicales aujourd'hui qu'elles l'étaient alors. » Alors, c'est le moment où, selon Debray, il y avait vingt mille prisonniers politiques à Cuba. A quoi bon discuter avec lui, donc? Quelle que soit la situation, quel que soit le nombre de prisonniers, son « admiration » et sa « solidarité » avec Cuba seront toujours « aussi radicales ». On commence à le savoir.

Mais nous étions à Autheuil-sur-Eure, une nuit de mars 1974. Le feu flambait dans la cheminée de la salle à manger. Brusquement, au bout de plus d'une heure de discussion passionnée – mais rigoureuse : sans éclats de voix ni effets théâtraux – la jeune Brésilienne qui accompagne Régis se met à pleurer.

Elle éclate en sanglots, littéralement.

C'est même l'une des rares fois de ma vie où j'ai pu constater à quel point cette expression toute faite peut être vraie. La jeune femme évoque en phrases hachées, baignées de larmes, le destin de nombre de ses proches entraînés dans la lutte armée au Brésil. Entraînés dans la mort, la prison ou l'exil qui suivirent l'échec de celle-ci. Entraînés par l'exemple prôné et propagé de la révolution cubaine. Par la lecture de ses écrits théoriques, au premier rang desquels, malheureusement, *Révolution dans la révolution?*, bible de poche de la guérilla latino-américaine.

La discussion tourne court, bien entendu.

Le silence se fait. Nous osons à peine regarder cette jeune femme qui pleure ses amis disparus, ses illusions flambées. Mais nous n'avons pas de réponse à ce désespoir-là. Nous pouvons y compatir, mais nous n'en sommes pas responsables. C'est à Régis de répondre. C'est à lui de rendre des comptes. L'aura-t-il fait, après cette soirée? Quoi qu'il en soit, je pense que l'heure des brasiers est finie et que ses cendres seront longues à refroidir.

5

La rupture

Voilà pourquoi, à cause d'une jeune femme en larmes, à cause du souvenir d'une lointaine soirée de 1974, nous revenons au Brésil, en 1982.

J'ai rouvert les yeux, à Maracanàzinho.

Montand vient de terminer de chanter *Les Bijoux* de Baudelaire. Quatorze mille Brésiliens, debout, l'ovationnent.

Je regarde Catherine Allégret, elle me regarde. On a gagné ce soir, on a un rire sans fin. « Il est dingue, ce mec, il est dingue! », murmure Catherine, ravie.

Ce que fait Montand, c'est vrai, est assez dingue.

Combien sont-ils, les Brésiliens qui savent le français? Combien, ce soir, à Maracanàzinho, ont-ils compris les vers de Baudelaire? Un nombre infime, sans doute. Quelques centaines, à tout casser, tout compter, dans la foule de quatorze mille personnes.

Les autres soirs, dans les salles de São Paulo, de Brasilia, et ici même, à Rio, au Théâtre municipal, la proportion de spectateurs entendant le français était sûrement considérable. Le public, en effet, était composé d'intellectuels, d'artistes, de gens issus des couches privilégiées, les plus cultivées – du moins en ce qui concerne la maîtrise des langues – de la société brésilienne. C'étaient, en effet, des représentations de gala ou de bienfaisance, en tenue de soirée, au cours desquelles des récompenses annuelles avaient été remises à des comédiens, à des pièces de théâtre et des films : les prix Molière, quelque chose comme les césars ou les oscars brésiliens. Et c'est précisément parce que ces soirées étaient objectivement réservées à un public restreint que Montand avait souhaité atteindre un public plus vaste, populaire. D'où la représentation exceptionnelle au stade de Maracanàzinho, à des prix d'entrée modiques.

Pari gagné, certes. Le public est vraiment populaire. Et vraiment nombreux. Les gradins de Maracanàzinho débordent d'une foule fervente. Mais qui, dans son immense majorité, sa presque totalité, ne comprend pas le français. Alors, pendant que l'ovation déferle sur le stade comme un orage de bonheur, j'essaie de comprendre le miracle auquel je viens d'assister.

A l'Olympia de Paris, sans doute, *Les Bijoux* étaient déjà l'un des moments forts de la première partie du spectacle. La mise en scène et en relief du poème était d'ailleurs savante, dans sa simplicité. Avec un minimum de moyens, Montand parvenait à créer chez le spectateur une attention, une écoute particulières. Une sorte de suspense, pour ainsi dire. Il finissait de chanter *Hollywood*, le morceau précédent, il disparaissait dans le noir. Il réapparaissait, lumière revenue, il trouvait au milieu de l'espace scénique – et le spectateur découvrait avec lui – un objet insolite : une haute chaise ancienne, cannelée. Il venait s'y asseoir à demi, il croisait les mains, regardait la salle. D'emblée, l'ambiance qui s'établissait était celle de la confidence, du secret chuchoté. Ensuite, quelques notes de musique, éparpillées, soutenaient légèrement, avant de s'éteindre tout à fait, le chant récitatif où la voix seule jouait de son velours sombre et mordoré.

Mais on pouvait penser, bien entendu, à l'Olympia de Paris, que la qualité même du texte, le sens et la sensualité des mots de Baudelaire, étaient l'une des raisons essentielles de l'émotion produite. De la qualité même du silence, à la fois intime et partagé, qui s'établissait dans la salle. C'était parfait mais ce n'était pas, somme toute, surprenant. Montand a habitué son public à la difficulté, à la qualité. Il l'a habitué à être exigeant. Il l'a habitué à Prévert, à Aragon, à Apollinaire, à Desnos. Pourquoi pas à Baudelaire?

Plus tard, cependant, à Maracanàzinho, dont je parle maintenant, au Metropolitan Opera de New York, au Kennedy Center de Washington, au Greek Theater de Los Angeles, à Osaka et à Tokyo, dont je parlerai plus loin, le même phénomène s'est reproduit. *Les Bijoux* faisaient toujours un tabac. C'était toujours et partout l'un des moments forts de la première partie du spectacle. Celui où, dans la savante gradation d'effets et d'émotions organisée par Montand pour développer son récital, on atteignait au point de non-retour. Le point où la joie devenait ferveur, où la communication devenait enthousiasme, où les applaudissements devenaient ovation. Et pourtant, dans aucun de ces lieux étrangers le sens même des mots de Baudelaire ne pouvait être pris en compte comme élément du triomphe.

Ce n'était pas non plus le gestuel de Montand, sa capacité étonnante de mime – de comédien – qui donne à certaines de ses chansons (*Sir Godfrey, Gilet rayé*, par exemple) l'allure et la densité de vraies historiettes, des scénettes dramatiques. Ni non plus son sens du mouvement, de la danse, qui font d'autres chansons (*Les Grands Boulevards, Luna-Park, Les Cireurs de souliers de Broadway*, entre autres) des instants de music-hall total. Dans *Les Bijoux*, Montand est immobile, il chante ou récite *a cappella*. Il n'a d'autre arme que sa voix. Sa présence. Une voix dont la musicalité, les diaprures, font qu'elle devient langage, même pour des étrangers, et cela malgré les difficultés de la langue. Une présence physique, dramatique, tellement dense, qu'elle rend accessible le non-dit, le mal-entendu. Voix et présence qui deviennent langage universel, tout simplement.

Quinze jours plus tard, à Washington, un journal écrira sous une photo de Montand, dans le compte rendu du récital au Kennedy Center : *Yves : the Frenchman is speaking everybody's language.* (Yves : le Français qui parle la langue de tout le monde.) Un langage, en somme. De l'art, si l'on préfère.

Mais Montand vient d'attaquer *L'Etrangère*, d'Aragon, dont l'orchestration allègre tranche avec la retenue du morceau précédent. Le stade de Maracanàzinho trépigne littéralement de joie.

Je me tourne vers Catherine Allégret. Elle a les yeux brillants de larmes. Alors, dans un éclair, je me souviens de Norma B., la jeune femme qui sanglotait, à Autheuil, huit ans auparavant. Je m'en souviens, sans doute, parce que Catherine était également présente, ce soir lointain d'Autheuil. Sans doute parce que Norma B. était brésilienne. Qu'elle l'est toujours, j'espère. Je veux dire : j'espère qu'elle est, qu'elle existe toujours. Est-elle rentrée au Brésil, dans son pays?

J'ai rencontré, ces derniers jours, à Rio de Janeiro, des exilés politiques rentrés dans leur pays, après l'amnistie et la politique d'ouverture, de rétablissement progressif des libertés que pratique le gouvernement militaire brésilien. J'ai rencontré Fernando Gabeira, par exemple. Il a participé à la guérilla urbaine, après le putsch de 1964 qui renversa le pouvoir légalement élu. Il a écrit sur cette expérience un livre remarquable, qui a été traduit en français d'ailleurs, mais qui n'a pas eu, de loin, l'écho qu'il mérite. Le titre de la traduction française n'est pas génial, certes : *Les guérilleros sont fatigués.* D'abord, parce que ce n'est pas vrai. Fernando Gabeira n'est pas fatigué de la guérilla : il est ailleurs. Il est dans la vie. Dans les richesses et les fatigues de la vie. Mais je crains que même avec un meilleur titre le livre de Gabeira n'eût pas eu un France l'écho qu'il mérite. Je crains que les intellectuels de ce pays, de ce Paris, n'aiment bien les livres mythologiques. Qu'ils n'aiment moins, qu'ils ne lisent et n'entendent moins, ceux qui font le bilan, personnel ou global, mais forcément sévère, des échecs sanglants des mythes tiers-mondistes, des balivernes sur la lutte armée et la révolution en marche. Qu'ils n'aiment bien, finalement, les bilans globalement positifs. Ils préfèrent se souvenir du Sartre qui préfaçait Fanon, qui écrivait « Les communistes et la paix », plutôt que de celui qui a mis théoriquement en place les raisons de s'opposer au communisme. Dans une œuvre contradictoire comme celle de Sartre, ils choisissent toujours le pôle positif, comme ils disent. Positivement mystificateur, à dire vrai. Ainsi, ils n'aiment pas qu'on parle du Goulag-circus, comme ils disent assez ignoblement. Ni de la catastrophe qu'ont provoquée et accélérée en Uruguay les « tupamaros » (tiens! voilà encore un texte de Régis Debray digne d'être relu, si l'on veut avoir froid dans le dos : *Apprendre d'eux*, postface de 1971, écrite à Cuba – ben voyons! – à un recueil inepte de recettes politico-militaires de la guérilla urbaine uraguayenne!). En somme, il faudrait qu'ils lisent davantage Fernando Gabeira. Ou Gérard Chaliand, par exemple. De surcroît, les livres de ce dernier n'ont même pas besoin d'être traduits. Ils sont écrits en français, ils sont à la portée de toutes les mains, de toutes les bourses.

Nous avons longuement parlé de tout cela, cette nuit-là, Montand et moi.

A Maracanàzinho, à peine Yves avait-il fini de chanter *Les Feuilles mortes* que Catherine et moi avons discrètement quitté la loge principale – *tribuna de honra* – pour nous glisser vers les coulisses aménagées derrière la scène, dans les vestiaires du stade.

La foule commençait, elle aussi, à se déplacer, avec un mouvement ondulatoire, presque imperceptible, dansant, en silence. Elle se déplaçait pour aller se masser au pied de la scène. Sur les côtés de celle-ci, également. A quelques minutes près, cette foule compacte nous aurait empêchés de gagner les coulisses. Mais nous y sommes.

Sur la scène, Montand est en train de chanter *A Paris*. Sous le plein feu des projecteurs, des miliers de bras dressés autour de l'estrade l'entourent pour ce final. Puis, à la fin de la chanson, après un énième rappel, Montand traverse les coulisses en courant et fonce vers la sortie. Quelqu'un lui passe une serviette blanche, qu'il noue autour de son cou. Quelqu'un d'autre un manteau léger. Nous fonçons avec lui vers la sortie, hors de la vue de la foule, Bob Castella (« Mais où es-tu, Bobby? Tu viens, ou quoi? »), Charley Marouani, Catherine et moi. Montand sait fort bien que s'il tarde une minute à s'échapper ainsi, il va être bloqué dans les coulisses pendant des heures par des centaines d'admirateurs, certains frénétiques, désireux d'avoir un autographe, de lui parler, de simplement lui toucher la main. Vexés et tristes, en outre, s'il ne leur accorde pas l'attention et la sympathie qu'ils croient être en droit d'attendre. Qu'ils sont en droit d'attendre.

Mais en ce moment, après une heure et quarante minutes de spectacle, d'engagement physique et moral, Montand ne peut être ni attentif ni sympathique envers nul inconnu. Il ne peut surtout pas l'être si l'inconnu se multiplie, devient multitude, comme c'est le cas. Il lui faut le calme, un entourage familier, quelques visages seulement, quelques personnes assez proches de lui ou assez investies dans son travail pour qu'il puisse émerger de sa solitude épuisante en leur compagnie, en faisant le commentaire critique de la soirée.

Nous fonçons, donc, vers la sortie. Nous sautons dans la voiture dont le moteur tourne déjà.

Adieu, Maracanàzinho! A cet instant précis, je me souviens d'une photographie que l'on peut voir dans l'appartement de la place Dauphine, à Paris, ce rez-de-chaussée que Simone Signoret a baptisé « la roulotte ». On y voit la foule moscovite massée au stade Ouljniki, pour écouter chanter Montand, en 1956. C'est une photo prise d'en haut et Montand est tout petit, sur la scène immense, devant l'immense foule.

C'est une image très prenante où se résume pour moi, non seulement l'inévitable solitude du chanteur de foules, mais aussi l'au revoir de Montand au peuple russe et son adieu au mensonge du régime qui le domine et le rend muet.

Alors, à l'hôtel, pendant que Montand se change, car on va aller fêter cette soirée triomphale, la dernière représentation au Brésil, je vais un instant dans ma chambre. Sur ma table, il y a un exemplaire de *La Nostalgie* de Simone Signoret (*... n'est plus ce qu'elle était*, bien sûr : c'est le titre complet; mais sans doute le livre est-il assez connu pour qu'on me comprenne avant même que je l'aie cité en entier!).

La Nostalgie m'accompagne pendant ce voyage, c'est bien normal. Il a du mérite, d'ailleurs. On aura compris, par ce masculin apparemment intempestif, que je parle du livre, pas du sentiment. La nostalgie, elle, ne m'accompagne pas du tout. C'est plutôt la joie qui m'accompagne, pendant ce voyage. La nostalgie, c'est pour plus tard.

Il a du mérite, quoi qu'il en soit, ce livre, de m'accompagner. Car c'est une édition de poche et on ne peut guère en féliciter les fabricants. L'encollage ne tient pas et le livre s'en va en morceaux. J'y mets un élastique autour, pour ne pas en perdre des pages. Sauf quand je suis en train de lire, bien entendu. Maintenant, par exemple, je viens d'enlever l'élastique et je cherche les pages où Signoret raconte le voyage à Moscou, en 1956. Je les trouve aussitôt, je connais très bien ce livre. C'est bien normal, je l'ai vu s'écrire. Je l'ai vu naître, prendre forme, prospérer, proliférer.

Aujourd'hui encore, il m'arrive quelquefois de tomber sur des gens qui, le sourire entendu et en coin, me disent : « Allez, va entre nous : ce n'est pas vraiment Simone qui l'a écrit, dis-le! » Je pouffe de rire. Car je sais bien que c'est Simone qui l'a écrit, tout seule. Comme une grande. Je sais qu'elle a dit toute la vérité à ce sujet dans *Le lendemain (elle était souriante)*. J'ai lu *La Nostalgie* de Simone Signoret, chapitre par chapitre. Parfois page par page. Je l'ai lu à Autheuil-sur-Eure, à Paris, à Saint-Paul-de-Vence. Et je me vante d'être le premier à lui en avoir prédit le succès. Je lui ai même un jour proposé un marché, qu'elle a refusé, superstitieuse, en touchant du bois. « Chaque fois qu'il y aura cent mille nouveaux exemplaires de vendus, je t'autorise à m'inviter à déjeuner dans un restaurant de luxe », lui ai-je dit. Si elle avait accepté ce marché, elle me devrait plus de dix déjeuners luxueux. Mais elle n'a pas voulu écouter ma proposition. Je ne pense pas que ce soit par avarice. Je pense plutôt qu'elle n'aime pas tellement les restaurants de luxe.

Je suis dans ma chambre du *Méridien*, à Rio de Janeiro. A mes pieds, vingt et quelques étages plus bas, l'océan ourle d'écumes pâles la plage nocturne. Je lis la page de *La Nostalgie* où Simone décrit le stade Ouljniki de Moscou : « Vingt mille personnes, dont au grand maximum deux mille reçoivent les subtilités de votre interprétation. Trois mille les perçoivent. Les quinze mille autres font confiance à leurs copains et à la sono. Elle était admirablement équipée. Vingt mille personnes pendant trois jours et qui vous aiment, vous aiment, vous aiment... »

Je lève les yeux, je regarde la nuit scintillante de Copacabana.

En somme, Montand ne m'avait pas attendu pour mettre au point son langage universel. Ça marchait déjà, en 1956. Pourtant, je ne l'avais pas encore vu sur une scène, à cette époque-là. Je ne le connaissais même pas. Et ça marchait sans moi, sans mon regard, sans mon oreille attentive, mon amitié. En somme, je ne lui sers à rien : voilà une bonne leçon de modestie.

En 1956, je n'avais pas encore vu le stade Ouljniki. Mon premier voyage en U.R.S.S n'a eu lieu que deux ans plus tard. Le jour où j'ai visité le stade, d'ailleurs, personne n'y chantait. On y jouait au hockey sur glace, si je me souviens bien. Mais je ne sais plus si c'était en 1958, ou bien deux ans plus tard, en 1960, lors de mon deuxième, et dernier séjour officiel en Union soviétique. Cette fois-ci, la dernière, j'avais pris en famille mes vacances de dirigeant communiste espagnol. Ma femme m'accompagnait, et ma belle-fille, Dominique. Nous étions allés en Crimée, à Phoros. Le paysage était superbe. C'est là, sur le territoire de cette maison de repos, que s'élevait la *datcha* où Maxime Gorki venait passer l'hiver, les dernières années de sa vie. Sans doute parce qu'il ne pouvait plus aller à Capri.

Jusqu'à ces dernières semaines, j'ai pensé naïvement que la maison de vacances officielles de Phoros était un endroit chic. Un haut lieu de la Nomemklatura. Le fait d'y avoir eu comme voisins, cette année-là, Dolores Ibarruri, « la Pasionaria », et Santiago Carrillo me confirmait dans cette idée. Mais ce n'était qu'une illusion. Je viens de prendre une autre leçon de modestie. Dans *Les Enfants modèles*, Paul Thorez écrit, en effet, à propos de Phoros, que « cette résidence ne répondait pas au traitement de chef d'Etat réservé à des invités tels que mon père. Elle correspondait à un bon cran de moins dans la hiérarchie ». Et il ajoute, un peu plus loin, qu'elle était fréquentée « par des dirigeants étrangers n'ayant pas officiellement accédé au rang des géants qui font l'histoire ».

Pour ce qui me concerne, cela ne me surprend pas.

Même aux pires moments de narcissisme je ne me suis jamais pris pour un géant qui fait l'histoire. D'ailleurs, le fait qu'ils m'aient envoyé à Phoros, et non dans l'un quelconque des autres lieux de vacances pour vrais géants que cite Paul Thorez, prouve bien que les Soviétiques étaient clairvoyants : ils devinaient déjà que je finirais mal. Mais qu'ils y aient envoyé aussi « la Pasionaria », qui finira en odeur de sainteté, et qui a toujours été considérée par les bréviaires d'usage courant comme une géante ayant fait et défait l'histoire, je trouve ça plutôt cavalier.

Pour un peu, j'aurais un sursaut de révolte nationale, de patriotisme posthume de parti. Que s'imaginent-ils, ces Français? Qu'ils passent toujours en premier, sous tous les régimes? La France, fille aînée de l'Eglise et du Komintern, sucessivement?

De toute façon, il faut bien penser que cette radicale différence de traitement entre Thorez (Maurice) et Dolores Ibarruri est une preuve supplémentaire de l'intérêt particulier que les dirigeants russes ont toujours accordé au P.C.F., pièce maîtresse de leur dispositif stratégique de pénétration en Occident.

Mais on interrompt mes mauvaises pensées. On frappe à la porte de ma chambre, en effet, à Rio de Janeiro. Montand est prêt, nous allons dîner.

Plus tard, beaucoup plus tard, nous fûmes de nouveau seuls.

Le dîner avait été gai, bruyant, généreusement arrosé de *caipirinhas* – boisson à base de rhum blanc, comparable aux *mojitos* cubains – et il s'était prolongé fort avant dans la nuit. C'était dans un restaurant typique. Vraiment typique, je veux dire. Un restaurant pour Brésiliens, autrement dit. Pas un lieu typiquement brésilien pour touristes facilement éberlués. C'était aussi un restaurant populaire, dans tous les sens du mot.

Montand y fut donc accueilli avec chaleur. Dont nous profitâmes aussi, bien entendu. Les gens étaient heureux, ils saluaient Montand de loin, ou bien venaient lui dire un mot gentil, brièvement, sans trop l'importuner. Ils étaient contents d'être là, qu'il fût là. C'est ce qu'on appelle la popularité, sans doute.

Une semaine plus tard, à New York, le même phénomène allait se reproduire. Avec plus de force encore qu'à Rio. Plus d'émotion aussi. Ce fut après l'une des premières représentations au Metropolitan Opera. Jane Hermann, directrice de l'Opéra, nous emmena dîner dans un restaurant proche du théâtre. *The Ginger Man*, dans la 64ᵉ Rue. A l'entrée de Montand, la salle se mit à applaudir, longuement. Ensuite, lorsque vint le moment de demander l'addition, une délégation de garçons s'approcha pour dire à Montand qu'il n'y avait rien à payer, que le personnel du *Ginger Man* était heureux et fier de l'inviter à dîner avec ses amis.

Jane Hermann souriait. Elle était fière de cette fierté de ses compatriotes. On était tous très bien et très contents en somme. Un peu émus, même. Moi, du moins, j'étais un peu ému. J'aime beaucoup qu'on aime bien mon copain.

Plus tard, encore plus tard, à Marseille, lorsque j'ai visité avec Montand les quartiers misérables (comment les qualifie-t-il dans son livre de souvenirs. *Du soleil plein la tête?* Il les appelle « nauséabonds ». C'est exactement ça : nauséabonds) de son enfance misérable, j'ai pensé à cette soirée au *Ginger Man*. Montand me montrait les petits cinémas où il allait voir les films de Fred Astaire, où il rêvait d'une Amérique ouverte et pionnière, Eldorado des émigrants audacieux, et je me souvenais du *Ginger Man*. De la petite foule de dîneurs new yorkais éclatant en applaudissements spontanés à l'entrée de ce grand type qui venait de les charmer, de les bouleverser, dans l'immense nef, auguste entre toutes, du Metropolitan Opera. Je pensais au chemin parcouru, au rêve réalisé, à la fable devenue réalité fabuleuse.

Mais ne brûlons pas les étapes.

Nous ne sommes pas à Marseille, pas encore. Nous ne sommes même pas au *Ginger Man* de New York, c'est pour la semaine prochaine. Nous sommes à Rio de Janeiro, où la nuit commence à prendre du plomb dans l'aile.

Nous étions seuls, donc. Catherine était allée écouter de la musique avec les Halfin, José et Maria-Alice. Halfin était le promoteur de la tournée au Brésil. Bob Castella, imperturbable et discret, comme toujours, dans le bonheur de cette soirée réussie qui lui faisait pourtant pétiller le regard, était allé se coucher. Charley Marouani aussi. Il y avait tout intérêt, d'ailleurs, car pour célébrer la victoire éclatante de Maracanàzinho, Charley avait mis les *caipirinhas* au défi de lui résister, tout au long de la soirée. Ce qui prouve qu'il était très heureux, lui aussi, malgré l'apparente désinvolture nonchalante qui fait partie de l'élégance personnelle de son comportement.

Nous étions seuls, Montand était détendu.

Le lendemain était jour de repos. Nous ne nous envolions pour New York qu'à la nuit tombée. Il s'accordait quelques heures de détente, de laisser-aller. Pas trop, cependant. Dès le lendemain, j'en étais persuadé, il recommencerait à préparer dans sa tête, ses muscles et son imagination, la grande première du MET de New York, qui aurait lieu une semaine après, le 7 septembre. Et qui serait inévitablement le sommet de cette tournée mondiale.

Un pari à quitte ou double.

En attendant, à Rio par les baies vitrées, au bout de l'horizon océanique, une ligne grisâtre commençait à plomber l'aile de jais de la nuit tropicale. La bière était fraîche. Nous parlions, de manière décousue.

Montand m'a posé des questions sur les gens que j'avais rencontrés. Je lui ai parlé de Fernando Gabeira. Tu te souviens de la soirée, chez toi, à Autheuil, avec Régis? Quand on a parlé de Cuba, de la guérilla? Il s'en souvenait. Très bien, même. Je lui ai dit comment ce souvenir m'était revenu, brusquement, à Maracanàzinho. Nous avons parlé de Régis. Puis, je lui ai raconté mon entrevue avec « Lula », le dirigeant syndical des métallurgistes de São Paulo, qui se présentait aux élections. A São Paulo? Et pourquoi je n'y suis pas allé avec toi? me demande-t-il. Pour un peu, il m'en voudrait d'y être allé tout seul, à cette entrevue. Mais tu répétais avec les musiciens, je lui dis. Il hoche la tête, il se sent quand même frustré. Il veut que je lui raconte l'entrevue par le menu détail.

Ensuite, nous avons fait ensemble un bilan de cette première étape de la tournée, en commentant les extraits de presse, déjà fort nombreux.

YVES MONTAND, COM MUITO PRAZER

C'est *O Estado de S. Paulo* qui rend compte du spectacle dans cette ville. Et le critique, Rubens Ewald Filho, écrit : « ... le *show* de Montand fut une leçon de simplicité et de professionnalisme. Avec un minimum de moyens, quelques effets de lumière, un petit orchestre, un microphone sur pied, un seul changement de costume (pour, dans la partie finale, reprendre son classique ensemble marron), le spectacle de 90 minutes a toujours été passionnant. » Et le journaliste ajoute un peu plus loin : « Même celui qui ne comprenait pas le français était capable de suivre les chansons grâce à la présence charismatique du *show-man.* » (En anglais dans le texte, bien sûr, ce dernier mot.)

MONTANT, O MELHOR DO MOLIÈRE

C'est la *Folha de S. Paulo*, parlant du même récital de Montand, en ouverture duquel furent remis les prix Molière de théâtre. Toute la page est consacrée à la soirée. On y trouve un éditorial : « Yves Montand a magnétisé les privilégiés qui remplirent le Teatro municipal... », et un compte rendu critique de Pepe Escobar, où il est dit, en particulier : « Mais les moments vraiment sublimes du spectacle s'articulent sur l'espace poétique, lorsque Montand rêve. Dans *Les Bijoux »* (tiens, tiens! en voilà un qui confirme mon point de vue!), « un suave commentaire musical de Léo Ferré ponctue l'univers de Baudelaire, flottant à la dérive sur une mer argentée, pendant qu'une conscience immobile réfléchit le battement monotone des vagues. Assis sur une chaise au milieu de la scène, une lumière ténue sur le visage, Montand nage entre les mots fluctuants comme dans un océan rythmique, nous donnant à voir un paysage pictural, poétique et musical. »

MONTAND, C'EST FORMIDABLE

C'est sous ce titre en français que l'hebdomadaire *Manchete* publie un reportage sur la soirée à Brasilia. « Lorsque Montand chante *Les Feuilles mortes »,* ajoute le journaliste, Alexandre Garcia, « la salle applaudit debout, pendant cinq minutes. »

A GRANDE NOITE DE YVES MONTAND

C'est le *Jornal de Brasilia*, présentant en première page une série de papiers sur le spectacle de Montand au théâtre national Villa-Lobos.

Et je pourrais continuer ainsi, longtemps. Il y a de quoi

remplir des pages et des pages, avec des articles de la presse brésilienne qui ne sont pas seulement élogieux, c'est le moins qu'on puisse dire, mais aussi pertinents. Intelligents. Sensibles. Je ne vais pourtant pas abandonner maintenant la plume pour une paire de ciseaux et un pot de colle, ou un rouleau de ruban adhésif transparent (c'est la façon de dire « Scotch » en français, longuement, avec trois fois plus de mots, si on tient à rester puriste, à réagir contre le fameux impérialisme culturel que vous savez!).

Pour finir en apothéose, et avant de parler d'autre chose, je montre à Montand un long papier qui lui a été consacré par la revue *Nova*, en juillet 1982, un mois avant son arrivée au Brésil. L'auteur en est Rodolfo Konder, qui est le frère de Leandro, bien sûr. Enfin, cette certitude n'est peut-être pas partagée par tout le monde. Moi je sais que Rodolfo et Leandro sont frères parce que je connais bien ce dernier, Leandro Konder. C'est un vieil ami. Je veux dire, il est jeune, mais nous sommes amis depuis longtemps. J'ai connu Leandro Konder à Paris, il y a bien des années. Il était en exil. Il est venu un jour chez moi, il voulait enregistrer un entretien. Je l'ai trouvé sympathique, mais je ne savais pas qui il était. Et puis je n'avais pas envie de parler, ce jour-là. Pas envie d'écrire, non plus, si je me souviens bien. C'était un jour morne. Mais Leandro Konder ne s'est pas découragé, il m'a envoyé ses questions, je n'avais qu'à y répondre par écrit. Des mois plus tard, n'ayant toujours pas son interview, malgré de nombreux appels téléphoniques en provenance d'Allemagne fédérale qui devaient lui coûter un maximum, Leandro m'a envoyé un petit mot me menaçant avec humour de faire tout seul les réponses à ses questions. « Je vais vous faire dire, ajoutait-il, que vous êtes admirateur de Georges Marchais. » Du coup, comme il m'avait fait rire, il a eu son texte.

J'ai retrouvé Leandro Konder à Rio de Janeiro. Il est

rentré dans son pays lui aussi. La veille de cette longue nuit de conversations avec Yves, Leandro Konder et Carlos Nelson Coutinho avaient dirigé un débat, à l'université, auquel j'avais été invité. Carlos Nelson m'avait donné un exemplaire de l'un de ses essais : *A democracia como valor universal.* (Inutile de traduire ce titre, n'est-ce pas? C'est clair. C'est même percutant.) Il y avait mis une forte belle dédicace, qui y est toujours et que je garderai pour moi.

Rodolfo Konder, le frère de mon ami, Leandro, avait écrit dans *Nova* un très long papier qui s'intitulait : *Yves Montand, un héros du XXe siècle*. Sa vie et sa carrière y étaient retracées, en mettant l'accent, comme ce titre le laisse supposer, sur la signification politique – ou publique, si l'on préfère un sens plus large – de l'une et de l'autre.

Car Montand est un personnage politique. Et non seulement en France. Il suffit de se promener un peu à travers le monde avec lui pour constater à quel point l'impact de sa personnalité, de ses prises de parole et de position, dépasse largement l'univers strict du spectacle.

C'est à Washington, quinze jours après cette nuit de conversation nocturne sur l'océan muet, mais qui commençait à blanchir d'écumes de l'aube, de Copacabana, que cette stature publique ou politique de Montand m'est apparue le plus clairement.

Et c'est à l'ambassade de France à Washington.

Le mardi 14 septembre 1982, en effet, M. Vernier-Palliez, ambassadeur aux Etats-Unis, donna une réception en l'honneur de Montand, dans sa résidence de Kalorama Road, après le récital au Kennedy Center. Sans doute y a-t-il toujours des anecdotes à raconter, lorsque Yves participe à ce genre de réceptions. Mais je n'en raconterai pas, cette fois-ci. Soyons sobres et allons à l'essentiel. Ne racontons même pas la mésaventure de cette jeune photographe, trop peu cinéphile ou trop *shootée*, qui s'obstinait à vouloir lui tirer le portrait avec Jane Hermann, la directrice du MET de New York, qu'elle prenait pour Simone Signoret. Rien ne pouvait lui faire comprendre qu'il y avait erreur sur la personne.

L'essentiel eut lieu à la fin du repas par petites tables, au moment des toasts. Bob Castella et moi-même étions assis à la table de Montand et de l'ambassadeur. Je ne sais pas si le protocle avait prévu cette distribution des places, mais Montand nous avait d'office installés à sa table, encombrée de sénateurs et d'autres personnalités de la société washingtonienne. Dans ces circonstances-là, il a toujours besoin d'échanger un mot complice, ou un simple regard avec des complices. Bob Castella l'est depuis trente-cinq ans. Moi, depuis vingt. Ça commence à compter.

Et ce soir-là, justement, Montand profita d'un instant où ses immédiats voisins sénatoriaux avaient la bouche pleine et ne lui posaient pas de questions, pour me glisser, après un coup d'œil circulaire sur la salle brillante et bruissante, les mots suivants : « Si Mme Pluvier nous voyait ! »

Je pouffai d'un rire bref.

Mais c'est vrai que vous ne pouvez pas en faire autant : vous ne savez pas qui est Mme Pluvier. J'y ai déjà fait une fois allusion, mais fugitivement. Sans insister. Alors, comme M. Bernard Vernier-Palliez, ambassadeur de France, n'a pas encore pris la parole, comme nous avons encore une minute avant qu'il ne porte un toast en l'honneur de son illustre invité, je vais profiter de ce répit pour dire qui elle est.

Mme Pluvier – qui s'est parfois prénommée Bernadette, mais on lui connaît également d'autres prénoms – est un personnage inventé par Montand. C'est après 1956, si mon enquête a été rigoureuse, au moment où commençait la dérive qui l'a éloigné du continent glacial du communisme, que Montand l'a inventée. Mme Pluvier était – et elle l'est toujours, sans doute, malgré des doutes et des déchirements bien compréhensibles, qu'un autre illustre communiste, Louis Aragon, a mis en vers – une militante du P.C.F. Une simple femme, fidèle et généreuse. Courageuse et dévouée. Parfois, Mme Pluvier, ou la camarade Pluvier plutôt, apparaissait dans les récits de Montand comme secrétaire d'une cellule rurale de l'Hérault. Parfois elle était activiste de l'Union des femmes françaises. Ou encore journaliste d'*Antoinette*. Mais c'est presque toujours après un voyage de Mme Pluvier en U.R.S.S. que Montand la faisait parler, dans ses histoires toujours renouvelées.

Quand j'ai connu Mme Pluvier, en 1963, en même temps que son créateur, elle avait déjà à son actif plusieurs années d'aventures et de hauts faits (la vie d'un militant dévoué, même modeste, même anonyme à la limite, est en elle-même un haut fait, disait André Wurmser dans les récits de Montand). C'était à Autheuil-sur-Eure, le feu flambait dans la cheminée. (A la saison où les feux flambent et rougeoient dans les cheminées, bien sûr.) Et Montand ajoutait, les soirs de verve et de jeu, qui étaient nombreux (ô frères humains qui après nous vivrez, sachez que nous étions heureux en ce temps-là! Les uns célèbres et riches, les autres pauvres et inconnus; ou encore riches et inconnus, célèbres mais pauvres : toutes les combinaisons étaient imaginables parmi les hôtes d'Autheuil, qu'unissait, malgré les différences d'occupation et de passions, un très singulier rapport de tendresse et d'ironie; un « rapport de plaisanterie », aurait-on dit chez les Dogons, peuple sage parmi les sages, si j'en crois les ethnologues) et Montand ajoutait les soirs de liesse et de loisir de nouveaux épisodes à la vie riche en péripéties de Mme Pluvier.

Le morceau de bravoure en était la plupart des fois le récit qu'elle faisait par la bouche de Montand de son dernier voyage en U.R.S.S., au pays radieux du socialisme. Mme Pluvier avait réponse à tout, digne émule ou élève d'André Wurmser, Francis Cohen ou Georges Soria, pionniers des voyages organisés et enthousiastes. Untel se plaignait-il qu'il n'y eût pas assez de routes dans la campagne russe? Mais voyons, disait Mme Pluvier, c'est de propos délibéré! C'est pour préserver la beauté naturelle de la nature, pour obliger les kolkhoziens à l'exercice salutaire de la marche à pied, pour éviter la pollution des gaz d'échappement, que le pouvoir socialiste fabrique peu de voitures et construit peu de routes.

Ducon ironisait-il sur le fait qu'il n'y eût pas de presse d'opinion en U.R.S.S? Mais alors, répondait Mme Pluvier, quelle sotte exigence! La vérité n'est-elle pas une et indivisible? S'il y a en France des journaux de toutes opinions, c'est parce que le mensonge y est libre. S'il n'y avait pas notre chère et vaillante *Humanité* diffusée par les non moins chers et vaillants C.D.H., les masses laborieuses pourraient-elles connaître, ne fût-ce que partiellement, la vérité? Le jour où le socialisme aura triomphé en France, il n'y aura plus qu'une vérité : la vérité une et indivisible. Il n'y aura donc qu'un seul journal, *L'Humanité*. Et puis, le journal de nos camarades soviétiques ne s'appelle-t-il pas précisément *Pravda?* La vérité, précisément. C.Q.F.D., donc. Et pan sur le bec!

Mais à ce moment-là, José Artur intervenait fougueusement pour faire à la camarade Pluvier, cordialement mais fermement, une remarque indispensable. Cette expression, « pan sur le bec! », n'était-elle pas la preuve que la camarade lisait trop souvent *Le Canard enchaîné*, journal sans doute rempli d'informations plausibles mais dont il fallait filtrer, cribler, analyser dialectiquement le contenu, sous peine d'être contaminé par des attitudes petites-bourgeoises, anarchistes de droite, ou au mieux du centre? La camarade Pluvier devrait sans doute examiner sa conduite, à ce point de vue, d'un œil autocritique.

Et tous de rire bien sûr.

C'est ainsi, en souvenir de ces joyeuses journées, que l'un des personnages de *La guerre est finie* s'est appelé Bernadette Pluvier. Personnage épisodique, certes que jouait la comédienne Laurence Badie. A un certain moment, Diego/Montand – ou plutôt Carlos : Diego s'appelle encore Carlos, dans cette partie de l'histoire – Montand sonne à une porte du onzième étage d'une H.L.M. Une femme lui ouvre et Carlos/Diego prononce le mot de passe. « Je viens de la part d'Antonio », dit-il. Mais la jeune femme n'y comprend rien. Il s'avère ensuite qu'elle n'est pas Mme Lopez. Elle dit son nom, en regardant ce grand type un peu désorienté qui se tient devant elle. « Je suis Mme Pluvier : Bernadette Pluvier. » Et ne pensez pas tout de suite que je l'aie fait exprès, par mauvais esprit, de l'appeler Bernadette, comme une autre fidèle croyante, Soubirous celle-là, pas Pluvier, de son nom de famille. C'est vraiment par hasard. Ou alors par euphonie.

D'une façon ou de l'autre, si vous assistez un jour à une projection de *La guerre est finie*, au cas où ce film ressortirait dans quelque salle dite d'art et d'essai, et que vous entendiez à ce moment, dans le noir, un bref fou rire solitaire, soyez-en assurés : il y a dans la salle un familier de l'Autheuil des années 60.

Mais on n'aura pas manqué de remarquer, en écoutant cette brève évocation de Mme Pluvier, pendant que l'ambassadeur de France aux U.S.A., M. Bernard Vernier-Palliez, se prépare à porter un toast en l'honneur de Montand; vous aurez certainement remarqué que l'ironie avec laquelle nous avons traité ce personnage n'est pas dépourvue d'une certaine sympathie. Une certaine tendresse. Mme Pluvier nous faisait rire, mais nous ne la méprisions pas. Bien loin de nous cette idée. Nous estimions ses vertus militantes. Peut-être espérions-nous, au fond de nous-mêmes, que ses yeux se dessilleraient un jour, qu'elle continuerait d'être communiste sans être forcément aveugle. Ni stupide. Il y avait encore, en somme, une certaine dose d'espoir dans la façon de concevoir ce personnage, de la part de Montand. De nous tous.

Aujourd'hui, tout cela est bien fini.

Aujourd'hui, Montand n'inventerait plus Mme Pluvier. Aujourd'hui, si jamais il arrive à Mme Pluvier de revenir à la surface de la vie, c'est seulement comme un signe nostalgique d'un passé révolu. Ou alors, comme une imbécile. Dangereuse, de surcroît. Parce qu'aujourd'hui il n'y a plus aucun espoir. Plus aucune illusion à se faire sur la possibilité de réformer le système soviétique.

Personne n'a plus envie de rire, désormais.

Mais l'ambassadeur de France vient de se lever, de demander l'attention des nombreux invités réunis dans les salons de Kalorama Road.

Il fait un temps chaud, bientôt l'été indien sur le Potomac.

M. Vernier-Palliez porte un toast à Montand.

Je regrette de ne pas avoir pris avec moi le minuscule magnétophone – japonais, je m'en excuse – que je porte habituellement sur moi, pendant ce voyage à travers le monde. Mais le port du smoking ne facilite pas le port du magnétophone. Je l'ai laissé au *Watergate*, excellent endroit pour les magnétophones, par ailleurs.

Je ne puis donc pas reproduire textuellement les paroles de Bernard Vernier-Palliez. Mais elles étaient précises, chaleureuses. Elles insistaient sur le rôle public de Montand, sur le sens de son combat d'homme, d'acteur, contre l'injustice, l'intolérance. Elles rendaient hommage à un homme dont la France pouvait s'honorer.

Nos regards se sont croisés, une fraction de seconde (ô mec!).

Mais l'ambassadeur poursuivait. Il parlait des deux films de Montand qui lui paraissaient les plus significatifs, du point de vue tout au moins de son engagement d'acteur-citoyen.

Montand m'a fait un nouveau clin d'œil. Une sorte de salut rieur des paupières qui battent.

Je suis bien content.

Car je suis assis à la table de mon copain, ce mardi 14 septembre 1982, à l'ambassade de France à Washington, et les deux films que M. Bernard Vernier-Palliez vient de nommer, pour symboliser en quelque sorte non seulement la carrière cinématographique de Montand, mais aussi la signification politique qu'il lui a donnée, ces deux films, *Z* et *L'Aveu*, c'est moi qui les ai écrits.

N'y a-t-il pas de quoi être content?

Si je me souviens bien, l'écriture du scénario de *Z* ne posa aucun problème. Je veux dire : aucun problème esthétique ou politique. De ce point de vue-là, ça baignait dans l'huile.

Elle posa, par contre, des problèmes matériels. Costa Gavras, en effet, avait obtenu, à partager entre nous deux, une petite avance d'une grosse maison de production, dont je préfère oublier le nom. (Réflexion faite, je n'ai pas à le préférer : je l'ai vraiment oublié.) Mais une fois le scénario terminé, il fallut rembourser ladite avance, la grosse boîte en question l'ayant refusé. Comme le refusèrent toutes les autres maisons de production, petites ou grosses, françaises ou étrangères, auxquelles le projet fut soumis. Jusqu'au jour où Jacques Perrin, pressenti pour un rôle, découvrit le scénario et décida de tout mettre en œuvre pour monter la production de *Z*.

Il y parvint, mais c'est une histoire connue.

L'écriture en elle-même, disais-je, ne posa aucun problème. Elle fut aisée, rapide. Elle se fit dans l'allégresse.

Nous nous étions enfermés, Costa et moi, à l'automne 1967, dans une maison du Loiret que nous avaient prêtée des amis. Pourquoi pas à Autheuil, me direz-vous? La maison d'Autheuil est un endroit idéal pour travailler. Simone Signoret y a écrit la plus grande partie de *La Nostalgie...* Chris Marker y a concocté certains de ses *Commentaires.* Moi-même j'y ai terminé *La Deuxième Mort de Ramón Mercarder.* On y parle dans ce roman d'un tableau qui est supposé se trouver dans la maison des Mercader, à Cabuérniga. Un tableau longuement décrit, qui s'appelle *La Primavera.* En vérité, il se trouve à Autheuil. Et si le personnage fantasque qui l'a, dans le roman, ramené du Mexique, s'appelle l'oncle Luis, c'est sans doute parce que Simone rapporta ce tableau de là-bas, après qu'elle eut tourné avec Luis Buñuel *La Mort en ce jardin.* C'est du moins ce que j'ai toujours cru. Mais j'ai dû le rêver. L'oncle fantasque, j'aurais dû l'appeler Jacques, plutôt. Car c'est Jacques Becker qui a donné ce tableau à Simone.

Mais nous n'avons pas écrit le scénario de *Z* à Autheuil, nous l'avons écrit dans une maison du Loiret. Car nous voulions être vraiment seuls, Costa et moi, que rien ne nous distraie. Même pas ou surtout pas la curiosité chaleureuse de l'amitié. Seuls pour travailler pendant quatorze heures par jour, ce que nous fîmes.

Nous interrompions le travail à midi, pour aller déjeuner à Château-Landon. Tantôt au *Chapeau rouge*, tantôt au *Cheval blanc.* Dans l'un, Costa trouvait que les serveuses étaient plus accortes. Dans l'autre, le rapport qualité-prix, comme on dit, était plus adéquat à nos moyens de l'époque. Dans tous les deux, nous nous amusions bien, récapitulant le travail de la matinée, imaginant des solutions pour les séquences suivantes.

A la fin de la journée, nous faisions une seconde excursion à Château-Landon, pour y acheter la presse de Paris. Pour jouer aussi quelques parties de flipper au café de la place. Mais nous rentrions dîner à Villiers, où nous faisions nous-mêmes notre cuisine. Sur la route du retour, dans la ligne droite qui longe la ferme des Pithurins, Costa se livrait parfois à l'un de ses jeux favoris. Du moins à l'époque dont je parle, alors qu'il n'était point encore père de famille relativement nombreuse. Sans ralentir le moins du monde – et il roule habituellement plutôt vite –, il éteignait brusquement les phares de son automobile. La course aveugle, dans le noir, était impressionnante. La première fois, ne sachant pas que c'était un jeu, croyant qu'il était en panne d'éclairage, j'ai réagi vivement, en voyant qu'il ne ralentissait pas. Ensuite, je ne disais plus rien. J'ai même trouvé la meilleure parade contre l'inquiétude, au moment où la voiture aveugle fonçait aveuglément dans l'obscurité. Je fermais tout simplement les yeux.

A l'automne 1967, donc, nous avons écrit le scénario de *Z*. Puis, les maisons de production commencèrent à le refuser, les unes après les autres. A la fin de l'année, j'allai à La Havane, pour le Congrès culturel dont j'ai parlé.

De retour à Paris, en février 1968, je trouvai Costa Gavras pratiquement décidé à abandonner le projet de *Z*. Il ne le faisait pas de gaieté de cœur, certes. Mais il semblait bien que le film se révélait irréalisable, dans les conditions de la production française du moment. J'avais un roman en train, *La Deuxième Mort de Ramón Mercader* (qui ne s'appelait pas ainsi, d'ailleurs; qui avait pour titre provisoire *Le Cours des choses*), je m'y remis, donc.

Montand, pour sa part, après avoir tourné le film de Claude Lelouch, *Vivre pour vivre*, s'apprêtait à travailler avec Anouk Aimée, sous la direction d'André Delvaux, dans *Un soir, un train*.

J'ai eu quand même le temps de raconter à Montand, en détail, mes expériences cubaines, avant qu'il commençât à tourner avec Delvaux.

Et puis vint mai 1968.

Nous étions à Cannes, Costa Gavras et moi, au moment où le Festival du cinéma y commençait. Pas tellement à cause du festival lui-même. Mais Jacques Perrin, qui s'était enthousiasmé pour le projet de *Z*, y avait rendez-vous avec les représentants du cinéma algérien, Ahmed Rachedi et Lakdar Amina, pour essayer de monter une coproduction qui rendrait possible la réalisation du film. Le festival s'interrompit, à peine commencé, le jour où certains avant-gardistes, bien assagis depuis, s'accrochèrent au rideau de la grande salle de projection, l'empêchant de s'ouvrir sur un film de Carlos Saura. Mais l'affaire avait été conclue avec les représentants du cinéma algérien : *Z* sortait des limbes, allait devenir réalité.

Nous remontâmes à Paris, où se déroulaient les fastes d'un autre festival. Il y avait dans les rues, à la Sorbonne, à l'Odéon, aux Etats Généraux du cinéma, partout, plein de révolutionnaires. Mais il n'y avait pas de révolution. Il y avait des millions d'ouvriers en grève, mais il n'y avait pas de grève générale, la C.G.T. se chargeant de fractionner le mouvement, de l'atomiser en une cacophonie de luttes partielles. Il y avait surtout un parti communiste qui se trouvait devant une situation unique, inespérée : mettre en pratique sa stratégie proclamée de luttes massives, pacifiques, pour une démocratie élargie, pour une refonte structurelle profonde des institutions et des codes du pouvoir, et qui, au lieu de s'engouffrer calmement dans cette brèche ouverte, s'efforçait par tous les moyens de la nier, de la colmater, qui poussa un soupir de soulagement lorsque l'occasion lui fut donnée d'aller se faire battre piteusement à des élections anticipées. Spectacle passionnant, sans doute, mais spectacle, en fin de compte.

Pendant toutes ces semaines de Mai 68 où le discours fut roi, la parole maîtresse de la rue et des salons, des amphis et des cours d'usine, Montand ne dit rien. Il va d'un endroit à l'autre. Il observe, il écoute. Très attentivement. Mais dans le silence de cette écoute sont en train de germer des prises de position irrévocables. Le long travail – que l'on qualifie de « sourd » habituellement, alors qu'il est, bien au contraire, nourri d'écoutes multiples et passionnées de la réalité –, le long travail muet de la rupture avec la Sainte Famille du compagnonnage communiste est en train de s'achever. Il va être mené à terme pendant l'été et l'automne de cette année 1968. Après cette date, rien ne sera plus pareil pour Montand.

Il y a d'abord le tournage de *Z*.

Ecrit à l'automne 1967, on s'en souvient, le film n'est réalisé, à Alger, qu'après la tourmente de Mai 68. Bien entendu, nous n'avons rien changé au scénario. Pas une virgule n'a été ajoutée ou enlevée, pour essayer de coller à l'actualité de la révolte étudiante, des thèmes surgis de la profondeur d'une société française moins assoupie qu'il n'y paraissait.

Mais la secousse de Mai 68 a eu, sans doute, des conséquences directes sur l'impact social de *Z*. D'abord, parce qu'elle a fait sinon naître du moins cristalliser de façon durable un vaste public pour ce genre de films politiques. Réalisé avant Mai 68, au moment où le projet avait été conçu, *Z* n'aurait peut-être pas eu une influence aussi vaste et prolongée dans le public populaire.

Le tournage du film, quoi qu'il en soit, se réalisa à Alger dans les meilleures conditions. Il n'y a pas beaucoup à en dire. Les acteurs principaux, à commencer par Montand (qui donna au personnage historique de Lambrakis une aura qui le rendait présent tout le long du film, alors qu'il meurt au début de l'action, justifiant ainsi son titre – *Z* veut signifier : Il vit – sur le plan du travail de l'acteur également), faisaient le film en participation, parce qu'ils y croyaient. En plus, il y avait parmi eux, comme dans les films précédents de Costa, bon nombre de familiers d'Autheuil, de Georges Géret à François Périer et Marcel Bozuffi. Pour moi, donc, traverser la Méditerranée d'un coup d'aile, aller m'installer au *Saint-Georges* et assister le lendemain au tournage dans les rues, les places ou les maisons d'Alger, c'était un peu me retrouver en famille. J'y pouvais rencontrer tous mes copains. Une bonne partie d'entre eux, du moins.

Mais lorsque le film sortit à Paris, quelques mois plus tard, le 26 février 1969, le succès ne fut pas immédiat. Le nombre d'entrées de la première semaine fut plutôt réduit. C'est sans doute le bouche à oreille populaire qui fut décisif pour la carrière de *Z*. En tout cas, trois semaines après sa sortie – il y en aurait trente-six de projection ininterrompue – *Z* faisait le plein dans toutes les salles. Souvent, il était applaudi par le public, à la fin de la séance.

Ce succès massif, surprenant, provoqua des réactions curieuses. Significatives, d'un certain terrorisme culturel parisien.

Il y eut d'abord ceux qui nous accusèrent d'avoir fait un film commercial, d'avoir cherché délibérément à flatter les goûts du public. Ce qui était comique, cocasse même, c'est que certains de ces censeurs se recrutaient parmi les gens de la profession qui n'avaient pas osé produire le film, le trouvant précisément trop peu commercial. Trop politique. Par ailleurs, les mêmes gens, qui faisaient la petite bouche à propos de *Z*, ne cessaient de demander aux uns et aux autres de leur fabriquer des produits comparables. Jusqu'à ce que, pour finir, le « film politique » ne devienne, pour un temps, la tarte à la crème du cinéma français.

Il y eut aussi des critiques d'un autre genre. Nous attaquant « sur la gauche ».

Il faut dire que, battu dans tous les compartiments du jeu politique, battu sous toutes ses formes et toutes ses variantes – trotskistes, maoïstes, moscovites orthodoxes – le marxisme-léninisme connut dans l'époque d'après Mai 68 une sorte d'apothéose fantasmatique. Chassé de la réalité il s'appropria pour une période relativement longue les cerveaux des nouvelles générations universitaires. Si j'étais historien ou simplement curieux de la réalité culturelle de la France contemporaine, voilà une période passionnante et grotesque sur laquelle je me pencherais volontiers. Y dépister les bévues althussériennes, les bavardages garaudystes, les virevoltes des telqueliens, chevau-légers du matérialisme aussi bien dialectique qu'historique, serait bien gratifiant pour mes vieilles années.

Je me limiterai pourtant à signaler que cette peste marxiste-léniniste eut dans certains milieux de la critique et de la pratique cinématographiques de bien néfastes effets. Et tout d'abord celui d'introduire presque partout un langage obtus, abstrus, mais péremptoire. Terroriste, même, dans l'assurance tranchante de sa vérité.

Ainsi, la revue *Cinéthique* pouvait conclure, en octobre 1969, l'un de ses inombrables articles sur le rapport cinéma-politique, par les lignes suivantes : « Il est maintenant possible de définir le film *utile* au prolétariat : film matérialiste, film dialectique, film inscrit dans son histoire.

« Un FILM MATÉRIALISTE est un film qui ne donne pas du réel des *reflets* illusoires, qui ne donne pas de reflets du tout, mais partant de sa propre matérialité (écran plat, pente idéologique naturelle, spectateurs) et de celle du monde, les donne à voir dans un même *mouvement*... Un FILM DIALECTIQUE c'est donc un film qui se déroule en sachant (et en faisant savoir) par quel *procès* de transformations réglées une connaissance ou une représentation devient *matière écranique* et par quel autre *procès* cette matière filmique se transforme en connaissance et en représentation chez le spectateur... »

Sans doute pour ne pas avoir été au fait de vérités aussi évidentes, aussi simples à formuler et à faire passer, n'est-ce pas? dans la réalité de la production cinématographique, n'avions-nous pas réussi, Costa Gavras et moi, un film matérialiste-dialectique. Du moins, *Z* ne fut pas jugé digne de cette appellation contrôlée par les puristes de la Pensée correcte en matière de cinéma.

Nous n'en sommes pas morts, je dois dire.

Et d'autant moins que *Z* connut dans le monde entier un succès triomphal. Dans la partie du monde où il fut autorisé, en tout cas. Car *Z* fut interdit par la censure dans les pays de dictature militaire, de l'Espagne de Franco au Brésil des généraux golpistes, ainsi que dans les pays communistes. Mais, une fois de plus, il faut signaler une différence, à l'intérieur de cette double interdiction. Celle de la durée, du temps, qui ne semble pas jouer de la même façon à l'Est et en Occident. Dans les pays du bloc russe, en effet, *Z* n'a toujours pas été projeté. Par contre, bon nombre de dictatures militaires ont disparu, au cours de cette dernière période et notre film a été autorisé dans les pays en question. Dix ans après sa réalisation, parfois il y obtint encore la même répercussion qu'à ses débuts. En Espagne et au Brésil, en particulier.

Pour ma part – et j'imagine aisément que ce fut aussi le cas pour Montand et pour Costa – c'est la présentation de *Z* en Grèce, après la chute des colonels, qui constitue mon meilleur souvenir. Je l'ai déjà dit, mais je vais me répéter, pour le plaisir. Je vais encore une fois, ne fût-ce que fugitivement, évoquer le ciel bleu de l'hiver sur l'Acropole. Evoquer les salles de cinéma d'Athènes, murmurantes de sanglots et de rires populaires pendant la projection. Evoquer l'émotion de Costa Gavras, jeune Grec de la diaspora politique, lorsqu'il voyait son œuvre retourner à sa source éternelle. C'est ce soir-là, alors que nous mangions du poisson grillé, quelque part au bord de mer, tous les trois, qu'il m'est apparu que Costa Gavras ferait encore, sans doute, beaucoup de films importants, mais qu'il se devait à lui-même, et à nous aussi par la même occasion, de réaliser *son* film sur l'histoire récente de la Grèce : le film de *sa* mémoire adolescente remplie de bruit et de fureur. Tant qu'il n'aura pas réalisé ce film-là, ai-je pensé, son œuvre ne sera pas aboutie. Mais je n'ai pas fait que le penser, je le lui ai dit, bien sûr.

Quoi qu'il en soit, nous n'avions peut-être pas fait de *Z* un film « matérialiste-dialectique », « utile au prolétariat » selon les critères de *Cinéthique*. Tant pis pour nous, pensai-je, ce soir-là, aux environs d'Athènes, en 1974. Il suffisait sans doute que le film fût universel dans sa portée et populaire dans sa répercussion publique. Sans doute pouvions-nous nous contenter de cela, quelle que fût l'animosité chagrine des petits timoniers du marxisme-léninisme.

Mais *Z* n'était pas encore sorti dans les salles de cinéma, en France, le jour où Costa Gavras s'est présenté chez moi, tout feu, tout flamme. Il venait de lire *L'Aveu* d'Artur London. Il avait décidé de tout faire pour en faire un film. Il pensait que Montand devait tenir le rôle.

A ce moment-là (fin 1968), Montand était à Hollywood. Il y tournait avec Barbara Streisand *On a clear day, you can see forever (Melinda)*, un film de Vincente Minnelli.

Il n'avait pas chômé, Montand, au cours des derniers mois. Après le tournage de *Z*, en effet, il avait donné, en septembre 1968, une série de récitals à l'Olympia.

Son spectacle était un modèle de dépouillement, de rigueur. Alors que les vents de la mode soufflaient à Paris dans le sens de la contestation tous azimuts, de la politisation à outrance, après que les événements de Mai eurent élargi objectivement le marché de ce genre d'attitudes spectaculaires, Montand adopta l'attitude inverse. Il ôta de son répertoire toutes les chansons – même celles qu'il avait toujours chantées auparavant, comme *Quand un soldat* – qui auraient pu être prises pour des concessions aux nouveaux courants dominants.

Il s'en expliquait très clairement. Chanter *Quand un soldat* avait un sens au théâtre de l'Etoile, en pleine guerre française d'Indochine. Ça avait aussi un sens à Moscou, devant un parterre de militaires suffisants et galonnés. Par exemple. Ça n'avait plus du tout le même sens au moment où la guerre française d'Indochine était devenue guerre américaine du Vietnam. Comme le rappelait Montand : Même de Gaulle est contre cette guerre-là ! Il n'y a plus ni mérite ni risque à s'exprimer là-dessus. Laissons chanter à ce propos les chanteurs américains. Qui ne s'en privent pas d'ailleurs.

Donc, en septembre 1968, Montand chanta à l'Olympia quelques chansons de son répertoire de toujours. Et précisément, les chansons de toujours, les plus proches du cœur de la femme et de l'homme singuliers auxquels il s'adresse toujours; les plus éloignées des contingences extérieures, des péripéties de l'histoire immédiate. Et il chanta Desnos, Hikmet, Aragon, Apollinaire. Et Jacques Prévert, bien sûr.

Sans doute est-ce le moment de souligner ici une aptitude de Montand, une volonté de tracer sa propre vie, en dépit des pressions extérieures, de quelque ordre qu'elles soient. Son image publique, son répertoire, il les a élaborés, peaufinés lui-même. Il les a imposés au monde peu à peu, en jouant sur son instinct, son travail, sa capacité de contact réel avec le public. Dans son entourage, certes, et cela depuis ses débuts à Marseille, des hommes et des femmes lui ont prodigué encouragement et conseils. Il les a écoutés. D'ailleurs, Montand écoute toujours. Mais il en garde et il en laisse. Et dans le premier cas, il garde ce qui va dans le sens de son évolution propre, de sa marche en avant, de son désir profond de perfection ou d'enrichissement : il garde ce qui l'aide à devenir ce qu'il est. Ce qu'il aspire à être. A décidé d'être.

On a beaucoup parlé d'Edith Piaf, dans ce contexte. On a beaucoup suggéré, ou carrément affirmé, que c'est elle qui a modelé dans une glaise encore informe le monstre sacré de la scène qu'il devint au moment de leur liaison. Il y a, sans doute, un grain de vérité dans cette fausse légende. Car c'est vrai que Piaf a été importante dans la vie de Montand. Décisive, peut-être, à certains points de vue. En tant que chanteuse, en tant que femme, en tant qu'être humain.

Mais il faut se garder des banalités, des clichés, des superficielles déclarations à l'emporte-pièce dans ce domaine. On peut rappeler, en effet, sans être médisant, qu'Edith Piaf s'est occupée d'un certain nombre de jeunes hommes, dont beaucoup étaient chanteurs. Je ne sache pas, cependant, qu'aucun d'entre eux soit devenu Montand, quel que soit, par ailleurs, son talent. Je veux dire, aucun d'entre eux n'est devenu, dans son genre, avec son style propre, ce qu'est Montand : un maître. Un seigneur de la scène. J'y reviens, donc. Piaf a peut-être fait gagner du temps à Montand, par ses conseils, ses observations, ses colères. Par ses rires aussi, puisqu'il est évident que rire avec lui, même de lui, est l'une des meilleures façons, si ce rire est l'allié de la tendresse et de l'amitié, de se faire écouter par Montand. Mais elle ne l'a pas transformé. C'est Montand qui s'est fait lui-même, grâce à son fabuleux instinct de grand fauve du théâtre, grâce à son inépuisable capacité de travail dont l'une des facettes consiste, précisément, à savoir écouter les autres. Dès le jour où il a jailli, à dix-huit ans, sur la scène de l'Alcazar, pour chanter *Les Plaines du Far West*, qu'il chante encore, plus de quarante ans après, il était certain que Montand allait devenir Montand.

C'est sans doute plus loin, plus profondément, dans l'intimité de son être – dans un domaine, donc, où je ne me risquerai pas à trop m'avancer, d'abord parce que Montand tient à le préserver, étant pudique de nature; et ensuite parce que je répugne, comme tous ceux qui croient vraiment à l'essentielle vérité de la parole de Freud, à la psychanalyse de salon – c'est pourtant dans le domaine de son intimité masculine qu'il faudrait chercher les traces les plus profondes du passage de Piaf dans la vie de Montand. Ou *vice versa*, ne soyons pas sectaires : du passage de Montand dans la vie de Piaf.

Mais est-ce bien le moment pour explorer, même sur la pointe des pieds, le doigt sur les lèvres, le rapport de Montand avec Edith Piaf, et plus généralement, avec les femmes? La femme?

Ce n'est pas sûr du tout. Il est à Hollywood, en cette fin d'année 1968. Il soupçonne déjà que cette expérience cinématographique avec Barbra Streisand ne va pas être inoubliable. Il s'impatiente un peu. Il a hâte, sans doute, que je le ramène à Paris, pour la préparation et le tournage de *L'Aveu*, que j'entame enfin le compte rendu de cette époque cruciale de sa vie.

Pourtant, au risque de l'agacer, je vais en dire deux mots. Deux, pas davantage. L'occasion, peut-être, ne s'en trouvera plus. Profitons de celle-ci, qui se présente au détour d'une page.

L'univers féminin de Montand, ou plutôt, plus précisément, celui de sa masculinité adolescente, me semble dominé par deux figures de femme. Typiques, d'ailleurs, d'une certaine tradition méditerranéenne, rurale et catholique (ça fait beaucoup!) de la féminité. De la masculinité aussi, bien entendu. D'un côté, la figure de la mère, redoublée ici par celle de la sœur aînée. Figure mariale et matriarcale, paradigme de pureté. Mais paradigme aussi de sagesse, du moins de connaissance. Dès lors, une femme qui n'aurait rien à lui apprendre, qui n'aurait pas dans quelque domaine de la vie ou du langage – pris ici comme instrument général du maniement des réalités – une expérience plus grande, ou du moins différente de la sienne, risque fort de ne jamais intéresser Montand. Sur le long terme, j'entends.

La deuxième figure féminine est, bien entendu, celle de la « demoiselle de petite vertu ». Qui n'est pas forcément une professionnelle du charme. Qui peut être tout simplement une femme qui se donne, pour rien. Pour le plaisir. Ce qui est à la fois, dans cette tradition dont j'ai parlé, flatteur et suspect. Bien évidemment.

Mais Piaf, à ce moment où éclatent la jeunesse et le succès dans la vie de Montand, est en quelque sorte une synthèse, un condensé de ces deux figures féminines. Pourtant, elle ne peut être réduite ni à l'une ni à l'autre. Elle a la tendresse et le goût, quasi maternels, de lui apprendre ce qu'elle sait, elle a aussi l'audace de l'amante. Une femme libre, donc. Dans l'équilibre fragile, bientôt menacé, de ce rapport entre eux se joue certainement la sortie de la réclusion adolescente imaginaire, entre ces deux figures de femme.

C'est avec Simone Signoret, bien sûr, qu'il en sortira définitivement. Pour la vie. Pour les hauts, les bas, les miracles et les colères de la vie. Mais on commence à le savoir, depuis le temps.

C'en est assez, cependant.

Même si Montand ne s'impatientait pas à Hollywood, attendant que je reprenne le récit de la réalisation de *L'Aveu*, il faut bien convenir que je n'étais pas du tout parti pour vous parler de son rapport avec les femmes, la femme. J'étais parti pour vous rappeler l'autonomie de Montand, sa capacité de résister aux fluctuations de la mode, aux pressions extérieures de toute sorte, pour construire son propre itinéraire artistique. C'est dans ce contexte, par le biais de cette constatation, que Piaf est apparue dans notre histoire, petite silhouette touchante et fragile : inusable. Debout, les mains croisées, face aux lumières aveuglantes de la mort.

Il y a une période historique, celle de la guerre froide, de l'offensive à outrance du P.C.F. sur le front – comme on disait d'une voix claironnante – de la culture, où il est particulièrement intéressant d'analyser le comportement de Montand. C'était l'époque, faisons effort de nous en souvenir, où Louis Aragon, du haut de son pouvoir politique, exerçait la terreur dans les arts, les lettres, et même les sciences. Qui a oublié dans ce dernier domaine que son intervention tonitruante en appui des thèses de Lyssenko a été décisive, du moins en France? Qui a oublié le prix de reniements, de déshonneur, de mensonges, qu'elle a coûté? C'était l'époque des deux sciences, la bourgeoise et la prolétarienne, des deux cultures, des deux morales. On en était revenu au mot d'ordre classe contre classe, en somme.

Cette période, qui attendait, au-delà d'études partielles et de mémoires souvent partiales, son véritable historien, vient de le trouver. Ou plutôt, de *la* trouver, car il s'agit d'une historienne. Jeannine Verdès-Leroux, en effet, en a fait l'étude d'une main de maître. Ou de maîtresse, plutôt. *Au service du Parti : Le P.C.F. et les intellectuels*, qu'il m'a été possible de lire sur manuscrit, est un travail remarquable qui donne de l'ensemble de la période une vision aussi précise, et précieuse, dans le détail de ses analyses, qu'illuminante, lumineuse, quant à l'interprétation sociologique globale.

Pour en arriver à ce résultat, en plus du dépouillement de toute la littérature disponible, J. Verdès-Leroux a interrogé plusieurs dizaines de communistes, d'ex-communistes et de compagnons de route du P.C.F. Parmi ces derniers, Yves Montand.

« Artiste déjà célèbre, ayant conquis un très vaste public », écrit notre auteur, « et lui-même d'origine ouvrière (fils d'immigrés italiens, il avait brièvement travaillé en usine), Yves Montand avait certes assez de talent, de sens de son métier pour refuser de chanter des chansons ineptes que le parti lui proposait, mais il ne parvint pas totalement à se garder des “ leçons ” que lui faisaient des responsables : ce qui l'amena parfois (très rarement) à se censurer et, dans plus d'un cas, à s'inquiéter, à s'interroger sur le sens d'un succès, à se demander s'il ne s'était pas, tout compte fait, éloigné de la classe ouvrière... »

A l'appui de cette conclusion, J. Verdès-Leroux cite quelques extraits de l'entretien que Montand lui a accordé en juin 1980. Et qui corrobore toute sorte de commentaires qu'il m'a faits, au long des années, sur cette même question. Citons-le à notre tour.

« Je n'ai jamais totalement subi mais je me suis moi-même mutilé, autocensuré sur certaines choses, dit Montand. Exemple, la chanson *Luna-Park*, qui est une chanson éminemment populaire précisément : la joie simple et saine et réellement populaire de cet ouvrier qui, après le travail, allait s'éclater dirait-on aujourd'hui, à Luna-Park, ou bien ce jeune homme qui allait se promener à la fête foraine et qui voyait *Une demoiselle sur une balançoire*... Et l'argument qu'on m'a donné était : est-ce que tu ne penses pas que cet ouvrier, plutôt que d'aller perdre son temps à Luna-Park, ne devrait-il pas mettre plutôt son énergie et sa force au service de la révolution et de la classe ouvrière?... J'ai passé outre, j'ai continué à les mettre mais en ayant au fond de moi-même, quand j'étais sur scène, un sentiment de culpabilité, je me disais tu fais quand même une petite entorse là... Mais je me disais : merde! c'est quand même joli, non, c'est quand même amusant... Tout ça était vague dans ma tête et je passais outre. Et j'ai chanté *Sanguine*... Alors là! c'était vachement de l'érotisme, sacrilège, et en même temps, une volonté farouche de garder cette chanson-là contre vents et marées, malgré le parti... Par contre, j'ai supprimé *C'est si bon* que j'ai créé et lancé en Europe... Là je l'ai enlevé parce que c'était vraiment trop américain, c'était à ce point-là. Alors certains militants du parti ne me poussaient pas, ils me suggéraient... J'ai eu une chanson de Florimond Bonte sur Paris... Instinctivement, je le repoussais, ça me faisait rire, je trouvais ça complètement con, trop patronage... »

En somme, malgré un diffus sentiment de culpabilité passagère, Montand a tenu bon, contre vents et marées, face aux conseils et suggestions des responsables du P.C.F. qui étaient en rapport avec lui. Sauf dans le cas de *C'est si bon*. Peut-être parce que dans ce cas-là la pression a été plus forte, plus directe. Peut-être parce qu'il était plus sensible à l'argument retors et démagogique de l'anti-américanisme, à une époque où le malheur exceptionnel des Rosenberg fut si bien utilisé, manipulé, pour faire oublier en Europe le malheur massif, quotidien, des milliers d'innocents disparus au même moment dans les purges et les procès des pays de l'Est.

Quoi qu'il en soit, il est bien évident que, fort de cette expérience, il sera désormais difficile de prendre Montand dans l'attrape-nigaud des discours à l'emporte-pièce, et d'ailleurs sans lendemain ni cohérence interne, sur les méfaits de l'impérialisme culturel américain.

C'est ainsi, pendant qu'il s'occupait encore de la finition de *Z*, que Costa Gavras vint me trouver avec la proposition de porter *L'Aveu* de London au cinéma.

Je connaissais déjà Gérard, puisque tel était le pseudonyme d'Artur London sous l'occupation nazie, le prénom qui lui est resté pour ses familiers. D'ailleurs, je m'étais moi-même appelé ainsi, dans la clandestinité. Le jour où le responsable de la MOI, (Main-d'œuvre immigrée : organisation du Parti communiste pour les travailleurs étrangers), un camarade italien, devait décider avec moi quel allait être mon nom de guerre, il m'a dit : Tiens, tu t'appelleras Gérard! Ce n'est que bien plus tard que j'ai appris que c'est en hommage à London qu'il m'avait attribué le même pseudonyme.

J'avais croisé une seule fois, brièvement, Gérard-Artur London, à Paris. C'était en 1945, il revenait de Mauthausen, je revenais de Buchenwald. Il était physiquement plus atteint que moi, c'était visible.

Plus tard, lors du procès Slansky, je n'ai pas pensé à lui. D'abord, je n'ai pas aussitôt fait le rapprochement entre le vice-ministre des Affaires étrangères qui était accusé lors de ce procès, et le Gérard de la MOI que j'avais connu. Et puis, ces semaines-là, j'étais obnubilé par le cas de Josef Frank, mon copain de Buchenwald, l'un des pendus de Prague dont les cendres furent éparpillées sur la neige d'une route déserte.

En 1964, début avril, dans un ancien château des rois de Bohême, lors de l'une des dernières séances plénières du bureau politique du P.C.E qui allait nous exclure, Claudin et moi, de son sein maternel (la présence de la « Pasionaria » dans cet organe me permettant de qualifier ce sein au féminin, plutôt qu'au masculin), j'avais rappelé le cas de Josef Frank. Pour expliquer à tous ces fils dévoués de la classe ouvrière que je ne capitulerais pas devant l'esprit de parti, que je préférais désormais avoir raison tout seul que de me tromper avec eux – en fait, j'en étais arrivé au point de préférer même me tromper tout seul que d'avoir raison avec eux : mon erreur personnelle pouvant être source de réflexion, d'une marche en avant, alors que leur raison occasionnelle ne pouvait plus avoir que la rigueur cadavéreuse et mortifère du dogme – j'avais évoqué mon souvenir de Josef Frank. Au procès de Prague, en 1951, Frank avait été accusé de s'être mis au service de la Gestapo, au camp de Buchenwald. Il avait avoué ce crime. Or je savais que c'était faux, que c'était impossible, pour avoir travaillé à ses côtés pendant deux ans. Et je n'avais rien dit, à personne. J'avais gardé pour moi la vérité de ce mensonge, pour continuer à vivre dans le mensonge de la vérité communiste. Mais c'était fini, je ne recommencerais plus. Jamais plus.

Après mon intervention, Dolores Ibarruri, « La Pasionaria », eut une réaction insensée. Bien vite interrompue, d'ailleurs. « Mais pourquoi n'as-tu pas dit la vérité, à ce moment-là ? » s'est-elle écriée. Et puis elle est restée silencieuse, bouche bée, comprenant la stupidité de son exclamation. Si j'avais dit ma vérité, à ce moment-là, dans le parti, j'en aurais été exclu, bien sûr. Et elle aurait été la première à demander qu'on m'expulsât de l'angélique légion des militants. Elle s'est donc interrompue, a passé une main dans ses cheveux, pour en redresser une touffe rebelle, et la séance s'est poursuivie.

Quelques mois plus tard, à la fin de cette même année 1964, j'ai rencontré chez Jean Pronteau, boulevard Voltaire, Artur et Lise London. Ce fut une longue soirée terrible, pendant laquelle, d'une voix égale, monocorde, Gérard nous raconta tout ce qui lui était arrivé, démontant minutieusement le mécanisme des aveux. A la fin, c'est nous qui en avions le souffle court. La respiration coupée.

Je regardais Costa Gavras, quatre ans plus tard, et je me demandais s'il savait où il mettait les pieds. Il avait l'air de le savoir, du moins de le deviner. Je lui ai donc donné mon accord, d'emblée, pour travailler au scénario de *L'Aveu*. J'ai posé une seule condition, celle de signer tout seul l'adaptation et les dialogues. Costa a très bien compris que je ne demandais pas cela pour de stupides raisons de prestige, de place au générique. Mais parce que je voulais être vraiment autonome dans ce travail, en assumer toutes les responsabilités. Ecrire le film de *L'Aveu* était, en effet, bien plus qu'un acte cinématographique. C'était un acte politique.

Il n'y avait plus qu'à attendre le retour de Montand. Et sa réaction.

J'ai omis jusqu'à présent, par souci de clarté, pour donner de la perspective et du relief à ce récit, de parler de deux événements de cette période-là qui furent décisifs dans la vie de Montand.

Le premier d'entre eux, d'ailleurs, fut décisif non seulement dans la vie de Montand, mais aussi dans celle de très nombreuses personnes. Il s'agit, en effet, de l'invasion de la Tchécoslovaquie par l'armée soviétique, en août 1968.

Venant après l'expérience du mouvement de Mai – au cours duquel le rôle du P.C.F. fut tantôt ridicule, tantôt éhonté, mais toujours misérable –, l'occupation de la Tchécoslovaquie fut pour Montand un choc terrible. Le coup d'arrêt brutal au processus de démocratisation et de popularisation du socialisme réel entrepris par les communistes tchèques eux-mêmes, la « normalisation » et le rétablissement de l'ordre policier qui s'ensuivirent, tout cela provoqua chez lui une colère et un dégoût insurmontables. Désespérés mais définitifs.

Le long procès de rupture de son compagnonnage avec le Parti communiste arrive ainsi à son terme. Une nouvelle étape commence dans sa vie politique. Ou plutôt, comme je l'ai déjà indiqué, sa vraie vie politique commence maintenant.

On va bientôt s'en apercevoir, avec le tournage de *L'Aveu* et les polémiques qui en furent la conséquence.

Le second événement auquel je faisais allusion, c'est la mort du père. Et les effets des deux seront souterrainement liés, me semble-t-il.

Giovanni Livi, donc, meurt en octobre 1968, pendant que Montand se produit sur la scène de l'Olympia, à Paris. Il a soixante-dix-sept ans et sa vitalité a été quelque peu réduite, peu de temps auparavant, par une première attaque.

Il est difficile de faire allusion, dans l'objectivité inévitable de l'écrit, à la place qu'a occupée Giovanni Livi dans la vie de son fils Yves. Dans celle de tous ses enfants, d'ailleurs. Mais elle est immense. La figure du père, sans doute idéalisée, magnifiée du moins, étend son ombre, ou sa lumière tutélaire, sur tous ses descendants.

Une chose nous avait frappés, plus tard, ma femme Colette et moi, lors d'une conversation avec Montand. Nous avait littéralement sidérés. On y avait abordé je ne sais plus quelle question à propos de laquelle Montand hésitait à prendre une décision. S'agissait-il de son travail? D'un rôle qu'on lui proposait? Ou bien d'une décision plus intime? Je ne sais vraiment plus. Mais l'essentiel n'est pas là. L'essentiel est qu'à un moment donné, de l'air le plus naturel du monde, comme si ça allait de soi, Montand nous dit qu'il en avait parlé avec son père, qu'il l'avait consulté à ce propos.

Or son père était mort. Cette conversation se situe après la mort de Giovanni Livi.

Nous nous regardâmes, une fraction de seconde, Colette et moi, puis je demandais à Yves confirmation de ce qu'il venait de dire. « Mais oui », nous dit-il, avec le même naturel, « il m'arrive parfois de m'adresser à mon père. De lui formuler mes doutes, de lui exposer mes problèmes. C'est parfois en rêve, dans mon sommeil. Mais ça peut arriver aussi quand je suis réveillé. Je m'adresse à lui bien souvent, ça m'aide à y voir clair. »

Montand parlait calmement. Nulle ostentation, nulle volonté non plus de nous épater, de paraître original à tout prix, ne transparaissaient dans son attitude. Il parlait à son père, c'est tout, par-dessus la mort.

Nul besoin, sans doute, de faire de longs commentaires à ce sujet. Cette anecdote dit tout.

Ainsi, Giovanni Livi disparaît au moment où son fils va franchir d'un pas décidé le seuil de la rupture avec la Sainte Famille. La famille communiste, d'abord, à laquelle Montand appartient pratiquement dès sa naissance. De naissance, comme il l'a dit parfois. Et la famille tout court. Car les prises de position successives, et cumulatives, de Montand, à partir de l'automne 1968, vont briser, ou du moins fissurer, le noyau familial dans lequel il a toujours vécu, dont il s'est toujours entouré, dans cette communauté de la place Dauphine, qu'ont longtemps constituée Yves et Simone, leur fille Catherine, d'un côté, et puis Julien et Elvire Livi, leur fils Jean-Louis de l'autre, sans oublier Bob Castella, bien sûr, solide au poste, irremplaçable dans le tourbillon de cette

« roulotte » pleine de tendresses et de coups d'éclat. Jusqu'à l'éclatement.

Que se serait-il passé si Giovanni Livi avait encore vécu, au moment où la rupture de son fils avec le rêve de toute sa vie allait devenir évidente? Irréversible?

(Un souvenir surgit dans ma mémoire, fulgurant, comme il avait surgi dans celle de Montand, quand nous marchions vers la maison d'Allauch, à La Pounche, le mardi 14 décembre 1982. Il faut dire que la maison de Lydia, où nous allions déguster des ravioli incomparables, se trouve sur le terrain que Montand acheta pour ses parents, pour leur y construire une maison, quand il en eut les moyens. Une maison à eux, enfin. Plus tard, après la mort des vieux, Lydia vendit cette maison où elle n'avait plus ni l'envie ni le courage de continuer à vivre, et elle se fit construire un petit pavillon sur la partie du terrain qu'elle conserva.

Nous marchions, donc, Montand et moi, dans la fraîcheur tonique et transparente d'un hiver ensoleillé, vers la maison de La Pounche. Brusquement, il s'arrêta, il commença à me parler de son père. Il me raconta une promenade avec lui, longtemps auparavant. Très longtemps, même. Ils habitaient encore à La Cabucelle, impasse des Mûriers. C'était un dimanche, il était sorti avec son père et sa mère, *fare una passegiatta*. Giovanni Livi lui parlait de l'Union soviétique. La vie était meilleure, là-bas. Les travailleurs y avaient leur patrie. Giovanni Livi rêvait tout haut à la beauté, à l'égalité de cette société, là-bas. A ses progrès constants, aussi. A sa force croissante. Tu te rends compte, petit, disait Giovanni Livi, ils construisent pour l'éternité. Ils construisent des routes en acier. Montand, depuis quelques instants, s'était mis à parler en italien, comme son père devait le faire, autrefois. A cette époque lointaine de La Cabucelle où l'Union soviétique était belle, dans ses rêves de travailleur. *Ti rende conto, petit, fanno anche delle strade d'acciaio!* répétait Montand, en tapant du pied sur la route de La Pounche. Comme son père l'avait fait, sans doute, autrefois, quand l'illusion était encore ce qu'elle était.

Ensuite, Montand est resté silencieux. Il a hoché la tête, l'air absent, le visage grave. « Et puis, merde! » a-t-il murmuré. Et il s'est remis à marcher à grandes enjambées.

Voilà le souvenir qui m'est revenu, fulgurant, pendant que j'écrivais ces lignes.)

Que serait-il advenu, donc, si Montand avait eu à discuter avec son père à propos de *L'Aveu?* Sans doute serait-il allé jusqu'au bout de sa décision. Jusqu'au terme de la rupture. Ses raisons étaient trop graves pour qu'il s'arrêtât à mi-chemin. Rien, non, rien n'aurait pu l'arrêter, même pas la douleur ou l'incompréhension de son père.

Mais il est inutile de songer à un tel déchirement à un affrontement aussi douloureux. La mort de Giovanni Livi l'a rendu inimaginable. En quelque sorte, ce deuil privé a rendu plus aisé le travail du deuil politique. La mort du père, malgré toute la douleur qu'elle a entraînée, a rendu plus aisée la rupture avec la Sainte Famille.

Je ne sais pas si je m'aventure trop loin en supposant que Montand aurait préféré que son père approuvât, ou du moins comprît, ses prises de position de cette époque. Qu'il aurait préféré avoir son père à ses côtés, sur cette nouvelle route. D'un autre côté, il est sûr aussi que cette route des remises en question radicales ne s'ouvre vraiment qu'aux orphelins. Aux orphelins d'illusions et de certitudes, je veux dire. Orphelins de parti-père et de mère-parti autrement dit. Mais parfois, dans la véhémence de certaines formulations actuelles de Montand sur le communisme, par ailleurs totalement justes, d'une perspicacité étonnante, on a l'impression qu'il s'adresse à un interlocuteur invisible. Quelqu'un de proche, de trop proche peut-être, qu'il voudrait convaincre à tout prix. D'où la démesure, la colère désespérée des propos. Comme si l'ombre de Giovanni Livi passait à ce moment, pesante et floue, dans un coin ravagé de sa mémoire. L'ombre de son père, tapant du pied sur le sol, parlant d'une voix claire et haute. *Strade d'acciaio, figlio, strade d'acciaio !*

A quel point le rapport au père est fondamental pour les frères Livi, un épisode postérieur le montre bien, me semble-t-il.

En septembre 1977, *Le Nouvel Observateur* publia un entretien avec Montand, rédigé par Franz-Olivier Giesbert. Montand venait de tourner *La Menace*, sous la direction d'Alain Corneau. Nous avions connu ce dernier au moment de *L'Aveu*, précisément. Il était l'assistant de Costa Gavras à cette occasion. Ensuite en 1972, Alain Corneau m'avait aidé – en tant qu'assistant, directeur de production, coréalisateur, conseiller : en tant qu'irremplaçable homme-orchestre, en somme – quand j'avais réalisé moi-même *Les Deux Mémoires*, un film de montagne de documents et d'entretiens, avec des militants et des leaders politiques ayant participé à la guerre civile espagnole dans l'un et l'autre camp. D'où son titre.

Corneau avait obtenu une autorisation provisoire pour tourner en Espagne un documentaire sur je ne sais plus quel sujet, autorisation qui nous avait permis d'introduire équipe et matériel, le général Franco était encore en vie et au pouvoir, pour filmer des entretiens à Madrid et à Barcelone. Tout se déroula sans accrocs, grâce en grande partie au talent d'organisateur d'Alain Corneau.

Je dirai pourtant, quitte à provoquer l'un de ces éclats de rire tonitruants et juvéniles qui le caractérisent, qu'Alain Corneau combla tous mes espoirs d'une autre façon encore. C'était dans le sud de la France, pendant la préparation du tournage. Nous quittions Toulouse, en voiture, aprés avoir établi avec les responsables de la C.N.T. espagnole – Confédération des syndicats anarchistes – la date et les termes des entretiens prévus, dont le tournage devait se faire quelques semaines plus tard. Nous devions aller à Biarritz pour y rencontrer l'un de mes amis, Lucio Losa, ancien militant communiste dont la mémoire stricte et vivante recèle des trésors, tragiques ou bouffons, comme ceux de toute mémoire communiste honnête. Ou plutôt ex-communiste, la précédente formulation étant antinomique par essence.

Quoi qu'il en soit, nous allions de Toulouse à Biarritz, par la route. J'ai regardé ma montre, au départ, et j'ai dit à Alain, sans doute avec une visible résignation attristée : « On va arriver trop tard. » Il n'a pas compris tout d'abord de quoi il s'agissait, puisque le rendez-vous avec Losa n'était prévu que le lendemain. « Non », lui ai-je expliqué, « trop tard pour la retransmission de la finale de la coupe d'Europe des clubs champions. » Ça se jouait ce soir-là, en effet, et ça se jouait entre l'Inter de Milan et l'Ajax d'Amsterdam. (Seigneur, quelle nostalgie! Au moment où s'effondrent les Verts de Saint-Etienne, tétanisés par les rancœurs et le rancunes provinciales, quelle nostalgie de se souvenir de l'Ajax de la grande époque!)

A voir l'expression d'Alain Corneau, au moment où je lui parlais de cette finale, j'ai compris que le football n'était pas sa préoccupation principale, c'est le moins qu'on puisse dire. Il a hoché la tête, sans faire aucun commentaire, pourtant, a regardé sa montre et a mis le moteur en marche. Quelques heures plus tard, à l'instant précis du coup d'envoi du match, j'étais à Biarritz, devant un poste de télévision, dans le salon de l'hôtel. Je n'ai jamais vu quelqu'un conduire aussi vite et aussi bien sur une aussi longue distance.

Montand, donc, venait de tourner avec Alain Corneau, avec qui il aura fait jusqu'à aujourd'hui trois films, et il s'apprêtait à tourner avec Joseph Losey, avec qui il ne travaillera sans doute plus jamais. Et le 19 septembre 1977, *Le Nouvel Observateur* publiait un entretien avec lùi de Franz-Olivier Giesbert.

Les questions abordées étaient d'ordre essentiellement politique. A l'une d'entre elles, sur le pourquoi et le comment il était devenu compagnon de route du P.C.F., Montand répondait : « Une question de milieu. J'étais communiste de naissance, d'une certaine façon. » Ensuite, il parlait de son père, de l'exil de ce dernier, chassé de l'Italie fasciste, de son travail à Marseille. « Il travaillait dix à douze heures par jour dans une huilerie, ajoutait Montand. La journée terminée, tombant de sommeil, il allait apprendre le français au cours du soir. Pour s'élever, pour lutter. C'était ça, pour lui, le premier acte révolutionnaire. »

On retrouve bien, dans ces lignes, l'admiration et le respect pour son père que j'ai déjà soulignés. Et il ajoutait, pour terminer le portrait de Giovanni Livi : « Politiquement, il était plutôt socialiste, mais socialiste unitaire. »

Formule évidemment incomplète, ou peut-être incomplètement transcrite. Formule contradictoire, de surcroît, avec ce qui venait d'être dit. A tel point que ça aurait dû frapper le rédacteur de l'entretien. Comment, en effet, Montand pourrait-il être « communiste de naissance, d'une certaine façon », si son père n'avait été jusqu'à la fin de sa vie que socialiste, même unitaire?

Mais cette formulation, par laquelle Montand prétendait dire simplement que son père avait été socialiste avant de devenir communiste, avant de créer autour de lui ce « milieu » qui poussa tout naturellement son fils Yves à devenir compagnon de route, provoqua une réaction indignée, violente de Julien Livi, le frère aîné, qui écrivit une lettre sèche et péremptoire au *Nouvel Observateur*. Et c'est seulement parce que cette lettre a été publiée, qu'elle est du domaine public, que je peux me permettre d'en dire deux mots, bien entendu.

Je connais mal Julien Livi. Il serait même plus juste de dire que je ne le connais pas du tout. J'ai dû le croiser deux ou trois fois, place Dauphine, dans la « roulotte ». J'ai passé une journée avec lui, à Autheuil-sur-Eure, vers le milieu des années 60. Je sais donc de lui seulement ce que tout le monde sait : qu'il a été toute sa vie militant du P.C.F. et responsable syndical de la C.G.T., à un niveau élevé. Je me limiterai donc à constater son comportement dans ce cas précis, vis-à-vis de son cadet, en me gardant de tout jugement de valeur.

En m'en gardant d'autant plus que je sais par expérience personnelle combien les ruptures de ce genre, entre frères, sont fratricides, précisément. Mais dans mon cas. les rôles étaient renversés. J'ai un frère cadet, en effet, nul ne l'ignore, Carlos, qui a partagé avec moi, pendant des années, l'aventure communiste. Y compris dans la clandestinité espagnole, où nous avons travaillé ensemble, côte à côte. C'était, d'ailleurs, le meilleur compagnon de clandestinité que j'aie jamais eu. Mais Carlos a quitté le parti avant moi, à la suite du choc produit par une année 1956 riche en événements traumatisants : rapport secret au XXe Congrès, insurrections ouvrières en Pologne et en Hongrie. J'ai été plus long que lui, donc, à me libérer de l'aveuglement que provoque l'esprit de parti. Sans doute parce que ma place au sommet de la hiérarchie du P.C.E. m'a plus longtemps fait croire à l'illusion néfaste de la réforme des institutions du parti, d'une évolution positive en Europe de l'Est.

Quoi qu'il en soit, je sais par expérience, même si les

rôles en sont renversés – et d'autant mieux, peut-être, parce qu'ils l'ont été – comment fonctionne l'affrontement mortifère entre frères ennemis : la rage de voir se dresser contre vous, ou du moins face à vous, celui qu'on a le plus aimé, précisément! Et comme je le sais par expérience, parce que je sais aussi combien long est le temps de la cicatrisation de ces blessures-là, n'y mettrai-je point mon grain de sel. Me bornerai-je à relater des faits.

Donc, Julien Livi écrit au *Nouvel Observateur*, après la publication de l'entretien avec son frère. Il y a dans les trois pages de l'hebdomadaire consacrées aux déclarations de Montand, bon nombre de thèmes politiques, du passé et du présent, sur lesquels un militant responsable du P.C.F. et de la C.G.T. aurait pu réagir. Mais la lettre ne porte que sur la question du père. Tous les autres points sont passés sous silence.

Voici donc la mise au point de Julien Livi : « Monsieur Yves Montand dit que père aurait été *politiquement plutôt socialiste, socialiste unitaire*, ajoute-t-il.

« Cette affirmation n'est pas exacte.

« Père a été, dès les années 1920, dans son village de Toscane, l'un de ceux qui ont activement contribué à la fondation du Parti communiste italien.

« Cela lui valut d'être agressé et persécuté par les *chemises noires* de Mussolini et d'être combattu par les social-démocrates opposés à l'adhésion à l'Internationale communiste... »

Et ainsi de suite.

Je n'ai, bien entendu, aucun moyen de savoir à quel moment précis Giovanni Livi commença à militer pour la fondation du P.C.I. Mais, quel que fût ce moment, il avait été socialiste jusque-là. Comme tous les fondateurs du Parti communiste. Les communistes ne tombaient pas du ciel, même pas les pères fondateurs. Ils sortaient des rangs de la social-démocratie. Comme Lénine lui-même.

On ne pouvait pas être « communiste de naissance », à cette époque-là.

Par ailleurs, l'histoire de la fondation du P.C.I. est bien plus complexe que n'a l'air de le suggérer Julien Livi. Créé à Livourne, en effet, en janvier 1921, par une petite minorité de militants, le Parti communiste ne commence à exister réellement qu'en 1924, après la prise de pouvoir par Mussolini, lorsque la minorité de Livourne fusionne avec l'aile gauche du Parti socialiste, sur les conseils impératifs du Komintern. Jusqu'alors, le P.C.I. n'est qu'une petite secte confinée dans certaines grandes cités industrielles, tiraillée par des dissensions internes exaspérées, des discussions doctrinales plutôt abstraites.

Le deuxième paragraphe de la mise au point de Julien Livi est encore plus simplificateur. Il tend à suggérer, d'abord, que seuls les communistes furent persécutés par les « chemises noires », ce qui est historiquement faux. La terreur noire s'est déchaînée contre tous les militants des partis ouvriers et démocratiques. Giacomo Matteotti, dont l'assassinat en 1924 est en quelque sorte symbolique de cette terreur, n'était pas secrétaire du Parti communiste, que l'on sache, mais bien du Parti socialiste. Persécuté par les fascistes (à la tête desquels se trouvait son propre beau-frère, d'ailleurs, encore une histoire de famille!), Giovanni Livi le fut sans aucun doute. Jusqu'à être obligé de fuir son pays. Mais il l'aurait été tout autant, même s'il n'était pas devenu communiste.

Quant à dire comme le fait Julien Livi que son père fut « combattu par les social-démocrates opposés à l'adhésion à l'Internationale communiste », cela ne peut relever que de la plus extrême fantaisie. Et tout d'abord parce que les social-démocrates italiens adhérèrent, dès sa fondation, à ladite Internationale. C'est celle-ci qui n'en voulut pas, du moins en bloc, voulant épurer le Parti socialiste de son courant de droite, voulant imposer – c'était là le point essentiel du litige – à tous et à chacun l'acceptation des fameuses 21 conditions. Il faudrait vraiment qu'à Monsummano Alto se fussent donné rendez-vous les plus virulents partisans de la minuscule aile droite de Turati – dont d'ailleurs l'Internationale communiste ne voulait pas – pour que Giovanni Livi eût pu être politiquement combattu par des socialistes italiens.

Mais je ne crois pas qu'il faille chercher dans la politique, au sens large, ni même dans la conjoncture immédiate – quelques jours après la publication de l'entretien avec Montand et avant la mise au point de Julien Livi, se produit, le 23 septembre 1977, la rupture de l'Union de la gauche, qui provoquera une offensive en règle du P.C.F. contre la social-démocratie, précisément – la raison d'une aussi radicale attitude. Ce qui est en jeu, sans doute, obscurément, c'est le rapport à la figure paternelle. C'est la question de la filiation, de la légitimité de l'héritage. Qui parle réellement au nom du père? Qui le continue? Qui aura le droit de se prévaloir de son exemple?

On sait trop bien que ces questions-là n'ont jamais été résolues autour d'un tapis vert de discussion. Ni même autour d'une nappe blanche de repas dominical et fraternel. Elles l'ont toujours été dans la violence des affrontements passionnels. Où plutôt, elles n'ont jamais été résolues, d'aucune façon. Pas plus la mort du père que le meurtre de celui-ci ne les ont jamais résolues.

En tout cas, ce n'est que plusieurs années après la mort de Giovanni Livi que Montand cesse de s'adresser à lui. Ou plutôt, que son père cesse de lui répondre, de l'encourager avec ses *forza!, ses coraggio!* habituels, au cours de ces dialogues imaginaires où Montand s'adresse à lui-même par le truchement fantomatique de l'image paternelle.

L'événement, qui mérite d'être consigné, me semble-t-il, se produisit à Rome. En 1976, pour être tout à fait précis, alors que Montand y tournait *Le Grand Escogriffe*, de Claude Pinoteau.

Un jour mémorable, donc, au lieu de lui répondre, son père l'envoya rudement sur les roses. « T'es pas assez grand pour te débrouiller tout seul, maintenant? T'as encore besoin de moi à cinquante-cinq ans? Allez, va, débrouille-toi tout seul! » Et Montand se débrouille tout seul. Plus jamais, dès lors, n'a-t-il eu besoin de ce fantôme paternel. Plus jamais celui-ci n'est-il réapparu.

Mais j'en viens ou reviens à *L'aveu*, qui est à l'origine de toutes ces ruptures, véhémences et remises en question.

« C'était pour nous une très lourde responsabilité que de faire ce film et nous avons failli abandonner le projet », dit Simone Signoret, dans *La Nostalgie...*, en parlant de *L'Aveu*.

Personnellement, j'apporterai quelques nuances à l'affirmation de ma copine. Une lourde responsabilité, sans doute. On n'abordait pas – à l'époque, du moins, même si aujourd'hui cela prête à sourire : on en a vu d'autres! – un tel sujet dans l'insouciance, quand tous les membres de l'équipe qui s'apprête à le faire ont été, sinon communistes, du moins à gauche. Religieusement à gauche, de surcroît. Je veux dire : ayant pratiqué cette religion de gauche qui privilégie instinctivement certaines victimes et s'obnubile avec le même, très sûr, très aveugle instinct devant certains bourreaux. Objectivement, bien sûr, comme disaient le maréchal Staline et l'infinie cohorte de ses lieutenants.

La responsabilité, donc, était évidemment lourde. Le passage de l'écrit au filmé posait déjà, en lui-même, des problèmes. L'objectivité brutale, tranchante du moins, de l'image, en était un autre. Le fait aussi que la subjectivité de l'auteur ne pouvait s'exprimer dans le film, pour des raisons matérielles de la technique même de l'écriture filmique, comme elle s'était manifestée dans le livre, en était un troisième. Et pour finir, le fait même de raconter la vraie histoire d'un homme réel, qui existait réellement, qui était là, présent, bien vivant – malgré une santé médiocre, état attribuable pour parts quasiment égales à la déportation nazie et aux prisons socialistes – ayant donc son mot à dire, sa vérité à défendre, ses justifications à fournir, tout cela ne simplifiait pas les choses.

Nous étions obligés, en effet, Costa Gavras et moi-même, non seulement de respecter la matérialité des faits, leur lourde objectivité, ce qui était banal, allant de soi. Nous devions aussi tenir compte du regard qu'Artur et Lise London portaient sur ces faits. Regards qui n'était pas immobile, immuable, fixé une fois pour toutes. Qui pouvait varier selon les événements politiques, les avatars de la ligne du P.C.F. – qui avait « réprouvé » et puis « désapprouvé » l'invasion de la Tchécoslovaquie, mais qui approuvait, ou du moins se tenait coi sur la normalisation –, l'attitude générale du mouvement communiste international.

Je ne donnerai qu'un seul exemple de cette dernière sorte de difficultés.

Un jour, au cours de l'été 1969, alors que nous avions déjà terminé le scénario et le découpage du film, Costa Gavras me demanda de revenir d'urgence à Paris. Une question de dernière minute avait surgi avec les London. Ceux-ci, en effet, avaient formulé le souhait que le film trouvât sa conclusion à l'époque du XXe Congrès, en 1956. A une époque, donc, d'apparent espoir, au moment de la dénonciation prudente des crimes de Staline, de certaines réhabilitations de militants injustement condamnés. Il fallait, en somme, que le film eût une fin positive, comme on dit. Comme on disait, plutôt. Les fins positives, aujourd'hui, sont plus difficile à trouver que les merles blancs.

Je revins à Paris, nous discutâmes. Nous n'eûmes pas besoin de plus d'une demi-heure, je dois dire, pour convaincre Gérard et Lise London qu'ils nous demandaient l'impossible. Ils nous demandaient, en fait, de trahir leur témoignage, leur livre, leur douleur, leur tragédie, leur vérité, pour rester fidèles à l'idée fantasmatique de la positivité présumée de l'histoire du socialisme. Comment pouvaient-ils nous demander que le film restât en deçà et en retrait du livre, alors qu'il ne pouvait qu'aller plus loin?

Ils en furent rapidement convaincus, je le répète.

En fin de compte, et pour reprendre les termes de Simone Signoret, je veux bien admettre que notre responsabilité, dans le contexte de l'époque, ait été lourde. Par contre, nous n'avons jamais failli abandonner le projet. Du moins si ce *nous* concerne tous les concernés. Nous tous : Costa Gavras, Montand, moi-même. Si ce *nous* est un *je* déguisé, par contre, s'il ne concerne que Simone elle-même, il est alors parfaitement ajusté. C'est vrai que Simone a eu de graves doutes à propos de ce projet, c'est vrai qu'elle a failli l'abandonner. Si elle ne l'a pas fait, me semble-t-il, tout compte fait, c'est pour toutes les raisons qu'elle énumère fort pertinement, dans *La Nostalgie...*, mais aussi pour ne pas *nous* abandonner. Nous : son mari, ses copains, et ses complices. Pour ne pas *les* abandonner : eux, les condamnés de Prague, les pendus du procès Slansky.

Mais à toutes les raisons de douter qu'elle avait s'ajoute peut-être une autre, d'ordre à la fois moral et professionnel.

Simone Signoret avait à jouer, en effet, dans *L'Aveu*, la seule situation qu'elle soit incapable de vivre. L'une des très rares situations, du moins. Celle d'une femme qui accepte non seulement de croire à la culpabilité de son mari mais aussi de la proclamer hautement. De le désavouer publiquement. Car le drame humain de cette histoire vraie n'est plus exclusivement celui de l'aveu de crimes inexistants. C'est aussi celui d'un désaveu terrifiant. Et telle est bien la seule, l'une de très rares situations dramatiques dans laquelle il est difficile d'imaginer Simone Signoret. Dans la vie, même dans l'hypothèse où l'homme de sa vie eût été réellement traître à ses idées, il est impossible d'imaginer qu'elle l'eût trahi publiquement. Elle l'aurait attendu, pour s'en expliquer avec lui. Elle lui aurait été fidèle, quitte à l'abandonner après s'en être expliquée avec lui, en tête à tête. Face à face. Mais sans doute est-ce pour cela qu'elle n'a jamais été communiste.

Ainsi, l'approche du personnage qu'elle avait à jouer, à être, avec conviction, avec sincérité, lui faisant – contre la part la plus essentielle d'elle-même – la part belle, était l'une des choses les plus difficiles qu'on lui ait jamais demandées.

Il est vrai, donc, que le couple Montand-Signoret se trouvait, au moment de s'engager dans l'aventure de *L'Aveu*, dans une situation étrange, proprement dramatique.

Douze ans auparavant, en effet, ils avaient joué sur la scène du Sarah-Bernhardt, pendant toute l'année théâtrale 1954-55 et avec un succès considérable, *Les Sorcières de Salem*, une pièce en quatre actes d'Arthur Miller, adaptée par Marcel Aymé. Mais ils avaient joué deux pièces, en vérité : deux tragédies imbriquées par la volonté de Miller. Ils avaient d'abord joué la tragédie de John et Elisabeth Proctor, victimes à Salem, en 1692, de la chasse aux sorcières. Ils avaient joué le rôle d'un couple d'innocents, dont le mari, John Proctor, sera pendu pour avoir refusé d'avouer des crimes inexistants. Pour s'être opposé, par dignité, fidélité à soi-même, à un aveu qui aurait pu sauver sa vie.

Mais à cette vieille histoire de sorcellerie se superposait, de façon lisible, la tragédie des époux Rosenberg, Julius et Ethel, condamnés à la chaise électrique et exécutés le 19 juin 1953. De ce point de vue, *The Crucible*, puisque tel est le titre original de la pièce d'Arthur Miller, était une tragédie contemporaine. Une tragédie américaine toute récente. Ici aussi, comme au dix-septième siècle, un couple refusait d'avouer pour sauver sa vie. Etaient-ils innocents, pour autant, du crime d'espionnage au service de l'Union soviétique dont on les accablait ?

Sans doute l'étaient-ils du chef principal d'accusation. Même en admettant que Julius et Ethel Rosenberg, comme c'est probable, eussent fait partie, d'une façon ou d'une autre, d'un réseau soviétique, ils n'étaient certainement pas en mesure de fournir aux agents russes des secrets bien compliqués au sujet de la bombe atomique. D'ailleurs, l'U.R.S.S. n'avait pas besoin pour cela d'aussi modestes personnages. N'avait-elle pas à son service, entièrement dévoués, des physiciens comme Klaus Fuchs et Bruno Pontecorvo, l'un et l'autre placés au cœur même du dispositif secret de recherches nucléaires? Non, les époux Rosensberg n'ont sans doute pas livré de secrets bien intéressants à ce sujet. Si même ils en ont livré. Pour ce faire, il y avait des communistes mieux placés.

Par contre, il n'est pas interdit de supposer qu'ils ont bel et bien fait partie d'un réseau soviétique. A cette époque, on le sait par de multiples témoignages irréfutables, bon nombre de militants américains, et parmi les plus dévoués, précisément, les plus idéalistes, étaient systématiquement détournés de la vie politique normale des organisations communistes pour être versés dans les multiples réseaux de tous ordres, directement dépendants de la direction de la Sécurité d'Etat soviétique.

Le cas de Noël Field, personnage crucial non seulement de la période relatée dans *L'Aveu*, mais de tous les procès en sorcellerie titiste ou sioniste des démocraties dites populaires, pendant les années 50, illustre bien ce que je viens de dire. Puritain et idéaliste, comme les Proctor, comme les Rosenberg, comme tant d'autres jeunes Américains ulcérés par les injustices criantes de leur société, Noël Field est devenu dans les années 30 un agent soviétique, qui a joué le rôle d'agent de la C.I.A. – et qui a payé pour cela, pour que la vraisemblance du montage soit respectée, par de nombreuses années de prison en Hongrie socialiste – dans tous les procès où il fallait faire avouer, déshonorer, des communistes ayant vécu en Occident, où Noël Field se trouvait comme par hasard pendant la période de l'occupation nazie. Mais cette histoire a déjà été racontée par Flora Lewis, remarquablement, dans son livre *Le Pion rouge*.

Je dirais même (et c'est une conviction personnelle, sujette donc à la caution des preuves, comme toutes les convictions intimes; mais fondée non seulement sur une analyse des documents disponibles, mais aussi sur certaines semi-confidences de personnages du sérail communiste international, recueillies ou entendues pendant la brève époque où je l'ai fréquenté, au début des années 60) que Julius et Ethel Rosenberg, personnages tout à fait secondaires d'un réseau soviétique, ont été livrés volontairement aux services de contre-espionnage américains par les Russes eux-mêmes. De cette façon, ceux-ci détournaient l'attention desdits services américains en faisant jouer le rôle de boucs émissaires à un homme et une femme admirables de sincérité, pétris de tendresse, de vertus exemplaires. Et Juifs, de surcroît. Ce qui n'est pas négligeable à l'époque où le sionisme devient crime d'Etat dans les pays de l'Est, où l'antisémitisme s'y déchaîne de nouveau, où Staline est en train d'imaginer dans son cerveau ubuesque de despote absolu un pogrome général contre les Juifs d'Union soviétique. Ainsi, Julius et Ethel Rosenberg servent à détourner l'attention de la gauche européenne des procès de l'Est, de l'antisémitisme meurtrier qui s'y déploie au moment où Staline fait un virage dans sa politique du Proche-Orient, lâchant l'Etat d'Israël dont il avait soutenu la naissance au bénéfice des régimes arabes réactionnaires, mais objectivement poussés à s'opposer aux restes du colonialisme britannique et français, à la nouvelle pénétration américaine dans la région.

Je me souviens de John et Elisabeth Proctor sur la scène du Sarah-Bernhardt. Je me souviens de mes amis Yves Montand et Simone Signoret, qui n'étaient pas encore mes amis. Ou plutôt, Simone était déjà mon amie, mais je l'avais perdue de vue. Je le regrette, on ne devrait jamais perdre de vue, même momentanément, ses amis. Je regrette les années d'amitié perdues à tout jamais. Rien ni personne ne me rendra ces années de 1949 à 1963 où j'ai perdu de vue ma copine du *Flore*. Et du même coup tardé à connaître Montand.

Mais trêve de regrets, trêve de nostalgie.

Je me souviens du couple Proctor que jouaient Montand et Signoret. Ils étaient innocents, ils étaient beaux, et tout l'amour désespéré du monde luisait dans leur regard, joignant dans une ultime étreinte leurs mains enchaînées comme celles des Rosenberg, sur la scène du Sarah-Bernhardt.

A l'époque où j'avais vu *Les Sorcières de Salem*, j'étais membre du comité central du P.C.E. et je voyageais déjà clandestinement en Espagne. J'étais à San Sebastian, le 19 juin 1953, le jour où la presse a annoncé l'exécution atroce des Rosenberg. Deux jours auparavant, elle avait aussi annoncé, claironné même, la révolte ouvrière à Berlin-Est. Ainsi, par une de ces ruses dont l'histoire est friande, le premier craquement de l'empire stalinien, quelques mois après la mort de l'Autocrate, se produisait au moment même où les Rosenberg tombaient, victimes d'un autre épisode difficile à déchiffrer de l'histoire sanglante de ce siècle.

Je regardais John et Elisabeth Proctor, au Sarah-Bernhardt, et Laurenti Beria avait été écarté du pouvoir à Moscou et exécuté dans les conditions que l'on sait. Les médecins juifs, les « assassins en blouse blanche » avaient été réhabilités. Quelques semaines avant que je n'aille voir la pièce d'Arthur Miller, avec Colette, au cours de l'un de mes passages à Paris, Santiago Carrillo m'avait expliqué que l'affaire Tito avait été montée de toutes pièces, que le rétablissement de rapports normaux entre l'U.R.S.S. et la Yougoslavie n'était qu'une question de temps.

Quoi qu'il en soit, Montand et Signoret étaient superbes, sur la scène du Sarah-Bernhardt.

Mais en 1969, à la fin de l'été, mes copains n'avaient pas à jouer les rôles de John et d'Elisabeth Proctor. Ni même ceux de Julius et d'Ethel Rosenberg. Ils avaient à jouer ceux d'Artur et de Lise London.

Et c'était une tout autre affaire, bien évidemment.

Nous nous en étions déjà aperçus, Costa Gavras et moi, pendant le travail sur le scénario et le découpage du film. C'était une tout autre affaire que pour *Z*, par exemple. Pour ce dernier film, nous baignions dans les huiles saintes de la bonne conscience de gauche. J'en rajoute un brin, sur le plan de l'ironie, pour bien me faire comprendre.

Dans *Z*, de toute façon, nos héros étaient de gauche, ils étaient émouvants, on avait envie de les prendre dans les bras. Et les adversaires de nos héros étaient aussi les nôtres. Depuis toujours. Ils étaient affreux. Ou pusillanimes. Ils avaient pour la plupart les idées obtuses de la bêtise militariste et policière. Ils croyaient encore que

Dreyfus était coupable et que tout communiste ou sympathisant du communisme avait une défroque de diable dans sa garde-robe. Le fait que tout cela fût vrai, que c'est ainsi que les choses se déroulèrent réellement en Grèce, pour l'essentiel, ne faisait que conforter encore notre aussurance d'être dans le droit fil des traditions de la gauche et des droits de l'homme réunies.

Dans *L'Aveu*, c'était tout différent.

Car la vérité a beau être révolutionnaire, selon le mot de Gramsci, il ne s'en trouve pas moins que les révolutionnaires la détestent viscéralement, quand elle porte sur les bilans de la révolution. Sans remonter trop loin, constatons qu'ils aiment aussi peu la vérité sur Robespierre ou sur la Commune de Paris que celle sur Staline, Mao Tsé-toung ou Fidel Castro. On trouvera sans doute d'autres exemples dans l'avenir.

Mais ce n'est pas cette question qui nous préoccupait principalement, Costa et moi. Nous étions décidés à écrire et réaliser ce film, quelle que fût la réaction de la gauche, communiste ou non. Les difficultés principales – indépendamment de celles, provisoires et chaque fois surmontées, qui découlaient de la nécessité de convaincre London d'aller jusqu'au bout de son témoignage, au-delà, donc, du livre lui-même – étaient d'une autre sorte.

La première tenait à la complexité même de la matière factuelle, qu'il fallait structurer de façon lisible, lumineuse si j'ose dire. Le spectateur isolé dans une salle de cinéma n'a pas la possibilité de revenir en arrière, de reprendre sa lecture quelques pages plus haut, en amont du récit, pour ressaisir le mécanisme dramatique de l'aveu, de la capitulation du militant devant l'esprit de parti. Il faut qu'il maîtrise les situations et les comportements dans un mouvement univoque, irréversible, ininterrompu, où la réflexion doit être contemporaine du reflet même de l'événement sur l'écran de cinéma.

La deuxième difficulté tenait à l'impossibilité, pour des

raisons d'ordre moral, de jouer, avec toute l'habileté dont nous étions et sommes toujours capables, Costa et moi, sur les ressorts du suspense et de l'identification.

D'emblée, lors de nos premières conversations, nous avions décidé de nous priver de cette ressource dramatique, toujours si efficace. Il ne fallait pas que le spectateur souffre avec Montand toute les tortures morales et physique qui menèrent London à l'aveu de crimes inexistants, en se demandant s'il allait tenir, et puis s'il serait condamné, et puis s'il serait gracié. Le suspense construit autour de ces thèmes nous parut indécent. Dès lors, quitte à briser nous-mêmes le mécanisme dramatique le plus éprouvé – parfois aussi le plus éprouvant – nous décidâmes d'introduire, dès le premier tiers du film, ce que nous appelâmes « les soleils ». Des moments, autrement dit, où, au soleil de la liberté retrouvée, des années plus tard, Montand-London raconterait son histoire à des amis. Comme il – London, dans ce cas – me l'avait racontée en 1964, chez Jean Pronteau. Des moments où, quittant l'enfermement sombre des cellules et des chambres d'interrogatoire, nos personnages, réfléchiraient sur leur expérience. Au soleil banal, privé de toute épice tragique désormais, de la banale liberté retrouvée. Et sans doute était-ce contraire à toute les lois du spectacle. Mais c'était conforme aux lois d'une certaine morale, vis-à-vis du spectateur. Et de nous-mêmes. On ne le prenait pas, lui, par les tripes, mais par le cœur et le discours. On ne pourrait pas nous prendre, nous, pour les opportunistes de l'émotion cousue main.

Mais je ne vais pas continuer à discourir ainsi sur les problèmes que nous eûmes à résoudre. Le film est là, il existe, on peut s'y référer. Chacun pourra juger si nous avons trouvé les solutions les plus adéquates auxdits problèmes. Ou, au contraire, si nous avons raté notre cible.

L'Aveu, cependant, est avant tout un film d'acteurs.

C'est le film de Montand, tout d'abord. Non seulement parce que les poids de l'histoire repose entièrement sur lui, mais aussi parce qu'il s'y est engagé totalement, avec une sorte de fureur sombre et retenue. Presque suicidaire, par moments.

A ce moment de mon récit, je souhaiterais que le lecteur eût la possibilité de procéder à une opération toute simple, mais sans doute enrichissante. Peut-être pourra-t-il, d'ailleurs, y procéder dans un avenir pas trop lointain, lorsque les moyens techniques rendront accessibles le livre total auquel je pense en ce moment. Car je souhaiterais tout simplement, à ce moment précis du récit, que le lecteur posât ce livre, qu'il prît l'une des vidéo-cassettes qui lui auraient été fournies dans le même étui ou coffret que le volume imprimé, et qu'il regardât deux courts métrages de Chris Marker, qui lui feraient comprendre mieux que mes paroles quelle incroyable performance d'acteur – mais c'est presque indécent de parler de performance pour un tel engagement spirituel – Montand a réalisée dans *L'Aveu*.

Le premier de ces courts métrages, de onze minutes de durée, s'appelle *Jour de tournage*, et il décrit, comme son titre l'indique, une journée de travail sur le plateau de *L'Aveu*, à Lille. L'autre, *Le Deuxième Procès d'Artur London*, de trente minutes de durée, met en parallèle, comme son titre le suggère, le premier procès de London, à Prague, en 1952, et celui auquel il fut soumis, heureusement par contumace, après la publication de son livre, en 1969, par les autorités de la Tchécoslovaquie normalisée, qui le déchurent de sa nationalité.

C'est dans ce deuxième document de Chris Marker qu'il y a un entretien avec Montand, réalisé pendant le tournage du film. Le visage mangé par la barbe, les yeux dévorés par une sorte de fièvre intérieure, décharné – il a perdu plus de douze kilos, volontairement, pour la crédibilité du personnage – presque méconnaissable, parlant d'une voix cassée, Montand est impressionnant. Je suis sûr que le lecteur qui vient de suivre mon conseil et de visionner cette cassette sur son magnétoscope est réellement ému.

Dans le spectacle cinématographique habituel, le phénomène d'identification est toujours à double détente. A double effet. D'un côté, l'acteur s'identifie au personnage qu'il doit interpréter, pour arriver à être ce qu'il joue, à jouer ce qu'il est en tant que personnage. D'un autre côté, le spectateur est invité à s'identifier au personnage, surtout dans les films où fonctionne le mécanisme de la découverte d'une énigme ou du suspense quant à l'aboutissement d'une action, de quelque ordre que soit cette dernière.

Dans le cas de *L'Aveu*, si nous avons délibérément cassé cette dernière identification du public à l'acteur, du moins sur le plan émotionnel – ce qui rendait encore plus difficile le travail de Montand – celui-ci, en revanche, a poussé son identification au personnage jusqu'à des extrêmes difficiles à atteindre. Presque jusqu'à l'aliénation. S'arrêtant, autrement dit, au seuil même où l'identification peut devenir folie. Où l'incarnation dans le personnage peut devenir altérité radicale.

Un simple épisode de tournage permet de comprendre ce que je veux dire.

Lors d'une des séances d'interrogatoire, on s'en souvient peut-être, un policier est en train de faire répéter inlassablement à London sa biographie. Celui-ci a été réveillé en pleine nuit, il est hagard, amaigri. Il contemple avec des yeux exorbités l'énorme sandwich à la saucisse que le policier est en train d'engloutir gloutonnement, tout en buvant des rasades d'une bière blonde et apparemment bien fraîche. Mais comme nous sommes au cinéma et qu'il faut répéter la prise, pour saisir la scène sous tous les angles, en plan moyen ou en gros plan, et ainsi de suite, on fournit chaque fois au policier un sandwich non entamé, pour les besoins de la vraisemblance. A la fin, profitant d'une brève pause dans le travail, Montand n'y tient plus. Il se précipite vers les sandwiches alignés sur un plateau et, malgré les menottes qui lui serrent les mains, il en attrape un qu'il se met à dévorer, comme une bête affamée. Pendant quelques secondes, affirme Montand, il a cru que les policiers allaient lui tomber dessus à coups de poings et de bottes. Pendant quelques secondes, dit-il, il a oublié les projecteurs, les caméras, le film, pour se retrouver dans la réalité de cette fiction, dévorant le pain et la saucisse à pleines dents, avec la faim de London, l'indifférence de London aux coups qui allaient pleuvoir. Pendant quelques secondes, Montand a été de l'autre côté du miroir.

Ainsi, à première vue, Montand parvenait dans *L'Aveu* à être Artur London, comme il avait été Diego dans *La guerre est finie*. Jacqueline Michel l'a bien souligné, au moment de la sortie du film. « C'est peu de dire qu'Yves Montand incarne Artur London », écrivait-elle dans *Télé Sept-Jours*. « L'identification est si totale, si douloureusement absolue, que l'on aurait honte de parler d'une performance d'acteur. Ce qu'il fait est très au-delà. Peu à peu, de *La guerre est finie*, de Resnais, à *Z*, puis à *L'Aveu*, Yves Montand cesse d'être un acteur pour devenir ce militant torturé et douloureux auquel on croit de plus en plus intensément. »

Mais dans *La guerre est finie*, rappelons-le, Diego n'était pas un « militant torturé et douloureux ». Il avait des doutes, il s'opposait à ses camarades, certes, mais il restait entouré par l'aura romantique du clandestin : les jeunes femmes tombaient encore dans ses bras. L'avenir était encore imaginable. Dans *L'Aveu*, le militant n'est plus qu'une sorte de bête traquée par les siens, un être broyé, une petite vis du grand mécanisme de la fidélité à une cause dont l'unique horizon est celui de la mort. Du néant.

Ce que Montand se propose dans *L'Aveu*, ce qu'il parvient à réaliser, est beaucoup plus risqué, donc. Il paie littéralement de sa personne. Il paie lourdement, volontairement, pour l'ignorance passée, pour l'aveuglement de la bonne foi, pour les lourdeurs de la mauvaise conscience, pour les phrases à l'emporte-pièce (comme celle d'Eluard, qu'il avait contresignée : « J'ai trop à faire avec les innocents qui clament leur innocence pour m'occuper des coupables qui crient leur culpabilité »). Il paie avec l'amaigrissement de son corps, les cauchemars de ses nuits, la justesse de son interprétation. Mais il paie pour nous tous, aussi. Il paie nos dettes, il nous libère. Il nous rachète une vie nouvelle par sa passion d'acteur. Rarement un travail de comédien aura été si profondément engagé dans les enjeux véritables du destin des hommes de ce siècle.

Quiconque refuse d'admettre cela est un chien, je n'en démordrai pas.

Quand on se souvient que juste avant de tourner *L'Aveu* Montand avait travaillé avec Philippe de Broca, dans *Le Diable par la queue*, où il incarnait un personnage irrésistiblement charmeur et truculent, prénommé César, déjà! avec une aisance épatante; quand on pense que bientôt après il tournera *La Folie des grandeurs*, de Gérard Oury, on doit en conclure que son registre de comédien, sa maîtrise dans le passage de l'un à l'autre type de personnages qu'il se plaît à jouer, ont atteint un sommet.

Ce n'est donc pas par hasard si l'année de la rupture avec la Sainte Famille est aussi celle de l'épanouissement de l'homme et du comédien. De l'éclatement de sa maturité, de son autonomie définitive.

Comme il fallait s'y attendre, la sortie de *L'Aveu* dans les salles de cinéma, en avril 1970, provoqua une polémique passionnée.

A en faire le compte rendu, l'analyse circonstanciée, on y trouverait la matière d'un véritable essai sur la misère intellectuelle de la gauche communiste. Plus généralement même, de la gauche marxiste-léniniste dans son ensemble, toutes familles ennemies confondues. Des *Cahiers du Cinéma* aux publications maoïstes, tous les organes de la Pensée correcte – quitte à s'entredéchirer sur l'interprétation correcte de ladite correction – nous tombèrent dessus à concepts raccourcis. Tous nous firent la leçon, une fois de plus.

Une fois de plus, nous nous fîmes une raison.

A lire aujourd'hui, par exemple, dans les *Cahiers du Cinéma* d'octobre 1970 que les films « décisivement politiques » du moment n'étaient pas *Z* ou *L'Aveu*, mais *Othon, Sotto il segno dello Scorpione, Eros+massacre* et *Ice*, on prend avec soulagement la mesure de la relativité de toute chose en ce bas monde.

Mais s'il y a dans une analyse de la critique d'antan la matière d'un essai, il n'en est pas moins vrai que nous ne sommes pas dans un essai. Nous sommes dans un voyage à travers le temps et l'espace avec Yves Montand. Je ne parlerai donc, brièvement, que de l'attitude du P.C.F. à l'égard de *L'Aveu*, parce qu'elle concerne directement le héros de notre histoire.

Quand le livre d'Artur London parut, en 1968, Le Parti communiste l'approuva discrètement. Il venait de *réprouver*, puis de *désapprouver* – nuance qui donna lieu à d'innombrables commentaires, scolies et annotations scolaires dans la presse spécialisée en kremlinologie – l'invasion de la Tchécoslovaquie. Il ne pouvait donc pas s'y opposer frontalement, à moins de rendre peu crédibles ses prises de position sur le socialisme en liberté, en démocratie. Et bien sûr aux couleurs de la France. A cette époque, certains s'en souviennent sans doute, il était beaucoup question des voies nationales au socialisme. La question de la voie *socialiste* au socialisme était, par contre, bien moins explorée. Comme si les défauts qu'on voulait bien admettre du socialisme à l'Est tenaient au fait qu'il fût russe, ou polonais, ou encore roumain, alors qu'ils découlaient tout bêtement du fait qu'il n'y avait pas de socialisme, ni réel ni d'aucune sorte, dans aucun de ces pays-là.

Bref, le P.C.F. ne désapprouva pas, ni même ne réprouva le livre *L'Aveu*. Il ne manifesta sans doute pas un enthousiasme franc et massif et la publication ne fut pas à l'origine d'une campagne d'explications et de débats. Mais enfin, il fut admis. Il eut le label de la maison mère, le *nihil obstat*.

Par contre, un an et demi plus tard, lorsque le film *L'Aveu* parut sur les écrans, la réaction du P.C.F. fut immédiate, massive et tranchante. A l'exception des *Lettres françaises*, qui publia une critique nuancée et globalement positive de Michel Capdenac et d'un article honnête de *La Marseillaise*, l'ensemble de la presse communiste attaqua frontalement le film et ses auteurs.

La tactique adoptée fut fort simple. Un peu simpliste, même. D'abord, on opposa le livre au film. D'un livre communiste, dirent-ils – mais ils s'étaient bien gardés d'être aussi catégoriques, lors de sa parution en librairie – nous avions fait un film anticommuniste. En somme, nous avions trahi London. Qui fut plus ou moins sommé d'avouer, une fois de plus, ses erreurs. Et de nous désavouer. Mais nous n'étions plus à Prague, en 1951. Nous étions à Paris, en 1970. Artur London publia dans *Le Monde* une mise au point très ferme et très nette, donnant sa caution au film. Alors, *L'Humanité* s'en prit à London lui-même. Et l'article où ce nouveau pas fut accompli se terminait par ces mots sinistres. De sinistre mémoire : « On ne peut être réellement solidaire du Vietnam en lutte quand, ici, on livre des armes aux amis de M. Nixon. »

Voilà : nous armions les amis de M. Nixon. Il n'y avait plus à discuter avec nous. Il n'y avait plus à discuter du film. Objectivement, comme aurait dit le maréchal Staline et son procureur Vychinski, nous faisions le jeu de l'ennemi. Nous apportions de l'eau à son moulin. Nous étions dans le moulin de l'ennemi, en somme.

Curieusement, au même moment, pendant que *L'Humanité* nous vouait aux gémonies, les services consulaires de M. Nixon, ignorant sans doute que les ennemis de leurs ennemis étaient logiquement leurs amis, continuaient à nous traiter, sinon en ennemis, du moins en suspects. Pas du tout en amis, quoi qu'il en soit.

Quand nous allâmes à New York, en effet, avec Costa Gavras, pour la sortie de *L'Aveu*, Montand et moi n'eûmes droit, une nouvelle fois, qu'à ce faux visa, ce *waiver* recouvert d'inscriptions chiffrées, qu'on donne aux suspects. Nous étions toujours suspectés de continuer à être amis des ennemis des Etats-Unis, alors que ces ennemis nous considéraient plutôt comme des amis de leurs ennemis! Situation cocasse, mais pas du tout inconfortable, moralement.

Mais cette maladie, cette sorte de rougeole politique que nous avons attrapée dans notre jeunesse, Montand et moi – Simone Signoret aussi, bien entendu : je n'en ai pas parlé parce qu'elle ne faisait pas partie du voyage à New York, pour la sortie de *L'Aveu*; nous y étions allés en garçons : grands garçons, même – cette maladie doit être incurable. Du moins de longue durée, comme on dit, semble-t-il, dans le langage de la Sécurité sociale. Car pour accompagner Montand lors de sa tournée, à l'automne de l'année 1982, j'ai dû encore une fois solliciter ce fameux *waiver*, ce fameux non-visa qui vous donne, provisoirement, précautionneusement, le droit d'entrer aux Etats-Unis. Pourtant, puisqu'il vaut mieux dire toute la vérité, j'ajouterai que ce dernier *waiver* de 1982, où il y a toujours les signes cabbalistiques : 212 (d) (3) (A) : 28, a une durée de validité d'un an et peut servir pour plusieurs voyages. Même les ordinateurs de la C.I.A. à Francfort semblent capables de faire des progrès !

Quoi qu'il en soit, six ans après, en décembre 1976, *L'Aveu* fut projeté à la télévision française, dans le cadre de l'émission « Les Dossiers de l'écran ». Et tout changea, à cette occasion. Non seulement Jean Kanapa, membre du bureau politique du P.C.F., accepta de participer au débat – aux côtés de Lise et Artur London, de Jiri Pelikan – ancien directeur de la T.V. tchécoslovaque de l'époque du Printemps – et de Laurent Schwartz, mais encore donna-t-il sans ambages une opinion positive sur le film. Globalement positive, mais aussi dans le détail.

Nous nous étions réunis pour suivre le débat télévisé, place Dauphine, à « la roulotte ». Il y avait là Yves et Simone, bien sûr; nous étions chez eux. Costa Gavras et sa femme. La mienne et moi. Et puis Chris Marker.

Décembre 1976. Franco était mort depuis un an. Bientôt, le Parti communiste espagnol allait retrouver la légalité démocratique. La guerre était vraiment finie, en somme. Sans doute à cause de tout cela l'Espagne était-elle de nouveau au centre de mes projets. Je travaillais au livre que j'avais depuis longtemps décidé de publier un jour, mais seulement le jour, précisément, où le P.C.E. serait revenu dans la légalité démocratique. Le titre aussi en était déjà décidé : *Autobiografía de Federico Sanchez.* D'autre part, je commençais à écrire le scénario d'un film que Joseph Losey devait tourner, *Les Routes du Sud.* Sur la lecture d'un résumé de quelques pages, Montand avait pris le risque d'accepter d'en jouer le rôle principal. Ce qui avait permis de monter l'affaire, comme on dit.

C'est d'ailleurs lorsqu'il tournait les dernières séquences de ce film, en Catalogne, au mois de novembre 1977, dans le village de pêcheurs de Calella de Palafrugell – dont le nom a été immortalisé par l'un des meilleurs livres, *El Quadern gris*, d'un grand écrivain de ce siècle, le Catalan Josep Pla, que les Français ignorent, bien sûr et trois fois hélas! – que Montand lut *L'Autobiographie de Federico Sanchez*. Je viens de donner le titre du livre en français, pour la commodité de la lecture, mais c'est en espagnol que Montand le lut. Sans attendre et attentivement. Avec la rigueur chaleureuse d'un regard amical qui était un vrai cadeau. Mais je suis habitué de la part de Montand à ce genre de cadeaux.

Mais n'anticipons pas. Ne bougeons plus. La photo va être floue.

Nous sommes en décembre 1976 et nous regardons le débat à propos de *L'Aveu* dans la *roulotte* de la place Dauphine. Montand a tourné il n'y a pas longtemps *Police python 357*, avec Simone Signoret et François Périer, sous la direction d'Alain Corneau (décidément, on retrouve toujours les mêmes, dans mon histoire : la bande d'Auteuil n'a pas fini de faire parler d'elle!). Son dernier film vient de sortir au début de ce même mois de décembre. C'est *Le Grand Escogriffe*, de Claude Pinoteau, qui est tombé un peu à plat. Sans doute parce que le traitement du sujet – scabreux dans le mesure où il aborde sur le mode burlesque un enlèvement d'enfant – n'a pas trouvé le ton juste et qu'il hésite constamment entre la comédie de mœurs un peu sentimentale et la farce la plus débridée.

Pour l'heure, nous écoutons Jean Kanapa, qui parle de *L'Aveu*.

Des années auparavant – et c'étaient probablement des années-lumière, tellement cela me semble lointain – j'avais fréquenté Jean Kanapa. Il s'était signalé à mon attention, peu de temps après mon retour de Buchenwald, par un roman curieux, *Comme si la lutte entière*, non dépourvu de qualités d'écriture, et tout à fait étranger aux normes du réalisme, fût-il simplement *critique*, même pas *socialiste*. Mais aussi par une enquête qu'il avait lancée dans une revue de l'époque et dont le titre à lui seul résumait bien le propos : *Faut-il brûler Kafka?*

Après cette entrée en matière contradictoire mais remarquée, je l'avais donc fréquenté. Il faut dire que nous nous fréquentions tous, en ce temps-là, à Saint-Germain-des-Prés. Kanapa, quant à lui, promenait parmi nous sa morgue intelligente, son air un peu désabusé, que corrigaient les éclairs parfois visibles d'une ambition démesurée, mais authentique. Je veux dire que c'était du vrai, pas du toc, pas du clinquant. Il n'aspirait pas aux honneurs, aux premières places, mais au pouvoir réel, fût-il obscur. Dans les longues veillées du *Royal Saint-Germain* (un bistrot qui a disparu pour laisser place à l'actuel *Drugstore* et qui avait l'immense avantage, double de surcroît, de ne fermer ses portes que très tard dans la nuit, et de jouir d'un immense comptoir arrondi, à la barre duquel on pouvait s'accrocher quand la vie chavirait dans les angoisses d'une jeunesse oisive mais asservie à l'idéal des lendemains radieux), dans ces longues veillées, donc, Jean Kanapa nous expliquait que son modèle d'intellectuel révolutionnaire était Laurenti Béria, le tout-puissant chef de la police de Staline que Krouchtchev et les siens furent obligés d'abattre comme un chien, avant le XXe Congrès.

Il n'était sur ce point, d'ailleurs, qu'un précurseur. Combien de jeunes gens tout aussi intelligents que lui ne vont-ils pas clamant aujourd'hui que Youri Andropov, patron du K.G.B., angliciste et mélomane, dit-on, est l'homme par qui, en fait, la modernité viendra au Kremlin? En tout cas, ils ont tous les deux, Béria et Andropov, quand on y pense, la même tête d'intellectuels marxistes-léninistes.

Ça ne présage rien de bon.

Plus tard, quand je commençai à voyager clandestinement en Espagne, je perdis de vue Jean Kanapa. La dernière fois que je l'ai rencontré c'est à la fin de l'année 1959, lorsque nous célébrâmes le VIe Congrès du P.C.E.. C'était à Prague, dans le gymnase aménagé en salle de réunion de l'école centrale du parti tchèque. Jean Kanapa y représentait le P.C.F., avec les deux Georges, Frischmann et Gosnat. Mais je crois l'avoir déjà dit.

Brusquement, je manque de tomber de mon fauteuil.

Je constate que je ne suis pas le seul à avoir sursauté. Mais c'est que Jean Kanapa vient de déclarer, sur le plateau de la télévision, que *L'Aveu* était un film que les communistes eux-mêmes auraient dû réaliser! Je regarde Montand et Costa. Ils me regardent. On ne peut s'empêcher de rire. Chris Marker, lui, ne fait que sourire. Mais sur son visage, ce mince sourire prend un relief extraordinaire. A ce moment, je regrette fugitivement que Julien Livi ne soit pas là, pour assister à cette déclaration historique.

En somme, nous n'avons plus fait un film anticommuniste. Nous avons fait un film que les communistes eux-mêmes auraient dû faire à notre place. Bientôt, on va nous reprocher de l'avoir fait à leur place. De leur avoir pris la place qui leur revenait légitimement.

On peut s'attendre à tout, de la part des dirigeants du P.C.F.

Je voudrais bien voir en ce moment les têtes des sévères théoriciens qui ont dénié à *L'Aveu* tout intérêt politique. A quoi peut-on mesurer, en effet, la charge politique d'un film, sinon à son impact sur la réalité, à son investissement de celle-ci? Six ans après sa réalisation, *L'Aveu* fait encore bouger les réalités et les mentalités. Mais sans aucun doute nos braves jeunes gens vieillissants des *Cahiers du Cinéma* trouveront-ils de nouveaux arguments pour nourrir leur aigreur. Jusqu'au jour où ils commenceront à réaliser eux-mêmes des films politiques. Et qu'ils verront comme c'est compliqué.

Mais ces volte-face successives du P.C.F. par rapport à *L'Aveu* ont une explication relativement simple. Indépendamment de la conjoncture politique immédiate, qui pouvait infléchir son attitude tantôt dans le sens de la rigueur, tantôt dans celui de la compréhension, il est clair, en effet, que le P.C.F. a réagi différemment à des produits différents. Un livre, un film et une émission de télévision populaire sont des médias incomparables entre eux, touchant des publics non comparables.

Publié par un éditeur (Gallimard) situé tout à fait en dehors du contre-univers communiste, de la sous-culture dudit, le livre de *L'Aveu* ne risquait pas d'envahir ce territoire à demi clos, relativement bien protégé contres les charmes médiatiques de l'écrit. Ainsi, puisque les militants et les sympathisants, dans leur immense majorité, n'allaient pas lire le livre, le P.C.F. pouvait se payer le luxe de l'approuver, ne fût-ce que du bout des lèvres. Vis-à-vis de la société civile française, c'était faire preuve de largeur de vues, de conséquence démocratique. Vis-à-vis de l'ensemble du parti, ce n'était pas un trop gros risque.

Mais un film, c'est tout autre chose. Le film de *L'Aveu*, réalisé par le metteur en scène de *Z*, qui venait de connaître un succès massif et de surcroît « de gauche », interprété par l'un des comédiens les plus populaires – au sens le plus strict et le plus fort de ce mot – de l'époque, allait forcément franchir les frontières de l'univers communiste. Il allait renverser les clôtures habituelles. Car on va au cinéma, dans l'univers communiste, même quand on ne lit pas, ou qu'on lit peu. Le film, donc, était un danger. Il posait au militant spectateur des questions radicales, que le P.C.F. – même dans son approbation du livre – s'était jusqu'alors arrangé pour contourner, dévier ou dévoyer. Haro sur le film, en somme!

Avec la télévision, nous franchissons un nouveau degré. L'émission des « Dossiers de l'écran », en effet, ne touche pas quelques dizaines de milliers de spectateurs, comme le film, mais des millions. A cette occasion, tous les barrages sautent. Rien ni personne ne pourra empêcher Montand-London de s'installer dans la salle de séjour des familles communistes, des familles ouvrières, pour toute une soirée. L'écran de télévision est une fenêtre sur la réalité du monde que personne n'est en mesure de boucher. Même pas les grosses têtes du P.C.F. Pour une fois, la dialectique un peu simplette des cours du soir des écoles fédérales tape dans le mille : le saut quantitatif se transforme en saut de qualité.

En fin de compte, en envoyant sur le plateau des « Dossiers de l'écran » Jean Kanapa – l'un des hommes de sa direction qui semblait le plus engagé, par ailleurs, dans la recherche d'une nouvelle autonomie du parti français par rapport à Moscou –, le P.C.F. ne modifie pas en profondeur ses prises de positions antérieures sur le socialisme réel. Si au moment de la parution de *L'Archipel du Goulag* de Soljénitsyne la télévision française avait été en mesure de projeter un document authentique filmé dans les camps de la Kolyma, par exemple, toute la campagne contre le livre magistral de l'ancien Zek se serait effondrée.

En somme, l'image télévisuelle, quand elle est porteuse d'information véridique, que ce soit par le biais du document ou celui de la fiction documentée, est une arme fabuleuse de la prise de conscience. Donc de la démocratie. Il faut être cuistre pour considérer aliénant le moyen télévisuel en lui-même, pour le diaboliser d'emblée en tant que moyen. Sans même tenir compte des fins qu'il peut servir, mieux que tout autre, dans un combat antitotalitaire.

Comme il fallait s'y attendre, l'impact de *L'Aveu* à la télévision fut considérable dans l'univers communiste militant. Quelques jours après, *L'Humanité Dimanche* était obligé de revenir sur la question, longuement. On y publiait, en particulier, un entretien de Jean Kanapa.

Celui-ci, à un certain moment, est amené à commenter une phrase prononcée par Montand à la radio, le lendemain du passage de *L'Aveu* à la télévision. Montand y avait ironisé quelque peu sur la tentative de récupération du film par Kanapa. Et puis, surtout, il était revenu sur les faits historiques. Parlant du passé, de l'aveuglement des communistes et des compagnons de route, Montand avait eu des mots cinglants et pertinents. Définitifs. « Nous avons été cons. Cons et dangereux », avait-il déclaré. Et Kanapa commente ainsi ces mots que lui rappelle le journaliste de *L'Huma Dimanche :* « Comme chacun de nous, Yves Montand a réfléchi à tout cela. Comme chacun de nous, il l'a certainement fait avec gravité et avec un sentiment de douleur. Car nous avons été blessés, tous, à l'époque. Pour le reste, il a ensuite suivi son itinéraire personnel. Il a certainement agi selon sa conscience. Chacun de nous également. »

Paroles mesurées, on s'en rend compte. Qui prouvent bien à quel point le P.C.F. était sur la défensive. On est loin des accusations de *L'Humanité*, en 1970, nous reprochant de livrer des armes aux amis de M. Nixon. Nous voici devenus, à l'instar de Montand, des gens qui avons agi selon notre conscience. Nous allons continuer, d'ailleurs, même si nous n'avons pas l'autorisation du P.C.F.

Pour finir en beauté, pour finir en riant d'un rire jaune – ou rouge, plutôt, de tant de sang versé – je rappellerai l'aventure qui est arrivé à mon ami Raymond Lévy, l'auteur de *Schwartzenmurtz ou l'esprit de parti*. C'était à l'époque de *L'Aveu*. C'était à l'aéroport de Nice. Il y croisa Raymond Guyot, qui était le beau-frère de London, comme chacun sait. Qui était aussi, par son poste et sa biographie, l'un des dirigeants du P.C.F. les mieux informés des réalités de l'Est. Lorsque le procès de Slansky et de London eut lieu, Guyot se tint coi. Lorsque la déstalinisation commença timidement, puis tempétueusement, à l'Est, Raymond Guyot se tint coi. Puis, des années plus tard, son beau-frère London publia son témoignage. Et Raymond Lévy croisa Raymond Guyot à l'aéroport de Nice.

Il s'approcha de lui, l'ayant reconnu de dos à sa chevelure argentée. « Tu te souviens de moi? » demanda-t-il à Guyot. Celui-ci se souvenait, bien sûr. Ils ont une très bonne mémoire, les dirigeants communistes. Sauf quand cela les arrange d'être amnésiques. Quoi qu'il en soit, Guyot hocha la tête. « Bien sûr! dit-il. Il y a longtemps qu'on ne t'a vu! » C'est vrai, on n'avait pas revu Raymond Lévy depuis longtemps. Mais c'est qu'il s'en était passé, des choses! Raymond Lévy avait rompu avec le parti, en effet, en 1956. « Je pense que tu as lu le livre de London, que tu l'as bien lu? » demanda Schwartzenmurtz. Je veux dire, Lévy. Et Raymond Guyot hocha de nouveau la tête, gravement. « Ah oui! répondit-il. Il fallait que ces choses-là fussent dites enfin. »

Voilà, c'est tout. L'hypocrisie poussée à ce point atteint aux sommets de l'art.

Mais nous n'en avons pas fini d'en apprendre. Onze ans plus tard, nous allions voir se reproduire le même type de comportement.

A propos de la Pologne, cette fois-ci.

6

Vive la Pologne, messieurs!

Le mercredi 16 décembre 1981, comme tous ou presque tous les jours de l'année, Ivan Levaï reçoit son invité du matin, au micro d'Europe 1. A vrai dire, ce matin-là, ils sont deux, les invités : Michel Foucault et Yves Montand. Le professeur au Collège de France et le comédien-chanteur.

Ce n'est pas la première fois qu'ils interviennent ensemble, qu'ils agissent de concert par la parole ou le témoignage. En septembre 1975, ils ont fait partie tous les deux de la délégation d'intellectuels français (Costa Gavras, Régis Debray, Jean Lacouture, le R.P. Laudouze, Claude Mauriac et, enfin, Foucault et Montand, précisément) qui est allée à Madrid. Ils avaient l'intention de présenter, au cours d'une conférence de presse, un texte commun de Sartre, Malraux, Aragon, Mendès France et François Jacob demandant la grâce de cinq jeunes antifascistes condamnés à mort par le régime du général Franco.

La conférence de presse, on s'en souvient peut-être, fut interrompue par la police. La délégation expulsée d'Espagne, manumilitairement. Et les cinq antifascites fusillés. Ce fut le dernier crime politique d'un gouvernement à la longue histoire sanglante, peu de semaines avant la mort du vieux dictateur.

Les années suivantes, Foucault et Montand ont de

nouveau participé ensemble à des actions pour les droits de l'homme. Ainsi, par exemple, à celles organisées par Médecins du monde, destinées à attirer l'attention sur le sort des *boat-people*, autrement dit des réfugiés vietnamiens, naufragés du socialisme réel : hommes, femmes et enfants jetés à la mer par le désespoir et porteurs d'un message terrible pour la gauche européenne.

Mais ce matin-là, mercredi 16 décembre 1981, il s'agit de la Pologne.

Trois jours auparavant, le général Jaruzelski avait proclamé l'état de guerre. L'armée et les forces spéciales de la police quadrillaient le pays. Les militants de *Solidarnosc* – syndicat légal dont l'existence avait été sanctionnée non seulement par l'appui massif des travailleurs, mais aussi par un vote de la Diète, le parlement polonais – étaient arrêtés et internés par milliers dans les prisons et les camps. Toutes les maigres libertés d'expression et de réunion étaient suspendues, la Pologne coupée du monde occidental.

Ce dimanche-là, le 13 décembre 1981, Montand n'a dû apprendre la nouvelle du coup d'Etat militaire de Jaruzelski – le général aux lunettes noirs, aux lèvres serrées, dont l'image semble sortie tout droit d'un film anti-rouge américain de série B des années 50 – que tard dans la matinée.

Dans le courant de la vie, Montand est plutôt lève-tôt. Les horaires des tournages cinématographiques n'ont fait que confirmer une habitude adolescente. La discipline du travail, tôt apprise, interdit les grasses matinées. Mais depuis deux mois, jour pour jour, depuis le 13 octobre, il chante à l'Olympia. Dire qu'il chante est peu dire, d'ailleurs. Il chante, il mime, il danse, il joue : il occupe l'espace scénique pendant près de deux heures, sans un instant de temps mort. Il joue à tout-va, donc, de sa voix, de sa vie, tous les soirs, devant des salles combles. Et comblées, sidérées. Bienheureuses.

Tous les soirs de la semaine, sauf le dimanche. Le dimanche, ce dimanche-là, 13 décembre 1981, il se produit seulement en matinée.

Il s'est donc levé tard. La discipline de travail du music-hall est différente de celle des studios de cinéma. Après le spectacle, après la décharge émotionnelle qu'il entraîne, le chanteur de fond solitaire émerge peu à peu, rencontre quelques intimes – ou des amis occasionnels, parfois venus de loin – pour manger un morceau, retrouver l'usage de la parole et du monde. Ça peut le mener tard dans la nuit. Et puis, il replonge dans la solitude du sommeil, qui prépare à celle du lendemain, à celle de l'heure magique où il affrontera de nouveau ce monstre rétif ou émerveillé – merveilleux –, le public.

Donc, Montand s'est levé tard. Il a pris un petit déjeuner copieux – il travaille en matinée, il ne mangera plus rien avant le spectacle –, il a rétabli le téléphone. C'est alors que la nouvelle a dû lui parvenir, tard dans la matinée.

Pour qui le connaît, il est facile d'imaginer la colère qui l'a envahi à cet instant. Une colère de tout le sang qui bouillonne, remplie de cris, d'indignation. Sans doute aussi de désespoir. Une colère à casser des choses autour de lui, en tout cas. Car on a beau savoir, comme Montand le sait désormais depuis de longues années, que le *socialisme réel* ne peut plus être réformé, rendu plus juste en lui rendant un visage humain, selon le mot d'ordre du Printemps de Prague; on a beau savoir qu'avec les partis communistes qu'ils soient au pouvoir ou pas, il faut toujours s'attendre au pire; on a beau savoir que les choses sont sans espoir, il n'en est pas moins vrai que l'expériense polonaise, depuis un an, depuis la surprenante victoire ouvrière de Gdansk, à la fin du mois d'août 1980, avait rallumé dans le désert de nos âmes quelques petites flambées d'illusion. Et si on parvenait pourtant à les changer, ces choses sans espoir, désespérantes? Et si ça réussissait, pour une fois? Si les Russes étaient obligés, à cause d'une conjoncture internationale défavorable et de la volonté massivement exprimée des Polonais, d'accepter sur cette marche de l'Empire un certain pluralisme, même mitigé, qui ne mettrait pas en cause l'équilibre des forces fondamental en Europe?

Le putsch de Jaruzelski mettait un terme à toute illusion, toute spéculation des belles âmes ronronnantes. Il remettait les pendules à l'heure. Il démontrait ce que nous croyions déjà savoir : il n'y a rien d'autre à espérer des régimes de l'Est que la violence, le bâillon ou la mort.

Pourtant, il fallait monter cet après-midi de dimanche sur la scène de l'Olympia. Il fallait chanter les roses de Picardie et les joies juvéniles de la bicyclette. Il fallait faire vivre le personnage de sir Godfrey, celui aussi du triste veilleur de nuit d'hôtel borgne au gilet rayé. Il fallait célébrer la joie populaire de Luna-Park. C'est une loi du spectacle. Ça ne s'arrête jamais, messieurs-dames! Musique, s'il vous plaît! Même la mort d'un être cher ne peut interrompre le spectacle. Il faut y aller, donner le meilleur de soi, séduire, charmer, convaincre. Faire son travail.

Mais au fond de la mémoire, sans doute, l'image du père, Giovanni Livi, mort treize ans plus tôt pendant que Montand se produisait ici même, sur la scène de l'Olympia, le souvenir du père a dû flotter, ce dimanche-là, pesant son poids de vie militante et flouée.

Je n'étais pas à Paris, ce 13 décembre 1981.

J'étais dans une campagne du Gâtinais, contrée connue

de tout temps pour la bonté de son miel. J'avais appris la nouvelle du coup de force de Jaruzelski par un appel téléphonique de Florence Resnais à Colette, ma femme.

La journée s'est passée à écouter la radio, à regarder les émissions spéciales qui se succédaient à la télévision. Il n'y avait rien d'autre à faire, bien sûr. Ronger son frein, se ronger les sangs. Essayer de savoir, appeler les amis pour commenter l'événement. Se souvenir aussi.

Quelques jours auparavant, nous avions passé une longue soirée, à Paris, avec Karol Modzelewski. Il repartait pour Varsovie le lendemain, après un bref séjour en France. Soirée fiévreuse, chaleureuse. Déchirante aussi. Modzelewski avait connu à plus d'une reprise les prisons de son pays, depuis qu'il avait fait circuler, vers le milieu des années 60, sa *Lettre* ouverte au Parti ouvrier unifié polonais, rédigée en collaboration avec Jacek Kuron. Il était l'un des dirigeants nationaux, historiques, de ce mouvement social pour lequel il avait trouvé lui-même le nom qui allait le faire connaître, pour l'éternité de l'histoire, dans le monde entier : *Solidarité.*

A coups de vodka, nous nous sommes enfoncés dans la nuit, comparant nos expériences de lutte contre les dictatures. Celle de Franco, dans mon cas; celle du Parti communiste, dans le sien.

Les actions de masse pacifiques; l'utilisation révolutionnaire de toutes les possibilités légales du système; les questions d'une stratégie de conquête permanente d'espaces de liberté : tous ces problèmes communs, qui s'étaient posés naguère au mouvement des Commissions ouvrières, en Espagne franquiste, et qui se posaient maintenant – sous une forme spécifique, bien entendu – au mouvement de Solidarnosc, en Pologne, constituaient l'objet de notre discussion, ce soir-là.

Mais sans doute y avait-il une différence radicale entre les deux expériences. En Espagne, en effet, ni les

Commissions ouvrières, ni le Parti communiste qui les animait pour l'essentiel, n'avaient à intégrer dans leur vision stratégique la possibilité d'une intervention armée des Etats-Unis. Il était impensable, et nul n'y pensait d'ailleurs, que « l'impérialisme américain » (j'y mets des guillemets délibérément, non pour nier de trop évidentes tendances hégémoniques, expansionnistes, de la grande puissance américaine dans son espace de sécurité, mais pour souligner la prudence avec laquelle il faut utiliser cette expression, aussi rituelle que confuse), impensable donc, que les Etats-Unis dépéchâssent leur VIe Flotte et leurs fusiliers marins pour venir en aide au général Franco contre un mouvement de grèves pacifiques organisées par Marcelino Camacho et ses camarades des Commissions ouvrières.

En Pologne, par contre, même si l'Union soviétique n'était jamais expressément nommée dans les documents de Solidarnosc, même si elle était le non-dit du mouvement, son refoulé, avec tout ce que cela comportait d'ambiguïtés morales et politiques, il était impensable de ne pas supputer, évaluer, prendre en compte constamment, à chaque pas en avant, les possibilités d'une intervention militaire de l'U.R.S.S.

Cette différence n'est pas épisodique, bien entendu. Elle ne tient pas aux circonstances historiques, toujours changeantes, toujours à saisir concrètement. Elle tient à la nature même de L'U.R.S.S. et des Etats-Unis.

Quoi qu'il en soit, ce dimanche 13 décembre, je me souvenais d'une récente soirée passée avec Karol Modzelewski, tout en écoutant les nouvelles de Pologne. J'essayais aussi d'imaginer Montand à l'Olympia, pendant son récital en matinée.

Ce n'était pas trop difficile. Je connaissais maintenant les coulisses de la salle, le couloir des loges, le moindre recoin de l'espace qui s'étend derrière la scène. Je pouvais imaginer Montand, minute par minute, dans ses déambulations pendant l'heure qui précédait le commencement du spectacle. A la seconde près, je pouvais imaginer où il en était, pendant le spectacle lui-même. Tiens, il vient de finir *L'Addition*, de Jean-Loup Dabadie; il sait déjà comment est le public, cet après-midi; il sent déjà les frissons de la communication, les zones de froideur, si tant est qu'il y en ait : il sent la salle, il la tient, il va aller vers elle, ou au contraire, il va la laisser venir à lui, ça dépend; mais voici les lumières de *Battling Joe* qui se mettent en place, chaque représentation est un combat!

Je pouvais imaginer, sans aucun doute.

En 1968, lorsque Montand était remonté sur scène, en septembre, j'avais assisté à son spectacle, bien entendu. C'était même la première fois que j'y assistais. Jusqu'alors, Montand avait été une voix, je l'ai déjà dit. Puis cette voix avait pris corps. Mais depuis que nous nous étions rencontrés, en 1963, Montand n'avait pas fait de music-hall. Il était devenu l'un des grands comédiens du cinéma de son temps.

Cette fois-là, pourtant, en 1968, à l'Olympia, je n'étais pas entré pleinement, je dois l'avouer, dans la magie de son récital. J'étais resté un peu extérieur. Sans doute avais-je été frappé par la perfection de la performance, par la maîtrise et la sobriété du travail de Montand. Mais peut-être par manque d'expérience du music-hall, peut-être ou surtout, parce que le comédien de cinéma m'intéressait alors davantage, le fait est que je n'avais pas été aussi séduit, bouleversé, que je le fus plus tard.

En vérité, c'est à Chris Marker que je dois pour l'essentiel la découverte des trésors d'imagination, d'impatiente patience passionnée, d'instinctivité maîtrisée : de vie créative, en somme, que recèle le travail de Montand au music-hall. Et je pense, bien sûr, à *La Solitude d'un chanteur de fond*, le film que Chris réalisa à l'occasion du récital exceptionnel de Montand à l'Olympia, en février 1974, au bénéfice des réfugés chiliens.

C'est à Autheuil-sur-Eure, si je me souviens bien, que Montand nous annonça sa décision. Depuis quelque temps, il se demandait que faire pour manifester sa solidarité avec les victimes de la répression au Chili. Le putsch du général Pinochet, la mort du président Allende au palais de la Moneda, l'avaient profondément remué. Pour des raisons générales et génériques, bien entendu. Mais aussi pour des raisons plus personnelles. Car Salvador Allende n'était pas pour lui une simple image apparue sur les écrans de l'information télévisée. Il n'était pas seulement l'incarnation d'un certain projet de justice et d'avancée sociales. Allende était un être en chair et en os, avec lequel Montand avait longuement parlé, dont il avait pu apprécier la présence courtoise et fervente.

C'est au Chili, en effet, en 1972, que Montand avait tourné *Etat de siège*, sous la direction de Costa Gavras. Et c'est alors qu'il avait connu Salvador Allende et Augusto Olivares, qui se tira une balle dans la tête à côté du cadavre du président, dans la Moneda assiégée par les chars de Pinochet.

(Un mot, Yves, à propos d'*Etat de siège*. Un mot, puisque l'occasion s'en présente. Puisque, tout compte fait, ce livre n'est qu'une longue lettre à toi adressée. Un mot pour te dire que j'aime autant que tu sois la victime, dans *Etat de siège*. Sans doute joues-tu le rôle d'un agent de la C.I.A. dans ce film – l'un des plus beaux de Costa, du point de vue de la mise en scène – et le fais-tu avec la rigueur, la conviction que tu mets dans tout ton travail. Mais ce n'est pas parce que tu es Philip Michael Santore, alias du très réel et véridique Don Anthony Mitrione, fonctionnaire américain chargé d'instruire la police uruguayenne, que j'aime autant que tu meures. Non, pas pour cela. Je t'aurais, ou plutôt, je l'aurais laissé vivre, personnellement. J'aime autant que tu meures parce que je ne suis pas sûr du tout que tes justiciers soient des justes. Je ne suis pas sûr, passe-moi la litote et l'euphémisme, que les *tupamaros* qui condamnèrent à mort Mitrione, dans la réalité de l'histoire, ou Santore, dans celle du film de Costa, aient ouvert par cette exécution la voie de la justice. Ni la voie de la libération sociale. Je suis plutôt sûr qu'ils ont fermé toutes les voies, en répondant par un délire militariste et meurtrier au délire répressif des policiers de leur pays. Je t'écris ces mots au moment où les chefs historiques des Brigades rouges, Renato Curcio entre autres, qui s'inspirèrent tant de l'exemple *tupamaro*, viennent d'annoncer qu'ils condamnent désormais la lutte armée. La belle jambe qu'ils nous font là, après avoir jambisé tant d'innocents! Voici qu'après dix ans de ronflantes palabres et d'assassinats relativement quotidiens, nos brillants théoriciens marxistes-léninistes découvrent ce que nous savions déjà, nous autres, pauvres mortels dépourvus de boussole idéologique infaillible, que nous n'avons cessé de dire. Que le terrorisme ne mène qu'à la terreur; que la volonté de frapper au cœur de l'Etat ne mène qu'à installer l'Etat dans votre cœur. Un enfant de chœur sait ça depuis toujours. Mais les brigadistes, héritiers des *tupamaros* qui t'assassinèrent – au nom de la démocratie, bien entendu, au nom de l'avenir radieux de l'Avenir –, ne savaient rien de toutes ces évidences. Il leur aura fallu dix ans de plomb et de mitraille pour qu'ils daignent ouvrir les yeux et nous faire l'aumône de leur brillante découverte théorique. Dieu ait leur âme, mais qu'il me permette de leur cracher à la figure! Je te disais, Yves, que j'aime autant que Santore meure dans *Etat de siège*. J'aime autant que tu sois encore du côté des victimes, comme toujours.

Même si Santore est une mauvaise victime. Il vaut toujours mieux être une mauvaise victime qu'un bon bourreau. Voilà tout, Yves, à bientôt.)

Donc, Montand se demandait que faire pour manifester sa solidarité aux réfugiés chiliens. Et l'idée lui vint de remonter exceptionnellement sur les planches, pour un unique récital à leur bénéfice.

C'est à Autheuil qu'il nous en parla. C'est à Autheuil qu'il s'y prépara, pendant la dizaine de jours qui lui restaient, en tout et pour tout, avant la seule date possible, à l'Olympia.

On peut suivre cette aventure dans *La Solitude du chanteur de fond*, de Chris Marker.

Mais c'est vrai que je ne vous ai pas présenté Chris. Il est apparu plusieurs fois dans ce récit, subrepticement, mais je ne vous l'ai pas encore présenté. Peut-être parce qu'il est difficile à présenter. Je ne veux pas dire par là qu'il soit imprésentable, mais plutôt qu'il se présente très bien tout seul. Par ses films, entre autres. Mais peut-être ne l'ai-je pas présenté pour une autre raison encore. Parce qu'il fait partie de la famille depuis si longtemps qu'on oublie tout naturellement de le présenter aux nouveaux venus. Et vous êtes, chers lecteurs, avec tout le respect que je vous dois, de nouveaux venus dans cette histoire. Donc, disais-je, Chris est là, depuis toujours, quelque part dans un coin – car sa façon à lui d'être au centre des choses, des événements, c'est de passer inaperçu – depuis le *Sabot bleu* de Neuilly, dans l'adolescence éclatante de Simone Signoret. Mais cet épisode, c'est elle qui l'a raconté. Je ne fais que le mentionner en passant.

Je dirai pourtant, avant de revenir à *La Solitude du chanteur de fond*, quels sont les points qui me lient à Chris Marker. D'abord, il est comme moi amoureux de

Giraudoux. Il était en même temps que moi au dernier balcon de l'Athénée, pour entendre Louis Jouvet dire son nom, dans *Ondine :* « Je m'appelle Hans... » Nous avons découvert beaucoup plus tard cet amour commun. Ensuite, il a assez lu tout au long de sa vie, dans tous les genres et toutes les langues, pour n'être pas livresque. Il a assez de culture pour n'être pas cuistre. Troisièmement, il ne méprise ni les quotidiens, ni les bandes dessinées, ni les émissions de télévision. C'est même un champion du magnétoscope. Inappréciable qualité pour un intellectuel, surtout de gauche. Et puis, *last but not least*, comme on disait à l'époque où le français était vraiment une langue universelle ne craignant pas les xénologismes, Chris a sur les jeunes femmes un regard que j'aime bien. A moins que ce ne soit l'inverse : que j'aime bien les jeunes femmes sur lesquelles il a un certain regard. A ce sujet, je ferai une seule réserve : il me semble que le bestiaire de son langage à propos des jeunes femmes est, par moments, trop idyllique, trop idéalisé. Il compare à des écureuils des jeunes femmes que je qualifierais plutôt de chats sauvages. Ou de marmottes, au contraire.

En somme, la seule chose qui fait obstacle entre lui et moi – ou qui *pose problème*, comme on dit salement aujourd'hui, comme si ça posait problème comme on pose culotte –, la seule chose qui parfois me sépare de lui, c'est qu'il me semble avoir gardé dans un coin de son cœur l'espoir du paradis sur terre. Peut-être pas du paradis, tout compte fait, mais du bonheur dans ses grandes lignes. Quelque part, ici ou là, pour une période plus ou moins longue, il me semble qu'il lui semble avoir trouvé la contrée du bonheur.

Et je ne fais pas allusion ici à sa passion pour le Japon, bien sûr. D'ailleurs Chris m'aura compris : ce n'est pas le paradis, ni même le bonheur qui l'attirent au Japon, c'est le masque de la vie démasquée. Le masque poli, policé, de la mort sur les visages multiples de la vie. Le masque démaquillant de l'au-delà sur l'être-là. En fin de compte, si l'ironie est la politese du désespoir, selon une expression qu'on attribue souvent à Chris Marker, le Japon serait la courtoisie de l'irrémédiable finitude humaine.

Mais j'en viens à *La Solitude du chanteur de fond*, qui est un chef-d'œuvre.

On y voit la maison d'Autheuil, dont je ne me lasserai pas de parler. Que je ne me lasserai pas de contempler. Le parc où Montand court, les coudes au corps, dans la longue allée aux arbres centenaires. Le grand salon ouvert de tous côtés, avec le piano à queue sur lequel il y a, encadrés, une lettre de remerciements à Montand de John F. Kennedy, une autre de Josip Broz Tito pour Montand et Signoret. Et une troisième, de Martin Luther King. Le petit théâtre installé dans un bâtiment de la ferme attenante où Montand a répété avec Bob Castella, sous l'œil aux aguets de la caméra de Chris Marker.

Mais de ce film superbe, qu'on pourrait aussi appeler comme un autre documentaire de Chris, *Description d'un combat* – car c'est bien d'un combat qu'il s'agit : celui que livre Montand contre la paresse du corps, les défaillances de la mémoire, le temps qui fond entre ses doigts, avant la représentation du 12 février 1974 –, de ce film je voudrais aujourd'hui retenir deux choses qui me semblent fondamentales.

La solitude, en premier lieu, bien entendu.

J'ignore si c'est parce qu'il est un solitaire (au sens fort du mot, y compris avec ses nuances de misanthropie, d'agoraphobie, d'angoisse aussi; et c'est pour cela que Montand était terriblement crédible dans *Le Sauvage*, même si Jean-Paul Rappeneau traitait ce thème de l'anachorète en mineur, sur le mode de la comédie sentimentale) qu'il a choisi l'univers du music-hall, et dans cet univers le défi du *one-man-show*. Du spectacle de l'homme seul. Ou bien si c'est ce travail lui-même qui l'a rendu solitaire. Je pencherais plutôt pour la première hypothèse, pour celle de la solitude métaphysique, ou plutôt très physique : tellement qu'on en souffre, qu'on y a mal, mais qu'on ne peut s'empêcher de s'y enfoncer toujours davantage, pour y avoir encore plus mal. Pour triompher à chaque fois d'un mal plus aigu. Sans négliger le fait, bien évident, que chaque défi gagné, chaque combat terminé par une victoire, au music-hall, a exaspéré ce don inné de la solitude créatrice.

Quoi qu'il en soit, pourtant, le résultant est là, patent. Epatant, même. Le film de Chris Marker le fait parfaitement sentir, le donne à voir : comme tous les grands fauves de la scène, Montand est un solitaire.

Mais sa solitude est pleine de vitalité. Je dirais qu'elle est comme une pulsion de vie. C'est une solitude qui n'ouvre pas sur le vide, le néant – le pur miroir où se mirer soi-même –, mais sur le plein de la vie, la foule de la vie : ses mystères et son miracle. A tel point que, même si d'autres raisons peuvent apparaître au premier plan, peuvent paraître plus immédiates, c'est cette pulsion vitale, ce défi de la vie qui se défait sans cesse et que Montand souhaite refaire, retisser à chaque instant dans toute sa splendeur, qui l'a poussé, me semble-t-il, à soixante ans, à remonter sur une scène. A y triompher de nouveau. Y triompher de la solitude elle-même. Et de la pulsion de mort qui l'habite parfois.

Une deuxième chose que le film de Chris Marker met en relief, de façon toujours juste, parfois bouleversante – mais c'est ainsi dans la vie réelle – c'est l'extraordinaire qualité, la singularité précieuse du rapport qui existe entre Montand et Bob Castella.

Celui-ci est aujourd'hui, Henri Crolla ayant disparu, le plus vieil ami de Montand, son plus vieux complice. Bob est entré dans la vie professionnelle de Montand en 1947 et il ne l'a plus quitté depuis. Ni la vie professionnelle ni la vie tout court. Nul n'a partagé avec Montand autant de secrets pendant si longtemps. Misérables petits secrets du quotidien dont parlait Malraux – fort injustement, à mon humble avis – et sérieux secrets des tristesses, des colères, des déceptions, des flambées de la vie. Quiconque parvient dans l'intimité de Montand doit savoir d'avance qu'une place est prise, à tout jamais : celle qu'occupe Bobby, ainsi que Montand l'appelle. Et *Bobby*, ce prénom peut être dit sur le ton de l'affection, mais aussi crié sur celui de l'invective, lorsque Montand, dans la mauvaise foi géniale qui s'autorise de ce lien indestructible, décide de faire porter à Bob Castella le chapeau à plumes de tel ou tel contrariété, ratage ou malentendu. Et Bobby porte le chapeau avec un sourire – discret, certes : il ne faut pas que Montand puisse s'imaginer que Bob n'en a que faire de sa diatribe! – qui n'est pas du tout celui de la résignation mais bien celui de la tendresse indéfectible.

Ce couple extraordinaire que forment Montand et Bob Castella, je l'ai vu fonctionner pendant toutes les semaines de la tournée à travers le monde. Il suffit d'avoir assisté, n'importe quel matin, à Rio de Janeiro, à Los Angeles, à Tokyo ou à Osaka, au premier coup de téléphone de la journée de Montand, appelant Bob dans sa chambre d'hôtel, toujours voisine; il suffit d'avoir vu l'agacement ou l'inquiétude qui l'envahissait, les rares fois où Bobby ne répondait pas immédiatement à son appel, l'idée saugrenue lui étant venue d'aller se promener tout seul, et qui pis est, sans prévenir, pour comprendre la profondeur de ce rapport.

Mais ceux qui n'auront pas eu la chance de suivre une tournée de Montand trouveront dans *La Solitude du chanteur de fond* quelques illustrations de ce que je viens de dire. Images fugitives d'une amitié durable comme un dur diamant chatoyant.

Je disais donc quelques pages plus haut que c'est en 1974, lorsque Montand préparait son récital exceptionnel au bénéfice des réfugiés chiliens, lorsque Chris Marker enregistra les images de cette préparation, les images de la soirée aussi, que je pénétrai finalement – mais alors, tête la première, le cœur battant – dans l'univers magique du travail de music-hall de Montand.

Pour cette raison, lorsque Montand décida de remonter sur scène, en 1981, je m'intéressai à son aventure dès le départ. Ce livre en est la preuve, d'ailleurs.

C'est à Autheuil, deux ans à peu près avant sa réapparition à l'Olympia, que s'est produit le déclic décisif. Décisif, du moins, pour lui. Dans son intimité. Ensuite, il y faudra encore de longs mois de travail, de préparation, avant que cette décision intime devienne publique. Mais, selon Montand, tout date de ce jour-là, à Autheuil. Tout part de là.

Il était seul, il se promenait dans sa maison, vêtu comme à son habitude d'alors d'un pantalon et d'un gilet de velours noir à côtes, sur une chemise blanche. Ceux qui ont vu *La Solitude d'un chanteur de fond,* de Chris Marker, se souviendront que c'était la tenue de Montand, pendant le travail des répétitions filmées à Autheuil. Ils se souviendront aussi que le montage rapprochait cette tenue familière – velours à côtes noir, chemise blanche – de la tenue de scène classique de Montand : chemise et pantalon marron. Montand, donc, se promène dans sa maison. Il écoute un peu de musique. Ou bien il met la cassette d'un film qu'il veut revoir dans le magnétoscope. Et puis, sans y penser, par jeu, il prend dans un placard un chapeau haut de forme. Il le met sur la tête, il se balade avec. Tout à coup, dans la glace en pied de la porte qui sépare sa chambre – dite aussi « chambre rouge »; ou encore « chambre de Jacques », ce prénom étant celui de Becker, qui l'occupait pendant la longue période où il vécut à Autheuil –, qui sépare, donc, cette chambre de la salle de bains attenante, Montand aperçoit sa silhouette. Instinctivement, sans encore penser à rien, il esquisse un pas de danse. Pas grand-chose : un pas de danse, un geste des bras, un large salut avec le haut-de-forme. En se relevant, le cœur battant, il a décidé de remonter sur scène.

Ensuite, on le sait, il y a le formidable travail de la préparation du spectacle, le choix des chansons, leur progression. L'enregistrement d'un disque pour exercer sa voix et tester les réactions du public. Les semaines de répétition du spectacle complet, avant même de prendre une décision définitive, irrévocable, pour mettre à l'épreuve et sa résistance physique et le plaisir même de se produire sur une scène. Et puis l'annonce publique du retour. L'annonce de la date de celui-ci.

A chacune de ces étapes, sans doute, des paliers ont été franchis, raffermissant la décision primitive. Mais, selon Montand, tout s'est joué ce jour-là, à Autheuil. Lorsqu'il a aperçu dans la glace sa silhouette noire et blanche coiffée du haut-de-forme. Lorsqu'il a eu l'intuition fulgurante que c'est dans cette tenue familière – celle de ses soixante ans campagnards et détendus, à l'aise dans la vie comme un poisson dans l'eau – qu'il fallait commencer le spectacle. Pour nous entraîner ensuite, en suivant le fil des chansons choisies avec un sens prodigieux de la progression dramatique, vers le temps retrouvé, ni rétro ni nostalgique, mais rempli d'avenir, de la silhouette d'autrefois en marron. Un coup de génie, tout simplement.

Mais nous sommes le mercredi 16 décembre 1981. Montand se produit à l'Olympia, depuis deux mois. Il va le faire jusqu'à la fin de l'année, à bureaux fermés. En fait, la plupart des places du musci-hall parisien ont été louées des mois à l'avance, dès que Montand a annoncé, à la fin du printemps, que la première de son spectacle aurait lieu le 13 octobre. Il n'a pas proclamé que c'était le jour de son anniversaire, mais enfin, ça se savait. Le fait de recommencer une série de récitals le jour de ses soixante ans ajoutait au défi que représentait l'entreprise.

Donc, nous sommes le 16 décembre, un mercredi, et il est exactement 8 h 41 du matin. L'émission « Expliquez-vous sur Europe 1 » va commencer avec Michel Foucault et Yves Montand. C'est Montand qui répond en premier aux questions d'Ivan Levaï à propos de la Pologne, des réactions qu'a suscitées le coup de force du général Jaruzelski.

Tout d'abord, Montand lit le texte d'un appel qui a été signé par un certain nombre d'artistes et d'intellectuels, lundi 14 décembre, et que le journal *Libération* a publié le lendemain.

Montand lit posément, en détachant les mots. Des millions de personnes, d'un seul coup, vont ainsi prendre connaissance de cet appel.

« Il ne faudrait pas que le gouvernement français, comme Moscou et Washington, fasse croire que l'installation d'une dictature militaire en Pologne est une affaire intérieure qui laissera aux Polonais la faculté de décider eux-mêmes de leur destin.

« C'est une affirmation immorale et mensongère. Immorale : la Pologne vient de se réveiller sous la loi martiale, avec des milliers d'internés, les syndicats interdits, les chars dans la rue et la peine de mort promise à toute désobéissance : c'est assurément là une situation que le peuple polonais n'a pas voulue.

« Il est mensonger de présenter l'armée polonaise et le parti auquel elle est liée si étroitement, comme l'instrument de la souveraineté nationale. Le P.C. polonais, qui contrôle l'armée, a toujours été l'instrument de la sujétion à l'Union soviétique. Après tout, l'armée chilienne est aussi une armée nationale.

« En affirmant, contre toute vérité et contre toute morale, que la situation de la Pologne ne regarde que les Polonais, les dirigeants socialistes n'accordent-ils pas plus d'importance à leurs alliances intérieures qu'à l'assistance qui est due à toute nation en danger?

« La bonne entente avec le Parti communiste français est-elle donc, pour les dirigeants socialistes, plus importante que l'écrasement d'un mouvement ouvrier sous les bottes des militaires?

« En 36, un gouvernement socialiste s'est trouvé confronté avec un putsch militaire en Espagne. En 56, un gouvernement socialiste s'est trouvé confronté à la répression en Hongrie. En 1981, le gouvernement socialiste est confronté au coup de Varsovie. Nous ne voulons pas que son attitude aujourd'hui soit celle de ses prédécesseurs. Nous lui rappelons qu'il a promis de faire valoir, contre la *Realpolitik*, les obligations de la morale internationale. »

Après avoir lu ce texte, Montand donnait les noms de ses premiers signataires. J'en faisais partie.

Dans l'après-midi du lundi 14 décembre, en effet, j'avais reçu un coup de téléphone de Jeannine Verdès-Leroux, l'auteur du remarquable essai sur le P.C.F. et les intellectuels que j'ai déjà mentionné. Elle m'appelait au nom de Michel Foucault et de Pierre Bourdieu, qui avaient pris l'initiative de la rédaction du texte que je viens de reproduire. Il est utile, en effet, qu'il soit sous les yeux de tout un chacun, vu les répercussions qu'il eut à l'époque. Chacun pourra ainsi en juger, librement.

Donc, Jeannine Verdès-Leroux me lisait ce texte au

téléphone. J'imagine que c'est Foucault lui-même qui l'a 339lune Signoret au même moment. Celle-ci l'aura lu à Montand, qui était reparti pour se reposer à Autheuil, après sa matinée de dimanche. Et encore à d'autres, sans doute. Ainsi la chaîne des appels avait fonctionné, pour rassembler les premières signatures. Parmi lesquelles se trouvaient, outre les noms que je viens de mentionner, celles de Costa Gavras, Patrice Chéreau, Bernard Kouchner, Claude Mauriac, Claude Sautet, Marguerite Duras et Guy Bedos.

Je donnai immédiatement mon accord. Au-delà de tel ou tel détail de formulation – les nuances sont toujours et sans fin discutables, dans des textes de ce genre – il se trouvait que cet appel répondait pour l'essentiel à une préoccupation, mêlée de surprise et de colère, qui avait saisi depuis vingt-quatre heures plusieurs d'entre nous. Plusieurs « intellectuels de gauche », à qui Jacques Fauvet, du haut de son magistère mondain, allait octroyer quelques jours plus tard, avec un brin de mépris condescendant, ces guillemets que je viens d'y mettre.

Le dimanche du coup d'Etat militaire de Jaruzelski, en effet, les réactions premières et spontanées de certaines personnalités du gouvernement et du Parti socialiste français avaient été, pour le moins, mollement prudentes. Ou à l'envers : prudemment molles. « C'est une affaire interne polonaise... Bien entendu, nous n'allons rien faire », déclarait Claude Cheysson, ministre des Relations extérieures. « Le gouvernement français se refuse à toute ingérence dans les affaires polonaises », abondait dans le même sens Pierre Mauroy, premier ministre. Et Lionel Jospin, premier secrétaire du P.S., de déclarer : « Nous ne sommes pas indifférents aux problèmes, cependant les Polonais doivent régler eux-mêmes leurs problèmes. »

Etrange langage dévié, ou dévoyé. Car personne ne leur demandait une ingérence dans les affaires polonaises, mais une opinion sur celles-ci. Une prise de position sur le sens qu'elles avaient et le sens de la réponse française.

Personnellement, c'est la confusion hésitante de Jospin, visible lorsqu'il apparut ce dimanche-là sur les écrans de télévision, qui m'avait le plus intrigué. De Claude Cheysson, en réalité, je n'attendais rien. Peut-être parce qu'on pouvait s'attendre à tout de sa part. Depuis quelque temps déjà, ses petites phrases à l'emporte-pièce tombaient comme à Gravelotte, parfois sur la cible, parfois franchement à côté. Lionel Jospin, par contre, m'étonnait. Je ne le connaissais pas du tout, mais enfin, il était arrivé aux sommets du P.S. après le Congrès d'Epinay, c'était plutôt une bonne référence. Et puis, je l'avais vu, de mes yeux vu, moucher Georges Marchais, le contraindre à une discussion réelle et non à un affrontement de pitreries, lors d'un débat télévisé à propos du Congrès de Tours où Jospin avait été remarquable.

Mais ce qui m'étonnait surtout, dans cette passivité de l'imagination politique, de l'intelligence stratégique, dont ils faisaient preuve tous tant qu'ils étaient, c'est qu'ils n'avaient pas l'air de partager la même vision du monde que François Mitterrand, d'appartenir au même univers que celui-ci.

François Mitterrand venait pourtant de publier, quelques semaines plus tôt, *Politique 2,* recueil de ses articles et discours couvrant la période qui va de 1977 à 1981. Dans ce livre, que j'avais pris le temps de lire attentivement – et je ne suis pourtant ni ministre, ni dirigeant du Parti socialiste français; ni même français, me diront certains – on trouve à la page 85 l'extrait d'un texte du 8 septembre 1980 concernant précisément la Pologne.

François Mitterrand y commente la victoire ouvrière qui vient d'être signée à Gdansk. Et il conclut :

« La classe ouvrière polonaise a montré une lucidité, un courage et même un optimisme, tout en sachant garder raison, c'est-à-dire en évitant de provoquer, tout au moins de façon directe, une réaction soviétique du type de celles que nous avons connues à Prague ou à Budapest. Qu'en sera-t-il pour demain?

« Je modère mon commentaire volontairement. Je considère comme absolument impossible la cohabitation du système marxiste-léniniste et des libertés dont nous venons de parler, je veux dire les libertés institutionnelles. Il y aura donc, à un moment ou à un autre, confrontation. »

Voilà la toile de fond posée par François Mitterrand. Avec lucidité, c'est le moins qu'on puisse dire. Un an après qu'il eut écrit ces lignes, il y a confrontation, effectivement.

Envisageant alors l'avenir, François Mitterrand met d'abord en garde contre les irresponsables qui appelleraient les Polonais à se battre, quitte à les laisser ensuite seuls avec leurs poings nus face aux blindés soviétiques. En somme, Mitterrand ne semble pas partager l'irresponsabilité d'un Santiago Carrillo, déclarant du fond d'une douillette semi-clandestinité occidentale, en août 1968, qu'il aurait, lui, donné l'ordre de tirer aux troupes tchèques, s'il avait été à la tête de ce pays.

Et François Mitterrand poursuit ainsi son argumentation : « Il faut donc se garder de paroles imprudentes, d'encouragements comme cela, de loin, alors que ce sont les travailleurs de ces pays qui paient la note finalement, les patriotes. De ce point de vue, il faut être très prudent.

« *Mais enfin, il faut marquer son opinion. Un gouvernement français doit souhaiter, en toutes circonstances, face à un régime de caractère autoritaire, systématique, dans quelque partie du monde que ce soit, marquer qu'il existe des principes permanents, des principes qui s'appliquent à toutes les sociétés humaines et qui s'appellent : justice, liberté, droit des peuples à disposer d'eux-mêmes, droit des gens, droits de l'homme tout simplement. Je pense que n'importe quel président de la République française face aux évolutions hypothétiques dans les relations soviéto-polonaises aurait à s'exprimer sur ce plan.* » (C'est moi qui souligne tout le paragraphe.)

Est-ce assez clair? Il me semble. Tout à fait clair.

A l'époque où il écrit ces lignes, François Mitterrand n'est pas encore président de la République, le Parti socialiste qu'il dirige n'est pas encore au pouvoir. Mais il dit ce qu'un gouvernement français, « en toutes circonstances » et « n'importe quel président de la République » se devraient de faire, sur le plan des principes. Or, sur le plan des principes, et c'est bien là que le bât blessait, les gouvernants et les dirigeants socialistes furent étrangement balbutiants, jusqu'à ce que François Mitterrand lui-même prît la parole, au conseil des ministres de ce même mercredi 16 janvier, quelques heures après que Michel Foucault et Yves Montand eurent parlé à l'émission matinale d'Ivan Levaï.

Je ne connais pas personnellement François Mitterrand. Je dois même dire – qu'il me pardonne! – que son itinéraire politique, tout au moins jusqu'au Congrès d'Epinay du P.S. en 1971, ne m'avait pas passionné. J'étais trop occupé par ailleurs, sans doute à tort, pour m'intéresser aux avatars et péripéties de la F.G.D.S. ou des clubs et conventions de toute sorte. Mais à partir dudit Congrès d'Epinay, tout a changé. Qu'un homme politique français s'attelle à la tâche de reconstruire un grand parti socialiste, de rééquilibrer la gauche en réduisant progressivement l'influence du P.C.F.; qu'il y parvienne patiemment, en combinant l'avancée générale des forces de gauche avec la réduction à la portion congrue de l'électorat communiste; qu'il renvoie placidement, comme un boomerang, aux léninistes au tout petit pied de

Colonel Fabien leur conception de l'union comme un combat, et qu'il garde dans ce combat la tête froide, malgré les criailleries, les volte-face, les chantages et les fanfaronnades du P.C.F., il y avait là, bien entendu, de quoi me faire siffler doucement d'admiration.

J'ai donc sifflоté d'admiration, à plusieurs reprises, au cours de ces dernières années.

Et puis un jour, le 23 novembre 1981, très exactement, quelques semaines avant le coup de force de Jaruzelski et l'intervention de Montand à Europe 1 qui provoque cette apparente digression, j'entendis au téléphone une voix féminine qui me priait de venir déjeuner à l'Elysée. J'ai d'abord pensé à une plaisanterie. Mais je ne parvenais pas à identifier l'amie plaisante ou plaisantine qui pourrait avoir inventé ça. D'ailleurs, la voix avait l'assurance et l'aura de qui parle vraiment au nom du pouvoir. J'ai exprimé alors des regrets polis mais sincères. Je partais pour l'Espagne le lendemain, je regrettais beaucoup. La voix m'a demandé alors l'heure de mon vol, que je lui ai donnée. Si tant est qu'on puisse donner vraiment quelque chose à une pure voix, surtout à une voix élyséenne. C'était parfait, m'a dit la voix : le déjeuner aura lieu à treize heures, vous serez libre à quinze, vous aurez tout le temps de prendre votre avion. Et en effet, j'avais tout mon temps.

Voilà comment j'ai déjeuné à l'Elysée, le mardi 24 novembre 1981, invité par le président de la République, François Mitterrand.

Sans doute le lecteur me connaît-il désormais suffisamment pour deviner que je ne vais pas en faire un plat. Ni non plus un fromage. Métaphores culinaires qui tombent à pic, puisqu'il s'agit d'un déjeuner. On aura remarqué, tout le long de ce récit, que j'évite les anecdotes croustillantes, les secrets d'alcôve et les morceaux de bravoure. Je ne vais donc pas raconter ce déjeuner à l'Elysée sous la forme d'un tableau parisien, de la scène de mœurs ou d'une soirée Guermantes. De toute façon, je n'ai pas encore fini de lire Proust. C'est seulement un an après ce déjeuner, à Washington, que je parviendrai à la fin de *La Recherche.* Je ne sais pas encore comment on décrit une soirée chez les Guermantes.

Pas de morceau de bravoure, donc. Ce qui m'intéresse, c'est le rappel de quelques paroles de François Mitterrand. Paroles éblouissantes dans leur forme littéraire d'apologue et d'une justesse totale dans la vision stratégique qu'elles sous-tendaient. Paroles qui avaient, par ailleurs, un rapport certain, fût-il indirect, avec les affaires de Pologne qui nous occupaient Montand, Foucault et moi, ce matin de décembre 1981.

Je serai donc austère, limitant volontairement mes effets.

Je ne raconterai pas par le menu – c'est dans leur détail que ces descriptions-là deviennent savoureuses – mon arrivée à l'Elysée. Ni mon installation solitaire dans un grand salon donnant sur le parc automnal. J'étais arrivé le premier, en effet, ayant gardé de mes longues années de clandestin un respect violent de l'exactitude. Entendez-moi : je peux aussi manquer totalement un rendez-vous. L'oublier, décider froidement de ne pas m'y rendre. Mais si j'y vais, quand j'y vais, je suis d'une ponctualité exaspérante. Que ce soit dans un café, au coin d'une rue ou au palais de l'Elysée. Car je ne suis pas snob au point de n'arriver en retard qu'à l'Elysée.

Donc, j'étais le premier arrivé et je contemplais le parc élyséen, réduit par l'automne à une épure de lignes rousses et noires, sur l'espace verdoyant des gazons immuables. Je me disais que c'était plus grand que chez mes copains, à Autheuil, mais pas vraiment plus beau. Si on avait pu suivre, mais *a contrario,* le conseil d'Alphonse Allais, pour installer les campagnes à la ville – Autheuil en plein Paris, par exemple –, ce serait à peu près pareil. L'avantage principal de l'Elysée sur Autheuil, c'est que ça se trouve en plein Paris.

Je regardais le parc élyséen, j'essayais d'imaginer dans ses allées le passage fantomatique de certains de ses anciens habitants. Le grand-duc de Berg, flamboyant dans ses tenues d'apparat, m'apparut en tout premier lieu. C'est lui qui céda ce palais à son beau-frère Napoléon, on s'en souvient certainement. Si j'étais dans un film de Resnais, ce qui ne gênerait pas du tout Montand, on s'en doute, je ferais brièvement passer devant mes yeux, au fond du parc élyséen, la silhouette de Joachim Murat. De fil en aiguille, ou plutôt d'empereur en empereur, je me souviens que c'est ici que Louis-Napoléon, prince-président, prépara son coup d'Etat du 2 décembre 1851, épisode crucial de l'histoire de France sur lequel, semble-t-il, François Mitterrand, après Karl Marx, a un travail en cours.

Je regardais les arbres du parc élyséen et je me disais que je n'en connaissais pas les noms. Pour la plupart d'entre eux, du moins. Les seuls noms d'arbres que je connaisse vraiment, les seuls arbres que je reconnaisse aussitôt, sans effort, que je nomme spontanément, sont ceux de mon enfance. Des arbres dont les noms me viennent en castillan, bruissant de leurs feuillages comme dans un rêve. *Alamos, abetos, chopos, olmos, abedules...* Des noms qui font aussitôt surgir des bribes de poèmes de Machado, de saint Jean de la Croix, de Góngora, de Valente, de Salinas. D'autres encore. Mais les arbres qui viennent à moi du Nord et des frimas, qui ne surgissent pas dans les territoires de l'enfance mais dans ceux de l'exil, je n'en connais pas toujours les noms. Je ne les connais pas toujours par leur nom.

Sauf les hêtres, bien entendu, parce qu'ils remplissaient la forêt qui entourait le camp de Buchenwald, comme ce nom même l'indique. Sauf les ormes, bien sûr, parce que je les ai vus dépérir et disparaître tristement à travers toute la France. Sous mes propres yeux, aussi, dans cette campagne du Gâtinais où j'étais le dimanche 13 décembre, jour du coup d'Etat de Jaruzelski, cent trente ans après celui de Louis-Napoléon Bonaparte. Sauf les marronniers roses, pour des raisons dont il sera question dans un autre livre.

Un peu plus tard, à la fin de ce repas élyséen dont j'attendais pour l'heure, avec une certaine curiosité craintive, les autres convives, François Mitterrand allait faire une allusion aux arbres du parc présidentiel. Ce fut, ce jour-là, la partie bucolique de ses propos de table. Ne lui en déplaise, j'en préférai la partie politique. Que ses conseillers ignorassent les noms des arbres du parc de l'Elysée, qu'il fût obligé de les leur apprendre, en s'y promenant avec eux, comme il s'en plaignit avec un humour, un peu attristé, me semblait somme toute secondaire. Du moins, s'ils n'ignoraient pas pour autant les mécanismes d'une économie de marché, ni le nombre et la portée des missiles soviétiques braqués sur le cœur de la vieille Europe. D'autre part, je pense qu'on peut aimer un arbre dont on ignore le nom, comme on peut aimer, à la folie, pour un instant d'éternité désespéré, l'inconnue qui attend le train sur le quai de Savona et qu'on ne reverra sans doute jamais.

C'est à ce moment-là du repas, dans sa partie finale et bucolique, donc, que l'écrivain de cour parvint aux sommets de l'art de la flatterie. Car il y avait un écrivain de cour, bien entendu, ce mardi-là, à l'Elysée. Il y a toujours des courtisans, quel que soit le régime, ça fait partie des contingences intrinsèques du pouvoir. Il ne faut pas trop s'en soucier. Ça ne devient inquiétant que si le courtisan devient conseiller. Si le pouvoir écoute les courtisans, qui ne lui renvoient que l'écho édulcoré, embelli même, de son propre discours, dans ce cas, certes, ça devient inquiétant. Sinon, si le pouvoir considère les hommes de cour avec indulgence mais avec désintérêt, comme un mal inévitable et minime, comparable aux servitudes générales du protocole, dans ce cas les courtisans ne sont qu'un épiphénomène médiocre et subalterne.

L'écrivain de cour, donc, lâcha sa petite phrase flagorneuse au moment de l'intermède bucolique. Une dame de cour, en effet, avait demandé à François Mitterrand s'il avait eu récemment le temps d'aller dans sa maison de Latche. Justement, ça tombait bien, il en venait, le Président. Il y avait été s'occuper des plantations. Il s'y était intéressé aux chênes. Quelqu'un, alors, sans doute un protectionniste qui s'ignorait, avança comme une évidence que c'étaient des chênes du Morvan que le Président avait fait planter chez lui. Mais nenni, pas du tout! Avec un sourire amusé, le Président répondit que c'étaient des chênes d'Amérique, les plus robustes des chênes. Et il donna, avec un plaisir visible, quelques détails sur l'espèce choisie pour sa propriété de Latche. C'est alors, dans le bref silence qui s'ensuivit, que l'écrivain de cour laissa tomber sa phrase, tout en regardant fébrilement autour de lui, pour voir si son allusion littéraire était bien comprise. « Les chênes qu'on plante », dit-il, en hochant gravement la tête, « les chênes qu'ont plante! »

Je jetai un regard furtif sur François Mitterrand. Mais son visage demeura impassible. Il ne sourit pas, il laissa glisser la petite phrase flagorneuse sur la nappe immaculée, élyséenne, comme sur une toile cirée, et enchaîna sur tout autre chose. Le fantôme d'André Malraux ne se dérangea même pas pour venir faire un passage rapide devant les croisées des portes-fenêtres.

Mais il n'y avait pas que l'écrivain de cour, ce mardi 24 novembre 1981, à la table du président de la République. Il y avait aussi d'autres invités, écrivains ou pas. Trop d'invités d'ailleurs, pour mon goût. Quand je les avais vu arriver dans le salon d'attente, tout à l'heure, un par un, certains que je connaissais et que j'estimais, d'autres que j'estimais sans les connaître personnellement, ou encore que je connaissais mais que je n'estimais pas, ou même que j'ignorais au point de ne pas savoir s'ils étaient estimables ou pas; quand j'avais vu arriver tous ces invités qui venaient partager mon déjeuner avec François Mitterrand, un certain découragement me gagna. Nous serions trop nombreux pour qu'une vraie conversation eût lieu. Tant pis, ce serait pour une autre fois, peut-être. Je rentrai donc dans ma coquille et me mis en position d'écoute flottante.

Heureusement, parmi tous ces invités, il y avait Max Frisch. Et je dis heureusement non parce que ses interventions furent particulièrement brillantes, mais parce qu'elles donnèrent l'occasion à François Mitterrand d'une éblouissante mise au point sur les questions de la sécurité européenne.

Max Frisch, en effet, avec beaucoup de *Gründlichkeit* germanique – c'est-à-dire avec un tas de préambules, préliminaires, commentaires et autoprésentations biographiques tout à fait inutiles (s'il avait été inconnu de François Mitterrand, pourquoi celui-ci l'aurait-il invité?) – demanda au président de la République française son opinion sur les questions du désarmement, du pacifisme et de l'équilibre des forces en Europe. Ne se dérobant pas à cette interrogation, plus adéquate à un autre genre de débat ou de réunion, qu'à ce déjeuner purement amical, informel, François Mitterrand exposa son point de vue pendant une dizaine de minutes. Avec une précision, une force et une lucidité remarquables. Ses paroles me convainquirent que nul mieux que François Mitterrand n'est aujourd'hui, parmi les chefs d'Etat du monde démocratique, au fait des enjeux véritables de l'affrontement global avec l'Union soviétique, ni des moyens de résister aux visées de celle-ci, sans céder un pouce sur les principes et sans pour autant provoquer une fuite en avant de la sur-puissance de l'empire russe.

C'est à la fin de cet exposé, dont l'essentiel a été depuis repris publiquement dans divers discours et déclarations, que François Mitterrand nous raconta la petite fable suivante. Supposons, nous dit-il (et je n'y mets pas de guillemets parce que ces mots, même s'ils sont fidèlement transcrits, me semble-t-il, ne peuvent pas l'être textuellement : je n'avais pas la possibilité, on me comprendra, de les noter sur-le-champ), supposons que je reçoive, à sa demande urgente, l'ambassadeur de l'Union soviétique. Après les préliminaires d'usage, le diplomate fait une brève communication : A cet instant précis, monsieur le Président, nos missiles à moyenne portée viennent de frapper toutes les installations militaires de l'OTAN en Europe. Celle-ci se trouve pratiquement, concrètement, désarmée, sans défense contre nous. Mon pays a épargné la France parce qu'il désire maintenir, avec le vôtre, monsieur le Président, des relations de coopération pacifique... Et puis, ajoutait Mitterrand, au moment de quitter le salon de l'Elysée, ici même, un peu plus loin, l'ambassadeur se retourne vers moi et me glisse suavement : Bien entendu monsieur le Président, nous comptons bien que vous allez immédiatement rappeler à leur base tous les sous-marins nucléaires français qui patrouillent dans la profondeur des océans! Voilà, conclut François Mitterrand, voilà un scénario possible. Que faudra-t-il faire, que faudra-t-il décider dans les minutes qui suivent? Faire rentrer les sous-marins ou leur donner l'ordre de tirer?

Il laissa la question en suspens. Mais sans doute ne fussé-je pas le seul à comprendre, en regardant le masque déterminé, presque farouche, de son visage, alors que la terrifiante question flottait parmi les lambris dorés et sur la nappe étincelante de cette salle à manger élyséenne, que ce président-là ne passerait pas sous la table. En aucun cas, et devant aucune menace extérieure.

Le lendemain, nous étions à Barcelone.

Je conduisais mes amis Danièle et Raymond Lévy à travers les salles du Musée d'art roman de Montjuich, l'un des plus beaux qui soient. Deux jours après, nous tombions ensemble en arrêt et en extase devant les Patinir du Prado. Nous restions assis longuement dans la salle de la peinture noire de Goya. Et puis, à Tolède, sous un soleil d'automne qui bleuissait ou blondissait le paysage, selon que l'on marchait à l'ombre ou à la lumière, nous avions parcouru les ruelles qui mènent à la synagogue du Transit, admirable dans la modestie de son dépouillement souverain.

Je me disais pendant ces quelques jours qu'il n'y a rien de plus agréable que de montrer ce qu'on aime à ceux qu'on aime. Par moments, dans l'aridité automnale de la Castille, je me souvenais des arbres de l'Elysée. Et des propos de François Mitterrand. J'avais hâte de les rapporter à Montand, que je n'avais pas pu rencontrer avant mon départ. Je pensais que c'était bien dommage qu'il ne m'eût pas accompagné à l'Elysée. Non seulement pour écouter Mitterrand, mais aussi pour lui parler, pour lui poser des questions. Sans doute Montand aurait-il été moins timide que moi. N'y aurait-on pas tous gagné, ce mardi-là, si Montand était venu à l'Elysée, au lieu de l'écrivain de cour, par exemple? Je crois que si. Sans doute aurait-on perdu la phrase sur les chênes qu'on abat, ô pardon! je voulais dire les chênes qu'on plante, mais on aurait gagné en simplicité, en franchise, en cordialité attentive.

Et puis je me suis souvenu que Montand a pour principe, depuis toujours et sous tous les régimes, de ne point trop fréquenter les lieux du pouvoir. Je me suis alors dit que, tout compte fait, ce déjeuner avec François Mitterrand aurait été bien plus intéressant à Autheuil. Je me suis mis à rêver à cette conversation possible. Sans doute le président de la République aurait-il pu développer plus longuement les points de vue qu'il n'avait fait qu'ébaucher, dans la salle à manger élyséenne. Et Montand en aurait profité pour expliquer également son attitude de soutien critique : cela aurait peut-être évité les algarades et malentendus provoqués ultérieurement par quelques mouches du coche présidentiel. Enfin et surtout, Montand aurait exposé la question qui le préoccupe par-dessus tout, ces derniers temps. Comment est-il possible, sur le long terme, de faire face au défi soviétique en Europe sans un réaménagement des alliances politiques internes, qui mènerait jusqu'au bout la neutralisation du P.C.F. et ouvrirait l'emprise du socialisme démocratique le plus largement possible vers le centre-gauche?

Ensuite, au mois de décembre, les événements se précipitèrent. Il m'est arrivé parfois de penser aux propos de François Mitterrand, dans les heures qui suivirent le putsch de Jaruzelski. Qui virent le mol désarroi, l'affolement brouillon de certains dirigeants français, qui ne semblaient pas dépositaires de la puissance morale d'un peuple libre, mais seulement les porte-parole bégayants de la confusion qui s'empare toujours, dans toutes les circonstances critiques, d'une bonne partie de l'opinion silencieuse, munichoise, de toute démocratie, par définition pacifiste, peu encline par nature au risque global d'un enjeu national, si on ne lui en montre pas le chemin ni ne lui en donne les moyens spirituels et matériels.

J'y pensais encore, avec l'espoir que le président de la République mettrait les choses au point à l'occasion du conseil des ministres, ce 16 décembre 1981, en écoutant Michel Foucault et Yves Montand au micro d'Ivan Levaï.

Montand, donc, vient de lire l'appel des intellectuels, qui a recueilli depuis lundi, date de son lancement, des centaines de signatures. Ensuite, Michel Foucault insiste sur un point essentiel : « Il est inadmissible, dit-il, qu'un membre du gouvernement vienne nous dire actuellement que l'affaire polonaise est une affaire intérieure. Quel est le socialiste, mais je dirais quel est l'Européen qui accepterait aujourd'hui de dire que la Commune de Paris en 1871 n'était qu'une affaire intérieure française? Je crois qu'il y a un siècle maintenant que nous savons qu'un ouvrier mis en prison pour faits de grève, qu'un syndicat interdit, qu'une armée qui occupe une ville, ce n'est jamais une affaire intérieure... »

Montand insiste encore là-dessus : « C'est beaucoup plus qu'une affaire simplement polonaise... Ce sont les Européens qui se révoltent contre les accords de Yalta... Ça nous concerne tous, aujourd'hui... Emprisonner des syndicalistes en Pologne, c'est nous-mêmes qu'on commence à mettre en prison... C'est ça qu'il faut que les gens comprennent... »

A une question d'Ivan Levaï sur les risques, y compris les risques de guerre, qu'entraînerait un appui occidental à Solidarité, Michel Foucault répond : « Il faut prendre les choses telles qu'elles se présentent... Il ne faut pas oublier que Solidarité, ce n'est pas un phénomène superficiel, ça n'a pas été l'ébullition d'un moment, c'est l'expression de tout un mouvement profond qui a travaillé la société polonaise depuis des années... Il ne faut donc pas imaginer que nous sommes actuellement devant une situation de « tout ou rien »... C'est une longue lutte à long terme qui est en train de commencer, qui va durer des années et c'est là que notre aide, aide privée ou aide par l'intermédiaire du gouvernement, est absolument indispensable... Et elle est possible... »

Pour finir, Ivan Levaï demande à Montand pourquoi il fait descendre sur la scène de l'Olympia, depuis la veille, mardi 15 décembre, à la fin du spectacle, après les applaudissements et les rappels, une pancarte de Solidarnosc.

« Quand vous faites applaudir Solidarité, en baisser de rideau, demande Levaï, ça veut dire quoi? C'est une démonstration vis-à-vis de qui? »

Montand répond : « Je ne sais pas... C'est la même réaction que j'ai pu avoir quand j'ai décidé de faire le gala pour les réfugiés chiliens... Hier soir en arrivant au théâtre, je me suis dit : ce n'est pas possible, je vais être là, je vais chanter, je vais essayer de faire oublier leurs emmerdements aux gens qui sont dans cette salle, c'est mon rôle, et c'est normal, et c'est un plaisir, c'est une joie, mais en même temps je ne pouvais pas m'empêcher de penser à Walesa qui est venu dans la salle, et je me dis, ce n'est pas possible, l'hiver polonais va être épouvantable... Alors, devant tout cet ensemble de choses, on ne peut pas être insensible... »

Mais je me trouve ici devant la difficulté déjà mentionnée de transcrire le parler de Montand. J'ai mis dans le magnétophone la cassette de l'émission d'Europe 1. J'entends la voix de Montand. Mais comment rendre le frémissement de cette voix quand il évoque le sort des ouvriers polonais? Comment rendre ses accents de colère quand il s'en prend aux déclarations de Pierre Juquin, dirigeant du P.C.F., faites le matin même? Comment faire passer son émotion quand il s'adresse aux cégétistes français et leur rappelle que la seule exigence politique de Solidarnosc c'était des élections libres? « Enfin, s'exclame Montand, il faut bien qu'un militant, qu'un cégétiste, se mette bien ça dans la tête! Ils ont demandé des élections libres... Des élections libres! La chose la plus élémentaire! »

Et Montand va alors jusqu'au bout de son raisonnement personnel, il pousse jusqu'à l'extrême la logique de sa prise de position.

« Je vais même vous dire quelque chose », déclare-t-il à Levaï, « qui l'autre soir m'a bouleversé... profondément choqué... J'étais aussi au milieu des gens, à Montparnasse, pour manifester... Je ne sais pas si les ouvriers... si les gens de Pologne auraient été tellement contents d'entendre les jeunes chanter *L'Internationale*... Je ne le pense pas... Parce que c'est quelque chose de complètement sidérant et utopique... Manifester la solidarité, oui, mais pourquoi leur chanter *L'Internationale?* Les Polonais n'ont pas chanté *L'Internationale* dans les usines, ils ont chanté des cantiques... »

Ici, me semble-t-il, d'une façon ramassée, tranchante, Montand met le doigt sur un problème théorique brûlant pour la gauche européenne. Et particulièrement pour celle des pays démocratiques de l'Occident. La lutte contre les despotismes du parti unique, contre l'idéologie mortifère du socialisme réel, peut-elle se faire au chant de *L'Internationale?* Au nom et en fonction du marxisme, en somme? Autrement dit, les régimes de l'Est ne sont-ils que les produits déviants d'un marxisme abâtardi, dévoyé de sa source, et suffirait-il d'y revenir, de retrouver le « vrai » marxisme, pour découvrir une solution à leurs problèmes? En formulant à sa façon – qui est extraordinairement efficace, parce qu'elle est concrète, imagée, immédiatement accessible – cette question théorique et pratique de première importance, Montand nous rend un grand service. Il brûle les étapes dialecticiennes, remue le fer dans la plaie, va à l'essentiel, et nous met, nous intellectuels de gauche – nous nous permettrons d'en enlever les guillemets, n'en déplaise à M. Jacques Fauvet – devant la question décisive du moment : ce n'est pas avec les armes idéologiques qui ont aidé à construire, au long de tout un processus historique commencé déjà sous Lénine, les dictatures du Parti/Etat, que l'on pourra démanteler ces dernières. Il faut trouver autre chose. Il faut se demander pourquoi les Polonais chantent des cantiques et non pas *L'Internationale*, dans les usines où déferle la vague d'un authentique mouvement ouvrier. Il faut donc trouver nos cantiques à nous. C'est-à-dire les chants de notre révolte, les paroles de notre résistance à la contagion totalitaire. Qui ne sont pas forcément des chants d'église, ni des litanies de chapelle, bien entendu.

En deux mots, avec la même énergie vitale qui le pousse sur une scène, Montand nous mettait ainsi devant nos responsabilités. Rien d'étonnant, donc, si l'intervention de Michel Foucault et d'Yves Montand à Europe 1, au micro de Levaï, ce jour du 16 décembre 1981, eut une répercussion extraordinaire.

Une semaine plus tard, revenant sur tous ces événements pour en tirer quelques leçons, Pierre Bourdieu déclarait au quotidien *Libération* : « ... J'ai depuis longtemps formulé l'utopie de constituer un groupe d'intellectuels dont la signature resterait collective, dont les textes seraient écrits par le plus compétent d'entre eux sur le sujet considéré et seraient lus par un acteur. En ce sens, l'émission Montand-Foucault à Europe 1, qui a suscité une telle émotion chez nos dirigeants – et aussi, et c'est le plus important, dans le public – me paraît exemplaire. »

La meilleure démonstration, sans doute, de cette émotion chez les dirigeants socialistes, fut la façon dont Lionel Jospin réagit, le soir même du 16 décembre 1981, à l'antenne de France-Inter, dans l'émission « Face au public ».

« J'ai vu une déclaration récente », répond Jospin aux journalistes qui l'interrogent, « qui a été signée par Yves Montand, Bernard Kouchner, et je vais m'exprimer avec d'autant plus de franchise et d'honnêteté que j'ai toujours admiré Yves Montand en tant que chanteur, en tant que personnalité. Il le sait parce que je lui en ai apporté le témoignage écrit il y a quelque temps. Je lui ai écrit justement une lettre quand il est revenu pour chanter. Je dois dire que ce communiqué qui ne dit pas un mot de la position du Parti communiste – c'est leur droit, je ne leur demande pas de critiquer la position du Parti communiste – mais qui quand même ne dit pas un mot de la position du Parti communiste, est entièrement centré sur les critiques faites au Parti socialiste. C'est quand même extravagant, intellectuellement... »

Ce qui est extravagant, intellectuellement, et aussi politiquement, c'est que Lionel Jospin ait perdu pendant cette journée de décembre la capacité de lire un texte et de le comprendre.

Que dit l'appel des intellectuels, en effet? Il dit : « En affirmant, contre toute vérité et contre toute morale, que la situation en Pologne ne regarde que les Polonais, *les dirigeants socialistes n'accordent-ils pas plus d'importance à leurs alliances intérieures qu'à l'assistance due à toute nation en danger? La bonne entente avec le Parti communiste français est-elle donc, pour les dirigeants socialistes, plus importante que l'écrasement d'un mouvement ouvrier sous les bottes des militaires?* » (Souligné par moi.)

Est-ce vraiment difficile à comprendre?

Ainsi, et quoi que feigne d'en croire Jospin, la critique fondamentale que nous portions contre les dirigeants socialistes qui s'étaient exprimés le dimanche 13 décembre, le jour du putsch de Jaruzelski, consistait précisément à dénoncer leur alignement apparent sur les positions du P.C.F. Leur apparente crainte de faire de la peine à ce dernier. Leur apparente volonté de le ménager. Non seulement, donc, nous formulions une critique de la position du P.C.F., quoi qu'en dise Jospin, mais c'était même cet alignement apparent qui nous inquiétait surtout dans l'attitude de certains dirigeants et ministres socialistes, de Claude Cheysson en particulier.

De qui se moquait Lionel Jospin ce soir-là, à France-Inter, sinon de lui-même?

Par ailleurs, il est un peu cocasse – ou assez triste? – de constater à quel point les dirigeants et ministres du P.S. furent incapables d'accorder leurs violons, pendant ces journées de décembre. Ainsi, alors que Lionel Jospin reprochait aux intellectuels signataires de l'appel de ne faire aucune critique de la position du P.C.F., Jack Lang, de son côté, citait les ministres communistes en exemple aux intellectuels. « J'observe l'attitude des ministres communistes vis-à-vis de la politique définie par le président de la République », déclarait Lang au journal *Le Matin* le 21 décembre 1981. « Leur loyauté est parfaite, elle est même à citer en modèle. »

Si on pouvait espérer que le bouillant ministre de la Culture en trouverait le temps, on conseillerait à Jack Lang la lecture attentive de *Politique 1* et *2*, de François Mitterrand, qui contiennent toutes les explications nécessaires sur la contradiction indépassable entre politique marxiste-léniniste et système démocratique. Il y verrait que l'alliance avec le P.C.F. est un combat, en toutes circonstances : croire à la loyauté parfaite, à citer en modèle, de l'allié/adversaire est une preuve singulière de myopie politique. Si on osait même imaginer que Jack Lang supprimât quelques voyages officiels pour consacrer le temps libre ainsi gagné à la lecture des classiques, on lui conseillerait de parcourir les œuvres de Léon Blum. Excellent exercice en toute saison, mais particulièrement aujourd'hui pour les jeunes loups pragmatiques du P.S. Et non seulement parce que nous fêtons cette année le bicentenaire de la naissance de Stendhal et que Blum était un beyliste distingué, mais surtout parce que, depuis la lointaine nuit du Congrès de Tours, les textes de Léon Blum sur le Parti communiste sont essentiels pour qui souhaiterait comprendre quelque chose à l'histoire de ce vieux peuple de gauche français. Et puis, quelle leçon d'écriture, mon cher ministre!

Mais Lionel Jospin, à cette émission de France-Inter, ne s'en tenait pas à cette curieuse bévue sur le texte de notre appel. Il s'en prenait ensuite à Yves Montand.

De façon allusive, d'abord. Après avoir répété une nouvelle fois qu'il n'y avait pas un mot dans l'appel des intellectuels sur l'attitude du Parti communiste, il ajoutait : « Or, je me dis que, pour beaucoup d'entre eux, il est dur d'enterrer les anciennes amours. »

Ainsi, c'est parce qu'il y avait parmi les signataires de l'appel certains anciens communistes ou compagnons de route que l'attitude vis-à-vis du P.C.F. était ambiguë. D'habitude, je dois dire, on reproche plutôt aux anciens communistes une trop grande virulence dans la critique de leurs « anciennes amours ». Cette fois-ci, le reproche est inversé. Et l'on atteint les sommets de la sottise. Ou de l'ignorance. Comment reprocher à Montand d'avoir du mal à enterrer ses « anciennes amours »? Alors que son itinéraire public est jalonné de prises de positions sans équivoque, souvent fracassantes, et que nul ne peut ignorer?

Il faut espérer que Jospin s'est ici laissé entraîner sur la pente d'une polémique inconsidérée. Il n'a, d'ailleurs, qu'à regarder autour de lui, lors des séances du secrétariat national du P.S., pour comprendre que les « anciennes amours » communistes n'interdisent pas à certains de ses membres d'être de fidèles militants du socialisme démocratique. N'est-ce pas?

Oublions donc cette petite phrase maladroite. Arrivons-en au paragraphe de son intervention où Jospin s'en prend directement à Montand.

« Certains de ceux qui ont signé cette lettre n'auraient pas dû remonter aussi légèrement le cours de l'histoire », déclare Lionel Jospin, « car je me souviens, notamment, et je vais le dire à Yves Montand, que je lui ai téléphoné pendant la campagne présidentielle pour lui dire : " Est-ce que vous accepteriez de chanter pendant notre campagne? " Il m'a répondu très aimablement : " Non, je ne peux pas le faire, je renonce, je ne veux plus m'exprimer, intervenir dans la vie politique. " Eh bien, là, il l'a fait. Il l'a fait d'une façon qui me désole, parce qu'elle est injuste. Alors, je suis obligé de lui dire que parmi les rappels historiques, en 1956, après la répression hongroise, il avait été, lui, faire une grande tournée en Union soviétique. »

Sur le premier point des accusations de Jospin, il est certain que Montand lui a répondu très aimablement. Pourquoi ne l'aurait-il pas fait? Mais il est tout aussi certain qu'il ne lui a pas dit les mots que Jospin rapporte. Il n'a pas pu dire « je renonce », par exemple. Car Montand ne renonce jamais, toute sa vie le prouve. Il n'a pas pu dire : « Je ne veux plus m'exprimer. » Car Montand ne cesse de s'exprimer, dans son métier d'acteur et hors de son métier. Certains lui font même le reproche de s'exprimer trop. Il n'a rien pu dire de tout cela, en somme. Du moins sous cette forme.

Ce qu'il a dit, puisqu'il le pense, puisqu'il l'a toujours dit, puisque telle est sa pratique aisément vérifiable, c'est qu'il ne chanterait pas car il ne l'avait jamais fait auparavant, lors d'une campagne politique, lors d'élections présidentielles ou législatives. Il s'en est expliqué publiquement, à maintes reprises.

Sur le deuxième point, celui de la tournée en Union soviétique, je vais laisser Montand répondre lui-même.

Le 17 décembre 1981, au lendemain des déclarations de Lionel Jospin, Montand écrivit une lettre, en effet, au premier secrétaire du P.S. J'en suis le témoin direct. J'ai vu ce jour-là Simone Signoret « plancher » pour mettre en forme le projet de réponse que Montand lui avait soumis. Le texte en fut porté rue de Solférino par Catherine Allégret qui réapparaît ainsi dans cette histoire, une fois encore. Dans les locaux du P.S., quand Catherine annonça qu'elle apportait une lettre de Montand, il se produisit un certain remue-ménage. Finalement, c'est Jospin lui-même qui reçut Catherine Allégret. C'est donc en main propre, comme on dit, que la lettre suivante lui fut remise.

« Paris, le 17 décembre 1981.

« Cher Lionel Jospin,

« Il semblerait que moi seul parmi les signataires de ce texte vous aie causé du chagrin. Telle n'était pas mon intention. Mon intention était, comme tous les autres signataires, de rendre publique mon indignation devant la mollesse et la " diplomatie " des premières déclarations officielles du gouvernement.

« Il semble aujourd'hui que la vôtre est égale à la nôtre.

« Il semble aussi que la nature de ce texte hier matin au micro d'Europe 1 et nos commentaires à Michel Foucault et à moi-même aient été entendus... Nous avons pu constater que le ton officiel adopté dans la journée d'hier avait heureusement changé et nous nous sommes réjouis de cette nouvelle réflexion. En même temps, nous ne pouvons pas nous empêcher d'espérer que notre mise en garde y soit pour quelque chose. C'est beaucoup d'orgueil peut-être, mais après tout c'est en me citant nommément que vous m'autorisez à être prétentieux... Comme vous ne pouviez pas me ranger au rayon des indifférents aux malheurs des Chiliens, des Turcs, des Afghans, des Tchécoslovaques, des *boat-people* et des Salvadoriens, vous avez choisi de rappeler à l'opinion publique que j'étais parti pour Moscou en 1956.

« Vous avez bien fait. Encore que vous vous êtes trompé si vous avez cru déterrer un cadavre. Ce voyage est bien connu, il a été publiquement analysé par ma femme et par moi-même. Vous auriez dû penser que c'est justement parce que je suis parti en 1956 qu'on ne m'a plus jamais fait avaler des mots comme *contre-révolution, appel à l'aide aux partis frères,* ou *non-ingérence dans les affaires intérieures* ou, bien sûr, *il n'y a rien à faire.*

« Croyez, mon cher Jospin, à mes sentiments les meilleurs. »

Je me suis arrêté d'écrire, j'ai repris le livre de Simone Signoret. J'ai relu le récit de cette tournée de 1956 en Union soviétique et dans les démocraties dites « populaires » (pléonasme significatif : quand on redouble un effet sémantique, c'est toujours louche!).

Ça m'a pris un certain temps, cette lecture. Il y en a pour près d'une centaine de pages, en effet. On ne peut vraiment pas dire que Simone Signoret ait essayé d'esquiver cette question, d'occulter cet épisode de leur vie, à Montand et à elle. Mais je ne vais pas vous faire ici un résumé de ce récit. Un résumé brillant de ces moments les plus piquants. Ou les plus émouvants. Certainement pas. Je vous engage à faire comme moi. Interrompez un instant cette lecture et reportez-vous à *La Nostalgie...* Lisez et relisez le récit superbe, coloré, plein de tendresse et d'ironie, de colère aussi, que fait Simone Signoret de leur voyage à tous deux en Union soviétique. J'espère que Lionel Jospin, lui aussi, aura pris quelques dizaines de minutes sur son précieux temps pour lire ces pages, quand il a reçu la lettre de réponse de Montand, le lendemain de son intervention à France-Inter.

Mais tout à coup, de façon spectaculaire – mais c'est son habitude –, Louis Aragon fait son entrée dans ce récit. Ou sa sortie, plutôt.

Vous avez noté, en effet, puisque vous venez de relire les pages de Simone Signoret, que le récit de son voyage à l'Est avec Montand, en 1956, se termine par une entrevue avec Aragon. Une dernière entrevue, en fait. Le récit de

Simone le souligne bien : « J'ai raccompagné Aragon à la porte de ma maison, je lui ai dit que je ne voulais plus jamais le voir de ma vie, je l'ai mis dehors et je ne lui ai plus jamais adressé la parole. »

Et, au moment précis où je venais de lire cette phrase, au moment même où Simone Signoret met Aragon à la porte de son rez-de-chaussée-roulotte, place Dauphine, il y a longtemps, en 1957, une voix m'appelle, aujourd'hui. Une voix me crie à l'instant que la radio vient d'annoncer la mort d'Aragon.

Je reste figé. Je pense vaguement que cette sorte de coïncidence sournoise et brutale ne devrait pas trop m'étonner. Qu'il faut s'attendre à n'importe quelle coïncidence, n'importe quelle rencontre apparemment impossible quand on a affaire avec Simone Signoret. Je sais bien que Simone est une déesse des coïncidences, des hasards significatifs. Une sorte de Nadja de notre quotidienne banalité. Je me dis tout ça, mais je m'efforce de garder la tête froide. De ne pas perdre le fil de mon histoire.

Donc, Montand et Simone sont à l'aéroport de Budapest, à la fin du mois de mars 1957. C'est aussi la fin de la tournée dans les pays de l'Est. Ils vont rentrer chez eux. Alors, écrit Simone, « cinq minutes avant l'embarquement, une femme s'approcha de nous. Peut-être l'avais-je déjà vue parmi les journalistes et les gens de radio? Elle avait quelque chose à nous dire. Elle le dit très vite et très bas. Est-ce que nous connaissions Aragon? Est-ce que nous allions le voir? Et comment! Alors, il faudrait lui faire une commission. Un ami à lui, un poète hongrois, était en prison avec quelques autres écrivains depuis janvier. Ni elle, qui était son ex-femme, ni sa femme actuelle n'obtenaient le moindre renseignement sur le sort qui lui était réservé. Une lettre avait déjà été acheminée pour alerter Aragon depuis un mois et demi. Aragon connaissait très bien la vie de Tibor. Elsa aussi.

Tibor était devenu membre du parti clandestin pendant la guerre, en 1942, en France où il était réfugié politique depuis 1938. Il fallait qu'Aragon fasse quelque chose, il savait, lui, que Tibor n'était pas un fasciste. Je lui promis que je ferais la commission. Je ne lui promis pas une démarche d'Aragon. Alors, elle me regarda un petit moment sans rien dire, puis elle me prit les deux mains et me dit : " Alors, demandez-lui de ne pas dormir au moins pendant une nuit. "J'écrivis le nom : Tibor Tardos. »

Voilà. J'ai emprunté cette page à Simone Signoret, puisque je n'étais pas à l'aéroport de Budapest, ce jour-là. Je peux imaginer, bien sûr. Je peux même imaginer que Simone n'était pas mécontente d'avoir ce message à transmettre à Louis Aragon. Ce message d'une femme angoissée à propos d'un écrivain prisonnier.

Ainsi, deux jours après son retour à Paris, Simone Signoret reçut Louis Aragon chez elle, place Dauphine. Elle lui fit la commission de l'ex-femme de Tibor Tardos. Aragon était surpris, il ne se souvenait pas bien. Tardos, Tardos, le petit poète? Il était en prison? Mais qu'y faire? Que pouvait-il faire? « Moi, je suis français, disait Aragon, ce qui se passe en Hongrie ne me regarde pas! » Simone transmit alors la demande ultime de l'ex-femme de Tibor Tardos : qu'il ne dormît pas au moins pendant une nuit.

« Aragon a porté sa belle main dans le gris de ses beaux cheveux et m'a dit », dit Simone Signoret, « mais, ma pauvre amie, ça fait vingt ans que je ne dors pas! » Et c'est alors que Simone l'a mis à la porte de sa maison.

Voilà. Je venais de relire cette phrase lorsqu'on m'a crié que Louis Aragon venait de mourir. Il ne dormira plus, plus jamais. Ou plutôt, il dormira du sommeil éternel de l'insomnie de la mort, Louis Aragon.

Pendant les jours suivants, il fut vraiment difficile de ne pas penser à Aragon. Comme dans une pièce d'Eugène

Ionesco, son cadavre ne cessait de grandir. Il envahissait les pages des journaux. Il encombrait les écrans de télévision. Il se décomposait sur la place publique. Il puait à l'encan. Il parlait d'outre-tombe à la cantonade.

Comment ne pas penser à Louis Aragon, en ces circonstances?

Curieusement, c'est pendant ces longs jours de mort officielle, fastueuse et dérisoire, de Louis Aragon, que j'appris quelques détails sur la mort discrète, fastueuse aussi pourtant, à sa manière, d'un autre militant exemplaire de la cause du communisme. Un autre militant à donner en exemple aux générations futures, parce qu'il incarne cette vertu dont on nous aura rebattu les oreilles à propos d'Aragon : la fidélité. Un autre militant de la fidélité communiste. Je veux parler de Ramón Mercader, l'assassin de Trotski.

On sait que Ramón Mercader quitta le Mexique, après y avoir purgé une peine de vingt ans de prison. On sait qu'il s'envola pour La Havane – Castro y était déjà au pouvoir – pour gagner à partir de là l'Union soviétique. On sait tout cela. Mais on sait moins qu'à la fin de sa vie, Ramón Mercader revint à Cuba. Ses liens avec ce pays étaient étroits. Filiaux, en quelque sorte. Car sa mère, Caridad del Río Mercader, y était née. Et elle avait fini sa longue carrière au service de l'espionnage soviétique à l'ambassade de Cuba à Paris, dans les années 60. Elle y avait un poste apparemment modeste, mais son regard était toujours aussi vif. A la fin de sa vie, donc, Ramón Mercader avait regagné son île maternelle. Et il y exerça une fonction qui me semble boucler admirablement cette longue vie de fidélité communiste. Ramón Mercader a fini sa vie, tranchée par ce qu'on appelle « une longue et douloureuse maladie » – et il semble bien, d'après certains témoignages, que sa fin fût vraiment douloureuse – en exerçant la fonction d'inspecteur des prisons castristes. Admirable parabole d'une vie militante, n'est-il pas vrai?

Des combats de la guerre civile espagnole à l'inspection des cellules d'isolement dans les prisons de Fidel Castro, en passant par les secrets puants de l'appareil de sécurité russe : toute une vie de fidélité. *Perinde ac cadaver.*

Mais je ne parlerai pas de Louis Aragon, à cette heure et en ce lieu. Je garderai le même silence discret que Montand observa à cette occasion. Montand continuera à chanter Aragon, à n'en penser pas moins. Je continuerai à penser la même chose, tout en me récitant parfois, à voix basse, à mi-voix ou à voix haute – toutes les voix conviennent à Louis Aragon – certaines pages de lui. Certaines bribes de poèmes. Certains vers de la *Chanson pour oublier Dachau,* par exemple. *Ne réveillez pas cette nuit les dormeurs...* Ou plutôt si : réveillez cette nuit et toutes les nuits de la nuit qui tombe sur l'Europe Aragon-le-dormeur. Ou l'endormeur. Réveillez-le du sommeil de la mort, qu'il connaisse enfin, comme le souhaitait l'ex-femme de Tibor Tardos, l'insomnie de la vie. L'insomnie vigilante de notre vie, du moins.

Mais je ne parlerai pas de Louis Aragon. Pas maintenant. Je n'en avais pas l'intention, ce n'est pas dans le projet de ce livre. C'est seulement parce qu'il est mort juste au moment où il quittait le récit de Simone Signoret, à tout jamais, que j'ai dû évoquer sa longue fidélité au néant.

La mort d'Aragon, quoi qu'il en soit, les funérailles quasi nationales qui lui furent faites, nous ramènent à cet épisode de décembre 1981, lorsqu'un certain nombre de dirigeants socialistes s'en prirent acrimonieusement aux intellectuels signataires de l'appel de Michel Foucault et de Pierre Bourdieu. Et particulièrement à Yves Montand.

Les funérailles d'Aragon, en effet, furent l'occasion d'une commémoration funèbre et glaciale d'une certaine idée de l'Union de la gauche. D'une certaine mythologie de l'unité dans la confusion, dans la creuse rhétorique de l'avenir radieux.

Je regardais les images à la télévision – qui seront sans doute intéressantes à décrypter dans un avenir proche – et je ne pouvais m'empêcher de sourire. J'écoutais Pierre Mauroy, je regardais Jack Lang au premier rang des festivités, et je ne pouvais m'empêcher de sourire. Un an auparavant, eux-mêmes, ou leurs semblables, leurs frères, nous reprochaient nos « anciennes amours » communistes, nous renvoyaient dans l'enfer sulfureux de nos origines.

Longtemps après cette péripétie, il arrivait encore à Jack Lang de répéter, à l'occasion de quelque interview, que, contrairement à Yves Montand, il n'avait jamais été stalinien, lui. Mise au point sans signification, les époques où l'un et l'autre sont parvenus à la maturité politique étant difficilement comparables. Avoir eu vingt-trois ans à l'époque de la Libération, comme Montand, n'est certainement pas la même chose que les avoir au moment où Lang les a eus. Tant mieux pour ce dernier, peut-être. Mais tant pis pour lui, aussi, s'il en tire gloire ou simplement mérite. On ne choisit pas l'année de sa naissance.

Pour qu'il essaie de comprendre ce que c'était d'avoir vingt-trois ans en 1944, je conseillerais une nouvelle fois à Jack Lang de relire Léon Blum. Dans le volume des œuvres de ce dernier qui contient ses écrits et discours de 1945 à 1947, il trouvera une série d'articles du *Populaire* sur les problèmes de l'unité avec le P.C.F. où l'on peut lire, à la date du 21 juillet 1945 (rappelons que Léon Blum vient de rentrer de sa déportation en Allemagne, deux mois plus tôt), les lignes suivantes : « Je conviens, sans nulle difficulté, que la politique de l'Etat soviétique est conduite par un homme extraordinaire. Quand nos camarades communistes, avant la guerre, parlaient couramment du “ génial Staline ”, je me souviens que j'étais porté à sourire et je confesse aujourd'hui que j'avais tort. Staline est un homme de génie. L'œuvre qu'il a accomplie depuis vingt ans pour fonder son pouvoir, pour organiser, défendre et faire triompher son pays, implique des dons aussi exceptionnels que ceux qui ont placé un Richelieu, un Cromwell, un Cavour au premier plan de l'Histoire. Il est génial par ses dimensions, par sa puissance intérieure d'efficacité comme par la profondeur patiente de ses desseins. »

C'est Léon Blum qui écrit ces lignes, ne l'oublions pas, ce n'est pas André Wurmser. Mais il les écrit en 1945. Elles montrent bien quelle était l'ambiance idéologique – terrifiante quand on y pense – de l'époque. Si Léon Blum, qu'on pouvait croire immunisé, n'a pas résisté à la contagion de ce stalinisme ambiant, de ce « culte de la personnalité » de Staline, comment Montand y aurait-il résisté? Comment le fils d'une famille prolétarienne immigrée, qui a trouvé dans le communisme de nouvelles racines, une nouvelle patrie, qui se considère « communiste de naissance » comme il l'a dit lui-même, aurait-il résisté? Ce qu'il y a d'étonnant, c'est que Montand n'y ait pas totalement succombé. Qu'il ne soit jamais devenu militant. Qu'il ait préservé jalousement le domaine de son métier, de son engagement de comédien-chanteur, d'une emprise totale du populisme agressif et bêbête du P.C.F. Un homme ayant le sens inné du spectacle, ayant l'expérience théâtrale qui est celle de Jack Lang, devrait plutôt se poser cette question au lieu de poursuivre de sa rancune le « stalinisme » imaginaire de Montand. Car c'est son expérience d'homme de spectacle, d'abord, qui a permis à celui-ci de maintenir son autonomie. C'est à travers son expérience de comédien de cinéma, ensuite, à travers l'expérience de *La guerre est finie*, de *L'Aveu*, principalement que Montand a retrouvé sa vérité politique. Son vrai langage personnel, qui n'était plus celui du parti père.

Je regardais donc les images télévisées des funérailles quasi nationales de Louis Aragon et je ne pouvais m'empêcher de sourire. Les mêmes qui nous avaient, un an auparavant, vertement reproché un stalinisme larvé, rampant, mal guéri; les mêmes qui nous donnaient une leçon analytique, décelant en nous je ne sais quel retour du refoulé; les mêmes puritains qui nous rappelaient sévèrement nos « anciennes amours », les voilà tous groupés dans l'éloge dithyrambique de la fidélité stalinienne de Louis Aragon au parti le plus stalinisé d'Europe occidentale!

Il y avait de quoi sourire, certes.

Mais quelle conclusion tirer, avec le recul du temps, de cette algarade de certains représentants du pouvoir socialiste contre un groupe largement représentatif des intellectuels de gauche? Pourquoi cette levée de boucliers contre les signataires de l'appel du 14 décembre, et plus particulièrement contre Montand?

J'en reviens à l'entretien avec Pierre Bourdieu publié par *Libération* (sans doute le quotidien qui a le mieux compris le sens de cette affaire) et que j'ai déjà mentionné.

« Notre appel, dit Bourdieu, a fonctionné comme un révélateur (Sartre aurait dit : " comme un piège à cons "). Il a suscité des propos stupides ou ridicules, tantôt indécents – je pense aux attaques contre Yves Montand ou contre les intellectuels de gauche entre guillemets –, tantôt inquiétants – je pense aux accents dignes de Kanapa qu'à su trouver notre ministre de la Culture pour opposer la " loyauté parfaite " des ministres communistes à l'inconséquence typiquement structuraliste des intellectuels. »

En vérité, comme le disait Pierre Bourdieu dans *Libération* : « Qu'y a-t-il d'anormal dans le fait de s'adresser au gouvernement? S'agissant d'une affaire de politique étrangère, il est le seul à pouvoir parler et agir efficacement en notre nom. Nous lui avons délégué les pouvoirs en la matière. Nous avons des droits sur lui. En tant qu'intellectuels, nous avons le privilège de pouvoir exercer ce droit de tout citoyen avec une certaine efficacité. (Encore que la publication de notre appel ait rencontré certains obstacles...) Il aurait peut-être fallu attendre que le président de la République vienne nous expliquer, un mois après, dans une causereie au coin du feu, ce qu'il pense de la Pologne et ce qu'il a pu en dire dans le secret des rencontres au sommet! Vingt ans de Ve République ont fait dépérir les réflexes démocratiques élémentaires. Un gouvernement peut et doit être rappelé à l'ordre. »

En fin de compte, cet événement – qui peut être considéré, d'un certain point de vue, comme une tempête dans un verre d'eau parisien, mais d'un autre, comme le dit Bourdieu, comme un révélateur – a montré l'existence d'une faille, d'une sorte de fracture, entre un courant du P.S., qui semble dominer pour l'heure les appareils culturels de l'Etat – et que je qualifierai, à l'emporte-pièce, de « jacobin-léniniste » – et une fraction importante des intellectuels de gauche. Fraction qui s'est formée tout au long des dernières décennies dans le combat contre le stalinisme (mais oui, monsieur Lang!), contre les retombées totalitaires du tiers-mondisme, contre l'étatisation bureaucratique des sociétés occidentales : une sorte de *freischwebende Intelligenz*, selon la définition admirable de Max Weber, c'est-à-dire une couche intellectuelle déliée des appareils, détachée de toute servitude autre que celle des limites de sa propre capacité de connaissance. Détachée de tout pouvoir autre que celui de la subversion permanente et démocratique des institutions, qui est sa fonction quasi naturelle. Il est à craindre, si cette fracture s'élargissait dans les mois et les années qui viennent, que les rapports du pouvoir socialiste avec la société civile en soient gravement compromis.

Mais pendant ce temps, pendant que cette polémique remplissait les pages des journaux et retentissait dans les radios, Montand se produisait tous les soirs à l'Olympia. C'est là que se déroulait son combat quotidien, c'est là qu'il triomphait. C'est de là qu'il tirait sa force. Et ses paroles leur résonance. Je veux dire qu'il n'y a rien de plus attristant, rien de plus minable, que les tristes minables qui ne font vraiment pas le poids sur scène, mais qui compensent leur médiocrité par de fracassantes déclarations politiques. Et vont toujours, d'ailleurs, dans le sens du poil de celui du pouvoir en place bien sûr. Dans le vent de la mode dominante.

Montand, lui, pouvait parler fort, au risque même de trop parler, ou de parler trop fort, *nobody is perfect!* parce qu'il triomphait chaque soir sur la scène de l'Olympia. Et c'est seulement après les bravos et les rappels, dans la joie d'un public qui se sentait comblé – à la fois plus satisfait et plus inquiet de soi-même, plus attentif à ses propres interrogations – après cette soirée avec Montand, que celui-ci faisait, ces semaines-là, descendre des cintres du music-hall la pancarte de Solidarnosc. Comme un rappel des réalités du monde, rudes et préoccupantes, au milieu du bonheur provisoire mais parfait de cette soirée. Comme un rappel de la fragilité de ce bonheur.

Ainsi, tous les soirs, Montand remplissait l'Olympia à ras bord, comme un vaisseau de haut bord, bruissant de silences et de cris émerveillés. Il est temps de reprendre le voyage avec lui.

7

Yves Montand : la guerre continue

L'avion s'enfonce en ronronnant dans la nuit d'Occident.

Depuis le mois d'août, lorsque j'ai rejoint Montand au Brésil, je me suis toujours envolé vers l'Ouest, où se lèvent les nuits. Les aéroports brillaient de mille feux nocturnes et je m'envolais vers des nuits interminables. Le décalage horaire fabriquait de la nuit sous mon regard, à simple vue, à vue d'œil même, à travers les hublots des gros avions monotones.

Aujourd'hui, 19 octobre 1982, je m'envole de nouveau vers l'Ouest. Vers Los Angeles, cette fois-ci, où je vais retrouver Montand. J'y arriverai au début de la nuit, si l'on en croit l'heure locale, qui sera à peu près la même que celle où j'aurais quitté Paris, onze heures plus tôt. La nuit va recommencer pour moi à Los Angeles, vieille ville espagnole, puisque les vols vers l'Ouest vous font cadeau de nuits supplémentaires.

Une seule fois, au cours de ces voyages à travers le monde avec Montand – mais la fois dont je vais parler j'étais seul : il était resté au Japon, pour finir la tournée – une seule fois ai-je volé vers l'Est. Autrement dit, vers l'Europe occidentale. Ce fut à l'occasion de mon vol de retour de Tokyo à Paris, *via* Anchorage.

En m'installant dans la cabine, cette fois-là, sous le sourire à mille facettes et courbettes des hôtesses japonaises, je me suis dit avec un brin de satisfaction ironique que ma mort ne passerait pas inaperçue, si cet avion s'écrasait. Yannick Noah était installé juste devant moi, en effet. Et de l'autre côté du couloir, sur la même rangée que moi, il y avait Alberto Moravia et sa jeune compagne, Dacia Maraini. Je veux dire, sa compagne plus jeune que lui.

J'avais rencontré Noah en septembre, pendant la semaine où Montand avait chanté au Metropolitan Opera. Il jouait, lui, à Flushing Meadow et nous habitions le même hôtel. A Flushing Meadow, en septembre, Yannick Noah s'était fait sortir du tournoi par un joueur australien qu'il aurait dû battre. Qu'il avait toutes les possibilités de battre. A Tokyo, en octobre, il s'était fait sortir au premier tour – deux *ties-break :* 7/6, 7/6 – par Pat Dupré. Alors, quand j'ai retrouvé Yannick Noah à l'aéroport, quand on s'est salués avant l'embarquement, j'ai craint qu'il n'associât ma présence à ses malheurs dans les tournois. Qu'il me prît pour un oiseau de malheur. Mais non, il ne semblait pas. Il ne semblait pas penser qu'il y eût coïncidence troublante entre ses défaites imprévisibles, du moins imprévues, et ma présence sur son passage. Il fut courtois et cordial, sans insistance, en gardant ses distances, comme à son habitude.

Quant à Moravia et à Dacia Maraini, je crois que je ne les avais plus revus depuis le mois de mai 1964, à Salzbourg. C'était à l'occasion du prix Formentor, que j'avais obtenu l'année précédente pour *Le Grand Voyage.* Ça faisait près de vingt ans, donc. On avait vieilli tous les trois, c'était sans doute visible. Eux deux, du moins, avaient vieilli. Il n'y a donc aucune raison de m'exclure de cette universelle destinée.

Cette fois-là, donc, le 27 octobre 1982, nous volâmes vers l'Est. Les jours ne cessèrent pas de naître. Nous connûmes des aubes diverses, mornes ou chatoyantes, comme dans une *Illumination* de Rimbaud. A Anchorage, l'aube était grise de neige piétinée. Puis le soleil se leva. Elle devint rose, la neige aussi. A Paris, l'aube était grise de pluie automnale. Puis le soleil ne se leva pas. Elle resta grise. A Madrid, le lendemain, l'aube était fraîche et bleue. Et le soleil se leva aussi, plus chaud qu'à Anchorage. Par-dessus le marché, mes copains du Parti socialiste ouvrier espagnol avaient largement gagné les élections législatives.

Mais je n'en suis pas encore là.

J'en suis une dizaine de jours plus tôt et je m'envole vers l'Ouest. Vers Los Angeles, ancienne ville espagnole. La preuve en est que le fonctionnaire des services d'immigration me parla aussitôt dans un castillan chantant, au vu de mon passeport. Il avait l'air de se moquer éperdument que j'eusse un *waiver*, espèce de non-visa qui vous donne cependant des droits provisoires, et sujets à caution, d'entrée aux Etats-Unis. Quand il apprit que je venais rejoindre Montand, en réponse à la question rituelle sur le but de mon voyage, il m'exprima ses regrets de n'avoir pu aller au Greek Theater. Mais il y avait trop de candidats spectateurs pour trop peu de places, me dit-il. Il y en avait pourtant plus de quatre mille. Il aurait bien aimé que Montand restât plus longtemps à Los Angeles. Il m'a rendu mon passeport tamponné, il m'a souhaité la bienvenue, dans son castillan adouci par les accents du Sud.

En gagnant la sortie de l'aéroport de L.A., vers la voiture que Montand m'avait envoyée – au moment de mon atterrissage il entrait en scène, au Greek Theater, et je voulais l'y rejoindre avant la fin du spectacle – je me disais que cet accent me rappelait quelqu'un. Avec quel Américain avais-je parlé en castillan, ces derniers temps?

Je m'en souvins tout d'un coup, plus tard, alors que je somnolais sur la banquette arrière de la limousine, en traversant la nouvelle ville américaine de Los Angeles, interminable et insaisissable, qui ne semblait servir, la nuit, que de support aux gigantesques enseignes lumineuses, clignotantes, miroitantes, où la lumière circulait comme du sang flamboyant dans les artères de l'univers.

Le policier des services d'immigration de Los Angeles avait le même accent que le fantassin de la IIIe Armée du général Patton qui m'avait donné un paquet de *Camel*, à Buchenwald, le 12 avril 1945, le lendemain de la libération du camp. Le petit soldat du Nouveau-Mexique regardait de ses yeux exorbités l'entassement des cadavres dans la cour du crématoire. Ses lèvres tremblaient, exsangues. Puis il a commencé à murmurer une prière en castillan, avec l'accent du Sud, chantant et doux, dont je parle : *Padre nuestro que estás en los cielos...*

Je mesurai à l'aune quelque peu angoissante de ce lointain souvenir le temps passé, les lents cheminements de la mort dans le fleuve de ma propre vie. Je me souvins du fleuve Styx, bien sûr, dans le tableau de Joachim Patinir que nous avions contemplé au musée du Prado, à Madrid, avec Raymond et Danièle Lévy, au cours de ce voyage en Espagne qui avait commencé le mardi 24 novembre, à peine plus d'un an auparavant. Le jour où j'avais été invité à déjeuner à l'Elysée par François Mitterrand.

Et puis, lorsque je parvins dans l'amphithéâtre en plein air du Greek Theater, bruissant des milliers de rires joyeux comme des lucioles, Montand était en train de chanter *Les Grands Boulevards*. La vie reprit aussitôt ses droits. Elle redevint imaginable, d'un seul coup.

Mais je n'en suis pas encore là.

J'en suis quelques heures plus tôt et je m'envole dans la nuit qui se lève à l'Ouest.

Je me tourne vers mon voisin, pour lui parler. Habituellement, je ne parle pas à mes voisins, dans les avions transatlantiques. Ni même dans les autres, d'ailleurs. Et j'essaie de dissuader mes voisins de s'adresser à moi en prenant un air absent. Ou sévère. Car les vols transatlantiques sont particulièrement propices à la méditation – les autres aussi, d'ailleurs –, et il ne faut pas en gâcher la possibilité par des conversations intempestives. Mais il se trouve que mon voisin est Narciso Yepes, le grand guitariste espagnol.

Tout à l'heure, au comptoir d'enregistrement de l'aéroport, l'hôtesse d'Air France m'a donné le numéro de ma place avec un sourire ravi. « Vous allez voyager à côté de votre compatriote, Narciso Yepes. » Et elle a ajouté, hochant la tête, songeuse : « Vous en avez de la chance... J'admire tellement ce musicien! »

Je ne lui ai pas dit que non seulement je vais être le voisin de Narciso Yepes, mais que, de surcroît, c'est pour rejoindre Montand que je prends l'avion. Elle aurait pu penser que ma chance est insolente. Ce qui est vrai, mais elle aurait pu finir par m'en vouloir.

Je me tourne donc vers Narciso Yepes.

Près de trente ans auparavant, je l'avais rencontré dans des circonstances un peu particulières. C'était à Hendaye, à la frontière espagnole. J'étais descendu du train de Paris, j'avais franchi les postes de douane et de police français. C'était l'époque où je voyageais avec de faux passeports (tiens! un souvenir éclate : j'avais quinze ans, j'étais à La Haye, la guerre d'Espagne se terminait dans la déroute et la confusion, l'Europe avait abandonné Prague à Hitler, comme elle l'abandonnerait à Staline, dix ans plus tard, et je lisais *Faux Passeports*, de Charles Plisnier; très bonne lecture, certes, excellente même) et j'avais franchi sans encombre les postes de douane et de police français. Je crois avoir déjà dit que mes faux passeports étaient parfaits. Je m'avançais donc tranquillement, à travers des barrières métalliques qui canalisaient la petite foule des voyageurs, vers les postes de police et de douane espagnols de la gare internationale d'Hendaye. A quelques pas de distance je voyais les uniformes verdâtres, les tricornes de cuir bouilli, cirés, noirs, de la garde civile espagnole.

A ce moment, juste devant moi, une voix de femme m'a fait sursauter. Intérieurement, du moins.

C'était la voix de Pilar Bacarisse. Elle était la femme de Salvador Bacarisse, un musicien espagnol exilé à Paris que je connaissais fort bien. Qui me connaissait fort bien, plutôt. Sa femme aussi. A ces époques de vaches maigres, Pilar m'invitait souvent à manger, dans leur minuscule appartement de la rue Cassette. Et Pilar accompagnait Narciso Yepes, précisément. Je savais qu'ils étaient amis. Je savais aussi que Yepes avait des difficultés pour voyager seul, sa vue étant très faible. Pilar Bacarisse le raccompagnait donc en Espagne, sans doute après une série de concerts à Paris.

A tout moment, elle pouvait tourner la tête et m'apercevoir. Elle pouvait alors manifester son étonnement, après m'avoir vu, en m'appelant par mon nom. En m'interpellant en espagnol. Pilar était une femme du genre exubérant, interpellant. A partir de là, tout était possible. Le pire aussi était possible. Mais je ne pouvais rien faire. Rien d'autre que de continuer à avancer calmement vers le poste de police franquiste. Je ne pouvais pas revenir en arrière, j'avais déjà quitté la France. Alors, j'ai continué à marcher, en essayant seulement de laisser passer quelques voyageurs, pour interposer le plus d'obstacles possible entre mon regard et celui de Pilar Bacarisse.

Je me répétais tout bas, et ça me faisait quand même sourire intérieurement, une phrase que j'avais empruntée à Marx et qui était devenue l'une des maximes de ma morale personnelle. « Moi, mon vieux », disais-je à Untel ou Unetelle, « je fais comme l'humanité, selon Marx : je ne me pose que les problèmes que je peux résoudre! » Et comme je ne pouvais pas résoudre le problème de ma présence dans cette file d'attente, piégé comme je l'étais entre des barrières métalliques sous l'œil qu'on pouvait supposer vigilant des gardes civils espagnols, j'essayais de ne pas me le poser.

De toute façon, ce n'est que quelques années plus tard que j'ai compris que cette phrase de Marx était vraiment marxiste. C'est-à-dire, dialectique. Remplaçable par son contraire, donc. Qu'elle ne disait pas une vérité, donc, mais aussi le contraire de cette vérité. La vérité de son contraire. Car si l'humanité ne se pose (selon une petite phrase de Marx dans la préface à la *Contribution à la critique de l'économie politique* dont les plus sinistres imbéciles nous rebattent les oreilles depuis des décennies) que les problèmes qu'elle peut résoudre, il est encore plus vrai qu'elle ne résout que les problèmes qu'elle se pose réellement. Qu'on lui pose, plutôt. Car l'humanité n'est qu'un concept et ce sont les hommes qui font l'humanité et qui posent aux concepts les vrais problèmes. Enfin, parfois, ça peut arriver.

Mais je ne suis pas encore parvenu à ce bon sens lumineux, la chose du monde la moins bien partagée. Je me répète la petite phrase de Marx, réversible comme un vêtement à usages multiples, et je formule des vœux pour que Pilar Bacarisse ne me voit pas.

Elle m'a vu, cependant.

Elle me le dira, des années plus tard. Après tous ces voyages, toutes ces illusions, toutes ces phrases de Marx qui nous réchauffaient le cœur, à défaut de nous aider à changer la réalité. Elle me dira qu'elle m'avait vu. Qu'elle avait aussitôt deviné que je faisais un voyage un peu particulier. Elle savait que j'étais membre du Parti communiste, bien sûr. Son mari l'était aussi. Elle avait donc compris. A un moment donné, m'a-t-elle dit, elle a essayé de capter mon regard pour me faire comprendre qu'elle avait tout compris, qu'il ne fallait rien craindre. Un regard pour me faire savoir qu'elle était près de moi, qu'elle garderait le silence, que nous étions du même côté de la vie. Du même côté de l'espérance.

Alors, au moment où je me tourne vers Narciso Yepes pour lui parler, je pense que j'ai toujours eu de la chance. Sans doute n'ai-je pas mal fait mon travail de clandestin. D'un point de vue technique, je n'ai pas mal fait du tout mon travail de clandestin, sous le franquisme. Le commissaire Roberto Conesa, l'un des chefs de la police politique de Franco, a sans doute pris sa retraite tranquillement, après la mort du dictateur. Mais il n'a jamais réussi à me mettre la main dessus. Je lui ai toujours dit « merde » et je continue à le faire. A tout hasard.

Mais j'ai été souvent aidé par la chance. Puisque c'est ainsi qu'il faut appeler le silence des autres, qui vous protège. Et sans doute Pilar Bacarisse n'avait eu à faire preuve, pour garder le silence, que de présence d'esprit. Son silence à la gare frontière d'Hendaye était le fruit d'une réflexion. Presque d'un réflexe. Mais d'autres ont fait l'épreuve du silence sous la torture.

Je pense fugitivement à tout cela, une fois de plus, en me tournant vers Narciso Yepes. Il ne se tourne pas vers moi, lui. Car il ne me voit pas me tourner vers lui. J'ai déjà dit que sa vue était faible. Pour l'instant, il est en train de déchiffrer le texte d'une revue à l'aide d'une loupe spéciale.

Je pense à Pilar Bacarisse, je pense à d'autres silences. Je pense à *La guerre est finie*, fugitivement, à cause de Montand qui franchissait la frontière d'Hendaye, lui aussi, sous le pseudonyme de Diego. Ou de Carlos, je ne sais plus très bien, il y a longtemps que j'ai écrit ce film. Mais c'était plutôt Sallanches, réflexion faite. Et ce n'était pas un pseudonyme : c'était le vrai nom du père de Nadine Sallanches, justement. C'est fou le nombre de choses auxquelles vous pouvez penser, le nombre d'images qui clignotent dans votre mémoire, pendant que vous faites le simple geste de vous pencher vers votre voisin, dans un avion qui survole l'Atlantique.

Je pense même à Joseph Losey, pour qui j'ai écrit en 1977 *Les Routes du Sud*, où il était encore question de l'Espagne, des passages de frontières. Où Montand avait encore joué le rôle principal.

Quelques jours avant mon premier départ, au mois d'août 1982, alors que j'allais m'envoler vers Rio de Janeiro, j'avais croisé Joseph Losey sur un trottoir du boulevard Saint-Germain. A Paris, donc. Il portait son habituel regard bleu, un foulard de vive couleur négligemment noué autour du cou, sur son habituelle vareuse de toile de pêcheur anglais. Mais il était pathétiquement accablé par la vieillesse, la fatigue de vivre, malgré tous ses efforts pour les conjurer.

Nous avons échangé quelques mots. Au moment de nous quitter, lorsque je m'étais déjà écarté de lui de quelques pas, il me lança, avec un pétillement de perfidie allègre dans son angélique œil bleu : « *I heard you'll travel with Montand, as a groupie...* » (J'ai entendu dire que vous allez voyager avec Montand, comme un *groupie*.)

J'ai ri aux éclats, en approuvant du chef. Et derechef, même. C'est la meilleure façon de répondre aux petites ou grandes perfidies, qu'elles proviennent de Losey ou de qui que ce soit. Riez-en, je vous le conseille.

Dans *La nostalgie n'est plus ce qu'elle était*, Simone Signoret a fort bien expliqué ce que sont les *groupies*. Elles « suivent les chanteurs, y écrit-elle, et les musiciens, elles sont généralement jeunes, jolies, sans occupations définies, et surtout parfaitement interchangeables. »

La définition est complète, mais on voit aussitôt qu'elle ne me convient pas. Je ne suis pas femme, je ne suis plus très jeune, j'ai des occupations très définies et surtout je ne suis pas du tout interchangeable. Je n'ai donc pas suivi la tournée mondiale de Montand en tant que *groupie*.

J'avais envie d'écrire un livre à son sujet. Pas forcément une biographie, au sens traditionnel du terme. On s'en est probablement déjà aperçu. Plutôt une sorte d'essai-portrait. Le roman d'une rencontre, d'une amitié. La Chronique d'un travail commun, dont les traces les plus visibles sont *La guerre est finie, Z, L'Aveu*. Et *Les Routes du Sud*, précisément. D'un parcours commun vers une désespérance partagée. Un désespoir actif, pourtant, rempli de projets, de colères, de coups de tête, de coups de cœur. D'envies de changer les choses. Un espoir dépourvu de certitudes, pas trop chargé d'illusions, juste ce qu'il faut pour bouger. Quelque chose de tonique, enfin : ni lénifiant, ni léniniste, évitant donc les deux extrêmes d'une comparable bêtise. La chronique d'un parcours pendant lequel j'aurai beaucoup appris de Montand. Où je lui aurai peut-être apporté quelque chose.

Je voulais écrire un livre, en somme. Nous y voici preque à la fin.

Quoi qu'il en soit, *Les Routes du Sud* furent un demi-échec. Je ne parle pas seulement de la carrière commerciale du film, car cet aspect-là est parfois secondaire. Je parle du film en tant qu'entreprise commune à un comédien, à un metteur en scène et un écrivain. C'est pour nous que le film fut un demi-échec. Même s'il avait été un gros succès commercial, le film aurait été pour moi un demi-échec. Et sans doute en suis-je le premier responsable. Il ne fallait sans doute pas revenir sur un sujet trop proche de celui de *La guerre est finie*, malgré une nouvelle orchestration des thèmes. Ou alors fallait-il y revenir avec un jeune metteur en scène, qui aurait eu sur toutes ces choses du passé un regard insolent, et non pas nostalgique. Qui n'aurait pas été installé, d'autre part, comme l'est Losey, dans le confort – souvent inconfortable, rude même, matériellement – d'un exil qui se pare des plumes de paon de l'exigence politique, mais qui sert essentiellement d'alibi pour ne pas remettre en question des certitudes décrépites. Comme si le fait d'avoir été une victime réelle d'un maccarthysme provisoire, rejeté par la démocratie américaine elle-même, justifiât la non-rupture avec un stalinisme latent ou explicite, selon les cas, mais toujours subrepticement à l'œuvre. Sournoisement agissant. Même s'il se masque de déclarations de fidélité à une jeunesse fiévreuse, dévoyée dans le dévouement aveugle des années 30. Mais il suffit de lire *Le livre de Losey* de Michel Ciment pour y déceler cette faille interne de la pensée de ce grand metteur en scène. Et d'autant plus grand qu'il décrit au scalpel, avec une joie angoissée, les petitesses de l'être humain, son irrémédiable faiblesse.

En fin de compte, *Les Routes du Sud* fut le fruit équivoque d'un malentendu. Montand et moi pensions faire un film qui mettait en forme, sous un nouvel éclairage, une réflexion critique qui nous était commune depuis longtemps. Mais Joseph Losey, malgré les apparences, ne s'intéressait pas vraiment à cet aspect du travail. L'Espagne, pour lui, n'était que le référent mythologique d'une bonne conscience antifasciste datée. Archidatée, même. Et archaïque.

Pourtant, de ce film seulement à demi réussi – ou à demi raté, si l'on veut être sévère – je garde en mémoire certaines séquences parfaitement mises en scène, à travers lesquelles Montand poursuit, de sa longue démarche cadencée, harmonieuse, le cheminement obstiné, désespéré, lucide, qui donne un sens à la vie de son personnage, Jean Larrea. Un sens à sa propre vie, aussi.

Et puis, comme des signes mystérieux posés sur ces journées de l'été 1977, les mouettes venaient battre de leurs ailes et de leurs cris rauques, à l'aube, les fenêtres de l'hôtel de Cherbourg où je rejoignais parfois l'équipe du tournage. Elles ne flottaient pas comme des corolles blanches sur une mer calme, c'est dans une page de Proust qu'elles flottent ainsi, on le sait. Elles volaient devant les vitres de ma fenêtre blanchies par l'aube, majestueuses. Comme les mouettes de mon enfance, à Santander, dans ma mémoire à moi.

Finalement, dernier signe du destin, sans doute, c'est à Omonville-la-Petite que Losey tourna les séquences principales des *Routes du Sud*. C'est là qu'il situa la maison de Jean Larrea, le personnage du film incarné par Montand. Mais c'est aussi à Omonville-la-Petite, village du Cotentin, qu'a vécu les dernières années de sa vie Jacques Prévert. C'est dans le cimetière d'Omonville-la-Petite qu'il est enterré.

Mais Narciso Yepes se souvient très bien de l'incident d'Hendaye, plus de trente ans plus tôt. Incident, d'ailleurs, est un bien grand mot, puisqu'il ne se passa rien.

Quoi qu'il en soit, Pilar Bacarisse lui avait parlé plus tard de cette rencontre furtive dans la file d'attente, devant le poste de police espagnol, à la gare internationale d'Hendaye. Nous rions beaucoup à évoquer ce souvenir. Et puis, je lui demande ce qu'il va faire à Los Angeles. Question un peu stupide, certes, puisque Narciso Yepes, où qu'il aille, y va pour jouer de la musique. Mais la chaleur communicative d'une conversation à propos de l'Espagne actuelle, dont nous sommes assez satisfaits tous les deux, me pousse à lui poser cette question stupide. Et je ne suis pas surpris d'apprendre qu'il va à Los Angeles pour y donner quelques concerts. Ensuite, il partira en tournée à travers les Etats-Unis.

Narciso Yepes, à son tour, me demande ce que je vais faire à Los Angeles. Dans sa bouche, la question n'est pas stupide, ni futile. Car je peux aller à Los Angeles pour toute sorte de raisons, bien évidemment. Et même sans raison : juste comme ça. Mais j'y vais pour retrouver Montand, je le lui dis. Et ça l'intéresse. Il comprend très bien pourquoi je suis Montand à travers le monde. Alors, je lui raconte le Brésil, à la fin du mois d'août. Et le Metropolitan Opera de New York, en septembre.

Mais c'est vrai que je ne vous ai pas encore raconté le MET de New York. Il est temps de le faire. Ce n'est que justice, même : je ne vois pas pourquoi Narciso Yepes en saurait plus que vous.

Le 2 septembre 1982, lorsque nous sommes arrivés à New York, en provenance de Rio, avec les images de Maracanàzinho nous remplissant encore les yeux, Simone Signoret nous y attendait.

Elle n'avait pas perdu son temps, d'ailleurs.

Installée depuis la veille ou l'avant-veille seulement, elle avait déjà marqué son territoire. Les trois pièces communicantes du *Méridien*, à l'avant-dernier étage de l'hôtel, où elle allait passer une semaine avec Montand et Catherine, sa fille, étaient déjà transformées en roulotte. Les journaux s'étalaient sur les meubles, le téléphone sonnait, les copains affluaient. Les fleurs et les cadeaux de bienvenue aussi. Des messages de Sidney Lumet, ou de Gregory Peck, ou de Kirk Douglas, ou de Paul Newman – j'en passe et des meilleurs et des moins bons – s'entassaient dans le secrétaire. Simone trônait au milieu de ce tourbillon, dispatchant (attention : ce n'est pas un anglicisme, mais un hispanisme; ça ne vient pas de *to dispatch*, mais de *despachar*, qui veut dire la même chose que *dépêcher*, autrefois), dépêchant, en somme, messages, demandes d'entretiens, sollicitations diverses, lettres de fous, plus souvent de folles, qui arrivaient pour Montand, par dizaines, depuis plusieurs jours avant son arrivée à New York.

Mais Simone Signoret trônait dans ce tourbillon, calmement. Ce matin-là, quand je suis monté dans sa chambre pour lui dire bonjour, peu de temps après notre arrivée de Rio de Janeiro, je l'ai vue assise en tailleur sur son lit, vêtue de l'une de ces tuniques blanches qui lui vont bien, en train de faire les mots croisés de Robert Scipion dans le dernier numéro du *Nouvel Obs*.

Elle avait même trouvé le temps de séduire Jane Hermann, la directrice de la programmation du MET, qui avait eu l'idée d'y inviter Montand. Qui avait eu, surtout, la patience et la capacité de conviction suffisantes pour l'y faire venir réellement. Pour transformer ce désir en réalité. Simone, donc, l'avait séduite, conquise, mise dans sa poche. Quelques conversations, quelques repas au *Russian Tea Room* voisin de l'hôtel, y avaient suffi. En général, ce n'est pas un secret, quand Simone Signoret met le paquet, il est difficile de lui résister. Jane Hermann, donc, ne résista pas longtemps, si tant est qu'elle ait jamais eu l'intention de le faire.

En un mot, donc, Simone avait marqué son territoire. Comme une grande chatte de race ancienne et royale, elle y trônait lorsque nous arrivâmes à New York.

Mais cette attitude, avec tout ce qu'elle comportait de possessif, et sans doute d'agaçant pour ses proches, sa famille reconstituée, avait une explication toute simple. Bien facile à comprendre, même si l'enjeu en était complexe, profond. Ce sont parfois les choses profondes qui sont les plus faciles à comprendre. Car il n'y a rien de plus facile à comprendre, me semble-t-il, que la passion.

Dans *La Nostalgie...*, Simone Signoret raconte comment, en 1968, parce qu'elle tournait en Suède *La Mouette*, avec Vanessa Redgrave, David Warner et James Mason, sous la direction de Sidney Lumet, elle ne put assister ni aux répétitions ni à la première du récital de Montand, à l'Olympia. Pour la première fois de sa vie, elle ne put le faire. « C'est Catherine qui m'a remplacée, elle a appris toute petite, c'est une bonne *groupie*... C'est Catherine qui a été là pendant les jours de répétition, de rodage, d'angoisse, de doute », dit Simone Signoret dans son livre, en parlant de 1968.

Treize ans plus tard, en 1981, lorsque Montand remonta sur la scène de L'Olympia, il se passa la même chose. Sans doute, le jour de la première, le 13 octobre et treize ans après, Simone était là, dans la salle. Mais elle n'avait pas assisté régulièrement aux répétitions, elle n'avait pas partagé comme autrefois les jours d'angoisse, de rodage et de doute. Les jours de victoire non plus, ceux où brusquement le spectacle se met en place, commence à tourner rond. Les jours où s'inventent les nouveaux gestes, les détails ultimes, où tout baigne dans l'huile magique de la réussite. En 1981, c'est de nouveau Catherine Allégret qui l'avait remplacée, pour le fracassant retour de Montand.

Cette fois-ci, cependant, ce ne fut pas pour cause de Tchekhov. Ce ne fut pas pour des raisons de travail. Mais Simone avait été sérieusement malade. L'alerte fut chaude, l'opération délicate, la convalescence longue.

Jusqu'à ce moment-là, tout au long des dernières années, Simone Signoret avait assisté à son propre vieillissement avec un détachement mêlé d'ironie. Parfois aussi d'une sorte de cruauté envers elle-même. De dureté, du moins. Comme si elle voulait signaler par là, avec un brin de hauteur, son renoncement à certains fastes de la vie. Et j'ose le dire parce que j'en ai parfois discuté avec elle. A ces occasions, elle me regardait de ses yeux admirables, mais restait impassible. C'était à Autheuil, peut-être, et l'automne rougeoyait les arbres du parc. C'était place Dauphine, qui sait? et la lumière irisée de la Seine pénétrait latéralement dans la grande pièce au plafond bas. Simone me regardait donc, impassible et souriante. Décidée à m'écouter, certes, mais à ne pas m'entendre. Décidée à laisser faire ces indécentes boursouflures du corps dont elle ne voulait même pas parler. Mais peut-être y avait-il un secret à cette attitude que je ne suis pas parvenu à percer. Que même les pages de *La Nostalgie* où elle parle de son vieillissement ne m'ont pas permis de saisir. Car elle n'y parle que du vieillissement de la comédienne, elle ne dit rien de celui de la femme. Ce n'est pas forcément la même chose, mais elle n'en parle pas. Elle est, en effet, d'une façon différente, à sa façon, bien sûr, aussi discrète que Montand sur son intimité. Aussi pudique. Ce qui m'oblige à l'être autant qu'eux, à ne jamais vous dire une chose que je ne leur aurai pas dite, à eux.

Quoi qu'il en soit, Simone émergea de sa maladie, de sa longue convalescence à Autheuil, littéralement transformée. Je ne dirai pas rajeunie, car on me reprocherait d'être aveuglé par la tendresse que je lui porte. Mais vieillie comme aurait vieilli *Casque d'or*. Et non pas comme *Madame Rosa*. Vieillie comme il est logique qu'eût vieilli la jeune fille que je voyais fugitivement au *Flore*, en 1942. Et puis, la maladie lui fit découvrir l'importance du corps, des soins qu'il faut lui accorder. Jusqu'alors, arguant d'une santé de fer, elle ne semblait pas savoir qu'il a droit à quelques égards. Elle le traitait quelque peu comme le maréchal de Turenne traitait sa glorieuse carcasse. En fin de compte, la convalescence conduisit Simone à s'occuper davantage d'elle-même. A prêter, provisoirement, tant qu'elle ne retrouva pas ses forces antérieures, plus d'attention à ses propres détresses qu'à celles du monde.

C'est dans ces circonstances que se fit le retour de Montand au music-hall. Que celui-ci mit au point son spectacle, le peaufinant longuement sans que Simone Signoret y participât comme elle l'aurait peut-être fait en d'autres circonstances.

Dans *La Nostalgie...*, Simone raconte comment elle assista finalement au récital de Montand, en 1968. A la fin du tournage de *La Mouette*, en effet, elle rentra à Paris. Vanessa Redgrave l'accompagna un soir à l'Olympia. « C'était un superbe récital, dit Simone Signoret. J'étais tout à la fois jalouse d'avoir été frustrée de sa préparation, et formidablement fière que fût enfin à tout jamais démythifiée la légende : « C'est lui qui chante... mais elle est dans la coulisse. » Je n'avais pas été dans la coulisse. J'étais fière d'être la femme de cet homme qui m'épatait, qui épatait ma copine et, visiblement, quelque trois mille personnes dans la salle. »

Voilà, tout est dit. Tout est clair.

Comme en 1968, Simone était tout naturellement jalouse d'avoir été frustrée, non seulement de la préparation du spectacle de 1981, mais aussi de la tournée à travers le monde, dont elle ne connaîtrait que la semaine au Metropolitan Opera de New York. Semaine qui allait être le sommet, l'apothéose en quelque sorte, de cette année-lumière de Montand, et qu'elle ne voulait à aucun prix manquer. Et cette jalousie, cette frustration, la conduisaient tout naturellement aussi à marquer sa présence, à être possessive, ou tout au contraire distante, avec son entourage, et plus particulièrement avec ceux qui avaient partagé davantage qu'elle-même, cette fois-ci, l'aventure de son mari. Avec Jane Hermann, par exemple.

N'ai-je pas déjà dit que les choses de la passion sont souvent les plus faciles à comprendre?

Pour ce qui est de la légende (« C'est lui qui chante... mais elle est dans la coulisse »), elle en prenait, en effet, un nouveau coup à New York, si tant est qu'elle existât encore.

Mais elle avait existé, j'en suis témoin. Moi-même, par exemple, j'ai cru pendant longtemps – en fait, jusqu'à l'écriture de ce portrait, qui m'a obligé à vérifier des dates, à tenir compte du déroulement exact du temps passé – j'ai cru, donc, que c'est Simone qui avait ouvert à Montand l'accès à l'univers de Prévert. La confusion pouvait se faire, car l'univers de Prévert et celui de Simone, l'univers du *Flore*, du groupe Octobre, d'une gauche intellectuelle déliée des obédiences partisanes, sont identiques. Il se trouve pourtant que ce n'est pas ainsi que les choses se sont passées. C'est plutôt le contraire. C'est parce que Montand avait déjà pénétré dans l'univers de Prévert qu'il a connu Simone Signoret. C'est en 1946, à l'occasion des *Portes de la nuit*, que Montand et Prévert se sont rencontrés, je crois l'avoir déjà dit. Et c'est pour le retrouver que Montand, en 1949, alors qu'il chantait depuis deux ans les poèmes de Prévert, alla passer quelques jours à *La Colombe*, non pas celle de l'Arche, mais celle de Saint-Paul-de-Vence, où il rencontra Simone.

Mais cette rencontre est une histoire déjà dite. L'histoire d'une vie.

Quoi qu'il en soit, quand nous arrivâmes de Rio de Janeiro, le 2 septembre, Simone Signoret avait déjà marqué son territoire, dans la suite du *Méridien*, où elle attendait Montand et Catherine. Le seul espace qu'elle n'en fréquentât pas, le trouvant sans doute trop vaste pour le genre de conversations qui lui plaisent, c'était l'immense salon auquel on accédait par un escalier intérieur et d'où l'ont avait une superbe vue plongeante, automnale, sur Central Park.

L'après-midi même, à 17 h 30 très exactement, mon journal de voyage en fait foi, nous allâmes tous les trois – Simone, Montand et moi – faire un tour au MET. Nous y allâmes en taxi. Non pas que ce fût très loin, mais Montand et moi nous étions déjà promenés longuement dans les rues de New York. Et puis il fallait qu'on prenne ce taxi, vous allez voir pourquoi.

Le chauffeur nous laissa donc à l'entrée de l'esplanade piétonne qui s'étend devant le bâtiment de l'Opéra. Montand s'extirpa le premier de la voiture et passa devant ledit chauffeur, en gagnant le trottoir. Simone et moi restions un peu à la traîne.

Alors, voyant passer devant son nez la haute silhouette de Montand, le chauffeur s'exclama : « Mais ce n'est pas Montand? » s'écria-t-il. Il parlait en anglais, bien sûr. Je n'ai traduit ses brèves paroles exclamatives que pour la commodité de la lecture. Mais il parlait avec un accent russe très prononcé. Simone lui confirma alors qu'il avait bien vu, qu'il s'agissait bien de Montand. D'où le connaissait-il? L'avait-il vu au cinéma, s'enquit Simone? Le chauffeur à l'accent russe se tourna vers nous. Il avait les yeux d'un bleu très clair. Avec une expression d'étonnement joyeux, de nostalgie formidable dans son regard très clair et très bleu. Mais non, voyons! Il avait vu Montand à Moscou, en 1956. Il avait assisté à l'un de ses récitals.

Nous en restions bouche bée, Simone et moi. Béats, même. Nous regardions ce Russe qui avait entendu chanter Montand à Moscou. Et peut-être était-ce au stade Ouljniki. Peut-être était-il l'une de ces minuscules silhouettes qu'on peut distinguer sur la photo dont j'ai déjà parlé, qu'on peut toujours voir place Dauphine. Il devait être tout gosse, en 1956, vu son âge actuel. Ça ne me surprenait pas trop que cette rencontre se produisît, à peine Simone réapparue dans nos vies. Des choses semblables arrivent tout le temps avec elle. Je devrais y être habitué. Mais c'était quand même surprenant. Etrangement significatif.

Surtout qu'il s'avéra – c'était prévisible, l'histoire ne pouvait avoir une chute différente – que ce chauffeur de taxi new-yorkais était juif, qu'il avait émigré d'U.R.S.S. deux ans plus tôt. Nous n'en revenions pas, ni les uns ni l'autre. Lui n'en revenait pas d'être tombé sur Montand. Nous n'en revenions pas, Simone et moi, d'être tombés sur lui.

Nous avons essayé de rattraper Montand, pour lui

communiquer la bonne nouvelle. Pour qu'il revienne dire bonjour à ce petit Juif de Moscou qui était allé l'entendre, vingt-cinq ans plus tôt, dans sa ville natale d'où il avait été obligé de fuir. Mais Montand était déjà trop loin. Il avait traversé l'esplanade du MET à longues enjambées et il s'engouffrait déjà dans le hall de l'édifice. Nous lui avons couru après, mais en vain.

Ensuite, les jours suivants, pendant toute la durée de notre séjour à New York, nous avons, Simone et moi, scruté anxieusement le visage de tous les chauffeurs de taxi conduisant des voitures jaunes, dans les parages de l'hôtel, dans l'espoir de voir réapparaître notre Moscovite. Inutilement, hélas! Le destin ne nous avait fait qu'un signe bref, énigmatique. Un seul. Ces vies qui s'étaient croisées, deux fois, à Moscou et à New York, ne verraient sans doute plus leurs chemins se recouper. A nous de conserver ce signe dans nos mémoires, précieusement.

Au même moment, mais nous ne le saurions que quelques jours plus tard, la *Komsomolskaïa Pravda*, organe des Jeunesses communistes russes, publiait un article de son correspondant à Paris, un certain Ignatov. Le titre en était « Yves Montand contre Ivo Livi ».

Si la suite de l'article n'était qu'un piètre tissu de lieux communs, de perfidies mesquines, inconsistantes, de faussetés mal fagotées, presque plaintives (nous sommes bien loin de la verve brutale et arrogante de l'époque jdanovienne, pendant laquelle n'importe quel plumitif se permettait de traiter Jean-Paul Sartre, par exemple, de « hyène dactylographe » : sans doute est-ce la preuve que l'U.R.S.S. a moins confiance en ses idées et ses invectives, désormais, qu'en ses fusées SS 20!), la première phrase de cette « Lettre de Paris » était tout à fait vraie. « Les Soviétiques d'un certain âge, pouvait-on lire, se souviendront parfaitement de ce chanteur et acteur en tournée en U.R.S.S. ». En effet, on venait d'en avoir la preuve. Mais on l'avait eue à New York. C'était un Juif émigré d'Union soviétique, qui avait été forcé de quitter le pays de son enfance, qui nous avait fourni la preuve de la persistance de ce souvenir.

Mais il est à prévoir que Montand n'aura plus jamais l'occasion d'avoir une preuve semblable à Moscou même. La dernière fois qu'il y est allé, c'est en 1963, lors d'un Festival de cinéma. Il n'ira plus jamais en U.R.S.S., tant qu'un seul soldat russe, de l'Asie à l'Afrique, sans oublier la Pologne et la Tchécoslovaquie, sera cantonné à l'étranger pour y maintenir la puissance de l'Empire et le pouvoir des nomenklaturas locales. De la classe exploiteuse locale, autrement dit.

A moins, bien entendu, que la nécessité ne s'impose et la possibilité concrète n'en soit donnée, d'y aller en délégation pour arracher à la prison, à un camp de concentration à régime sévère ou à l'asile psychiatrique, quelque opposant, quelque homme libre. Comme Simone Signoret est allée en Pologne, au mois d'octobre 1982, avec Michel Foucault et Bernard Kouchner (décidément, c'est toujours les mêmes dans notre histoire!) lors d'une mission de Médecins du monde, pour porter un chargement de médicaments aux médecins polonais et pour essayer de rencontrer Lech Walesa, pour s'enquérir de son état de santé. Sans succès d'ailleurs.

Je dois dire que j'avais prévu, dans le plan de ce récit, de commenter ici avec quelque détail la « Lettre de Paris » publiée par le pauvre Ignatov pendant que Montand triomphait aux Etats-Unis. Mais je n'en ai plus le courage. Les bras m'en sont tombés, à l'instant, quand j'ai relu cette suite d'insanités. Je ne donnerai qu'un exemple de la bêtise du journaliste soviétique. « Depuis longtemps », dit-il vers la fin de son papier, « Yves s'est éloignés des préoccupations des Français modestes, qu'il chantait il y a vingt-cinq ans. Quant à Simone, née dans une famille aisée, elle n'a jamais, quant à elle, été confrontée au besoin. » Voilà, sans même parler de la grossièreté de ce quidam qui se permet d'appeler Montand et Signoret par leurs prénoms, voilà donc un bel exemple de l'application du marxisme soviétique actuel à la critique d'art! Non, il vaut certainement mieux ne pas commenter les propos du pauvre Ignatov. D'ailleurs, même si cela en valait la peine, j'en serais incapable. La vie est trop courte pour s'occuper de ces pitreries.

Deux mots pourtant, avant d'en finir. Avant de rejoindre Montand dans la pénombre du MET, sur l'immense scène qu'encombrent les décors de *Boris Godounov*, l'opéra qui est en répétitions et qui sera joué après la semaine de récitals de Montand.

Un premier mot pour suggérer à Ignatov, qui regrette tellement que Montand ne chante plus *Quand un soldat*, la belle chanson pacifiste que celui-ci avait à son répertoire pendant la guerre française en Indochine, d'en faire une jolie version russe (et tant qu'à faire, une autre jolie version ousbèke et kirghize et turkmène et tadjike, pourquoi pas?) que les chanteurs de son pays pourraient fredonner sur les ondes, à la télévision, dans les théâtres de l'Union soviétique. Ne serait-ce pas là un bel exemple d'antimilitarisme conséquent, et pas seulement à l'usage de nous autres, Occidentaux débiles? Ou débilités?

Un deuxième mot pour dire que Simone Signoret, quand elle revint à Paris, après la semaine de New York, et qu'elle prit connaissance de l'article de la *Komsomolskaïa Pravda* – qu'elle se fit traduire dans son intégralité –, y répondit pertinemment dans un entretien avec Marc Kravetz, publié par *Le Matin de Paris*. Marc avait été notre compagnon pendant ces quelques jours à New York. Il y traînait un peu la jambe blessé à Beyrouth, mais cela ne l'empêchait pas de trotter inlassablement à travers la ville. Il s'entretint longuement avec Montand, avant de voir le spectacle du MET et d'en faire le compte rendu pour son journal. Mais il nous mit aussi en rapport avec Elie Wiesel, que je ne connaissais pas personnellement. Je le visitai une fois, avec Simone et Colette, celle-ci étant venue nous rejoindre à New York. Et puis une deuxième fois, le dimanche 12 septembre 1982, avec Simone seulement, ma femme ayant regagné Paris.

Mais je ne vais pas raconter ici nos entretiens avec Elie Wiesel. Il faudrait des dizaines de pages pour relater ce qui s'y dit, pour faire aussi le compte rendu de tout ce qu'évoque en moi ce qui s'y dit. De Buchenwald à ce dimanche new-yorkais, en passant par nos visions d'Israël, nos vies avaient cheminé sans se croiser, nouées pourtant autour d'expériences comparables. Si tant est qu'on puisse comparer l'expérience d'un ancien déporté juif comme Wiesel à n'importe quelle autre expérience de notre époque.

Ce serait trop long, sans doute. Et puis Montand nous fait des signes d'appel, derrière les portes vitrées du hall du MET. Il doit se demander pourquoi nous traînons en route.

Quelques semaines plus tard, à Los Angeles, le 20 octobre et à Tokyo les jours suivants, j'ai pourtant longuement évoqué avec Montand lui-même les conversations que nous avions eues avec Elie Wiesel.

Mais peut-être faut-il d'abord que je mette un peu d'ordre dans cette chronologie. Ça va et ça vient dans ma mémoire, comme dans celle de chacun de vous. Nous sommes en octobre 1982, et puis, en septembre de la même année, et puis en décembre, mais c'est en 1981. C'est normal d'une certaine façon. L'ordre chronologique, vous le savez bien, n'est qu'une invention de l'esprit humain. Une façon de maîtriser sinon le temps, sa durée objective, du moins l'idée du temps. Sa notion. Son emploi coercitif. C'est une invention rassurante des sociétés humaines. Rassurante pour elles-mêmes, je veux dire. L'ordre chronologique, la monogamie, les passages cloutés, les pancartes routières, le courrier du cœur, et ainsi de suite – l'énumération de ce genre d'inventions risquerait d'être trop longue – servent à nous rassurer. A nous protéger contre l'imprévu. Mais essayez de raconter vraiment une histoire dans l'ordre chronologique! C'est impossible. Et tout d'abord, comment sait-on où commence une histoire? Quand elle commence? L'histoire d'un couple, d'une grande passion, par exemple : commence-t-elle le jour du premier baiser? Ou le jour du premier enfant? Ou celui où l'homme, l'œil attiré par la couverture d'un livre à la vitrine d'une librairie, y est entré, pour entendre brusquement une voix de femme un peu rauque demander *Le Sang noir*, de Louis Guilloux, et avant de se retourner, avant même de contempler l'ovale du visage de cette jeune femme, la délicieuse courbure de sa hanche, il a su déjà que ce serait la compagne de sa vie?

Néanmoins, il nous faut un brin de chronologie.

La tournée de Montand a donc commencé au Brésil, le mercredi 25 août 1982. Ensuite, il s'est produit au MET de New York du 7 au 12 septembre. Au Kennedy Center de Washington, le 14 et le 15 septembre, mardi et mercredi. Ensuite, il est parti pour le Canada, où je ne pouvais pas le suivre. Il m'a abandonné, en somme. Il y a donné son spectacle à Québec, Ottawa et Montréal, jusqu'au 7 octobre. Puis il est revenu aux Etats-Unis, sur la côte ouest, à San Francisco d'abord, du 11 au 16 octobre, à l'Orpheum Theater, pour finir à Los Angeles, au Greek Theater les 17, 18 et 19 octobre. C'est ce dernier jour, un mardi, que je l'ai retrouvé, pour partir avec lui au Japon, le lendemain. Et il est resté au Japon, s'étant produit à Osaka, Tokyo et Yokohama, jusqu'au 13 novembre 1982.

Nous sommes donc le mercredi 20 octobre, au *Bervely Hills Hotel.* La veille, j'étais arrivé au théâtre de verdure de Los Angeles au moment où Montand chantait *Les Grands Boulevards.* (Tiens! C'est l'une des chansons dont Ignatov prétend que Montand ne les chante plus, parce qu'il a trahi Ivo Livi, et il lui en fait le reproche, ce rustre de Russe qui n'est même pas bien renseigné!) Dans sa loge, ce soir-là, après le spectacle, il y avait Angie Dickinson, Ursula Andress, Billy Wilder. Plein de beau monde. Je parle des actrices, bien sûr, quand je parle de beauté. On a ouvert des bouteilles de champagne, c'était la fête de l'au revoir. Peut-être même de l'adieu.

Je voyais bien que Montand était à la fois très heureux et un peu triste. Heureux que ce fût fini dans la même allégresse triomphale qu'à New York, qu'à Washington, qu'à San Francisco. Triste que ce fût fini, tout simplement. Alors, comme il était un peu triste et très heureux, il était exubérant.

Et puis nous avons quitté la loge, pour aller à ce dîner avec Gene Kelly dont j'ai déjà parlé. Quand Montand a traversé une dernière fois l'arrière-scène du Greek Theater, l'équipe des machinistes et des électriciens américains qui s'affairaient pour démonter l'installation du spectacle s'est mise à l'applaudir. J'avais déjà vu cela se produire à la dernière du MET, et aussi au Kennedy Center de Washington. Les ouvriers du théâtre applaudissaient cet artiste qu'ils avaient admiré pour son talent, pour son professionnalisme, mais aussi pour la courtoisie avec laquelle il les avait toujours traités, pour la patience et la gentillesse dont il avait fait preuve, les jours de répétition où tout allait mal. Et il y a des jours où tout va mal, où tout casse et se détraque, dans tous les théâtres du monde. Dans tous les spectacles du monde. Ils applaudissaient Montand et Montand les a applaudis à son tour, il les a remerciés. Et nous avons quitté le théâtre et je ne sais pas si la vie était belle, c'est une chose dont il ne faut jamais jurer, mais elle était vivable, là, sur le moment, à ce moment-là. Elle était vivable, elle continuait, elle semblait même infinie. Du moins inépuisable.

C'est le lendemain matin que nous avons parlé d'Israël, que j'ai évoqué les conversations que nous avions eues avec Elie Wiesel, un mois plus tôt.

Mais auparavant, je m'étais promené dans les salons, les bars, la galerie marchande et le jardin du *Beverly Hills*. Je connaissais déjà l'endroit, pour y être venu avec Costa Gavras et l'équipe de Z, en avril 1970, pour la fête de la remise des oscars.

Dans le jardin de l'hôtel, sous un ciel bleu et dans une tiédeur automnale qui me faisaient comprendre pourquoi mes compatriotes avaient fondé une ville sur ce site, en 1781, j'ai tout à coup pensé que c'est dans l'un de ces bungalows que vivait Montand, lorsqu'il tournait en 1960 *Let's make love* avec Marilyn Monroe.

Détrompez-vous, pourtant.

Ceux d'entre vous, du moins, qui se sont une fraction de seconde frotté les mains imaginairement, en voyant apparaître le nom de Marilyn, qu'ils se détrompent. Je n'ai nullement l'intention de faire ici le récit de cette brève – comment dit-on? Romance, idylle, aventure, passade, passion? – de cette brève rencontre. Montand et Marilyn, comme si vous y étiez! Mais justement, vous n'y étiez pas. Et je n'y étais pas non plus. Ni Norman Mailer, bien sûr. Tout ce qu'il raconte à se sujet relève de l'imagination romanesque. D'ailleurs, il ne prétend pas vraiment le contraire.

Celle qui y était, Simone Signoret, l'œil attentif, sans doute (il y a une photo célèbre des deux couples, faite ici, précisément, au *Beverly Hills* : Miller et Monroe, Montand et Signoret : et il faut observer le regard étonnant de Simone Signoret : aux aguets, sans doute, mais rempli déjà du miel et du lait de la tendresse humaine, de la lumière blonde et bleue d'une compréhension anticipée, quoique douloureuse), Simone, donc, a déjà fait dans *La Nostalgie...* le récit de cet épisode. Un récit, par ailleurs, derrière lequel Montand s'est toujours retranché, lui attribuant toutes les vertus de la vérité, de la justesse du sentiment.

Je ne vais donc pas parler à leur place. A la place du récit de Simone, ni à celle des silences publics de Montand.

Contentez-vous donc des pages de Simone Signoret. Pour ma part, me promenant dans les allées du jardin du *Beverly Hills*, ce jour d'octobre 1982, trois vers de Paul Eluard me sont revenus en mémoire. Ils provenaient d'un poème qui n'avait certes rien à voir avec les circonstances qui m'occupent, mais dont le sens, par une dérive mystérieuse, me semblait s'ajuster à cet épisode lointain :

Que voulez-vous nous étions désarmés
Que voulez-vous la nuit était tombée
Que voulez-vous nous nous sommes aimés

A New York, j'avais senti Simone Signoret agacée à la lecture des longs articles que journaux et périodiques de toute sorte consacraient à Montand. Agacée, non pas parce qu'on lui consacrait autant de si longs papiers, bien sûr que non. Agacée parce que, chaque fois, avec une régularité de métronome, un paragraphe de l'article venait rappeler l'épisode Marilyn.

– Tu ne trouves pas que ça suffit comme ça? me demandait Simone, un peu irritée, quand il nous arrivait de lire ensemble ces articles sur Montand.

Ainsi, par exemple, nous avions lu le long papier de Pete Hamill. Six pages entières du *New York Magazine* du 6 septembre, la veille de la première du MET. C'était un travail remarquable, du point de vue journalistique. Car il y avait tout, dans ces six pages : l'enfance à Marseille, la conquête de Paris, la carrière cinématographique, l'évolution politique. Tout, je vous dis. Avec un titre qui me plaisait tellement que je l'ai emprunté à Pete Hamill pour ce dernier chapitre de mon livre : *Yves Montand : La guerre continue*. En français dans le texte, s'il vous plaît!

Et ce titre me plaisait d'abord, bien entendu, pour des raisons très égotiques. Car il ne fonctionnait que par rapport au titre du film que j'avais écrit, il y avait bien longtemps, pour Alain Resnais : *La guerre est finie*. Ce qui voulait dire que mon film – celui d'Alain, celui de Montand – était assez connu aux Etats-Unis pour que ce renseignement fût significatif. C'est toujours agréable, avouons-le.

Mais il me plaisait aussi parce qu'il tournait autour d'une idée d'Yves, une idée sur lui, plutôt, à son propos, qui me paraît essentielle. L'idée de son extraordinaire vitalité, de sa capacité de se remettre en question, de se lancer à l'aventure, de toujours recommencer. *La guerre continue*, ça voulait dire, en somme, que la vie continuait. La vraie vie, avec ses jeux, ses enjeux, le Je de ses jeux et enjeux, et aussi le jeu et l'enjeu du Je. La vie comme un combat, bien sûr.

Simone Signoret me demandait, un peu agacée : « Tu ne penses pas que ça va comme ça? Ils vont encore longtemps nous parler de Montand et Marilyn? »

Je pensais par-devers moi qu'ils en parleraient encore longtemps, sans doute. Tant que Montand et Marilyn seraient des sujets pour première page des journaux. Ce qu'on appelle des *scoops*. C'est-à-dire, tant qu'ils vivraient, l'un et l'autre, dans la mémoire et les rêves des simples gens. Oui, encore longtemps, sans doute.

Je regardais ce que Pete Hamill écrivait de cet épisode dans son long papier du *New York Magazine*. C'était discret, c'était sans doute juste aussi. Vrai, je veux dire. « Je l'ai fait rire tous les jours », dit Montand en parlant de Marilyn. « Ce n'est pas beaucoup. Mais j'en suis fier ».

Mais c'est une séquence photographique qui me dérange davantage dans cet article. Sur une double page s'étalent trois photos, en effet. C'est la séquence *Love*, comme l'indique le sous-titre, la séquence de la vie amoureuse. La première image montre Montand et Piaf. C'est une image bien connue, de 1945, tirée du film *Etoile sans lumière*. On y voit Piaf et Montand en voiture décapotable, cheveux au vent.

La deuxième photo date de 1960. Montand y plaisante visiblement avec Marylin, sans doute dans un bungalow du *Beverly Hills*. Marilyn, un verre à la main, écoute une histoire que Montand raconte. Et qu'il doit mimer comme il sait le faire. Marilyn l'écoute, bouche entrouverte, un verre dans la main droite, la main gauche dans les cheveux. Séduisante et séduite, visiblement. A l'apogée de sa beauté de star : étoile ruisselante de lumière.

La troisième photo représente Montand et Simone Signoret, en 1974. Il a pris des rides, lui, mais ça lui va très bien. Simone a pris de l'âge. Elle parle très intelligemment de ce problème, à la fin de son livre. « Nous avons le même âge, Montand et moi. S'il a vécu mon vieillissement à mes côtés, moi j'ai vécu son mûrissement à ses côtés. C'est comme ça qu'on dit pour les hommes. Ils mûrissent, les mèches blanches s'appellent des " tempes argentées ", les rides les " burinent "... »

C'est vrai, les rides burinent le visage souriant de Montand, sur cette photo que publie le magazine américain, où l'ont voit Simone, un peu en retrait, les poings sur les hanches. Non pas mûrie, mais vieillie, en effet. Quant à Montand, il n'a rien perdu de sa séduction. Dans un joli texte, Françoise Sagan a un jour signalé quel était le mystère de cette permanence. Les résultats d'une enquête de *F Magazine*, en septembre 1980, venaient de prouver, en effet, la perdurabilité de cette séduction. A la question : « Si la possibilité vous en était offerte, parmi les personnalités suivantes, quel est l'homme que vous choisiriez pour père de votre enfant ? », 26 % des femmes interviewées avaient répondu Yves Montand. Et la deuxième personnalité sur la liste n'avait que 6 % de ces suffrages rêveurs du désir procréatif. Un désir qui va loin, qui se projette dans l'avenir, à l'âge bienheureux des anticonceptifs.

Donc, commentant ces résultats, Françoise Sagan écrivait : « C'est ainsi que Montand se mua glorieusement de jeune homme inquiétant qui veut prouver sa force, en homme rassurant qui refuse d'user de la sienne. Et vis-à-vis de cet instinctif, cet éternel désir, ce besoin qu'ont les femmes (comme les hommes, d'ailleurs, mais cela commence juste à se savoir) de pouvoir admirer et respecter " l'autre ", de se fier et de s'appuyer à sa force sans avoir à craindre qu'il n'en profite, Montand devint " l'autre " idéal. »

Et ce n'est pas Signoret qui démentirait son amie Sagan, à laquelle l'unit une longue complicité de conversations, d'émotions et de rires. Il faut le souligner, car c'est plutôt parmi les hommes que Simone choisit habituellement ses complices. Les femmes sont souvent pour elle de simples bonnes femmes. N'en déplaise aux féministes.

Quoi qu'il en soit, quelque chose me dérange dans cette séquence photographique du *New York Magazine*. Elle a quelque chose d'injuste, me semble-t-il. Non pas pour Montand, sans doute. Montand s'en sort très bien, avec ces trois images qui révèlent et rythment sa force sombre et dévorante de jeune loup, sa maturité lisse et décontractée, son mûrissement aux rides souriantes et chargées de vie. C'est Simone Signoret qui s'en sort moins bien. Car pourquoi, dites-le-moi, n'est-elle présente que pour accompagner la dernière partie de la vie de Montand? Pourquoi ne voit-on pas une image d'elle à l'époque de la photo avec Marilyn, en 1960? A cette époque-là, n'importe quel homme aurait pu hésiter entre Simone et Marilyn. (Phrase typiquement, délibérément machiste, vous l'aurez remarqué. Comme si les femmes étaient à prendre ou à laisser, alors que ce sont plutôt les hommes qui sont pris ou laissés pour compte. Pris de cette ardente obsession de les prendre. Laissés pour compte ou pour le compte lorsqu'elles se déprennent de cette prise. Et se reprennent, ce qu'elles finissent par faire toujours, d'une façon ou de l'autre. Donc : phrase ironiquement machiste, juste pour faire semblant. Et si c'est moi qui l'écris, c'est surtout Montand qui la pense, soyez-en sûr.)

N'importe quel homme aurait pu hésiter, j'y reviens, au risque de paraître peu délicat, entre Simone et Marilyn, à l'époque de *Let's make love*. N'auriez-vous pas hésité, cher lecteur, mon semblable, mon frère? En tout cas, Montand a bien hésité. L'instant d'un orage d'été, d'une foudroyante éternité où se prendre, se déprendre et s'y méprendre.

Quoi qu'il en soit, il y a belle lurette que j'ai quitté le jardin du *Beverly Hills* pour frapper à la porte de la suite de Montand. Il y a belle lurette que nous avons plongé dans une de nos habituelles discussions. Car depuis plus de dix ans – en gros, depuis *L'Aveu* – le plus clair du temps que nous passons ensemble, quand il n'y a pas une raison concrète de travail, est consacré à la discussion.

Pour être tout à fait exact, je devrais mentionner aussi la promenade. Elle nous prend aussi une partie de notre loisir, la promenade à travers les villes. Ces derniers temps, surtout, nous ne nous en sommes pas privés. Nous avons parcouru en long et en large Rio de Janeiro, Brasilia, New York, Washington, Tokyo et Osaka. Mais la promenade, même planétaire, n'a jamais interdit la discussion. Bien au contraire, elle la stimule souvent.

Ainsi, à New York, le 6 septembre, le défilé ouvrier du *Labor Day*, fête du travail, remontait la 5e Avenue et tournait à droite, gentiment, au coin de chez *Cartier*. Ce fut une manifestation massive, bon enfant et pleine d'enseignements. Du moins pour moi. A voir défiler, en effet, sous les banderoles, au son des orchestres folkloriques et des mots d'ordre scandés, les sections syndicales des travailleurs new-yorkais – qui étaient bien souvent portoricaines ou asiatiques, bien sûr – remontant vers le Parc comme une marée débonnaire, on saisissait d'un coup d'œil une vérité surprenante : cette classe ouvrière est celle du XIXe siècle, telle que nous la montrent les livres d'histoire. Les livres d'images et les livres d'idées. Et je ne suis pas en train de dire, attention! que les ouvriers américains retardent, qu'ils vivent dans un archaïsme dépassé. Je dis simplement qu'ils sont, du moins ceux que j'ai vus défiler à New York, ce *Labor Day*-là, plus près de leurs origines que les ouvriers français, par exemple. Ils n'ont pas encore inventé les « partis de la classe ouvrière » (et Dieu ou Marx ou Abraham Lincoln veuillent qu'ils ne les inventent jamais!), ces partis qui sont, sans doute, des instruments parfois efficaces pour la prise du pouvoir. Et toujours pour le conserver, ce pouvoir. Y compris, ou même surtout, *sur* la classe ouvrière. Ils n'ont inventé que les syndicats, qui sont la grande et authentique invention ouvrière : celle qui permet aux travailleurs de changer leur vie, du moins de l'améliorer, parfois radicalement, mais qui leur interdit heureusement la prise du pouvoir. Car celle-ci, en vérité, a toujours été le commencement de la fin. Pour la toute simple raison – qu'on trouverait implicitement dans Marx, si on voulait y lire ce qui est lisible, en laissant de côté la broussaille idéologique et quasi messianique – que la classe ouvrière ne peut pas prendre le pouvoir, en tant que classe; qu'elle ne peut le prendre qu'en s'en dépossédant, en le livrant au « parti de la classe ouvrière » qui le prendra en son nom, mais dans son impuissance historique réelle. Et contre elle, finalement. L'histoire du XXe siècle sera l'histoire de cette vérité refoulée.

Je regardais les ouvriers new-yorkais du *Labor Day* remonter la 5e Avenue et une étrange émotion m'envahissait. Une émotion disparue de mon cœur et de mon sang depuis fort longtemps. Comme si subitement, au son de ces fanfares où les accents du *rock* et du *pop* se mêlaient à une *Internationale* lavée de tout soupçon, rendue à sa virginité primitive de chant des travailleurs, et non plus d'antienne hypocrite de la *Nomenklatura*, comme si d'un coup, je me retrouvais plongé dans le bain de jouvence de la longue marche de l'émancipation ouvrière. Qui ne peut être que l'œuvre des ouvriers et jamais celle des « partis ouvriers ».

Ainsi, à Tokyo, nous nous étions promenés le dimanche 24 octobre dans le parc de Harjuku, qui s'étend derrière la salle de concerts de la station N.H.K., l'une des trois salles de la capitale japonaise où Montand allait présenter son spectacle.

Des centaines, peut-être même des milliers de jeunes gens – de très jeunes garçons et filles – s'y réunissaient, nous avait-on dit, tous les dimanches après-midi pour une étrange cérémonie. Ils étaient groupés en bandes, ce en quoi ils différaient peu de tous les adolescents du monde. Mais, faisant cercle autour d'un grand cassétophone à piles, chacun de ces groupes, chacune de ces bandes, dansait au rythme de la musique – *rock* ou *reggae*, la plupart du temps – qui jaillissait de l'appareil. Ce qui était étrange, qui tenait du cérémonial, du rituel, c'est que ces adolescents étaient déguisés de quelques oripeaux de soie sur leurs vêtements occidentaux, qu'ils avaient les visages ou bien masqués ou bien peints de couleurs vives. Au rythme de la musique, changeant de cadence ou de figures collectives au coup de sifflet des meneurs de jeu, petits chefs graves et butés dans leur rôle comme des samouraïs, ces centaines de jeunes – souvent très proches de l'enfance – dansaient des danses à la fois sauvages et ancestralement policées, où les pas banalement modernes se mêlaient aux gestes traditionnels des arts martiaux.

Nous nous promenions au milieu d'eux, mais ils ne nous voyaient pas. Ne voulaient pas nous voir. Réfugiés dans le cocon matriciel de cette musique, de cette danse où la plus aiguë modernité de l'aliénation urbaine se mêlait aux figures symboliques d'une très ancienne tradition, ces jeunes Japonais nous semblèrent, ce dimanche-là, porteurs d'une métaphore sociale déchiffrable. Comme si leur masse, atomisée en petits groupes isolés les uns des autres mais recentrés viscéralement par cette communion provisoire de la danse, n'était que le reflet momentané d'une société japonaise où la fabuleuse modernité du XXIe siècle semblait se nourrir des rêves les plus archaïques, masquant de courtoisie méticuleuse et gestuelle la brutalité, sans issue prévisible, de ses rapports de production.

Nous étions arrivés à Tokyo le jeudi 21 octobre à 20 h 30, en provenance de Los Angeles. D'où nous étions partis le mercredi 20 à 17 heures. Ainsi, un vol de onze heures de temps réel nous avait fait passer plus de vingt-quatre heures dans le temps abstrait de l'univers. Le temps de l'espace-temps. Je veux dire le temps des horloges. Le temps pour mesurer le temps de travail, de loisir. Même celui du rêve. Le temps des réveille-matin, des sirènes d'usine, des rondes de prison et d'hôpital. Jusqu'à présent, en volant vers l'Ouest, j'avais gagné des nuits. Mais cette fois-là, en volant encore vers l'Occident, j'avais perdu un jour. Un très long jour. Et j'étais parvenu en Extrême-Orient. Nous avions, en effet, quelque part au-dessus de l'océan Pacifique, franchi la ligne imaginaire du changement de date, le point où l'Est et l'Ouest se fondent et se renversent, deviennent identiques en se différenciant radicalement.

J'aurais bien aimé franchir cette ligne imaginaire, ce point de retournement des réalités, en compagnie de Jean Giraudoux. Mais sans doute avait-il trop à faire au-delà du fleuve Styx, dans son séjour parmi les morts – y écrivait-il une pièce où les rôles principaux seraient tenus par les Spectres qu'il aurait désormais appris à connaître? Essayait-il de convaincre quelque licorne, quelque lapin magique, semblables à ceux que Patinir peint toujours dans ses tableaux, de bien vouloir lui raconter les secrets de leur vie? – sans doute Jean Giraudoux était-il trop occupé pour venir me tenir compagnie. A sa place, pour tenir sa place, ne fût-ce que symboliquement, il aurait pu m'envoyer son Contrôleur des Poids et Mesures, celui de ses personnages qui me paraissait le plus apte à m'accompagner dans ces circonstances, au-dessus du Pacifique. A moins qu'il ne m'eût envoyé Suzanne, carrément.

Mais si Giraudoux m'abandonna en ce moment crucial du franchissement de la ligne, je trouvai par contre, à peine arrivé à Tokyo, un petit message ironique de Chris Marker.

L'exemplaire du *Japan Times*, en effet, qu'on glissa sous ma porte, le premier matin, à l'hôtel de Tokyo – je venais d'avoir Montand au téléphone, j'allais prendre le petit déjeuner avec lui, poursuivre la conversation que nous avions commencée à Los Angeles – le *Japan Times*, donc, publiait en première page un entrefilet qu'il fallait forcément interpréter comme un message de Chris. A moins que ce ne fût un message pour lui de quelque puissance occulte. D'une façon ou de l'autre, Chris Marker manifestait sa présence au moment de notre arrivée au Japon. Ce qui était normal.

D'ailleurs, il m'avait accompagné tout au long des derniers jours, depuis mon départ de Paris. Tout d'abord parce que j'avais pris, pour le relire en avion, son livre *Le Dépays*, où il est n'est question que du Japon. Ou plutôt, de la place que ce pays dépaysant, non paysan, tient dans la vie de Chris. Et puis parce que Narciso Yepes m'avait lui aussi longuement parlé du Japon, lorsqu'il apprit que je m'y rendais avec Montand, après ma brève escale à Los Angeles. Et Yepes parlait du Japon avec la même ferveur sereine qui transparaissait dans le texte de Chris. Il y allait tous les ans pendant plusieurs semaines, non seulement pour y faire de la musique mais aussi pour faire retraite du monde. Pour se mettre à l'écoute du monde, autrement dit. En se retirant de son vacarme pour écouter son chant profond.

Mais Chris Marker avait été tellement présent dans mon esprit pendant ces journées que j'écrivis la note suivante, dans mon journal de voyage : « Arrivée à Tokyo, jeudi 20 h 30, après onze heures de vol. Interminable trajet nocturne vers la ville, cauchemardesque. Souvenu de *Solaris*. Nulle trace de la beauté austère, ancestrale, du *Dépays*. Nous verrons. »

Et j'ajoutais, en *nota bene* : « Commencer peut-être le livre par une introduction sur le voyage à Los Angeles et au Japon. Narciso Yepes (la Pologne). Greek Theater. Japon (Chris et *La solitude du chanteur de fond*) *Maybe*. »

Cette parenthèse sur la Pologne s'explique parce que Yepes a épousé une Polonaise et qu'il connaît fort bien le pays. Au cours de notre longue conversation au-dessus de l'Atlantique nous parlâmes beaucoup de la Pologne. A en perdre le souffle, l'espoir et la patience.

Mais vous aurez sans doute remarqué que ce livre ne

commence pas par l'introduction relative au voyage vers Los Angeles. C'est par là qu'il se termine, au contraire. Et pour une raison aussi simple qu'évidente : ce n'est pas la vie de Chris Marker, ni non plus celle de Narciso Yepes, pour intéressantes qu'elles soient, que je raconte. C'est celle de Montand. Il fallait donc commencer par lui, avec lui. C'est la moindre des politesses, non seulement envers lui, mais aussi, et surtout, envers le lecteur.

Pourtant, comme cette fin n'est pas une clôture, mais une ouverture – sur la vie, sur l'avenir, sur le cours merveilleux ou terrifiant des choses – d'une certaine façon ce dernier chapitre sera quand même une introduction.

Mais le *Japan Times* qu'on avait glissé sous ma porte, au premier soleil levant de ce séjour dans l'Empire dudit, publiait en première page un entrefilet dont le titre était :

CAT PREVENTS
JET'S DEPARTURE

Sous ce titre, une dépêche Reuter-Kyodo en provenance d'Australie annonçait qu'un chat avait empêché le décollage d'un Jumbo, à l'aéroport de Syndney.

Que l'annonce d'un tel pouvoir félin vînt me frapper, à peine le pied mis dans le dépays de Chris Marker, me parut de bon augure.

Je montrai le journal à Montand, un peu plus tard. Nous regrettâmes l'absence de Chris, qui aurait dû se trouver avec nous. C'est ce qui était prévu. Mais il terminait à Paris son film sur le Japon, précisément : *Sans soleil.* Nous décidâmes d'aller le soir même boire un verre à *La Jetée*, un bar de Tokyo qui porte, délibérément bien sûr, le même nom qu'un film inoubliable de Chris Marker. Mais je vous dis tout de suite, afin que vous ne vous fassiez pas d'illusions, que nous ne sommes jamais parvenus jusqu'à ce bar. Ce soir-là, le téléphone de l'endroit resta muet. Une autre fois, la voiture qui devait nous y conduire s'égara dans un quartier totalement différent. Une troisième fois, un changement d'horaire de travail balaya notre projet. Comme si, en fin de compte, après nous avoir fait un signe au moment de notre arrivée au Japon, Chris ne se cachât derrière n'importe quel obstacle apparemment objectif et anodin, pour préserver son quant-à-soi. A moins que le chat qui empêcha le décollage du 747 à Sydney ne fût intervenu une nouvelle fois pour nous barrer la route de *La Jetée*, où nous aurions pu avoir, comme dans le film lui-même, rendez-vous avec la mort.

C'est avec la mort aussi, d'une certaine façon, que nous avions rendez-vous, Montand et moi, dans cette longue conversation qui avait commencé à Los Angeles et qui s'est prolongée quelques jours. Au point que je ne sais plus très bien ce qui a été dit à Los Angeles, ou à Tokyo, ou encore à Osaka, et que je préfère en livrer l'essentiel d'un seul jet d'écriture, quel que soit le lieu où l'un ou l'autre aspect des questions a abordé.

Montand, de toute façon, ne commençait ses récitals que le mardi 26 octobre, à Osaka. Nous avions donc plusieurs jours assez calmes, qu'on a pu consacrer à nos activités favorites lorsque nous sommes ensemble : la discussion et la promenade. Notre méthode à nous pour appliquer le vieux précepte de *mens sana in corpore sano*. De faire circuler l'oxygène dans nos esprits et dans notre corps.

Avec la mort, donc, à cause des massacres de Sabra et de Chatila.

Montand avait suivi avec inquiétude, depuis le mois de

juin, le déroulement des opérations israéliennes au Liban. Il avait été, comme moi, d'un côté, éberlué par la présentation des événements par une certaine presse. Une majorité de celle-ci, il faut bien le dire. Par le déferlement de la désinformation télévisée, fondée sur une surinformation sensationnaliste, sur un traitement de choc de l'image, presque toujours sortie de son contexte historique, de l'épaisseur réelle d'une guerre civile qui se prolongeait au Liban, avec l'appui occulte ou proclamé de certaines puissances étrangères, depuis de longues années déjà.

D'un autre côté, attentif aux déclarations et prises de position de la gauche israélienne, de certains hommes politiques français comme Pierre Mendès France, Montand voyait avec un malaise croissant Tsahal s'embourber dans les risques d'une occupation prolongée du Liban. La politique de Begin et de Sharon ne lui semblait pas chargée de positivités, quant à l'avenir. C'est le moins qu'on puisse en penser, disait-il.

Sur cet avenir même, cependant, sur une solution possible des problèmes de la région, sur la juste prise en compte d'une nationalité palestinienne, Montand avait une attitude extrêmement claire et qu'il résumait ainsi : Tout ce qui mettait en cause le droit à l'existence, à la sécurité et à des frontières garanties de l'Etat d'Israël était à rejeter catégoriquement même lorsque cela se parait d'oripeaux phraséologiques de gauche. Et puis, deuxièmement, était à rejeter de même comme sournoisement néfaste tout ce qui contribuerait à occulter ou estomper le fait historiquement déterminant que l'Etat d'Israël était une démocratie. Et même la seule démocratie de la région. C'est donc, en somme, sur l'existence même de l'Etat d'Israël et sur la dynamique propre de son caractère démocratique, que Montand fondait l'espoir, sans doute ténu, vu les circonstances et les intérêts stratégiques en jeu, d'un règlement pacifique au Proche-Orient.

Tout ceci, bien sûr, a la sécheresse d'un compte rendu, l'aspect aphoristique et tranchant d'un résumé quelque peu cursif. En vérité, nous en parlions pendant des heures. Montand m'en parlait pendant des heures. Avec patience, avec passion.

Il faut dire qu'il est extrêmement sensibilisé à la question d'Israël. Et plus largement, à la question juive. A Rio de Janeiro, par exemple, lors de la seule conférence de presse qu'il accorda pendant son passage au Brésil, je l'ai vu s'emporter, se laisser dominer un instant par la fougue et la véhémence, à propos de la question d'Israël. Et de celle-là seulement.

Un jeune journaliste gaucho – gauchiste, je veux dire : nous étions au Brésil, et non pas en Argentine! – essaya, en effet, de le coincer sur le problème des bombardements de Beyrouth. Vous approuvez donc le massacre des civils, puisque vous êtes pro-israélien? dit-il à Montand, la bouche enfarinée. Celui-ci s'emporta, écarta son interprète, et dans un mélange de français, d'anglais, d'italien et de castillan – que tout le monde comprit d'ailleurs parfaitement – il précisa sa position. Non, il n'approuvait pas le massacre des civils, il le condamnait. Mais le massacre des civils n'avait pas commencé avec l'intervention israélienne au Liban. Il durait depuis des années, il avait aussi été le fait des Arabes eux-mêmes, qu'ils fussent chrétiens ou musulmans; libanais, palestiniens ou syriens, et je ne vous ai pas souvent entendus, vous autres journalistes de gauche, protester à l'époque contre ces massacres, nous inonder d'informations à leur sujet. Et puis, j'attends encore le jour où l'on verra des Arabes manifester massivement contre la politique de leurs gouvernements sans être massacrés à la mitrailleuse, alors que je vois les rues de Tel-Aviv remplies de manifestants pour « la paix maintenant », alors que je vois des colonels israéliens démissionner en pleine guerre parce qu'ils sont en désaccord avec leur commandement, et ils ne passent pas devant un tribunal militaire! Ils ont même la possibilité de s'exprimer dans la presse, à la télévision, pour donner librement leur point de vue. Je ne suis pas pour Israël, systématiquement. Je suis systématiquement pour la démocratie, et au Proche-Orient c'est là que je la trouve, quelles que soient les erreurs ou les mesures discutables de ses gouvernants!

En un mot, il s'emporta. Et il cria un bon nombre de vérités bonnes à entendre.

Cette sensibilisation de Montand à l'égard d'Israël, l'attention qu'il prête à toutes les manifestations de l'antisémitisme, me semblent avoir des origines lointaines. Les unes sont profondément enracinées dans son expérience personnelle. Tout d'abord, Montand fait partie, comme moi-même, de cette génération d'Européens qui avons connu les conséquences du nazisme, de sa stratégie de solution finale de la question juive. Pour nous, à jamais, l'image de l'opprimé, de la victime de l'une des principales barbaries modernes, est celle du Juif poussé en cohorte vers les chambres à gaz et les fours crématoires. L'image de l'horreur la plus nue, la plus radicale, est celle bien connue de l'enfant juif, malingre et beau dans son innocence expiatoire, qui lève les bras en l'air, une grande casquette sur son pauvre crâne, devant les fusils de la race abjecte des seigneurs. De la caste méprisable des bourreaux.

Mais à cette circonstance générique, qui tient à l'histoire de notre génération, Montand peut ajouter une expérience encore plus personnelle, plus intime. Par deux fois, en effet, le fait qu'on ait pris son nom italien, Livi, pour un nom juif, Lévi, lui a fait côtoyer le danger permanent de la condition juive.

La première fois, en 1941, ce fut pendant qu'il était mobilisé dans les Chantiers de la jeunesse vichyssois, pour la période de travail obligatoire de six mois à laquelle étaient astreints les jeunes en âge de faire le service militaire. Il était dans un camp de baraques édifié sur des marais à demi asséchés, près d'Hyères. Un jour, il fut convoqué dans le bureau du commandement. Il n'était pas seul, il y avait trois ou quatre autres garçons de son âge dans la pièce. Le type qui était derrière le bureau avait une liste de noms sur une feuille de papier. « Qui c'est Silbermann? » dit-il. Et Silbermann se présenta. « Et Rosenblum? » demanda le type. Rosenblum fit un pas en avant. A la fin, il ne restait plus que Montand à n'avoir pas été appelé. « Alors, toi, t'es Lévi! » dit le type du bureau, se tournant vers lui. Montand hocha la tête. « Non, dit-il, moi, c'est Livi. »

Aujourd'hui, quand il raconte cette histoire, Montand croit se souvenir qu'il n'avait pas du tout pris conscience, sur le moment, de la gravité de la chose. Il corrigea la prononciation de son nom, tout simplement. Il n'avait pas vraiment conscience, sur le moment, de la différence qu'il y avait entre Lévi et Livi. Des conséquences énormes de cette voyelle différente. Ce n'est que plus tard, lorsque Silbermann et Rosenblum et les autres Juifs convoqués eurent disparu du camp des Chantiers de la jeunesse, que Montand comprit que cette voyelle de différencce était la mince frontière qui séparait la vie de la mort. Du moins la liberté de l'emprisonnement.

Pour le moment, il se borne à mettre au point. « Livi, pas Lévi », se borne-t-il à dire au type des bureaux. Qui vérifie, se fait montrer les papiers, comprend qu'il y a eu erreur, ou excès de zèle, et renvoie Ivo Livi, né à Monsummano Alto, Italie, dans son baraquement.

La même aventure arrivera encore à Montand, plus tard, après l'occupation de la zone de Vichy par les troupes allemandes en novembre 1942. Pris dans une rafle, il est confronté à un sous-off de la *Feldgendarmerie.*

« Tu t'appelles Lévi et tu as changé une lettre de ton nom, affirme l'Allemand. – Mais non », répond Montand avec la force de l'évidence « si je m'appelais Lévi, j'aurais changé de nom! » L'Allemand hoche la tête, convaincu. Et Ivo Livi sort encore une fois de ce local de la *Feld*, libre. Après ce deuxième incident, Montand portera toujours sur lui un double de son acte de baptême.

Mais, indépendamment de ces expériences personnelles, indépendamment du souvenir merveilleux qu'il garde d'un voyage en Israël, ce qui attache par-dessus tout Montand à ce pays c'est le modèle de démocratie qu'il représente, dans un univers où ces exemples sont plutôt rares.

Les massacres de Sabra et de Chatila eurent lieu, on s'en souvient, les 15, 16 et 17 septembre 1982. A ce moment-là, je venais de quitter Montand, qui avait chanté au Kennedy Center de Washington et qui partait pour le Canada. Pour ma part, j'étais rentré en France. Ensuite, j'avais été en Espagne, suivre la campagne électorale pour *Le Nouvel Observateur*. Plusieurs fois, Montand m'avait appelé du Canada pour me parler de ces massacres. Pour évoquer avec une inquiétude douloureuse la possibilité, de plus en plus vraisemblable, d'une responsabilité israélienne. Mais l'un comme l'autre nous étions convaincus que le système démocratique israélien fonctionnerait, même dans ces circonstances troublantes. Si l'on devait un jour savoir la vérité sur ces massacres, la vérité sur les responsabilités des uns et des autres, ce serait grâce à la démocratie israélienne, pensions-nous tous les deux. Grâce aux centaines de milliers de manifestants de Tel-Aviv exigeant la création d'une commission d'enquête. Grâce au système politique du pays qui ne pourrait empêcher la constitution de cette commission ni en étouffer les conclusions, quelles qu'elles fussent. En ces jours de septembre 1982, Montand et Signoret envoyèrent à Shimon Perès, leader du Parti travailliste israélien, un télégramme où il était dit : « Si le soutien moral d'un non-Juif et d'une demi-Juive peut vous aider en quoi que ce soit dans votre lutte pour la dignité, nous vous l'offrons de tout notre cœur. »

Le 20 octobre, quand je retrouvai Montand à Los Angeles, la commission d'enquête n'était pas encore formellement constituée, même si le principe en avait été accepté. Elle ne se réunirait qu'à partir du 1er novembre, avec à sa tête le président de la Cour suprême, le juge Yitzhak Kahane (sur les cahiers d'écoliers j'écris ton nom : Yitzhak Kahane !). Mais nous savions déjà, lorsque nous parlions ensemble de tout cela, à Tokyo, à Osaka, que la démocratie israélienne fonctionnerait une fois de plus, de façon exemplaire. Nous savions déjà que nous avions eu raison de parier sur elle. De résister à la vague de doutes, d'insinuations, de satisfactions antisémites masquées de parlerie gauchiste – ne rendant pas vraiment service aux légitimes aspirations palestiniennes – qui avait déferlé non seulement dans les médias, mais aussi dans les consciences de bon nombre de citoyens de nos pays occidentaux.

Le système démocratique israélien irait jusqu'au bout de sa logique interne, libératrice. Jusqu'au bout de sa vérité. Faisant ainsi la preuve qu'aucun autre système ne lui est supérieur. Ne lui est même comparable.

C'est à Osaka que je quittai Montand, le mercredi 27 octobre 1982.

La veille, il y avait donné le premier de ses récitals au Japon, dans la plus grande salle de concerts de la ville. Une fois de plus, l'accueil du public avait été bouleversant. Parce que le public était bouleversé, bien sûr. Charmé, conquis, séduit, heureux.

Ce soir-là, j'ai noté laconiquement dans mon journal

de voyage : « Récital : les mystères de la communication, une fois encore. » Le mystère, en effet, une fois encore, du silence miraculeux à la fois dense et friable, traversé de frémissements d'émotion perceptible, lorsque Montand avait chanté-récité *Les Bijoux*, par exemple.

J'étais en coulisses, ce soir-là.

C'était la dernière fois que je voyais ce spectacle, que je connaissais par cœur, me semblait-il, mais au cours duquel, chaque soir, j'avais eu le coup au cœur d'une surprise, d'une nouveauté, d'un approfondissement. J'avais voulu le voir des coulisses, cette dernière fois, avant de quitter Montand, de revenir en Europe. Peut-être parce que j'aurais ainsi l'impression d'y participer davantage que si j'avais été installé dans la salle. Peut-être parce que c'était la dernière fois, justement. Non seulement la dernière fois de cette tournée à travers le monde. Peut-être la dernière fois pour de vrai. Peut-être ce soir du 26 octobre 1982 serait-il le dernier soir où je verrais Montand se produire sur une scène de music-hall.

Je savais pourtant qu'il avait l'intention de prolonger cette tournée, à l'automne 1983, dans les pays de Méditerranée, après la réalisation d'un film avec Claude Sautet. Mais l'automne 1983, c'était loin. Il pouvait se passer plein de choses avant l'automne 1983. Et puis, rien ne me garantissait que je pourrais suivre cette prochaine tournée.

Ainsi, j'étais dans les coulisses de la salle des concerts d'Osaka et je suivais le spectacle avec une joie où éclatait parfois, à la fin de telle chanson, à l'attaque musicale de tel morceau, une fabuleuse nostalgie. J'étais à la fois dans la joie du présent, du moment qui se déployait, fastueusement, et dans l'angoisse d'un avenir qui se retournerait vers ces instants passés à tout jamais. Alors, dans cette situation d'extrême tension émotionnelle, je suivais le spectacle avec une attention aiguisée. Essayant de graver dans ma mémoire, pour toujours, comme si c'était vraiment la dernière fois, chacun des gestes de Montand, chacun de ses mouvements, son visage crispé lorsqu'il arrivait en coulisses, entre deux chansons, pour s'essuyer le front, son visage détendu lorsqu'il commençait à chanter *La Bicyclette*, jouant de ses mains, de son corps apparemment immobile, de sa voix, la souplesse et la précision de ses pas de danse glissés à la fin de *L'Etrangère*, la violence qu'il laissait monter en lui, qu'il faisait éclater au moment des *Cireurs de Broadway* : tous les détails, un par un.

Comme si c'était la dernière fois. Et c'était peut-être la dernière fois.

J'avais eu une impression analogue quelques mois auparavant, à l'Olympia de Paris.

C'était le 14 août 1982, et c'était aussi une dernière représentation. Après les trois mois de l'automne 1981, après la tournée à travers la France et dans quelques pays d'Europe (Suisse, Belgique, Allemagne fédérale, Pays-Bas), Montand était revenu à l'Olympia, en plein été. Mauvaise période, avaient dit certains, faisant la moue, sceptiques. Mais toutes les places avaient été pratiquement louées d'avance, une fois de plus. Du 26 juillet au 14 août, Montand s'était produit à bureaux fermés.

Le 14 août, donc, eut lieu la dernière représentation avant le départ pour le Brésil.

Montand était tout à fait détendu, maîtrisant totalement un spectacle qu'il avait peaufiné, fignolé, enrichi, approfondi, pendant les mois précédents. Il se permettait même le luxe de casser dans la deuxième partie le rythme très précisément articulé du récital en racontant une petite histoire de music-hall, comme s'il voulait se prouver qu'il pouvait reprendre son public, l'attirer de nouveau vers l'émotion de son chant, après l'avoir laissé se décontracter dans un rire éclatant. Et distrayant, au sens fort du mot. Il y parvenait sans difficulté, bien entendu.

Et pourtant, vers la fin du récital, je commençai à éprouver cette sorte d'angoisse diffuse, de nostalgie anticipée, dont j'ai parlé à propos de la soirée d'Osaka. Je n'en ai compris vraiment la raison qu'au moment où Montand allait chanter *Les Cireurs de Broadway*.

Alors, en annonçant au public que c'était un texte de Jacques Prévert, une musique d'Henri Crolla, Montand a fait une chose que je ne lui avais jamais vu faire auparavant. Il a laissé son orchestre ressasser le prélude musical et il a commencé à parler d'Henri Crolla. Pas longtemps, certes. Quelques mots seulement. Mais quelques mots qui venaient de loin, des profondeurs du passé, du souvenir d'une amitié exceptionnelle. Car Montand ne parle pas souvent de Crolla, mais il est évident que l'amitié de ce musicien que lui avait présenté Prévert a compté beaucoup pour lui. Jusqu'à sa mort, Henri Crolla, italien comme lui, son pote le gitan, aura été, par son talent, son humour et sa générosité, l'un des amis les plus indispensables à Montand. Dans la vie du travail et dans la vie tout court. Et voilà que ce sentiment, pudiquement tu depuis des années, à peine chuchoté en certaines circonstances, s'étalait en public, lorsque Montand commença sur la scène de l'Olympia à parler de Riton, son ami, Riton, son meilleur ami.

C'est à ce moment-là que j'ai compris que Montand en parlant au public d'Henri Crolla, se parlait à lui-même. J'ai senti que Montand parlait de Crolla, l'ami disparu, parce qu'il avait la même impression d'angoisse diffuse que moi : il devait penser, à l'arrière-plan de son esprit concentré sur le travail, sur la perfection de son spectacle, que c'était peut-être la dernière fois de sa vie qu'il chantait à l'Olympia de Paris.

Il partait à l'étranger, sans doute, le lendemain. Il avait encore devant lui l'aventure de cette tournée. Le défi un peu fou de la semaine au MET de New York. La vie continuait, en somme. Mais reviendrait-il encore sur la scène de l'Olympia? Il ne reviendrait en tout cas pas pour refaire la même chose. S'il revenait un jour, ce serait avec du nouveau, bien sûr. En mettant la barre encore plus haut. Montand est l'homme des défis, on le sait. Et d'abord à soi-même. Mais aurait-il encore l'envie, le goût, la patience, la passion, la folie, de revenir à l'Olympia avec un spectacle qui fasse oublier le précédent? Ou, du moins, qui n'ait pas à craindre la comparaison avec le précédent?

J'ai compris alors que Montand évoquait Henri Crolla, l'ami disparu, parce que la brume d'une angoisse sourde se levait en lui. Le trouble pressentiment que c'était peut-être la dernière fois qu'il chantait à l'Olympia.

Et l'envie m'est venue, ce soir du 14 août 1982, alors que les gens battaient des mains, autour de moi, insensibles, bien entendu, à cette tristesse qui montait dans le cœur de Montand, l'envie m'est venue brusquement de revoir un vieux film à sketches de Christian-Jaque, *Souvenirs perdus*, où Montand et Crolla jouaient ensemble. De revoir leurs visages d'autrefois. Leur jeunesse rendue éternelle par l'éphémère miracle du cinématographe.

A Osaka, donc, en voyant des coulisses le spectacle de Montand, j'ai retrouvé cette même sensation douce-amère. Mais j'étais certainement seul à l'avoir, ce soir-là. Car c'est moi seul qui partais, qui abandonnais le spectacle. Montand, lui, continuait encore pendant deux semaines au Japon. Ce n'est pas à Osaka qu'il aurait l'angoisse de la dernière fois. Mais il l'aurait, c'est sûr. Mettez-vous à sa place, si vous êtes assez dingues pour oser le faire!

A Anchorage, sur le chemin du retour, le surlendemain, le soleil se levait sur une neige grise, qui rosissait.

C'est là que le dieu du Temps, ou le Contrôleur des Poids et Mesures de Giraudoux, qui sait? commença à me rendre les heures que j'avais perdues en volant de Los Angeles à Tokyo. Comme s'il y avait quelque part dans le ciel bleu lavande de l'Alaska un Grand Horloger qui mettait ses livres à jour. On m'avait emprunté tant d'heures, quelques jours auparavant! On me les rendait aujourd'hui, en me faisant survoler la terre en sens inverse.

Nous sommes restés longtemps à Anchorage. Des centaines de passagers, débarqués de plusieurs gros avions, hébétés par les décalages horaires, les nuits ou les aubes perdues, tournaient en rond dans la salle de transit, au milieu des devantures rutilantes des magasins hors taxes les mieux achalandés et les plus coûteux qu'il me soit arrivé de rencontrer dans mes pérégrinations aéroportées. Nous étions enfermés dans le luxe clinquant de l'Occident, ai-je pensé tout d'abord. Sans autre issue ou solution que la consommation ou le sommeil. Aléatoire, ce dernier. Mais j'ai aussitôt rejeté cette pensée, qui m'a semblé un peu facile. Trop évidente aussi, d'un point de vue symbolique. Plutôt digne de Mme Pluvier que de moi.

Je suis monté au bar du premier étage.

Elle s'appelait Vivianne. Tel était du moins le prénom inscrit sur le badge accroché à sa poitrine. Elle servait du café médiocre. Ça coûtait 1 dollar 50 cents, mais on pouvait pour ce prix en redemander à volonté. Bien peu s'y risquaient, d'ailleurs. Car il était chaud, ce café, c'est tout ce qu'on pouvait en dire.

Vivianne avait certainement été engagée par le syndicat d'initiative d'Anchorage pour la touche indispensable de couleur locale. C'était une blonde apparemment opulente, oxygénée, tout à fait extravertie. Pour 1 dollar 50, outre le café servi à volonté, elle vous racontait sa vie. Enfin, la racontait à la cantonade. A qui voulait l'entendre. J'ai ainsi appris tout de suite, comme tous les hommes somnolents accoudés au bar, qu'elle aimait les boissons sucrées et qu'elle était plus *hot* que son café. Ce qui était touchant dans cette dernière allusion à sa chaleur féminine, c'était sa gratuité. Son aspect désintéressé. Aucun voyageur ne pouvait en profiter. C'était de l'art pour l'art, en somme.

Quoi qu'il en soit, j'ai sorti de ma sacoche mon journal de voyage – un carnet superbement relié à Venise, *appresso Piazzesi, legatore* : les connaisseurs savent de quoi je parle – et j'en ai relu les dernières pages. Dans le brouhaha ponctué des rires aigus de Vivianne, qui continuait à vanter au tout-venant la chaleur de son café et de sa tendresse féminine.

« Mercredi 20 octobre. Los Angeles.

« Matinée tranquille au *Beverly Hills.* Marilyn (repensé à l'article de Pete Hamill, que j'ai relu cette nuit, dans le dossier de presse que Jean-Marie Guéhenno, conseiller culturel à New York, a envoyé à M. Aux trois photos : Piaf, Marilyn, Simone. Commenter dans le livre) Puis, commentaire avec M. des nouvelles (Sabra/Chatila; Valladares). »

Je jette un coup d'œil à Vivianne. Je tends ma tasse pour avoir encore un peu de café.

Lorsque j'étais arrivé à Los Angeles, la prochaine libération d'Armando Valladares des prisons de Fidel Castro venait d'être annoncée. Il semblait bien que le gouvernement français eût joué un rôle important dans les négociations visant à obtenir cette libération. Ce qu'on ne savait pas encore c'est ce que la France avait promis en échange. De toute façon, c'est en France que Valladares serait accueilli, à sa sortie de prison.

La nouvelle avait comblé Montand de satisfaction. Il fait partie, en effet, de ceux qui protestaient publiquement depuis des années contre l'emprisonnement de Valladares. Il avait fait partie des délégations qui avaient présenté des pétitions à l'ambassade de Cuba à Paris. Il avait parlé du cas de Valladares tout au long de sa tournée mondiale. Dans les articles et les interviews qu'on lui a consacrés, la trace de cette préoccupation est bien patente.

Mais nous ne savions pas, ce jour-là, à Los Angeles, quel triste concert d'insinuations, de perfidies, la libération de Valladares allait déclencher. Les uns s'étonnèrent bruyamment qu'il marchât sur ses deux jambes, en descendant de l'avion qui l'amena à Paris. N'avait-on pas dit qu'il était paralysé? Comme si le fait d'être revenu à un état de santé normal lui enlevât le droit d'être libéré. D'autres commencèrent à murmurer que Valladares n'était pas bon poète. Etait-il même vraiment poète? Comme s'il fallait être Rimbaud ou William Blake pour avoir le droit de vivre en liberté. Bien entendu, c'est encore Georges Marchais qui se distingua dans le rôle de Basile : nous en avons l'habitude. Le seul problème, c'est qu'il en reste toujours quelque chose, hélas!

Montand, lorsque nous en reparlerons, aura sur cette question une position tranchante. Ce qui est inadmissible, dira-t-il, ce contre quoi nous protestions, c'est le fait que Valladares fût emprisonné depuis plus de vingt ans pour délit d'opinion. Un point, c'est tout. Qu'il soit meilleur ou moins bon poète ne change rien à l'affaire. Qu'il perde ou retrouve l'usage de ses jambes n'est que secondaire. Même ingambe, même champion du cent mètres haies, Valladares aurait le droit d'être libre. Et même s'il avait simulé la paralysie, il n'y aurait rien à redire. Dans toutes les prisons du monde, face à toutes les polices politiques du monde, on a le droit de se défendre par tous les moyens : par la simulation, par le mensonge. N'importe quel moyen à la portée du prisonnier inerme face à ses geôliers. C'est aussi simple que ça.

Nous ne savions pas non plus, à Los Angeles, quelle surenchère allaient faire au cours des mois suivants un certain nombre de personnages qui s'attribueraient le mérite exclusif de la libération d'Armando Valladares. La palme dans ce domaine revient, sans aucun doute, à Gabriel Garcia Marquez, grand écrivain d'un grand livre, *Cent Ans de solitude*, qui obtint le prix Nobel peu après la libération de Valladares, mais curieux personnage fasciné par les pouvoirs des *caudillos* sud-américains, comme n'importe quel héros de ses propres romans.

Il n'y alla pas de main morte, Garcia Marquez. Il déclara à la presse espagnole que Fidel Castro n'avait libéré Valladares que pour lui faire personnellement plaisir, à lui, Garcia Marquez. Et que les interventions insistantes et intempestives des Français avaient failli tout gâcher. Cette déclaration donne la mesure et de la vanité démesurée du grand écrivain et de l'arbitraire despotique de Castro, qui ne libère les prisonniers politiques que pour faire une fleur ou une faveur aux écrivains de sa cour tropicale et non pas par souci de justice. Dont acte.

Mais Vivianne m'a encore servi du café, sans même que j'en redemande. Elle trouve que mon carnet est vraiment très joli. *Very nice, indeed*, lui dis-je. Ça ne prouve pas que je parle l'anglais, mais enfin, je le parle malgré cette preuve insuffisante. Je lui signale qu'il vient de Venise, mais elle n'a jamais été en Californie, me dit-elle. Je ne lui précise pas qu'il ne s'agit pas de la Venice californienne, à quoi bon? Je continue à feuilleter mon journal de voyage, écrit dans un carnet qui vient de Venise, pas de Venice. Et je tombe, en remontant les pages en arrière, sur une note du 2 septembre 1982.

« Arrivée à New York. Méridien. La famille reconstituée : la roulotte; le pour et le contre. Promenade avec YM après déjeuner. 17 h 30 MET, avec Yves et Simone. En y allant, l'incroyable rencontre du chauffeur de taxi russe qui connaît YM de Moscou. N'arrive pas à bien lire son nom sur la plaque d'identité vissée au tableau de bord. Golberg? Goldenberg? Glasberg? Le rechercher.

« Salle du MET impressionnante. Lumières des projecteurs, ombres : la magie du théâtre. Pensé à l'histoire de Toulouse-Lautrec. »

Ainsi donc, après tous ces tours et détours, ces passages de la ligne, ce chat qui empêche le décollage des avions et ces avions qui m'ont fait perdre ou gagner des jours, selon qu'ils volent vers l'est ou vers l'ouest, nous voici enfin arrivés dans le Metropolitan Opera de New York.

Nous voici arrivés à la fin du voyage, en somme.

Je m'assieds dans la pénombre magique de ce théâtre d'opéra, où aucun chanteur de variétés, comme on dit, n'a encore été engagé ou invité à se produire. Montand étant le premier. Et peut-être sera-t-il le seul. Je m'assieds au dixième ou douzième rang de l'orchestre, au milieu de la rangée centrale, pour avoir une vue d'ensemble. Simone Signoret et Jane Hermann sont allées s'asseoir plus près de la scène.

Montand s'y déplace, cherche ses marques, parle avec les techniciens du son ou de la lumière. Des accords se font entendre, aigus ou assourdis. Des flammes de lumière bleue, blanche ou rose, comme des farfadets fantasques, traversent subitement l'immense scène, assez profonde pour contenir les nuits d'Arabie, les foules cosaques, l'éléphant d'Aïda, les arènes de Carmen, pendant que Félix Bussy commence à mettre au point les éclairages du spectacle.

Je regarde la silhouette de Montand, perdue au milieu de la scène du MET et je pense à l'anecdote bien connue de Toulouse-Lautrec. Celui-ci, dit-on, voyant passer un jour une très belle femme, à la stature imposante et au port majestueux, dans un café de Montmartre, se serait écrié, en la suivant d'un œil nostalgique et concupiscent : « Faire plaisir à tout ça, quel rêve! »

Mais il y est arrivé. Je ne parle pas de Toulouse-Lautrec, bien entendu, je parle de Montand.

Il est arrivé, sans effort apparent, ayant maîtrisé, me semblait-il, presque aussitôt après son entrée en scène, le trac inévitable, à faire plaisir aux quatre mille et quelques spectateurs de la première du Metropolitan Opera, le mardi 7 septembre 1982. Un plaisir visible, chaleureux. Un plaisir qui est allé grandissant, de chanson en chanson, pour devenir fervent, admiratif, après *Les Bijoux* de Baudelaire. Un plaisir fou. C'était gagné. Le rêve s'était réalisé.

Il allait avoir soixante et un ans, dans moins d'un mois. Il arrivait du fin fond de la misère, des quartiers les plus nauséabonds de Marseille, bonne mère et dure marâtre. Il arrivait du mauvais côté de la vie, du côté sombre et froid de l'existence. Il avait traversé l'univers du travail, du temps compté, réglé, mis en coupe. Il avait écouté les confidences scabreuses des demoiselles de petite vertu qui allaient se faire coiffer chez *Yvonne et Fernand*. Il avait écouté les disques de Charles Trenet dans une salle divisée en une multitude de petites cabines où l'on avait au bout du fil, pour quelques pièces de monnaie, la voix ensoleillée, les histoires tendres, farfelues ou mystérieuses du fou chantant. Il était allé au Star ou à l'Idéal voir les films de Fred Astaire et il en était revenu dans la nuit, vers La Cabucelle, faisant des pas de danse, esquissant le grand écart, mimant des révérences avec un haut-de-forme imaginaire, le long du double sillon brillant des rails du tramway. Il avait débuté au vallon des Tuves, quartier Saint-Antoine, devant un public chahuteur et charmé. Il était devenu Montand, s'étant donné ce nom prémonitoire d'une ascension ininterrompue à cause des appels de sa mère : *Ivo, monta! Ivo, monta!*, lorsque la famille Livi habitait encore rue Edgar-Quinet, dans le quartier des Crottes. Il était allé voir Charles Humel, un compositeur aveugle, pour lui demander une chanson nouvelle, avant de débuter à l'Alcazar de Marseille, en 1939. Et j'avais souvent rêvé à cette scène : Montand parlant au musicien aveugle, lui décrivant si bien ce qu'il souhaitait, lui mimant si formidablement les gestes que Charles Humel ne pouvait pas voir, mais qui sans doute l'inspirèrent de mystérieuse façon, puisqu'il sortira de cette séance une chanson que Montand chante encore, *Les Plaines du Far West.* Il avait vu sa carrière interrompue par la guerre. Il avait repris le travail, à la place que lui avait réservée de tout temps l'ordre social, le terrible désordre de l'injustice sociale : un poste de « frappeur », de manœuvre, aux Chantiers de Provence, une boîte de grosse métallurgie qui travaillait pour la Défense nationale. Il avait avalé la poussière des chaudières rouillées sur lesquelles il tapait de toutes ses forces de manœuvre. De main-d'œuvre. Sur lesquelles il tapait à grands coups d'un marteau au long manche, à devenir sourd, usant ses forces à la seule place que lui avait destinée la société. Mais il avait arraché cette chaîne, tiré sur ce collier jusqu'à le rompre. Comme un jeune paysan sans terre andalou qui choisit la course de taureaux pour échapper à sa condition, Ivo Livi avait choisi de devenir chanteur, de devenir Montand, pour s'arracher à cette chaîne du travail enchaîné. Il aurait pu dire presque la même chose que el Guerra, l'un des plus grands toréros de tous les temps, à qui l'on demandait pourquoi il risquait sans cesse les coups de corne du taureau. « *Más cornadas da el hambre* », avait répondu el Guerra. La faim donne encore plus de coups de corne. Il avait donc rompu la chaîne, le collier, les liens, il était devenu Montand. Il avait jailli un jour sur la scène de l'Alcazar de Marseille et rien n'avait plus jamais arrêté son appétit de vivre, son goût du risque, son amour de la perfection, son besoin d'être aimé et d'aimer, sa marche en avant. Il avait quitté Marseille, en février 1944, fuyant la Milice, la police collabo, qui le recherchait comme réfractaire au S.T.O. Il s'était caché de la police en se mettant en pleine lumière, sous les pleins feux du music-hall. Il était arrivé à Paris, muni pour seul viatique de l'adresse de Harry Max, un acteur qu'il avait connu en jouant la revue *Un soir de folie* dans les villes du Midi. Il avait partagé le repas de Harry Max, le jour de son arrivée, et celui-ci lui avait trouvé une chambre dans un hôtel de Montmartre. A peine installé, il avait vu sa chambre envahie par une patrouille de *Feldgendarmes* allemands, lui demandant des papiers qu'il n'avait pas en règle. Il avait été tiré d'affaire par le propriétaire de l'hôtel, un Grec volubile, qui l'avait fait passer pour son neveu, un grand artiste, voyons! Il avait été réveillé en plein sommeil, la première nuit, par une jeune femme en larmes et en sang, fuyant les coups et les injures d'un proxénète ivre. Il avait découvert les rues de Paris, le métro de Paris, avec ravissement. Il avait poussé un soir, par inadvertance, la porte d'une pièce au rez-de-chaussée de l'hôtel, il y avait vu, à la lumière crue d'une lampe, une demi-douzaine de types qui jouaient aux cartes, dans un silence à couper au couteau, une fumée bleue de cigarettes comme un brouillard, et un tas incroyable de billets de banque sur le centre de cette table de poker, et il s'était dit que ce n'était pas possible, que c'était du cinéma, que c'était comme au cinéma, dans les films de James Cagney, et le Grec qui était dans un coin de la pièce lui avait demandé s'il voulait jouer, mais il avait hoché la tête négativement, il était parti après un dernier coup d'œil sur le monceau de billets de banque que l'un des types était précisément en train de ramasser, dans un silence à couper au couteau. Il avait chanté dans des boîtes de nuit et il avait traversé Paris, bien après le couvre-feu, à pied, insouciant, sifflant des airs de blues ou de swing, portant à bout de bras une petite valise en carton avec son costume de scène, rentrant chez lui, du côté de l'Etoile, rue Chalgrin très précisément, où il avait habité lorsqu'il avait commencé à gagner de l'argent, et il n'avait pas de papiers en règle, pas d'*Ausweis* pour circuler la nuit, et il n'avait jamais été arrêté par une patrouille allemande, personne ne lui avait jamais demandé ses papiers, et il passait en sifflotant devant le *Soldatenkino* de l'Empire, et c'était le printemps, bientôt le mois de juin, et il avait traversé Paris, nuit après nuit, insouciant, intouchable peut-être, marqué peut-être par le destin pour échapper à toute cette mort ambiante, pour porter jusqu'au bout cet élan de vie qui le poussait en avant. Cet élan qui l'avait fait jaillir sur la scène de l'ABC, lorsqu'il avait débuté à Paris, et il avait vu des spectateurs se lever, se diriger vers la sortie, lorsqu'il était apparu sur scène. Il n'avait pas compris aussitôt que c'étaient des habitants des quartiers lointains, qui ne voulaient pas perdre le dernier métro, qui craignaient d'être surpris par le couvre-feu. Il s'était battu pour retenir ces gens qui partaient, il s'était lancé à corps perdu dans la première chanson, et ceux qui partaient s'étaient d'abord retournés à demi, tout en continuant de marcher vers la sortie, puis ils s'étaient arrêtés, puis ils s'étaient rassis, puis avaient écouté un peu médusés ce grand type qui leur chantait sur un rythme américain une chanson de cow-boys, sous le nez et à la barbe des occupants allemands, et pour finir, toute la salle lui avait fait une ovation.

Et la salle du Metropolitan Opera de New York, trente-huit ans après celle de l'ABC de Paris, lui fait aussi une ovation.

C'est fini, les gens sont debout, ils applaudissent sans fin. Nous sommes debout, nous applaudissons sans fin. Montand revient sur scène, salue, sourit. S'en va, revient encore. J'essaie d'imaginer à quoi il pense. Sous le masque du sourire, de l'émotion visible, à quoi pense-t-il? Quelles images traversent sa mémoire, flottent dans ses yeux mi-clos, au milieu de cette brume dorée du triomphe? Quels noms, quels échos, quelles sensations l'ont investi?

Mais Montand revient encore et la lumière se fait dans mon esprit, soudainement. Dans un éclair aveuglant de clarté. C'est l'image du père, Giovanni Livi, qui vient de franchir, fantomatique, le seuil du Metropolitan Opera, qui vient de traverser la scène, d'un pas lourd et léger à la fois, comme celui des revenants dans une pièce de Giraudoux. C'est à son père que Montand parle, bien sûr, dans le silence de ce vacarme d'ovations et de rappels. Dans le silence d'une vie accomplie, tenue jusqu'au bout dans le droit fil d'une volonté féroce de perfection, d'un goût vivace du risque, de l'aventure de vivre.

– Tu vois, je suis là, père, je n'ai rien oublié, je me rappelle chaque mot de l'impasse des Mûriers, je me souviens des gestes, des émotions, je peux te redire tout ce que vous discutiez au bar des Piémontais, je me rappelle les pâtes du dimanche, *la pasta della domenica*, que tu préparais solennellement pour toute la famille, je me souviens que tu avais quitté l'Italie pour émigrer aux Etats-Unis, c'est ici que nous aurions dû vivre, à *Little Italy*, pas à Marseille, si le consulat américain n'avait pas reçu, la veille de ta demande de visa, l'instruction de refuser dorénavant toute immigration d'Italiens, et l'Amérique était ton rêve de liberté, et me voici libre, à ta place peut-être, en ton nom peut-être, et je suis Ivo Livi, fils de Giovanni, je n'oublie pas, ne m'oublie pas, la vie continue...

POSTFACE

Quand ce livre fut écrit – au cours de l'hiver 1982-83 – ce qu'on a appelé le « phénomène Montand » ne s'était pas encore produit. Montand était un phénomène, certes, et depuis belle lurette, dans l'univers du spectacle. Sur les scènes de music-hall et de théâtre, sur les écrans de cinéma, sa stature était reconnue, mondialement. Mais il ne s'était pas encore produit ce raz-de-marée de l'opinion publique – ô combien agaçant pour certains, on peut l'imaginer! – ce « phénomène Montand », ainsi que les chroniqueurs des gazettes populaires ou les spécialistes ès politologie ont qualifié l'impact massif des prises de parole du comédien.

Le lecteur de cet essai-portrait (ou portrait d'essai, comme on dit cinéma d'idem) aura, quant à lui, pu remarquer que la dimension politique de Montand y est déjà, en quelque sorte, annoncée. En décembre 1981, en effet, lors du putsch du général Jaruzelski en Pologne, on avait déjà pu mesurer le poids de ses interventions dans l'opinion publique, en prendre acte. C'est d'ailleurs à ce moment que se noue la vocation, la volonté de Montand de s'exprimer directement sur des questions politiques.

On peut comprendre pourquoi.

Toute la vie de Montand – j'ai essayé de le montrer, d'en donner quelques clés –, sa vie de citoyen (mot un peu flou, un peu solennel aussi, mais suffisamment clair), s'est articulée autour des réalités du Communisme. Aux côtés de celui-ci, d'abord, comme sympathisant, compagnon de route; dans la distance critique, ensuite, à partir du milieu des années 50; dans l'opposition délibérée, enfin. Par cette histoire personnelle, cette attitude morale, Montand est de son temps, bien sûr. Qui est celui, d'abord, du rayonnement – aveuglant, certes; illusoire, sans doute – de l'expérience révolutionnaire communiste; qui est aussi celui de son déclin en tant que telle.

Certains tirent prétexte de l'évident déclin du mythe révolutionnaire communiste pour suggérer que les attitudes de Montand sont archaïques, « ringardes ». L'Union soviétique n'est plus ce qu'elle était, disent-ils, soyons modernes! Monsieur Marchais n'entraîne plus la jeunesse derrière lui, tournons la page! C'est confondre trop aisément deux ordres différents de phénomènes historiques. Que l'expansion du Communisme dans le monde ne se fera plus sous les auspices et les drapeaux d'une révolution mondiale – heureusement! dirais-je, par ailleurs – est une évidence. Mais ce n'est pas une nouveauté. Depuis 1939, au moins, depuis la signature du pacte germano-soviétique et le partage de l'Europe entre Hitler et Staline – que les accords de Yalta n'ont fait que confirmer, en fin de compte : c'est Hitler qui a mis l'Union soviétique au centre de la politique européenne – on pouvait savoir que le Communisme, en tant que stratégie internationale, avait choisi la raison d'Etat contre la raison révolutionnaire. L'Union soviétique, en tant que surpuissance militaire, en tant qu'empire, est-elle en déclin pour autant? Il est amusant de voir un autre de nos personnages, Régis Debray, avancer cette sottise sans fondement au moment où l'Occident tout entier se précipite au Kremlin pour assister à l'intronisation de Gorbatchev : au moment où les mêmes spécialistes qui nous parlent du déclin soviétique nous prédisent monts et merveilles de l'énergie réformiste du nouveau maître de l'Empire.

Montand, donc, dans ses engagements et ses dégagements – il faut autant de courage, de volonté, pour les deuxièmes que pour les premiers – s'est défini par rapport à cet événement crucial de notre siècle, le Communisme. Rien d'étonnant à ce que l'absence de réactions officielles du gouvernement et des instances politiques du Parti socialiste, en décembre 1981, l'aient incité à prendre la parole. C'èst la petite phrase de Claude Cheysson : « Bien entendu, nous ne ferons rien! » qui constitue le déclic et provoque son indignation, sa décision de se faire entendre. Et sans doute Cheysson est-il revenu, des années plus tard, bien trop tard, sur cette phrase, qu'il a regrettée. Mais personne n'a regretté les insultes, les diatribes méprisantes qui accueillirent, dans les cercles de la gauche au pouvoir, bien-pensante, les prises de position de Montand, que cette petite phrase méprisable avait directement provoquées.

Mais je ne prétends pas, dans le cadre d'une courte postface, analyser le sens, la dimension, les contenus sociologiques en partie inédits, du « phénomène Montand », tel qu'il a déferlé ensuite. D'autres l'ont fait, le feront encore. Une chose, en tout cas, est certaine. Quelques émissions de télévision, quelques interviews, auront suffi pour le faire naître et le nourrir. Jamais on n'aura vu, dans la France d'aujourd'hui, si peu d'heures d'antenne, si peu de pouvoir institutionnel, produire autant d'effets et aussi complexes à saisir. De quoi intriguer les spécialistes de la classe politique et médiatique (ou médiatisée?).

Encore faut-il, pour comprendre le « phénomène Montand », ne pas se tromper de cible, ne pas prendre des lanternes pour des vessies, ses désirs pour des réalités.

Il y a eu, en effet, une tendance généralisée à ne voir – ne vouloir voir, peut-être – dans le succès prodigieux des paroles de Montand qu'une réussite technique, en quelque sorte : celle d'un homme de spectacle qui maîtrise son métier, qui sait y faire. « Quel talent! », a dit François Mitterrand, Président de la République, lorsqu'on l'interrogea sur ce phénomène.

Mais n'y a-t-il que du talent? Le talent suffit-il?

Sans doute Montand connaît-il parfaitement les lois du genre, sait se servir de l'instrument télévisuel. Mais là n'est pas l'essentiel. L'essentiel, ce sur quoi se fonde l'impact massif de ses quelques prises de position politiques, c'est la sincérité du personnage. C'est le fait que ses déclarations politiques étaient prononcées par un homme qui n'était pas un politicien. Qui se situait volontairement en dehors des clivages politiques traditionnels. Qui était profondément lui-même, autonome par rapport à tous les appareils politiques existants. Le talent, et talent il y avait, éclatant, n'aurait pas suffi. Le choc produit sur l'opinion publique n'était pas médiatique, il s'exerçait à un niveau beaucoup plus profond de la conscience collective.

Ils ont donc eu tort, ils n'y ont rien compris, tous ces politiciens qu'on a vus, à la suite et dans le sillage de Montand, mais sans y avoir rien appris, commencer à faire du spectacle, ici ou là : à se donner en spectacle. Il ne suffit pas de pousser la chansonnette, de participer à des émissions branchées. Il faut y dire la vérité : la dire vraiment parce qu'on la tient pour vraie. Il faut y parler avec son cœur, ses tripes, ses colères, ses obsessions : y être soi-même, totalement engagé dans ce qu'on est, et à la fois n'importe qui : n'importe lequel d'entre nous.

C'est là, probablement, que se trouve la leçon à tirer du « phénomène Montand » des années 1984-85, quel que soit son avenir.

Jorge Semprun
24 juin 1985

Table

1. Maracanàzinho, 31 août 1982 7
2. Amarcord 23
3. Journal de voyage au Brésil et divers lieux de la mémoire 61
4. Quelques rendez-vous réussis et un rendez-vous manqué 95
5. La rupture 153
6. Vive la Pologne, messieurs! 231
7. Yves Montand : la guerre continue 283
Postface 343

Impression Brodard et Taupin
à La Flèche (Sarthe),
le 4 septembre 1985.
Dépôt légal : septembre 1985.
Numéro d'imprimeur : 6390-5.
ISBN : 2-07-032319-6 / Imprimé en France

36203